虞初新志（上）

全注全译

〔清〕张潮 撰
学谦 注译

团结出版社

《谦德国学文库》出版说明

人类进入二十一世纪以来，经济与科技超速发展，人们在体验经济繁荣和科技成果的同时，欲望的膨胀和内心的焦虑也日益放大。如何在物质繁荣的时代，让我们获得内心的满足和安详，从经典中获取智慧和慰藉，或许是我们不二的选择。

之所以要读经典，根本在于，我们应当更好地认识我们自己从何而来，去往何处。一个人如此，一个民族亦如此。一个爱读经典的人，其内心世界必定是丰富深邃的。而一个被经典浸润的民族，必定是一个思想丰赡、文化深厚的民族。因为，文化是民族之灵魂，一个民族如果不能认识其民族发展的精神源泉，必定就会失去其未来的生机。而一个民族的精神源泉，就保藏在经典之中。

今日，我们提倡复兴中华优秀传统文化，当自提倡重读经典始。然而，读经典之目的，绝不仅在徒增知识而已，应是古人所说的“变化气质”，进一步，是要引领我们进德修业。《易》曰：“君子以多识前言往行，以蓄其德。”实乃读经典之要旨所在。

基于此理念，我们决定出版此套《谦德国学文库》，“谦德”，即本《周易》谦卦之精神。正如谦卦初六爻所言：“谦谦君子，用涉大川”，我们期冀以谦虚恭敬之心，用今注今译的方式，让古圣先贤的教诲能够普及到每一个人。引导有心的读者，透过扫除古老经典的文字障碍，从而进入经典的智慧之海。

作为一套普及型的国学丛书，我们选择经典，不仅广泛选录以儒家文化为主的经、史、子、集，也将视野开拓到释、道的各种经典。一些大家所熟知的经典，基本全部收录。同时，有一些不太为人熟知，但有当代价值的经典，我们也选择性收录。整个丛书几乎囊括中国历史上哲学、史学、文学、宗教、科学、艺术等各领域的基本经典。

在注译工作方面，版本上我们主要以主流学界公认的权威版本为底本，在此基础上参考古今学者的研究成果，使整套丛书的注译既能博采众长而又独具一格。今文白话不求字字对应，只在保证文意准确的基础上进行了梳理，使译文更加通俗晓畅，更能贴合现代读者的阅读习惯。

古籍的注译，固然是现代读者进入经典的一条方便门径，然而这也仅仅是阅读经典的一个开端。要真正领悟经典的微言大义，我们提倡最好还是研读原本，因为再完美的白话语译，也不可能完全表达出文言经典的原有内涵，而这也正是中国经典的古典魅力所在吧。我们所做的工作，不过是打开阅读经典的一扇门而已。期望藉由此门，让更多读者能够领略经典的风采，走上领悟古人思想之路。进而在生活中体证，方能直趋圣贤之境，真得圣贤典籍之大用。

经典，是一代代的古圣先贤留给我们的恩泽与财富，是前辈先人的智慧精华。今日我们在享用这一份财富与恩泽时，更应对古人心存无尽的崇敬与感恩。我们虽恭敬从事，求备求全，然因学养所限、才力不及，舛误难免，恳请先贤原谅，读者海涵。期望这一套国学经典文库，能够为更多人打开博大精深之中华文化的大门。同时也期望得到各界人士的襄助和博雅君子的指正，让我们的工作能够做得更好！

团结出版社

2017年1月

前 言

亲爱的读者朋友，您是否还记得初中语文教材中那篇《口技》？现在想来，也许还会沉浸在口技艺人为我们打造的如梦似幻的声音世界里吧？还有那篇《核舟记》，在那精巧的桃核上微雕出的著名文坛典故，一定还让您记忆犹新吧？而它们都是出自清初张潮编辑的一部短篇小说集——《虞初新志》。

张潮（1650−约1709），字山来，号心斋居士，安徽歙县人。清代文学家、小说家、刻书家。张潮的父亲，张习孔为顺治年间进士，官至山东提学佥事，因见仕途险恶，遂辞官归乡。张潮虽然出生在一个优裕的官宦家庭，但是在父亲的严格教育下，却没有沾染一丝纨绔之气。张潮自幼“颖异绝伦，好读书，博通经史百家言，弱冠补诸生，以文名大江南北”，然而却屡试不第，至此开始“杜门著书”。著有笔记、诗文、词曲、杂著等各种体裁的文集数十卷，著名的包括《幽梦影》《虞初新志》《花影词》《心斋聊复集》《花鸟春秋》《补花底拾遗》《奚囊寸锦》《心斋诗集》《饮中八仙令》《鹿葱花馆诗钞》等。曾刻印《檀几丛书》《昭代丛书》等书。

张潮著作等身，而真正使其名闻四海的还是他编纂的《虞初新志》一书，此书奠定了他在文学史上的历史地位。虞初，本是汉武帝时人，曾根据《周书》改写成小说性质的《周说》，因此他被后人尊为小说家的始祖。在张潮之前，明代就有人辑录传奇小说，名为《虞初志》。张潮又广搜明末清初名家（魏禧、周亮工、侯方域、王士祯、徐芳、毛奇龄、钱谦益等）的作品辑合成《虞初新志》。此书共二十卷，作者历时近二十年时间才集结、评论完成。其中收录奇闻异事、游记随笔等共计一百五十余篇，以传记小说为主，其中还有若干小故事。具有如下特色：

一、集各家所长，风格迥异，视角独特。

此书中很多文章是张潮从明末清初各名家文集中精心采撷而来，每位作家的风格均不相同，加上张潮选取的视角又很独特，选材按照“文多时贤”、“事多近代”和“奇而核”为标准，堪称篇篇精彩，因此说这本书是百家齐鸣也不为过。

二、选取真人真事，更加真实感人。

此书选材不同以往，里面有很多真人真事。如魏禧的《姜贞毅先生传》，王思任的《徐霞客传》，侯方域的《郭老仆墓志铭》等，里面的人物形象丰满，真正达到了“写照传神，旁摹毕肖”的境界，加之本书所写俱为明末清初之事，年代离当时的读者较近，因此也更加真实感人。

三、内容广泛驳杂，奇人异事层出不穷。

张潮生性“素嗜探奇，尤耽考异。”因此本书内容取材广泛，“一切荒诞奇僻”以及“飞仙盗侠、牛鬼蛇神”等奇人异事题材的文章也多选入，如魏禧的《大铁椎传》，王士禛的《剑侠传》和顾彩的《髯樵传》，彭士望的《九牛坝观觗戏记》等。其中曲折的情节和栩栩如生的描写，让人读后不禁“心开神释、色飞眉舞。”

四、忠义、孝亲等主题贯穿始终。

明末清初时期，社会动荡。张潮不避忌讳，对记述明末忠臣义士事迹的传记，例如《孙文正黄石斋两逸事》《姜贞毅先生传》，以及描述百姓遭遇战乱痛苦的文章《书戚三郎事》《奇女子传》，也大胆收入。此外还有如徐芳的《义犬记》《烈狐传》，王洁的《哑孝子传》等文章，都是颂扬忠义，褒赞孝亲之作。张潮借此也鲜明地表达出自己的好恶厌憎。

五、对市井人物不吝笔墨，展现人生百态。

历代传记小说，较少涉及市井人物。本书对各种市井人物例如微雕艺人、砍柴樵夫、口技表演者、仆佣、乞丐、卖花者、画师等，不惜浓墨重彩，着力描画。让读者看尽人生百态的同时，也为我们呈现了一幅明末清初的众生群像图。

六、文末点评视角独特，堪称点睛之笔。

张潮“性好幽奇，衷多感愤”。每篇文尾张潮的用心评论及剖析都堪称点睛之笔，使读者对文章的理解更加清晰、明了，与文章本身相映成辉，同时也给张潮奠定了文学评论家的地位。

《虞初新志》目前流传的版本有：康熙二十二年刻本，康熙三十九年刻本，康熙间刻本，乾隆五年诒清堂重刻本，乾隆二十五年刻本，乾隆二十九年刻本，嘉庆八年寄鸥闲舫刻本，咸丰元年小嫏嬛山馆刻本，新安张氏家刻本，民国时进步书局石印本，笔记小说大观本等。现在流行较广的是民国时进步书局石印本。我们是以小嫏嬛山馆刻本为底本进行校译的。

之前，这部书只是一些篇目被选入中学语文课本，并有多篇被一些教辅出版社选定为学生文言文课外篇目，但目前图书界尚无此书的全译本，太多读者对此书的译本都在翘首以待。为满足广大读者的需求，让更多读者可以了解并轻松阅读到这本好书，我们历时近两年时间，查阅了大量资料，对文中的一些生僻字词、以及从字面上不易理解的典故等做了注释，并对《虞初新志》全本进行了白话翻译，这就是我们出版此书的缘起。由于时间及水平有限，难免会有一些纰漏，还请读者朋友谅解并给予指正。

胡怀琛序[1]

《虞初新志》，是清初人张山来选的。我一直佩服张山来选这部书，确有创见。因为他能将小说的作品，从各人的文集里，夺回来，还他小说的本来面目。

我在前一年，著了一篇《中国小说考源》（见《小说世界》），其中极力说明要将古人所谓文集里的，一部份的文章，划入小说的范围以内，对于张山来，也极称他有卓见。

有人说：《虞初新志》以前，还有《虞初志》。你为甚么不说他有卓见呢？我道：《虞初志》里所收的，仍是小说，前人所承认的小说。《虞初新志》里所收的，十之八九是古文。前人认他是古文，而不承认他是小说；山来毅然决然的说：这是小说！所以我称他有卓见。

张山来这种卓见，于中国文学极有关系。我方在运动，将所谓古文中的一部份当小说看，对于前人所谓"文集"这名词能否成立，可得到一种彻底的解决。文集里所包容的是些甚么，也可以彻底明白了。（我以为文集里所包容的一是小说，二是抒情文，三是演说录。——辩论文属演

1.本文为民国学者胡怀琛为大达图书供应社出版的《新式标点虞初新志》所撰写的序言。

说录。这话极长，在这里断难说得明白，当另外有一篇交章说明他。）

《虞初新志》里的作品，虽然不能说是极有价值的小说；但是很可代表中国古代的短篇小说。今沈君子英将他加了新标点，以便新文学界中的人观览，他向我要一篇序。我以为沈君的意见，正和我相同，我便把我的意见写在这里，做一篇序。再希望读者，拿读《虞初新志》的眼光，去读清以前名家文集中的小说，可包你能发现得出许多佳作。

胡怀琛

1923年11月

目 录

卷一

姜贞毅先生传

魏禧冰叔

【题解】本篇是《虞初新志卷一》的第一篇。记录了明末大臣姜埰先生的生平事迹。姜公为官清正廉洁，素有政绩。入京为言官，刚正不阿，尤其为了弹劾权贵，九死一生。姜公忠君爱国，虽惨受廷杖，至死不忘君恩。甲申国变后，姜公宁肯漂泊江湖，也不就仕清朝。世人也深为姜公忠义气节所感动，私谥"贞毅先生"。

公名埰，姓姜氏，字如农，山东莱阳人也。高祖①淮，以御寇功拜怀远将军。父泻里，诸生②。崇祯癸未，北兵破莱阳，泻里守城死，幼子三，子妇一女皆殉节。事闻，赠泻里光禄寺卿，予祭葬③，谥忠肃。

【注释】①高祖：曾祖的父亲。②诸生：古代经考试录取而进入中央、府、州、县各级学校，包括太学学习的生员。生员有增生、附生、廪生、例生等，统称诸生。③祭葬：指对死者进行追悼、安葬的仪式和活动。

【译文】姜公名埰，字如农，山东莱阳人。姜埰的高祖姜淮，因御敌有功被任命为怀远将军。姜公的父亲姜泻里，是诸生。崇祯癸未年间，清军攻破莱阳，姜泻里力守城池，最后战死，三个年幼的儿子，儿媳及一个女儿都殉节而死。此事传到朝廷，皇帝追认姜泻里为光禄寺卿，给予追祭悼念，谥号为忠肃。

公之将生也，王母[1]李感异梦。其生，衣胞皆白色。三岁失乳。母杨太孺人[2]置水酒床头，夜起饮之，一瓿（bù）[3]立尽。万历乙卯，山东大饥，盗蜂起。公时九岁，与兄圻夜读，书声咿（yī）唔（wú）[4]不绝。盗及门，叹息去。年二十，补诸生第一。明年乡试，经义[5]中式[6]，主司[7]以五策指斥崔、魏摈之。崇祯庚午，举于乡。往见中表[8]李笃培。李负清正名，谓公曰："子富贵何足异，士大夫立身，要当为朝廷任大事耳！"公敬而受之。明年，举进士，出倪文正元璐[9]门，殿试赐同进士出身[10]，授知密云县。未行，改仪征县。

【注释】①王母：祖母。②孺人：明、清时七品官的母亲或妻子封孺人。后成为古人对母亲或妻子的尊称。③瓿：古代的一种小瓮，青铜或陶制，用以盛酒或水。④咿唔：形容读书的声音。⑤经义：科举考试的一种科目，以经书文句为题，应试者作文阐明其中义理。⑥中式：古代科举考试被录取或符合规格。⑦主司：科举的主试官。⑧中表：古代称父之姐妹所生子女为外兄弟姐妹，称母之姐妹所生子女为内兄弟姐妹。外为表，内为中，合而称之"中表"。⑨倪文正元璐：倪元璐，字汝玉，号鸿宝，浙江上虞人，明天启二年进士，历官至户、礼两部尚书。崇祯十七年，李自成攻陷京师，元璐自缢殉节，谥文正。⑩赐同进士出身：科举时代的一种资历称号。宋代进士分五甲，第五甲为同进士出身。明清分三甲，第三甲为赐同进士出身。

【译文】姜公将要出生的时候，祖母李氏做了一个奇怪的梦。姜公出生时，胞衣都是白色的。姜公三岁时断奶，母亲杨太夫人把水酒放在床头，姜公夜晚起来喝，一小瓮很快就被喝完。万历乙卯年间，山东发生大饥荒，盗匪蜂拥而起。姜公当时九岁，和哥哥姜圻夜晚读书，读书声连绵不绝。盗匪到了姜公家门外，听到读书声，叹息后离去。姜公二十岁时，在秀才考试中获得第一名。第二年乡试，姜公经义科考试中榜。主考官因姜公在五策中斥责崔呈秀、魏忠贤，而将他落选。崇祯庚午年间，姜公又在乡试中举，他去见表兄李笃培。李笃培为人清正，对姜公说："人世间的富贵不值得羡慕，士大夫处世安身，应该为朝廷担当重任！"姜公恭敬地接受了李笃培的教诲。第二年，姜公考中进士，出自倪元璐门下。殿试名列三甲，赐同进士出身，授命担任密云县知县，还未前往，又改任仪征县知县。

公为政廉仁，十年无所取于民，不受竿牍①。客至，去，题其馆壁曰："爱民如子，嫉客若仇。"尝捐俸请托，免泗州修河夫五百名，百姓不知也。又请革过闸粮船纤夫，著为令。旧例，掣盐②封引，仪征令皆有赂，公独绝之。商人感激，为代备修河银一万两。下车③日，廉得大憝（duì）④董奇、董九功等，置于法，窝访之，害遂除。袁公继咸⑤备兵扬州，见，下堂揖之，曰："吾闻行真州，见先生听断⑥，不觉心折⑦矣！"

【注释】①竿牍：指书信，这里特指请托信。②掣盐：盐政用语。各盐场所产之盐，经抽签以决定盐票的归属，谓之掣盐。③下车：官吏到任。④大憝：罪大恶极。⑤袁公继咸：袁继咸，字季通，号临侯，明代大臣。在抗击清兵的入侵中，以身殉国。⑥听断：常指听讼断狱。⑦心折：从内心佩服。

【译文】姜公为官清廉仁厚，十年来不曾从百姓那里收取一丝一毫的好处，也不接受别人的请托。有宾客来他这里拜访，离开的时候，在姜公房间的墙壁上题字道："爱民如子，嫉客若仇。"姜公曾捐出俸禄请人帮忙，免除了泗州五百名修河工的差役，百姓对此事一无所知。姜公又请求免除过闸粮船纤夫的劳役。姜公担任仪征令，按照旧时的惯例，盐场所产之盐，需按盐引领售，盐引则通过抽签来决定，历任仪征县令都会从中收受好处，唯独姜公拒绝收取好处。盐商对此非常感激，代姜公募集了一万两银子，用于整修河道。姜公到任之日，查访到董奇、董九功等人罪大恶极，姜公想将他们绳之以法，就暗地里进行探访，收集证据，终于将这些祸害除去。袁继咸领兵在扬州驻军，见到姜公，走下堂来向姜公作揖，说道："我去真州的时候，看到您处理讼狱，非常的当，不由得心生钦佩。"

辛巳，改礼部仪制司主事。明年，巡抚南直隶朱公大典①疏表公贤劳。上谕一体考选，因目阁臣②曰："有臣如此而不用，朕之过也！"三月，上御弘政门召见，应对称旨，擢礼科给事中③，赐糕果汤饼。

【注释】①朱公大典：朱大典，字延之，号未孩，金华长山村人。万历四十四年进士，清军进攻金华时，朱大典率军抵御，后殉国而死。②阁臣：明、清大学士的别称。大学士入阁办事，故称。③礼科给事中：官名。明清礼科之属官。

【译文】辛巳年时，姜公改任礼部仪制司主事一职。第二年，南直隶巡抚朱大典上书朝廷，表彰姜公的贤德和劳苦。皇帝下令对姜公进行考核提拔，皇帝对大学士们说："有这样的贤臣而得不到重用，这是我的过错啊！"三月，皇帝下诏在弘政门召见姜公，姜公回答皇帝的提问，都很得体，于是将姜公擢升为礼科给事中，还赏赐了糕果汤饼。

公既拜官，五月中条上①三十疏，上每采纳。十一月，东方②告急，公受诏分守德胜门。自元勋以下，惮公不敢归休沐。时宰相大贪婪，都御史③黄宗周有《长安黄金贵》之疏。宰相惧，卸其罪于言官④，又欲引用逆辅□□相表里为奸恶。公上疏极论“罪在大臣，不在言官”，并及涿州知州刘三聘疏荐□□事，触首辅⑤怒。又有“上谕：代人规卸、为人出缺，陛下果何见而云然？”及“二十四气蜚语，腾闻清禁⑥，此必大奸巨慝恶言官不利于己”等语。上大怒，闰十一月二十三日，御皇极门召见群臣，谓：“埰欺肆，敢于诘问朕何所见，二十四气之说，不知所指何人何事？着革职，锦衣卫拿送北镇抚司打问！”时行人司⑦副熊开元面劾首辅，既以补牍⑧语不相应，同时下狱，几死，后并得赦。

【注释】①条上：备文向上陈述。②东方：指辽东地区。崇祯十五年年，清兵从墙子岭、青山口入关，京师戒严。③都御史：为御史的一种，为都察院的长官。④言官：指谏官。⑤首辅：明代指首席大学士（即“内阁首辅”）。⑥腾闻：上闻，使皇帝或朝廷闻知。清禁：皇宫。⑦行人司：是古代的一种官署名，负责传旨、册封等事。⑧补牍：补为公牍。

【译文】姜公任职后，五个月内，写了三十道奏章，皇帝对奏章中的建议都一一采纳。十一月，辽东告急，姜公接受皇帝的命令，分守德胜门。群臣自元勋以下，都害怕姜公的威严而不敢回家休息。此时宰相周延儒贪污受贿，都御史黄宗周写了《长安黄金贵》的奏章。宰相周延儒对此感到害怕，将罪责推卸给了言官，又想利用逆辅□□内外勾结，为奸作恶。姜公上书极力论述“罪责在大臣而不在言官”，加之姜公反对涿州知府刘三聘向朝廷保荐冯铨一事，触犯首辅周延儒，使其大为恼怒。姜公又讲道“皇上说：替人推卸责任、代人出头弹劾，这些事陛下是亲眼看到了才说的吗？”以及“像二十四气这种没有根据的话，传到了宫廷，使皇帝闻知，这一定是奸邪之人憎恨言官所说的话对自己不利，才编造出来的。”等话语。皇上看后大怒，闰十一月二十三日，皇帝登上皇极门召见群臣，说道：“姜埰胆大放肆，敢责问我的所见是否真实，二十四气的说法，不知道他指的是什么人和什么事？革去他的官职，让锦衣卫押解到北镇抚司进行拷问。”当时行人司的熊开元当面弹劾首辅周延儒，但是所说的话，与自己后来补充的书面材料的内容不相符，结果与姜公一起下狱论罪，差点儿被处死，后来一起得到了赦免。

初，公下北镇抚司狱三日，勺水不得入口。冰雪交积，公僵卧土室，无衹被，身婴三木，血流贯械。九卿台省①屡疏救，不报。(此处缺二十二字)例凡一拶(zǎn)②敲五十，一夹敲五十，杖二十，名曰“一套”。公既备刑，谳(yàn)③狱者必欲得二十四人姓名以报上。公以诸人皆正人，恐祸不已，忍死弗肯列。气垂绝，唯以指染口血书“死”字，卧阶下。半日稍苏，清弘令尉灌酒一杯，使毕谳。公终不肯承。

【注释】①九卿台省：九卿：周代称少师、少傅、少保、冢宰、司徒、宗伯、司马、司寇、司空为“九卿”。后指朝廷的高级官职。台省：汉的尚书台，三国魏的中书省，都是代表皇帝发布政令的中枢机关。后以“台省”指政府的中央机构。②拶：压紧，拶刑是一种夹手指的刑罚。③谳：审判定案。

【译文】起初，姜公被押解到北镇抚司狱三天，一口水也没喝到。时值隆冬，冰天雪地，姜公一动不动地躺在监牢里，没有被褥御寒，身上三处带有枷锁，刑具沾满了血迹。朝中各部官员多次上书皇上。为姜公求情，但都没有结果。以往狱中刑罚的惯例是，拶刑五十次，夹棍五十次，再杖责二十下，称为“一套”。姜公遭受严刑拷问，审讯的人想要得到全部二十四人的名单来上报皇帝。姜公因为这些人都是清正之人，担心殃及他们，宁可一死也不肯说出这些人的名字。到后来奄奄一息时，只是用手指沾上口中的鲜血写了个“死”字，就躺倒在台阶之下。僵卧半日后，才稍微苏醒，梁清弘让狱吏给姜公灌了一杯酒，让他招供。姜公始终不肯招认。

疏入，上大怒，谓考击[①]缓，情实未当，诘责卫司官，令再讯。一拶一夹，各敲八十，杖三十。俄出密谕一小纸曰：“姜埰、熊开元即取毕命，只云病故。”卫臣骆养性具奏[②]，有曰：“即二臣当死，陛下何不付所司书其罪，使天下明知二臣之罚？若生杀出匿等，天下后世谓陛下何如主？”又密言于诸大臣，而都御史刘宗周[③]上殿力争，自辰至午不肯退。上怒其执拗，非对君礼，将下有司治罪。既矜其耄，特革职，放归田[④]。佥都御史[⑤]金公光宸奏宗周清直，愿以身代宗周。上怒，以为雷同罔上[⑥]，夺职谪籍[⑦]。而兵部侍郎[⑧]马公元飚、都给事吴公麟徵[⑨]，开陈大指，婉辞规劝，上心为少移，旋出密旨谕卫司“缴昨旨毋行”。于是公及开元始得移刑部狱矣。刑部尚书徐公石麟[⑩]拟附近充军。上怒。公、开元各杖一百。

【注释】①考击：敲打。②骆养性：字太如，湖南省新田县人。袭父骆思恭之位为锦衣卫指挥使，官至左都督。具奏：备文上奏。③刘宗周：字起东，别号念台，明朝绍兴府山阴（今浙江绍兴）人，因讲学于山阴蕺山，学者称蕺山先生，明代儒学大师。④归田：辞官返乡，归隐田园。⑤佥都御史：官名。明代都察院设有此职，位在副都御史之下。⑥罔上：欺骗君上。⑦谪籍：古代登记谪降者的册籍。也借指谪降者的行列。⑧兵部侍郎：兵部副长官，明代正三品，清代为从二品。⑨吴公麟徵：吴麟徵，字圣生，一字来皇，号磊斋。浙江嘉兴人。明天启二年（1622）进士。李自成攻破北京时，吴麟徵自尽殉国，后赠兵部右侍郎，谥忠节，著有《家诫要言》等。⑩徐公石麟：徐石麟，初名文治，字宝摩，号虞求，明嘉兴人。天启二年进士，福王时召拜吏部尚书，嘉兴城陷落，自缢殉国，谥"忠襄"。著有《可经堂集》。

【译文】北镇抚司将审讯结果，上奏皇帝，皇帝看完大为震怒，认为审讯过于宽缓，事情并未查实，责备锦衣卫负责审讯的官员，让他再次进行审讯。拶刑夹棍，各行刑八十次，杖责三十下。不久皇帝又下了一道密诏，写着："立即处死姜埰、熊开元，对外只说是病故。"锦衣卫指挥使骆养性上奏说："如果姜埰、熊开元二人有罪当死，陛下为什么不将他们二人交给刑部，列出他们的罪状，让天下人明白他们二人受处罚的原因呢？如果秘密将二人处死，那么天下及后世之人将怎么评说您呢？"骆养性又把这件事秘密地告诉朝中大臣，都御史刘宗周上朝据理力争，从早上一直到中午都不肯退下。皇上因刘宗周执拗而震怒，认为这不是大臣对国君应有的礼仪，要将刘宗周查办论罪。又考虑到刘宗周年老，因此革去职位，让他回乡。佥都御史金光宸上奏皇帝，说刘宗周清廉正直，情愿自己来代替刘宗周受罚。皇上大怒，认为这是等同于欺君罔上的言论，于是削去他的官职。兵部侍郎马元飙和都给事吴麟徵，力陈大义，对皇上婉言相劝，皇上才稍微有所缓和，不久便密令锦衣卫"不要执行昨天的旨意"。因此，姜公和熊开元才得以移交到刑部狱中。刑部尚书徐石麟准备将姜公发往附近充军。皇上大怒，认为处罚太轻，下令将姜公和熊开元各杖责一百。

是日，特遣大珰曹化淳、王德化[①]监视，众官朱衣陪列午门外西墀[②]下。左中使、右锦衣卫[③]各三十员，下列旗校[④]百人，皆衣襞（bì）衣，执木棍。宣读毕，一人持麻布兜，自肩脊下束之，左右不得动。一人缚其两足，四面牵曳，唯露股受杖。头面触地，地尘满口中。杖数折，公昏绝不知人。

【注释】①大珰：指当权的宦官。曹化淳：字如，司礼秉笔太监、东厂提督。王德化：山西大同人，明末太监，时称二王公。②西墀：台阶上的空地，亦指台阶③中使：内廷的使者，多指宦官。锦衣卫：明代护卫皇宫的亲军。明太祖时始设，权力极广，兼理侦察、逮捕、审讯之事。也是明代的一个特务机构。④旗校：旗军的校官。

【译文】执行杖刑这天，皇帝特地派遣大太监曹化淳、王德化前往监刑，众文武官员身穿官服陪列在午门外西边的台阶下。左边是太监、右边是锦衣卫各有三十人，下边排列有军校一百多人，都身穿襞衣，手执木棍。诏书宣读完毕，一人手持麻布兜，把两人从肩脊以下捆束身体，使他们不能左右动弹。另一人绑住他们的双脚，从四面进行拖拽，只露出他们的大腿来接受杖刑。姜公和熊开元的头和脸挨到地面，地上的尘土塞满两人的口鼻。行刑时木杖多次打折，最终姜公昏厥不省人事。

弟垓，时官行人[①]，口含溺吐公饮之。名医吕邦相夜视公，曰："杖青痕过膝者不治，吾以刀割创处，七日而痛，为君贺矣！"半月，去败肉斗许，乃苏。邦相曾活黄公道周[②]廷杖，京师号"君子医"也。

【注释】①行人：职官名。掌朝觐聘问，接待宾客之事。②黄公道周：黄道周，字幼玄，号石斋，福建漳州府漳浦县（今福建省东山县铜陵镇）人。天启二年（1622年）进士。抗清失败被俘，壮烈殉国。为明末学者、书画家、文学家。与刘宗周并称"二周"。

【译文】姜公的弟弟姜垓，此时担任行人一职，以口含童子尿喂给姜公喝，才救回姜公一命。名医吕邦相晚上来探视姜公，说："杖责的青痕如果蔓延过了膝盖就危险了，我用刀割破淤青，放出淤血，七日之后如有痛觉，那就说明伤势无大碍啦。”半月之内，去除姜公大腿上的腐肉一斗多，姜公才苏醒过来。吕邦相曾经医活了受到廷杖的黄道周，京师地区都称他为“君子医”。

大珰复命。上曰：“二臣顾何言？”曰：“二臣言皇帝尧、舜，臣得为关龙逄①、比干足矣。”上曰：“两人舌强犹尔！”

【注释】①关龙逄：夏朝宰相，因进谏忠言而被杀。古代帝王任命将帅时的隆重礼遇。

【译文】太监们回去复命。皇上问道：“他二人说了什么？”宦官回答说：“二人说皇上以尧、舜为榜样，大臣则以关龙逄、比干为榜样。”皇上说：“他二人的口舌还是这么强硬。”

明年春，莱阳破，公父死于难。垓请身系狱，而释埰归治丧，不许。台省亦交章请释公，上曰：“垓在！”七月疫，上命刑部清狱，公暂出。上召见刑部，以墨笔叉埰、开元名，曰：“此两大恶，奈何释之！”于是再入狱。十二月，首辅伏诛，有新参请释二臣者。上曰：“朕怒二臣，岂为罪辅哉？”不许。

【译文】第二年春天，莱阳城被清军攻陷，姜公的父亲姜泻里以身殉国。姜公的弟弟姜垓请求自己入狱以替换姜公出狱办理丧事，皇帝不准。台省也上奏章请求皇帝释放姜公，皇帝说：“不是有姜垓在嘛！”七月京师发生瘟疫，皇帝下令刑部清空牢狱，姜公暂时被释放出狱。皇帝召见刑部官吏，用墨笔在姜埰和熊开元的名字上打叉，说道：“这两大恶徒，为什么也释放了！”于是姜公再次入狱。十二月，首辅周延儒被赐死，有官员请求释放姜公和熊开元。皇帝说道："我生他二人的气，难道是因为他们得罪了首辅吗？"仍然不准释放姜公。

甲申正月，闯贼猖獗，阁臣李建泰奉命督师山西。上御正阳门，行推毂礼①。建泰请释埰、开元，上报可，谪公戍宣州卫。

【注释】①推毂礼：推毂，即推动车轮。推毂礼是古代帝王任命将帅出征时的隆重礼遇。

【译文】甲申年正月，李自成的势力愈发猖獗，兵锋直指北京。阁臣李建泰奉命前往山西统领军队。皇上到正阳门，举行了隆重的送行仪式。李建泰请求皇上释放姜埰和熊开元，皇帝准许了他的请求，把姜公贬到宣州卫担任戍守。

公过故乡，哭光禄公。闻京师陷，上殉社稷，公恸哭。南之戍所。未至，弘光即位，赦，公遂留吴门，不肯归。会马士英、阮大铖用事①。大铖往被垓劾，必杀公兄弟。复窜走。丁亥，避地徽州，绝食。樵子宋心老时以菜羹啖（dàn）之。或徒步数十里，走吴孝廉家得一饱。祝发②黄山丞相园，而自号"敬亭山人"，盖不敢忘先帝不杀恩也。

【注释】①用事：执政；当权。②祝发：削发出家为僧尼。

【译文】姜公路过故乡时，痛哭祭拜父亲光禄公姜泻里。他听闻京师陷落，皇帝以身殉国，姜公悲痛万分。仍然决定南行，去宣州。还没到达宣州，弘光皇帝宣布登基，赦免了姜公，姜公于是就留在了吴门，不肯回乡。当时恰好是马士英、阮大铖当政。阮大铖之前被姜垓上书弹劾，所以一心想要杀掉姜公兄弟报仇。于是姜公再次逃走。丁亥年间，姜公避祸于徽州，粮食断绝。樵夫宋心老经常送菜羹给他吃。有时，姜公也会步行数十里，到吴举人家吃上一顿饱饭。后来，姜公在黄山丞相园出家为僧，自号“敬亭山人”，大概是不敢忘记先帝不杀之恩的意思。

后还吴门，终僧服，不与世人接。二子安节、实节，才，亦不令进取。戊子，奉母归莱阳。母疾甚，公默祷，愿减算[①]延母。

【注释】①减算：缩短寿命。

【译文】姜公后来回到吴门，终身穿着僧服，不和世人接触。两个儿子姜安节和姜实节，都非常有才能，姜公也不让他们去考取功名。戊子年间，姜公侍奉母亲回到莱阳。后来母亲得了重病，姜公默默地祈祷，愿意减少自己的寿命来延长母亲的寿命。

山东巡抚重公名，下檄招公。公故坠马以折股，召疡医[①]，竹箯[②]（biān）舁[③]（yú）之。使者归报。公夜驰还江南，自号“宣州老兵”。尝欲结庐敬亭山，未果。癸丑夏，公疾病，呼二子谓曰：“吾受命谪戍。今遭世变，流离异乡，生不能守先墓，死不能正首丘[④]，抱恨于中心。吾当待尽宣州，以绝吾志。”越数日，则曰：“吾不能往矣！死必埋我敬亭之麓。”口吟《易箦（zé）歌》[⑤]一章，呕血数升而殁，时年六十有七。遗命碑碣神主[⑥]不题故官，棺用薄材，不营佛事。二子皆遵行之。葬敬亭日，远近吊者如市。同人私谥曰“贞毅先生”。

【注释】①疡医：古时对外科医生的称呼。②竹篼：用竹编的轿。③舁：共同用手抬。④首丘：相传狐狸将死时，头会朝向它出生的土丘。比喻人死后归葬故乡。⑤易箦歌：箦，华美的竹席。曾子临终时，因身下的席子为季孙所赐，自己不是大夫，而使用大夫的席子，不合礼制，所以命人换席。后用来比喻人之将死。⑥神主：指供奉祖先或死者用的小木牌。

【译文】山东巡抚吕逢春敬重姜公的名望，颁下檄文征招姜公。姜公故意从马上摔下来折断了大腿，还找来医生医治，出入都用竹轿子抬着，使者回去将此事报告给巡抚。而姜公连夜跑回了江南，自称为“宣州老兵”。姜公曾经想在敬亭山修筑一草庐，但是一直没能实现这一愿望。癸丑年夏天，姜公得了疾病，叫来两个儿子对他们说：“我受先皇遗命前去戍守宣州。如今遭遇变故，流落他乡，活着的时候不能守护先人的坟墓，死了不能归葬故乡，心中十分遗憾。我要终老在宣州，以完成我的心愿！”过了几天，姜公说道：“我去不了宣州了，死后你们一定要将我埋在敬亭山下。”吟诵了一章《易箦歌》后，吐血而亡，时年六十七岁。姜公留下遗嘱不让在碑石和牌位上注明往日的官职，棺椁只用薄木板，也不举行佛事。两个儿子都谨遵他的遗命。姜公灵柩下葬于敬亭山的那天，远近前来凭吊的人非常多。友人们私下里送给他谥号为“贞毅先生”。

公隐居后，多著述，自选所为诗文，刻《敬亭集》藏于家，绝不示人。传甲申以来殉节诸贤曰《正气集》，自题己亥后诗文曰《馎饦集》，又著《纪事摘缪》。皆藏之。

【译文】姜公隐居之后，写了不少著作，并挑选所写的诗文，编刻成《敬亭集》藏在家中，绝不对外人展示。记载甲申年以来殉节贤臣的轶事，称为《正气集》，自己题写的己亥年之后的诗文称为《馎饦集》，又写了《纪事摘缪》。这些著作都被收藏起来。

魏禧[①]曰：公有赠禧序及《见怀》诸诗，皆未出。公死，而公二子乃写寄禧山中也。予客吴门，数信宿[②]公。每阴雨，公股足骨发痛，步趾微跛踦[③]。哀哉！北镇抚司狱廷杖、立枷诸制，此秦法所未有，始作俑者，罪可胜道哉！宣城沈寿民曰：《谥法》[④]：秉德不回[⑤]曰孝。经曰：事君不忠，非孝也。公死不忘君，全而归之，可以为孝矣，宜谥曰贞孝。

【注释】①魏禧：字冰叔，号裕斋。江西宁都人。明末清初著名散文家。与侯朝宗、汪琬合称“明末清初散文三大家”。②信宿：连住两夜，也表示两夜。③步趾：行走。跛踦：行步不稳貌。④谥法：追谥的准则。⑤不回：正直，不行邪僻。

【译文】魏禧说道：姜公有序文和《见怀》等诗文要赠于我，都未寄出。姜公死后，他的两个儿子将它们寄给了我。我到吴门作客，数次在姜公家留宿。每当遇有阴雨天，姜公的大腿和脚骨就会疼痛，迈步都十分艰难。悲哀啊！北镇抚司牢狱中的廷杖、立枷等刑罚，在秦朝时都不曾有，这些残酷刑罚的始作俑者，他们的罪责可以说得尽吗！宣城沈寿民说：追谥的准则是：秉承道德，正直高尚称为“孝”。经史中讲道：侍奉君王而不忠心，这是不孝。姜公到死也不曾忘记君王的恩德，得以保全忠义而善终，可以称作“孝”了，应当赠谥号为贞孝。

金棕亭[①]曰：余游黄山，访先生祝发处。山僧犹藏手迹数纸。诗格豪放，字画遒劲，真希世宝也！以魏公文、姜公事作《新志》压卷，足令全书皆生赤水珠光。

【注释】①金棕亭：金兆燕，字钟越，一字棕亭，安徽全椒人（今安徽全椒县）。乾隆三十一年进士。官至国子监博士。著有《棕亭古文钞》等文集。

【译文】金棕亭说：我游览黄山，到访姜公落发出家的地方。山中的僧人还珍藏着数张姜公的手迹。姜公诗文豪迈奔放，字画苍劲有力，真是稀世珍宝啊！用魏公文笔，姜公的轶事来作为《虞初新志》的压卷文章，足以让全书都熠熠生辉！

大铁椎传

魏禧冰叔

【题解】本篇是《虞初新志卷一》的第二篇。本篇是清代文学家魏禧写的一篇传记散文。作者因不知其姓名，就用他的兵器“大铁椎”来代称。文章生动地刻画了一位坦诚豪爽、武艺高强、有胆识、有气节的侠客形象，作者感叹这样的一个英雄人物，却无用武之地。

大铁椎，不知何许人。北平陈子灿省兄河南，与遇宋将军家。宋，怀庆青华镇人，工[①]技击[②]，七省好事者来学；人以其雄健，呼“宋将军”云。宋弟子高信之，亦怀庆人，多力善射，长子灿七岁，少同学，故尝与过宋将军。时座上有健啖客，貌甚寝[③]，右肋夹大铁椎，重四五十斤，饮食拱揖不暂去；柄铁摺叠环复如锁上练[④]，引之长丈许。与人罕言语，语类楚声。扣[⑤]其乡及姓字，皆不答。

【注释】①工：长于；善于。②技击：用于搏斗的武术。③健啖：亦作“健啗”。食欲好；食量大。寝：面貌难看。④练：通“链”，铁链，链子。⑤扣：询问。

【译文】大铁椎，不知道是哪里人氏。北平的陈子灿到河南去探望兄长，和大铁椎在宋将军家相遇。宋将军，怀庆青化镇人，善于搏击，七省喜欢击技的人都纷纷来找他学艺；人们因为他身体强健，称呼他为“宋将军”。“宋将军”的弟子高信之，也是怀庆人，力气大善于射箭，比陈子灿年长七岁，是陈子灿少年时的同学，因此陈子灿曾和他一起拜访宋将军。当时在座有个饭量特别大的宾客，面貌丑陋，右胁下夹着一个大铁椎，重量足有四五十斤，吃饭和行礼时也不放下；柄上的铁环折叠环绕，如同锁上的链子，展开之后大约有一丈长。大铁椎很少和人说话，好像是楚地的口音。询问他的家乡和姓名，都不予回答。

既同寝，夜半，客曰：“吾去矣！”言讫不见。子灿见窗户皆闭，惊问信之。信之曰：“客初至，不冠不袜，以蓝手巾裹头，足缠白布。大铁椎外，一物无所持，而腰多白金。吾与将军俱不敢问也。”子灿寐而醒，客则鼾睡炕上矣。

【译文】陈子灿和大铁椎同住一个房间，到了半夜，大铁椎说：“我去也！”刚说完人就不见了。陈子灿看到门窗都紧闭着，十分惊慌地去问高信之。高信之说：“这位客人刚来时，不戴帽子也不穿袜子，头上包着蓝色手巾，脚上缠着白布。身上除了一个大铁椎，再没其它东西，腰上的包裹里有很多银子。我和宋将军都不敢询问。”陈子灿睡醒后，发现那位客人正在炕上呼呼大睡呢。

一日，辞宋将军曰：“吾始闻汝名，以为豪，然皆不足用。吾去矣！”将军强留之，乃曰：“吾尝夺取诸响马[①]物，不顺者辄击杀之；众魁请长其群，吾又不许，是以仇我。久居此，祸必及汝。

今夜半，方期我决斗某所。”宋将军欣然曰：“吾骑马挟矢以助战！”客曰：“止！贼能且众，吾欲护汝，则不快吾意。”宋将军故自负，且欲观客所为，力请客。客不得已，与偕行。

【注释】①响马：旧称放出响箭拦路抢劫的强盗。

【译文】一天，这位客人向宋将军辞行，说道：“我当初听说你的名字，以为你是英雄豪杰，现在看来，你们都不堪大用，我去也！”宋将军执意挽留，他才说：“我曾抢了劫匪们的东西，但凡有人反抗，都被我杀掉了；那些强盗让我去作他们的头领，我又没答应，因此他们都很仇恨我。我若一直在您这里居住，必然会给你带来灾祸。今晚半夜，强盗们约我在某处决斗。”宋将军高兴地说：“我骑马带箭去为你助战！”客人说道：“不可！强盗们本领高强而且人数众多，交战时我还得保护你，就不能痛快地厮杀了。”宋将军向来很自负，并且也想看看客人的本事，就竭力向客人恳求一同前往。客人迫不得已，只好带他一起同行。

将至斗处，送将军登空堡上，曰：“但观之，慎勿声，令贼知汝也！”时鸡鸣月落，星光照旷野，百步见人。客驰下，吹觱（bì）篥（lì）①数声。顷之，贼二十余骑四面集，步行负弓矢从者百许人。一贼提刀纵马奔客，曰：“奈何杀吾兄？”言未毕，客呼曰：“椎！”贼应声落马，人马尽裂。众贼环而进，客从容挥椎，人马四面仆地下，杀三十许人。宋将军屏息观之，股慄（lì）②欲堕。忽闻客大呼曰：“吾去矣！”但见地尘起，黑烟滚滚，东向驰去。后遂不复至。

【注释】①觱篥：乐器名。胡人吹奏的一种木管乐器。②慄：同

“栗”，发抖，哆嗦。

【译文】快要到达决斗地点时，客人送宋将军登上一座空城堡，对他说：“您只管看，千万不要发出声响，让强盗们知道你在此处！”此时，鸡鸣月落，星光照亮了空旷的荒野，百步之内都能看清人。客人奔下城堡，拿出觱篥吹了几声。顷刻间，二十多名骑马的强盗从四周聚集过来，还有一百多人背着弓箭徒步跟随。一名盗贼提刀纵马向客人奔去，嘴里喊道：“为什么要杀害我的兄长？”话还没说完，客人大呼道：“看椎！”贼人应声落马，人和马都被砸裂。强盗们围成一圈，逐步推进，客人从容地挥舞铁椎迎战，周围的强盗们连人带马被打倒在地，顷刻间被杀死了三十多人。宋将军屏住呼吸观看，双腿不停发抖，差点从城堡上掉下去。忽然听到客人大喊一声：“我去也！”只见地上尘土飞扬，黑烟滚滚，客人骑着马向东飞驰而去。以后再没回来。

魏禧论曰：子房得沧海君①力士，椎秦皇帝博浪沙中，大铁椎其人与？天生异人，必有所用之。予读陈同甫②《中兴遗传》，豪俊侠烈魁奇之士，泯泯然不见功名于世者，又何多也！岂天之生才，不必为人用与？抑用之自有时与？子灿遇大铁椎为壬寅岁，视其貌，当年三十，然则大铁椎今四十耳。子灿又尝见其写市物帖子，甚工楷书也。

【注释】①沧海君：史记作“仓海君”，秦时东夷濊人的一个君长。汉初三杰之一的张良从他这里得到一个大力士，于前218年在博浪沙用铁椎狙击了秦始皇。②陈同甫：南宋思想家、文学家。字同甫，原名汝能，后改名陈亮，人称龙川先生。婺州永康（今属浙江）人。著有《龙川文集》《龙川词》。

【译文】魏禧评论道：张良从沧海君那里找到了一位大力士，在博浪沙用铁椎袭击秦始皇，大铁椎或许也是这种人吧？上天产生这样的奇人，一定有用得着他的地方。我读陈同甫所著的《中兴遗传》中记载的那些才智出众、勇猛过人的英雄豪杰，他们很多功绩都不被世人所了解。难道是上天产生这些奇人，却未必是让他们得到任用吗？还是会在合适的时机才会任用他们呢？陈子灿和大铁锥相遇是在壬寅年，看他的容貌，当时年纪应该是三十岁左右，那么大铁椎现在就有四十岁了。陈子灿曾经看到过他书写买东西的条子，上面的楷书写得非常漂亮！

张山来曰：篇中点睛，在三称“吾去矣”句。至其历落[1]入古处，如名手画龙，有东云见鳞、西云见爪之妙。

【注释】①历落：磊落，清高超俗。

【译文】张山来讲道：文章中画龙点睛的地方，就是大铁椎三次说“我去也”。至于描写人物的手法，也同古人相像，如同名家画龙，东边画一片龙鳞，西边露出一只龙爪，就是看不见龙的全身。

徐霞客传

王思任季重

【题解】本篇是《虞初新志卷一》的第三篇。徐霞客是明代杰出的地理学家、旅行家和文学家，地理名著《徐霞客游记》的作者，被称为“千古奇人”。本篇是王思任为徐霞客所作的一篇传记文，讲述了徐霞客波澜壮阔的一生，同时对徐霞客给予了高度的评价。

徐霞客者，名宏祖，江阴梧塍里人也。高祖经，与唐寅[①]同举，除名。寅常以倪云林[②]画卷偿博进[③]三千，手迹犹在其家。霞客生里社[④]，寄情郁然，玄对山水，力耕奉母。践更[⑤]徭役，蹙蹙（cù）[⑥]如笼鸟之触隅，每思飏去。

【注释】①唐寅：字伯虎，后改字子畏，号六如居士、桃花庵主、鲁国唐生、逃禅仙吏等，明代画家、书法家、诗人。②倪云林：倪瓒，元末明初画家、诗人。初名珽，字泰宇，后字元镇，号云林子、荆蛮民、幻霞子等。江苏无锡人。③博进：赌博所输的钱。④里社：借指乡里。⑤践更：受钱代人服徭役。⑥蹙蹙：局缩不舒展。

【译文】徐霞客，名宏祖，江阴梧塍里人。徐霞客的高祖徐经，曾和唐寅一同考中举人，后因考场弊案牵连，他们被取消了举人资格。唐寅曾经模仿倪云林的画作，用赝品来偿还赌博欠下的三千两银子的赌债，而真迹还藏在唐寅的家中。徐霞客出生在乡间，生性喜欢密林峡谷，坐对高山流水。平日里，徐霞客下田耕作来奉养老母，常常请人代服劳役，以便自己能侍奉在母亲身边，但是他觉得自己如同被关在笼子里的鸟，常常想着要飞出去，游览天下大好河山。

年三十，母遣之出游。每岁三时①出游，秋冬觐省②，以为常。东南佳山水，如东西洞庭、阳羡、京口、金陵、吴兴、武林、浙西径山、天目、浙东五泄、四明、天台、雁宕、南海、落迦，皆几案衣带间物耳。有再三至，有数至，无仅一至者。其行也，从一奴，或一僧，一杖，一袱被。不治装，不裹粮，能忍饥数日，能遇食即饱。能徒步走数百里。凌绝壁，冒丛菁，攀援上下，悬度绠（gěng）汲③，捷如青猿，健如黄犊。以崟（yín）岩④为床席，以溪涧为饮沐，以山魅木客、王孙玃（jué）父⑤为伴侣。儚（méng）儚粥粥⑥，口不能道词。与之论山经，辨水脉，搜讨形胜，则划然心开。居平未尝鞶（pán）帨（shuì）⑦为古文辞，行游约数百里，就破壁枯树，燃松拾穗，走笔为记，如甲乙之簿，如丹青之画，虽才笔之士无以加也。

【注释】①三时：春、夏、秋三季农作之时。②觐省：探望双亲。③悬度绠汲：用悬索度过山谷，如同用绳子从井里提水。绠，汲水用的绳子。④崟岩：高峻貌。⑤山魅：传说中的山中精怪。如山魈之类。木客：山中的精怪。王孙：猴子的别称。玃父：马猴。⑥儚儚：昏乱迷惑的样子。粥粥：柔弱、谦卑的样子。⑦鞶帨：大带与佩巾。比喻华丽的藻饰。

【译文】 徐霞客三十岁的时候，母亲让他外出游历。以后每年春、夏、秋这三个季节，徐霞客就出外游历，到了秋冬季节则回家省亲，渐渐地成了一种惯例。东南一带的著名山水，比如东西洞庭湖、阳羡、京口、金陵、吴兴、武林、浙江西部的径山、天目山，浙江东部的五泄、四明、天台山、雁宕山、南海、落迦等地，都是徐霞客所熟悉的地方。这些地方有的去过两三次了，有的去过多次，没有只去过一次的地方。徐霞客每次出游，随行的人，有时是一名仆人，有时是一名僧人，外加一根拐杖，一个包袱。他从不置办行装，也不带干粮，他能忍受饥饿，可以好几天不进食，遇到食物，也不挑剔，都能饱餐一顿。徐霞客常常徒步跋涉数百里，翻越陡峭的山壁，穿越茂盛的丛林，上下攀援，登山渡水，像猿猴一样敏捷，像牛犊一般强健。他把悬崖峭壁当作床榻，以山涧溪水饮食沐浴，与山怪、木精、猴子、大猿为伴。徐霞客看上去好像笨嘴拙舌，不善言辞，一旦和他讨论起各地的山川河流，名胜古迹时，就会滔滔不绝。徐霞客平时也没写过华丽的文章，每走几百里，他就在山崖和枯树下，点燃松枝干柴照明，持笔记录一路所遇山水情况，文字条理清晰，描绘生动形象，即使才子文人也不一定能写出这样的文章。

游台、宕还，过陈木叔小寒山①。木叔问：“曾造雁山绝顶否？”霞客唯唯②。质明已失其所在。十日而返，曰：“吾取间道，扪萝上龙湫（qiū）③三十里，有宕④焉，雁所家也。攀绝磴上十数里，正德间白云、云外两僧团瓢⑤尚在。复上二十余里，其颠罡风⑥逼人，有麋鹿数百群，围绕而宿。三宿而始下。”其与人争奇逐胜，欲赌身命，皆此类也。

【注释】 ①陈木叔：即陈函辉，原名炜，字木叔，浙江临海人。崇祯七年进士，补靖江县令。明亡后从事反清，事败，自缢而殉国。善草书，敏于诗，与徐霞客交好，曾为其作墓志铭。小寒山：陈木叔所居之地，其自号小寒山子。②唯唯：恭敬的应答声，引申为恭顺谨慎之义。③龙湫：雁荡山著名的大瀑布。④宕：洞穴；洞屋。⑤正德：明朝武宗的年号（1506—1521年）。团瓢：小屋子。⑥罡风：道家称天空极高处的风，现在用来指强烈的风。

【译文】徐霞客游览完天台山、雁宕山，返回途中，去小寒山拜访了陈木叔。陈木叔问道："你去过雁荡山的顶峰吗？"徐霞客没有回答。第二天天亮，不见了徐霞客的人影。十天之后，徐霞客回来了，告诉陈木叔说："我从小路上山，拉着藤蔓攀上雁荡山的大瀑布龙湫，走了三十里路，看到一个巨洞，大概就是大雁栖息的地方吧。再沿着绝壁，向上攀登了十多里，看到正德年间白云、云外两位高僧居住的茅草屋还在那里。我又攀登了二十多里到达山顶，山顶的强风猛烈逼人，有很多麋鹿在上面觅食栖息。前后历时三天，我才开始下山。"徐霞客为了与人争强斗胜，甚至不惜冒着生命危险，攀登险峰，他就是这种性格。

已而游黄山、白岳、九华、匡庐[①]。入闽，登武夷，泛九鲤湖[②]。入楚，谒玄岳[③]。北游齐鲁、燕冀、嵩雒，上华山，下青柯坪[④]。心动趣归，则其母正属疾，啮指相望[⑤]也。

【注释】①白岳：山名。位于安徽省休宁县城西约15公里处，与黄山南北相望，素有"黄山白岳甲江南"之誉。匡庐：即庐山。②九鲤湖：位于福建省莆田市仙游县钟山镇，是仙游四大景之一，徐霞客把它与武夷山、玉华洞并称"福建三绝"。③玄岳：即武当山。④青柯坪：位于华山谷口内。⑤啮指相望：《搜神记》记载：曾子跟随仲尼在离家万里的楚地忽感心中惊动，辞归问母，母曰："思尔啮指。"后来用此表达母亲对儿子的思念。

【译文】不久后，徐霞客又游历了黄山、白岳、九华山、庐山。进入福建，登上武夷山，泛舟九鲤湖。还去了湖北，朝拜了武当山；向北去了山东、河北、嵩山、洛水，登上华山，游览了青柯坪。有一天，徐霞客忽然心中感到不安，就赶快回家，回家后发现母亲生病了，正在家里盼他回来呢。

母丧服阕①，益放志远游。访黄石斋于闽，穷闽山之胜，皆非闽人所知。登罗浮，谒曹溪，归而追石斋于黄山。往复万里，如步武②耳。由终南背走峨眉，从野人采药，栖宿岩穴中，八日不火食③。抵峨眉，属奢酋④阻兵，乃返。只身戴釜，访恒山于塞外，尽历九边⑤阨塞。

【注释】①服阕：三年守丧期满除服。②步武：很短的距离。③火食：熟食。④奢酋：奢崇明，四川永宁（今叙永）人，叛明自立，割据西南。⑤九边：又称九镇、明朝九边，是明朝在北部边境沿长城防线陆续设立的九个军事重镇，包括辽东镇、蓟州镇、宣府镇、大同镇、太原镇（也称山西镇或三关镇）、延绥镇（也称榆林镇）、宁夏镇、固原镇（也称陕西镇）、甘肃镇。

【译文】徐霞客在母亲去世后服丧期满，从此更加无所牵挂，放心地去四方云游。他去福建拜访了黄石斋，游览了福建的众多大山，这些高山连福建当地人都不曾听说过。他又登上罗浮山，游览了曹溪，回来后在黄山又一次拜访了黄石斋。来回上万里的路程，在徐霞客脚下就像短短几步路一样。徐霞客从终南山走到峨眉山，一路上，和山中的药农一起采药，住在山洞里，曾经八天没有生火做饭。他到了峨眉山，恰巧碰上奢崇明举兵叛乱，道路受阻，就原路返回了。徐霞客一个人背着锅，又拜访了塞外恒山，边境上的九边重镇也全部游历一遍。

归，过予山中，剧谈四游四极，九州九府[①]，经纬分合，历历如指掌。谓昔人志星官舆地[②]，多承袭傅会[③]。江河二经[④]，山川两戒[⑤]，自纪载来，多囿于中国一隅。欲为昆仑海外之游，穷流沙而后返。小舟如叶，大雨淋湿，要之登陆，不肯，曰："譬如涧泉暴注，撞击肩背，良足快耳！"

【注释】①四游：古人认为大地和星辰在一年四季中，分别向东、南、西、北四极移动，称"四游"。四极：四方极远之地。九州：各书说法不一，后泛指中国。九府：指各方的宝藏和特产。②星官：星宿天象的总称，指天文。舆地：地理。③傅会：同"附会"。④江河二经：长江、黄河两条干流。⑤两戒：唐代一行和尚提出的分隔华夏与蛮夷的南北两条界限，北界大概是沿青海、甘肃、陕西、山西、河北、辽宁一线，南界大概是四川、陕西、河南、湖北、湖南、江西、福建一线。戒，通"界"。

【译文】回来时，徐霞客到我居住的山中拜访，和我畅谈四游四极，九州九府，经纬变化，他对天下山川地理了如指掌。徐霞客认为前人记载的天文地理资料，大多是抄袭附会。长江黄河两条干流，以及天下山河的两大界限，从有记载以来，对这些山川河流的起源和走势的描述，大多局限在中原范围之内，徐霞客准备去中原以外的昆仑山等地游历考察，一直到达流沙河再返回。我们乘坐的小船，被大雨打湿，叫他到岸上去避雨，被他拒绝了，他说："这雨水就像山涧里的泉水，撞击着我的肩背，感觉实在是很爽快！"

丙子[①]九月，辞家西迈。僧静闻愿登鸡足礼迦叶[②]，请从焉。遇盗于湘江，静闻被创死。函其骨，负之以行。泛洞庭，上衡岳，穷七十二峰。再登峨眉，北抵岷山，极于松潘。又南过大渡河，至黎、雅[3]，登瓦屋、晒经[4]诸山。复寻金沙江，极于犁牛徼外。由金沙南泛澜沧，由澜沧北寻盘江，大约在西南诸夷境，而贵竹[5]、滇南之观，亦几尽矣。过丽江，憩点苍[6]、鸡足，瘗静闻骨于迦叶道场，从宿愿也。由鸡足而西，出玉门关数千里，至昆仑山，穷星宿海[7]，去中夏三万四千三百里。登半山，风吹衣欲堕，望见方外黄金宝塔。又数千里，至西番，参大宝法王[8]。鸣沙之外，咸称胡国，如述庐、阿耨诸名，由旬[9]不能悉。《西域志》称沙河阻远，望人马积骨为标识，鬼魅热风，无得免者。玄奘法师受诸魔折，具载本传[10]。霞客信宿往返，如适莽苍。

【注释】①丙子：崇祯九年（1636年）。②鸡足：山名，位于云南宾川西北。迦叶：即摩诃迦叶，是佛陀十大弟子之一，鸡足山有迦叶殿，传说为迦叶入定的地方。③黎、雅：即黎州（今四川汉源）、雅州（今四川雅安）。④瓦屋：山名，位于四川荣经县东南。晒经：山名，位于四川越西县东北，相传唐玄奘曾在此晒经，故名。⑤贵竹：即贵筑，县名，其地今划归贵阳市。⑥点苍：山名，大理苍山，又名点苍山。⑦星宿海：地名。在青海省。古人以之为黄河的发源地。⑧西番：即西藏。大宝法王：尊号起源于第五世噶玛巴德新谢巴，由明成祖永乐皇帝赐封，成为噶玛巴的专有称号，一直沿袭至今。⑨由旬：梵语里程单位，一由旬的长度，我国古有八十里、六十里、四十里等诸说。⑩本传：传记文的一种，与“别传”相对。记载一人的生平事迹及其著作等。

【译文】丙子年九月，徐霞客离开家向西出游。僧人静闻想去鸡足山，礼拜迦叶，就跟随他一起前往。他们在湘江遇到了强盗，静闻受伤而死。徐霞客用盒子盛放他的遗骨，背负前行。徐霞客坐船渡过洞庭湖，登上衡山，遍游衡山七十二峰。又登上峨眉山，向北抵达岷山，最后一直到达松潘。随即向南横渡大渡河，到达黎州、雅州，翻越瓦屋、晒经等山。又沿着金沙江，一直到达出产牦牛的西南边塞地区。由金沙江向南，渡过澜沧江，又从澜沧江出发向北到达盘江，这些大多是西南少数民族居住的地方。徐霞客几乎把贵州、云南等地都游览遍了。随后渡过丽江，在点苍、鸡足山停留休息。徐霞客将静闻的尸骨安葬在了迦叶道场，了却静闻生前的愿望。他由鸡足山向西出玉门关几千里外，抵达昆仑山，一直走到星宿海，那个地方离中原有三万四千三百里。徐霞客攀登到半山腰时，狂风吹着衣服摇摇欲坠，他还看到了西域的黄金宝塔。徐霞客又徒步行走了几千里，到达西番，参见了大宝法王。鸣沙山以外的地方，都称作胡国，例如述卢、阿耨之类的名字，去往这些地方路途的远近，就不能知晓了。《西域志》说西北地区，受沙漠阻隔，很难远行，沿路看见的人、马的尸骨就是道路的标记，沙漠里的鬼魅热风，没有谁能抵抗得了。玄奘法师经过这里时，经受了很多折磨，相关事情都记载在他的传记里。徐霞客用很短的时间就往返了一遍，就如同去郊外走了一圈儿一样。

还至峨眉山下，托估客附所得奇树虬根以归，并以《溯江纪源》一编寓予。言《禹贡》岷山导江，乃泛滥中国之始，非发源也。中国入河之水，为省五；入江之水，为省十一。计其吐纳，江倍于河；按其发源，河自昆仑之北，江亦自昆仑之南，非江源短而河源长也。又辨三龙①大势，北龙夹河之北，南龙抱江之南，中龙中界之，特短。北龙只南向半支入中国，唯南龙磅礴半宇内，其脉亦发于昆仑，与金沙江相并南下，环滇池以达五岭。龙长则源脉亦长，江之所以大于河也。其书数万言，皆订补桑《经》郦《注》②及汉、宋诸儒疏解《禹贡》③所未及，予撮其大略如此。

【注释】①龙：这里指山脉。②桑《经》郦《注》：相传《水经》为汉代桑钦所撰，故称桑《经》。《水经》是一部记录我国137条河流的地理专著。后为著名地理学家、文学家郦道元注释《水经》，作《水经注》。③《禹贡》：属于《尚书》中的一篇，是先秦时期的地理著作，囊括了各地山川、地形、土壤、物产等情况。

【译文】徐霞客回到峨眉山下，委托商人把他得到的奇树虬根带回家。并把一篇《溯江纪源》寄给我，说《禹贡》里讲岷山是长江的源头，其实泯江只是长江的一条支流而已，并不是长江的发源地。在中国有五个省的河流汇入黄河，有十一个省的河流汇入长江。统计它们的流量，长江的水量是黄河的好几倍；考察它们的源头，黄河的发源地位于昆仑山北面，长江的发源地位于昆仑山南面，并不是长江的源头短而黄河的源头长。徐霞客又辨析北、中、南三大山脉的走势，认为北边的山脉沿着黄河以北延伸，南边的山脉蜿蜒到长江以南，中部的山脉从南北两条山脉的中间延伸出去，山脉比较短。北边的山脉一直向东延伸，只有向南的半条分支进入中原，南边的山脉横跨半个中国，全部位于中国境内，南边山脉的起点也在昆仑山，与金沙江一起南下，环绕滇池一直通到长江与珠江流域的群山。因为山脉长，所以水脉也长，这就是长江流量大于黄河流量的原因所在。徐霞客的著作有好几万字，都是补充桑钦的《水经》、郦道元的《水经注》和汉、宋时期诸学者注解《禹贡》中所没有涉及到的地方，我把他著作的大略抄录下来。

霞客还滇南，足不良行，修《鸡足山志》，三月而毕。丽江木太守偫（zhì）糇（hóu）粮①、具笋舆②以归。病甚，语问疾者曰：“汉张骞凿空③，未睹昆仑。唐玄奘、元耶律楚材④衔人主之命，乃得西游。吾以老布衣，孤筇（qióng）⑤双履，穷河沙，上昆仑，历西域，题名绝国⑥，与三人而为四，死不恨矣！”余之识霞客也，因漳人刘履丁[⑦]。履丁为予言：霞客西归，气息支缀，闻石斋下诏狱，遣其长子间关[⑧]往视，三月而返，具述石斋颂系[⑨]状。据床浩叹，不食而卒。其为人若此！

【注释】①偫：储备。糇粮：干粮；食粮。②笋舆：用竹子编成的轿子。③凿空：开通道路。④耶律楚材：字晋卿，辽朝东丹王耶律倍八世孙、金朝尚书右丞耶律履之子。初仕金，后为元重臣，曾随元太祖出征西域。⑤筇：一种竹子，可以做手杖。⑥绝国：偏远隔绝的国家。⑦刘履丁：字渔仲，福建漳浦人。书、画精绝。⑧间关：道途崎岖艰险，不易行走。⑨颂系：宽容罪犯，不加桎梏。

【译文】徐霞客回到云南，由于脚生病不便行走，便修撰《鸡足山志》，三个月后写完。丽江府的木知府为他准备了干粮、竹轿，他才得以回家。徐霞客病情很重，他对来探病的人说："西汉张骞开通西域时，没有看到昆仑山。唐朝的玄奘、元朝的耶律楚材拿到了皇上的谕旨，才得以西游。我只是一个平民百姓，靠着一根拐杖一双草鞋，就能到达黄河、沙漠，登上昆仑山，走遍西域，在偏远隔绝的国家留下我的名字，我的经历足可以与之前的三人并列，即使死了，我也没有什么可惋惜的了。"我认识徐霞客，是通过漳州人刘履丁介绍的。刘履丁对我说："徐霞客从西边回来后，就气息虚弱，听说皇上下令让黄道周进了监狱，徐霞客就派他的长子不避艰险前去探望，三个月后才回来，他的长子详细地述说了黄道周被拘捕的情况。徐霞客躺在床上不停地感叹，终因不能进食而去世。"他就是这样重情义的人啊！

梧下先生[①]曰：昔柳公权记三峰[②]事，有王玄冲者，访南坡僧义海，约登莲花峰。其峰届山趾[③]，计五千仞，为一旬之程，既上，煹（gòu）[④]烟为信。海如期宿桃林[⑤]。平晓[⑥]，岳色清明，伫立数息，有白烟一道，起三峰之顶。归二旬而玄冲至，取玉井莲[7]落叶数瓣及池边铁船寸许遗海，负笈而去。玄冲初至，海谓之曰："兹山削成，自非驭风冯云，无有去理。"玄冲曰："贤人勿谓天不可登，但虑无其志耳！"霞客不欲以张骞诸人自命，以玄冲拟之，并为三清[8]之奇士，殆庶几乎？霞客纪游之书，高可隐几，余属其从兄仲昭雠勘[9]而存之，当为古今游记之最。

【注释】①梧下先生：作者自称。②三峰：指莲花峰、落雁峰、朝阳峰。③山趾：山脚。④熢：举火。⑤桃林：指位于华山谷口以南五里的桃林坪。⑥平晓：犹平明。天刚亮的时候。尤指黎明时分。⑦玉井莲：华山峰顶玉井所产之莲。⑧三清：道教指仙人所居的玉清、太清、上清三清仙境。⑨雠勘：校勘。

【译文】梧下先生说：昔日柳公权记载华山三峰的事，说有个名叫王玄冲的人，去拜访南坡僧人义海。王玄冲和义海约定，他能够在规定的期限内登上莲花峰。莲花峰从山脚到山顶，约有五千仞高，上山大概需要十天的时间，双方约定王玄冲到达峰顶后，就燃起烟火作为信号。十天后，义海按照约定的时间来到桃林坪。清晨，山间天色明亮，义海站在山下不一会儿，就看见华山三峰的顶端有一道白烟升起。义海回去后二十天，王玄冲也回来了，取出莲花峰峰顶玉井中的莲花瓣和水池边铁船的残骸赠送给义海，随后就背着箱子离开了。王玄冲刚来的时候，义海曾对他说："这座山犹如刀削一般，倘若不是乘风驾云，实在没有办法攀登上去。"王玄冲说："贤士不会说登天有多难，只看心中有没有这种志向罢了！"徐霞客不想用张骞等人来比喻自己，就用王玄冲来比拟他吧，让他们一起成为三清的奇士，或许可以这样吧？徐霞客记载出游经历的书，叠起来的高度可以超过几案，我叮嘱他的族兄徐仲昭校勘保存好它们，这些书籍应当会成为古今游记中，写得最好的作品吧。

霞客死时，年五十有六。西游归以庚辰[①]六月，卒以辛巳正月，葬江阴之马湾。亦履丁云。

【注释】①庚辰：明崇祯十三年（1640年）。辛巳：1641年（明崇祯十四年）。

【译文】徐霞客去世时五十六岁。在庚辰年六月西游回来，在辛巳年正月去世，安葬在江阴的马湾。这也是刘履丁告诉我的。

张山来曰：叙次生动，觉奇人奇情跃跃纸上。快读一过[①]，恍如置身蓬莱三岛，不必更读霞客游记矣。

【注释】①过：次，回，遍。

【译文】张山来说：这篇文章叙述生动形象，读来感觉奇人奇事奇情跃然纸上。我飞快地阅读完一遍，恍如置身蓬莱三岛之中，可以不必再去读徐霞客游记了。

秋声诗自序

林嗣环铁崖

【题解】本篇是《虞初新志卷一》的第四篇。作者林嗣环描述了口技艺人的生动表演。口技艺人逼真地用口技，摹拟出一组具有强烈节奏感及连续性的生活场景，同一时间内各种声音齐发，令人深切感受到口技艺人的高超技艺。

彻呆子[①]当正秋之日，杜门[②]简出，毡有针，壁有衷甲[③]，苦无可排解者。然每听谣诼（zhuó）[④]之来，则濡墨吮笔[⑤]而为诗。诗成，以“秋声”名篇。

【注释】①彻呆子：林嗣环，号“铁崖”，自称“彻呆子”，清代顺治年间的福建晋江人。林嗣环为官清正，深受百姓爱戴，顺治十三年，因弹劾尚可喜和耿精忠，被二藩诬告撤职，后辞官归隐杭州，闭门著书，抒发自己对时政弊端的看法。②杜门：闭门。③衷甲：在衣服里面穿铠甲。④谣诼：造谣诽谤。⑤濡墨吮笔：磨好墨，把毛笔润湿。指动手写文章。

【译文】当下正是秋天，彻呆子虽然闭门不出，但是呆在家里如坐针毡，好似被穿着铠甲的武士包围着，很不自在，可又苦于无处排解郁闷。每听到有人造谣诽谤自己，就动手写诗。诗作完成后就用“秋声”作为题目。

适有数客至，不问何人，留共醉。酒酣，令客各举似何声最佳。一客曰：“机声，儿子读书声佳耳。”予曰：“何言之庄也！”又一客曰：“堂下呵驺（zōu）[①]声，堂后笙歌声，何如？”予曰：“何言之华也！”又一客曰：“姑妇楸（qiū）枰（píng）[②]声最佳。”曰：“何言之玄也！”一客独嘿嘿，乃取大杯满酌而前曰：“先生喜闻人所未闻，仆[③]请数言为先生抚掌[④]，可乎？京中有善口技者，会宾客大宴，于厅事之东北角施八尺屏障，口技人坐屏障中，一桌、一椅、一扇、一抚尺而已。众宾团坐。少顷，但闻屏障中抚尺二下，满堂寂然，无敢哗者。遥遥闻深巷犬吠声，便有妇人惊觉欠伸，摇其夫语猥亵事。夫呓语，初不甚应。妇摇之不止，则二人语渐间杂，床又从中戛戛。既而儿醒大啼，夫令妇抚儿乳。儿含乳啼，妇拍而呜之。夫起溺，妇亦抱儿起溺。床上又一大儿醒，狺狺（yín）[⑤]不止。当是时，妇手拍儿声，口中呜声，儿含乳啼声，大儿初醒声，床声，夫叱大儿声，溺瓶中声，溺桶中声，一齐凑发，众妙毕备。满座宾客，无不伸颈侧目，微笑嘿（mò）[⑥]叹，以为妙绝也。既而夫上床寝，妇又呼大儿溺，毕，都上床寝。小儿亦渐欲睡，夫鼾声起，妇拍儿亦渐拍渐止。微闻有鼠作作索索，盆器倾侧，妇梦中咳嗽之声。宾客意少舒，稍稍正坐。忽一人大呼火起。夫起大呼，妇亦起大呼，两儿齐哭。俄而百千人大呼，百千儿哭，百千犬吠。中间力拉崩倒之声，火爆声，呼呼风声，百千齐作。又夹百千求救声，曳屋许（hǔ）许[⑦]声，抢夺声，泼水声。凡所应有，无所不有。虽人有百手，手有百指，不能指其一端；人有百口，口有百舌，不能名其一处也。于是宾客无不变色离席，奋袖出臂，两股战战，几欲先走。而忽然抚尺一下，群响毕绝，撤屏视之，一人、一桌、一椅、一扇、一抚尺而已！”

嘻！若而人者，可谓善画声矣！遂录其语，以为《秋声序》。

【注释】①驺：驾驭车马的人。②楸枰：棋盘。古时多用楸木制作，故名。也指下棋。③仆：旧谦称“我”。④抚掌：拍手。⑤狺狺：狗叫的声音。这里指喧嚷声。⑥嘿：同“默”。⑦许许：众人共同出力时所发出的声音。

【译文】正好有几位客人来拜访，我也不询问他们是谁，就把他们留下来共同饮酒。喝到兴头上的时候，我就让各位客人举例说出什么声音最悦耳。一位客人说：“织布机的声音和小孩子读书的声音最悦耳。”我问：“什么声音最庄严？”又有一位客人说：“官员升堂的喝令声和朝会典礼的奏乐声，您认为怎么样？”我又问：“什么声音最美妙？”又有一位客人说：“婆媳下棋时落子的声音最美妙。”我说：“什么声音最玄妙？”又有一位客人嘿嘿一笑，取来一个酒杯，斟满酒上前说：“先生喜欢听别人没有听过的声音，我说个故事来为先生助兴，可以吗？京城中有个擅长表演口技的人，有一次，有人大宴宾客，请他去表演。在客厅的东北角放了一个八尺高的屏风，表演口技的人就坐在屏风里，里面只有一张桌子、一把椅子、一把扇子、一块醒木罢了。客人们围坐在屏风周围。过了一会儿，只听见屏风里面醒木响了两下，全场都安静下来，没有人大声喧哗。接着，众人听到好似深巷中传来的一阵狗叫声，又听到妇女从睡梦中惊醒后打呵欠和伸懒腰的声音，还有她摇着丈夫说亲密话的声音。她的丈夫还在说梦话，最初没有什么反应。妇人就不停地摇晃他，于是两人的说话声逐渐多了起来，床又发出“戛戛”的声音。不一会儿，有小孩醒了，大声啼哭。丈夫让妇人给小孩喂奶。小孩一边吃奶一边啼哭，妇人轻拍着小孩，哼着歌哄小孩入睡。接着，丈夫起来小便，妇人也抱着小孩小便。床上又有一个大孩子醒了，在床上不停的嚷嚷。这时候，妇人轻拍小孩的声音，哼着歌哄孩子的声音，孩子边吃奶边哭的声音，大孩子刚睡醒的声音，床的"戛戛"声，丈夫大声责骂大孩子的声音，尿壶和尿桶中的小便声音，都同时响起，各种声音都惟妙惟肖。满座的宾客都伸长脖子，侧耳倾听，无不点头微笑，不住赞叹，认为技艺绝妙。过了一会儿，丈夫上床睡觉，妇人又喊大孩子起来小便，完事后就都上床睡觉。小孩子也渐渐睡着了，丈夫打起了呼噜，妇人轻拍孩子的声音也渐渐慢了下来。隐约听到有老鼠活动的声音，还有盆子器皿被老鼠碰倒的声音，妇人在梦中偶尔发出几声咳嗽声。宾客们的精神稍微放松了些，渐渐坐正身体。忽然有一人大喊："着火啦"，丈夫也起来大声呼叫，妇人也起来大声呼叫。两个孩子一齐哭了起来。不久就有成百上千人大声喊叫起来，成百上千的小孩儿哭了起来，成百上千条狗不停地叫唤起来。中间夹杂着劈里啪啦房屋倒塌的声音，大火燃烧时发出的爆裂声，呼呼的风声，成百上千种声音一齐发出；又夹杂着成百上千人求救的声音，众人拉倒燃烧房屋的呼呼声音，抢救东西的声音，泼水救火的声音。凡是在这种情况之下应该有的声音，一时间全都发出。即使一个人有上百只手，每只手有上百个指头，也不能准确指出其中的每一种声音来；即使一个人有一百张嘴，每张嘴有一百条舌头，也不能具体说出其中的每一种声音来。客人们都被吓得变了脸色，离开座位，捋起衣袖露出手臂，两条腿哆嗦颤抖，害怕得几乎要逃走了。忽然醒木一拍，各种声音都消失了。撤去屏风一看，里面只有一个人、一张桌子、一把椅子、一把扇子、一块醒木罢了。"

嘻！这个人可说是非常擅于模拟各种声音了！于是我记录下这个故事，作成这篇《秋声序》。

张山来曰：绝世奇技，复得此奇文以传之。读竟，辄浮大白[1]。

【注释】①浮大白：满饮一大杯酒。

【译文】张山来说：这个人的口技真是绝世奇技，又能够以这篇奇文为其广为传播。读完，我满满饮了一大杯酒。

盛此公传

周亮工减斋

【题解】本篇是《虞初新志卷一》的第五篇。盛于斯是明末的文学家，诗人，戏曲家，少负奇才，有慷慨豪侠之气，怀才不遇，失意愤郁，再遭身残目盲的打击，却自强不息，寄情诗歌，工于书法，留下很多著作。作者周亮工是盛于斯的好友，因感慨于好友的坎坷遭遇，作文记述了盛于斯的生平事迹，流传后世。

盛此公，名于斯，南陵人。家故不赀[①]，先世有义声[②]。屋以内多藏书，外多良田。此公年十数龄，即能读等身[③]书，有声邑里。长肆力[④]为古文词，虽不中有司尺度，而声称籍甚[⑤]。然是时，此公但闭户读书，固不出与人见也。

【注释】①不赀：无从计量，表示多或贵重（多用于财物）。②义声：德义的名声。③等身：与人的身高或重量相等，形容数量多。④肆力：使出全部的力量。⑤籍甚：名声远播，广为人知。

【译文】盛此公，名于斯，南陵人。家里原先很富有，祖上有德义的名声，家中有很多藏书，还有很多良田。盛此公在十几岁时，就已熟读诗书，闻名乡里。长大后，盛此公在古文和古诗词方面下了很多功夫，虽然不符合当时科举文章的式样，却声名远播，广为人知。那时，盛此公一心闭门读书，不愿出去与人来往。

会其尊人[①]捐馆舍[②]，乃抗倈（chuǎng）[③]好交。邑里人才智咸出此公下，此公乃以为无足语。去而之秣（mò）陵[④]，欲尽交东南士，东南士亦愿交此公。此公以为："世且乱，吾当见天子，慷慨言当世事。彼经生何足语，会求其人于屠狗[⑤]间。"于是益散金结客，遂为广陵儿所绐（dài）[⑥]。

【注释】①尊人：对父母或长辈的敬称。②捐馆舍：死亡的婉辞。③抗倈：克服缺点。④秣陵：这里代指南京。⑤屠狗：宰狗。后也泛指出身低微者或位卑的豪杰之士。⑥广陵：指扬州。绐：古同"诒"，欺骗；欺诈。

【译文】盛此公的父亲去世后，他就改变了以前的习惯，变得愿意结交朋友。乡里有才华，懂诗书的人很少，盛此公就认为跟乡里人没有什么可谈论的。于是离开南陵去了南京，想要结交东南的名士，而东南名士也愿意结交盛此公。盛此公认为："世道将乱，我应该面见皇帝，对当今形势慷慨陈言。那些普通书生哪里值得我去结交？我应当从市井中寻找豪杰人物。"因此盛此公广散钱财去结交豪侠之人，没想到竟被一个扬州人给欺骗了。

是时边事急，广陵儿讽[①]此公出家赀备公家缓急。此公故慷慨欲见天子言当世事，乃为所中。久之，事卒不济，而金垂尽。嗒（tà）然[②]与世无所合，退而返里闬（hàn），里闬又嗤笑之。此公益不复事事，产益落，所为文益不合有司尺度。侘（chà）傺（chì）[③]无聊，多饮酒，与妇人近。不数年，病矣。少愈，右臂诎伸[④]不已，若指遂不诎伸。此公故工书，丐[⑤]其书者，辄以左手濡墨[⑥]，纳右指窍中。见者以为苦，顾其书则益工，时为人据石擘窠书[⑦]。好为诗，酒后呜呜吟不已。间至秣陵，遴（lín）制举[⑧]义行之，非其志也。

【注释】①讽：用含蓄的话劝告。②嗒然：形容沮丧怅惘的神情。③侘傺：形容失意的样子。④诎伸：弯曲和伸直。⑤丐：乞求。⑥濡墨：蘸润墨汁。谓用墨书写。⑦擘窠书：大字的别称，最初是篆刻印章用语。古人写碑为求匀整，有以横直界线划成方格者，叫“擘窠”。一般书体为楷书。⑧遴：谨慎选择。制举：科举取士制度之一。

【译文】当时边疆军情紧急，那个扬州人就劝说盛此公捐出家产，以备国家有危难时给予援助。盛此公正想面见皇帝，陈述自己对于当今形势的看法，扬州人的提议，正好符合了盛此公的想法。过了很久，面见皇上的事情也没有办成，但是钱财却花完了。盛此公很是沮丧，既然不能一展抱负，就只能返回乡里，乡里人又嘲笑他被人欺骗。盛此公从此不愿再去多事，家道也越来越没落，所写的文章愈加不符合科举文章的要求。失意郁闷之际，盛此公开始酗酒，亲近女色。没过几年，盛此公就生了重病。后来病情稍有好转，但是右臂不能自由曲伸，渐渐右手手指也不能曲伸了。盛此公擅长书法，有人来向他求字，他就用左手持笔蘸墨，然后再把毛笔放在右手的指间，开始写字。见到的人都觉得他很辛苦，但盛此公的书法却越来越精湛，时常为别人写大字，用来刻在石碑上。盛此公喜欢作诗，常在酒后吟诵不已。盛此公有时会去南京拜会名流，但不是为了找人向朝廷推荐他，这并不是他的志向。

岁在辛未，予自大梁来秣陵省家大人。家大人好此公诗，语亮曰："此间有盛此公，工为诗，儿识之。"亮因以父命往交此公。此公独异予，以为恨不十载前识。明年，此公目病，数明晦，或不能视。予窃忧之，讽其勿读书饮酒。此公曰："如是，不如其遂盲也！"会目病甚，又念母老，乃别予归，意怆然，若不复与予见者。予私以为予当复见之，意以其盲而止耳，孰意遂不复见耶？

【译文】辛未年，我从开封来南京探望父亲。父亲喜欢盛此公的诗，对我说："此地的盛此公擅长写诗，你应该去结识他。"于是我遵从父亲的嘱咐前去拜见盛此公。盛此公很看重我，只恨自己不能十年前就认识我。第二年，盛此公患上眼疾，时常看不清东西，有可能会失明。我暗暗为他担忧，劝他不要再看书喝酒了。盛此公说："如果不能看书喝酒，还不如让眼睛瞎了呢！"这时盛此公眼疾加重，又惦记他的老母，于是告别我回南陵去，他神情悲伤，好像再也不能与我相见了。我自以为还会再见到他，认为他只是有眼疾罢了，谁想到后来真的没能再见到他啊！

此公归，吾师静原相公方督学江以北，耳其名，询之郡大夫，郡大夫以盲告。公曰："江以北其不盲者何限耶？"于是邑令盲试之，旅①诸士进于郡大夫。郡大夫复盲试之，旅诸士进于公。公大奇之，乃得补博士弟子员②。

【注释】①旅：共同。②博士弟子员：明清时对府学、县学生员的称谓。

【译文】盛此公回家后，我的老师静原相公正好督学江北，听说盛此公的名字，就向郡里的官员询问盛此公，郡里的官员就说盛此公已经眼盲了。静原相公说："江北眼睛好的人不是很多吗？但是又有几个有才华的呢？"于是县令就按盲人的方式考核他，通过后，把他与其他士人共同推荐到郡里的官员那里。郡里的官员又按盲人的方式考核了他，通过后，把他与各位士人一起推荐给静原相公。静原相公非常惊讶他的才能，就补录他为府学生员。

嗟夫！此公盲矣，犹不忘视，屈其二十年锐往[①]之气，俯而与邑之黄口儿[②]扶掖[③]彳亍（chì chù）[④]，旅进旅退[⑤]，争有司阶前盈尺地[⑥]而不惭，岂不悲哉！试后，犹寄语予曰："盲儿无以慰老亲，子毋嗤。"予为悲动者久之。因慨夫祖宗立法过严，士即负奇材，抱异质，魁奇特起[⑦]，不俯首就有司尺度，他途无由进。又慨夫吾师静原相公，能于成格[⑧]之中破例待人，使既盲之士犹得出而就有司尺度，且不惜阶前盈尺地，与盲士娓娓不休。嗟夫！此固昌黎代张太祝[⑨]，望之当世而不得者，今得之公，岂不甚盛举哉！

【注释】①锐往：一往无前。②黄口儿：年轻人。③扶掖：扶持，提携。④彳亍：慢步行走；徘徊。⑤旅进旅退：与众人共进共退，采取一致的步调。⑥盈尺地：形容地方非常狭小。⑦魁奇特起：杰出特异。⑧成格：常规，成例。⑨张太祝：即张籍，字文昌。唐代诗人。为韩愈弟子，其乐府诗与王建齐名，并称"张王乐府"。曾为太祝10年，因患目疾，几乎失明。

【译文】唉！盛此公此时已经失明了，仍然要去参加应试，一改他往日的傲气，放下身架，被人搀扶着，步履蹒跚地与乡里那些年轻人一起去参加科考，一起进考场，一起退出考场，拥挤在考场门前等候进场，却丝毫不因年龄大而觉得惭愧。这难道不令人感到悲哀吗？考试过后，他对我说："我眼睛失明，只能用这种方式来安慰老母亲，请您不要嘲笑我。"我为他悲伤了很久。又感叹祖宗立法太过严苛，盛此公才能过人，资质聪慧，如果不屈从于科举的考核标准，他就没有办法谋得前途。又感叹我的老师静原相公，能打破常规破格录取人才，让失明的人仍然能够有机会考取功名，获得考试资格，而且礼贤下士，与失明的士人娓娓而谈。唉！这就像韩愈举荐张籍，当今却找不到这样的人了，如今盛此公遇到静原相公，难道不是一件盛事吗？

又明年癸酉，予自秣陵返大梁。闻此公以目久不愈，愈愤激，家益窘乏，无从得医药，于是遂长盲矣。然呜呜吟如往昔。丐其书者，以笔濡墨纳右指窍中，如其不盲时。此公以手扪（mén）[①]幅，兔起鹘（hú）落[②]，神采奕奕，视不盲时有加，环观者自愧其双眸炯炯也。益好读书，危坐绳床[③]，听他人诵，更番[④]不令休，入耳辄记忆不遗。有所撰述，口授友人，滔滔汩汩，凡数人不能供笔札[⑤]。

【注释】①扪：摸。②兔起鹘落：兔子刚跃起，鹘鸟就猛冲下来。比喻动作快速敏捷。后常借比喻书写作画时下笔疾速。③危坐：指端坐。绳床：一种可摺叠、有靠背、扶手的轻便坐具。④更番：轮流替换。⑤笔札：关于文墨写作等事，如公文、书信。

【译文】第二年癸酉年，我从南京返回开封。听说盛此公因为眼疾长久不能治愈，性情变得更加激愤，家境也日益窘迫，因为无钱就医买药，眼睛就完全失明了。然而他仍像过去那样吟咏诗文。有人来求书法时，他就把蘸好墨的笔放在右手指间，形态举止就好像没有失明一样。盛此公用手扶着纸，下笔如兔起鹘落，字迹神采飞扬，比他眼盲之前还写得好。围观者双目炯炯而暗自惭愧。盛此公更加喜欢读书，他端坐在绳床上，听别人为他朗诵诗文，需要不停的更换人来吟诵，凡是听到的诗文，盛此公都能过耳不忘。如果他想要撰述文章，就自己口授，让朋友记录下来，盛此公往往口若悬河，滔滔不绝，同时几个人记录都忙不过来。

尝以书寄予大梁，至数千言。言“子当不长贫贱，他日拥节[①]江上，取道南陵，魁湖之北，桃源之南，予墓在焉。子当登我堂，拜我老母，为我书石曰：盛此公埋骨处，予愿足矣！他则子之事也，予何言。”予得其书，忽忽如失者数日，知此公将不永矣。

【注释】①拥节：执持符节。亦指出任一方。

【译文】盛此公曾给我写信，内容长达几千字。信中说到：“您应该不会一直是布衣之身，如果有朝一日您做官，从南陵路过时，在魁湖的北方，桃源的南边，就是我的坟墓所在地。您可以去我家里，替我拜见老母亲，在我的墓碑刻上‘盛此公埋骨处’，我的心愿就满足了！其它的事您自己决定吧，我就不多说了。”我收到他的书信，一连几天都神情恍惚，好像失去了什么，知道盛此公将不久于人世了。

不数日，凶问至，予为位哭之。会予成进士，官山左，不能即至秣陵。比至秣陵，欲买舟[①]省盛母，会乱甚，又不果行。乃使掾（yuàn）[②]往慰盛母。掾归，为予言盛母年且开八袠（zhì）[③]，妻倍孝谨。故无子，一女先盛没。一老仆，樵以供两孀妇，糠豆不赡，裋（shù）褐不完[④]，败屋数楹，不蔽风雨。行道见之咨嗟[⑤]，而为之友者吊唁阙然[⑥]。嗟夫，天乎！孰使此公而至此极耶！予解橐（tuó）金，复促掾往，赎其田之易与族人者，佐盛母饘（zhān）粥[⑦]。市石，檄南陵令碑其墓，予自书“盛此公埋骨处”，从其生时请也。

【注释】①买舟：雇船。②掾：原为佐助的意思，后为副官佐或官署属员的通称。③袠：同“秩”，十年。④糠豆不赡：糠皮杂粮也吃不起。裋褐不完：裋褐：粗陋布衣。古代多为贫贱者所服。粗陋布衣还破旧不完整。形容生活贫苦。⑤咨嗟：叹息。⑥阙然：缺少的样子；不完备的样子。⑦饘粥：稠的稀饭称为饘，稀的称为粥。后以饘粥做为稀饭的统称。

【译文】没过几日，就传来盛此公的死讯，我制作了他的灵位，痛哭祭奠他。后来我考中进士，在山东为官，事情繁多不能立即赶到南京。等我到了南京，想雇船去拜见盛此公的母亲时，刚好时局动荡，又没有成行。于是我派下属去看望盛母。下属回来对我说，盛此公的母亲快八十岁了，他的妻子特别孝顺。盛此公没有儿子，一个女儿在盛此公之前就去世了。家里只有一个老仆人，靠砍柴来供养两个寡妇，一家人吃不饱，穿不暖，几间破屋，不能遮风挡雨。路过的人看到都为她们叹息，来吊唁盛此公的朋友也没有几个。唉！苍天啊！是谁让盛此公落魄到这种地步呢？我出资让下属去盛家，把她们卖给族人的田地赎回来，作为盛母的衣食来源。又去买了石头，写信给南陵县令让他为盛此公墓立碑，我题写了“盛此公埋骨处”几个字，算是遵从他生前的请求。

西蜀蝶庵陈公时守宛陵。公在大梁，盖常闻予数言南陵盛此公不置。邑属公，公乃檄令视盛母无恙，手书“盛此公读书处”为额，悬其常危坐绳床侧；复允予请，以其行谊[1]补郡乘[2]。其读书之屋，盖已受值，期以盛母存殁，不能待盛妻也。予归其值，祀此公于中，俾（bǐ）[3]其老仆守之。

【注释】①行谊：品行道义。②郡乘：郡志，郡史。③俾：使。

【译文】西蜀人陈蝶庵当时担任宛陵的地方长官。陈公在大梁时，常听我说起南陵盛此公怀才不遇的事情。南陵是陈公的管辖范围，陈公就让县令经常去探望盛母的状况，并亲手书写“盛此公读书处”的匾额，悬挂在盛此公的绳床旁；他又答应了我的请求，以盛此公品行出众，将其补为郡乘。盛此公读书的屋子已经出售，盛母去世前都可以在那居住，但是盛妻就不能居住了。我赎回了房子，用来供奉盛此公，让老仆人在那里守护。

此公好为古文词。盲而死，无子弟为之收拾，故多散乱。其所著，如《毛诗名物考》三十卷，《休庵杂钞》十卷，《历法》二卷，《舆地考》十卷，《群书考索》十二卷，今所传者，独《名物考》耳，他皆不传。予遣掾就其家钞[①]遗书。盛母泣而曰：“儿著书咸为人窃去，唯存诗若干卷，老年人坐则悬之肘，卧则枕之。老年人不即填沟壑[②]者，怜吾儿并数寸之书亦不传耳！今且托之周君！”予受而泣，因为之次第[③]寿之梓[④]。

【注释】①钞：同“抄”。②填沟壑：死亡的自谦说法。人死埋于地下，故称填沟壑。③次第：依次。④寿之梓：刻印成书以使其流传久远。

【译文】盛此公喜欢作古风韵味的文章。他去世后，没有弟子为他收集整理生前的作品，所以大部分作品都散失了。他的著述，有《毛诗名物考》三十卷、《休庵杂钞》十卷、《历法》二卷、《舆地考》十卷、《群书考索》十二卷，如今流传下来的，只有《名物考》而已，其它的都没有流传下来。我派遣下属去他家抄写留下来的文章。盛母哭着说：“我儿子写的书都被人拿去了，只留下几卷诗集。我坐着的时候就夹在胳膊里，睡觉时就枕着它，这样才把诗集保存下来。我也将不久于人世了，可惜我的儿子写了那么多的书也不能流传下去啊！现在我把这些诗集托付给您了！”我哭着接受了她的嘱托，把诗集依次刻印成书以使其流传下去。

嗟夫！此公能文章，而不以文显；好弯弓驰驱，而不以将名；行谊不愧古人，而不以行征；工为诗，而不以诗辟[①]。黄金既尽，日徒愤激，退而自悔，又以盲死。莞（guǎn）簟（diàn）[②]未占，嗣续中绝。老母寡妻，形影相吊[③]。生平故旧，不为存问。遗书狼籍，行谊莫传。徒存此数卷之诗，悬命于七十余年母氏之手，使不知此公者，读其诗，以为其才且尽于此，而知者因其已然，想其未然，咨嗟太息不能已已。嗟夫！孰使此公而至此极耶？夫士既不能块然[④]独处，则不得不出而与人交；与人交不受其益，徒为所害如此！此虽其不慎交游所致，然孰非天哉！孰非天哉！天为庸流俾长守富贵，少为姱（kuā）节[⑤]奇行者，必阴摧折之，从来久矣！予又何憾于广陵儿哉？此公初名篯（jiǎn），今尺牍中所传盛篯侯是也。

【注释】①辟：君主招来，授予官职。②莞簟：生儿育女之吉兆。③形影相吊：形容孤独无依。④块然：安然。⑤姱节：美好的节操。

【译文】天啊，盛此公擅长写文章，却没有因文章而显赫；擅长射箭骑马，却没有因此成为将才；他的品行不低于古代先贤，却没有机会表现出来；他擅长作诗，却不能以此求取官职。盛此公家财已经散尽，只剩激愤之情，退隐后暗自悔恨，又失明后去世。他没有儿女，子嗣断绝。老母亲和守寡的妻子，无依无靠。他在世时结交的朋友，也不来慰问。他留下的文稿凌乱不堪，品行也没有人传扬。只有几卷诗集，保存在七十好几的老母亲手上。假使不知道盛此公的人，读了他的诗，会认为他的才华仅限于此，然而了解他的人，看到他已完成的那些著作，再想到他还没有做成的事情，只能不停地感叹惋惜。唉，是谁让盛此公到了这种地步呢？一个人既然不能安然独处，那么就不得不出去与他人结交；与人结交却没有得到益处，白白地被别人欺骗！这虽然是盛此公交友不慎所致，难道不是上天的安排吗！难道不是上天的安排吗！老天让那些平庸之人长守富贵，对那些有美好品德和独特才能的人，却暗中使他受到挫折，这样的事由来已久了！我对扬州人又有什么可抱怨的呢？盛此公最初名錢，如今大家文章中所提到的盛錢侯就是他。

张山来曰：古今盲而能文者，自左、卜[①]以下，推吾家张藉。今得此公，亦不寂寞矣。然诸人仅工诗文，而此公复能书，则尤奇也。

【注释】①左、卜：指左丘明和卜商。左丘明：春秋末期史学家、文学家、思想家、散文家、军事家。晚年患严重眼疾。卜商：春秋末温（今河南省温县）人，晋国学者。字子夏，孔子得意门人，为七十二著名弟子之一，以文学见称。晚年丧子，悲伤过度，以致双目失明。

【译文】张山来说：古今失明而能撰写文章的人，除了左丘明、卜商之外，就是我家的张藉了。如今又出了盛此公，他们也算不孤独了。然而那些人只擅长作诗写文章，盛此公却还擅长书法，就更加奇特了。

汤琵琶传

王猷定于一

【题解】本篇为《虞初新志卷一》的第六篇。汤应曾是一代琵琶大师，据传琵琶大曲《十面埋伏》的前身就是汤应曾的琵琶曲《楚汉》。汤应曾本身极具音乐天赋，加上名师蒋山人的指点，演奏技艺独步海内。可惜命运多舛，知音难遇。

汤应曾，邳（pī）州①人，善弹琵琶，故人呼为“汤琵琶”云。贫无妻，事母甚孝，所居有石楠树，构茅屋，奉母朝夕。幼好音律，闻歌声辄哭。已学歌，歌罢又哭。其母问曰：“儿何悲？”应曾曰：“儿无所悲也，心自凄动②耳。”

【注释】①邳州：今江苏邳县。②凄动：凄楚感动。

【译文】汤应曾是邳州人，擅长弹奏琵琶，所以人们称他为“汤琵琶”。汤应曾家贫没有妻子，侍奉母亲特别孝顺，他所住的地方有棵石楠树，他就在树上造了间茅屋，朝夕侍奉母亲。汤应曾小时候就喜欢音乐，听见歌声就哭泣。长大后学了唱歌，每次唱完又哭。母亲问他：“儿为何悲伤？”汤应曾回答说：“我没什么可悲伤的，只是自己心里感到凄楚罢了。”

世庙[1]时，李东垣（yuán）善琵琶，江对峰传之，名播京师。江死，陈州蒋山人独传其妙。时周藩[2]有女乐数十部，咸习蒋技，罔有善者，王以为恨。应曾往学之，不期年而成。闻于王，王召见，赐以碧镂牙嵌琵琶，令着宫锦衣，殿上弹《胡笳十八拍》[3]，哀楚动人。王深赏，岁给米万斛，以养其母。应曾由是著名大梁间，所至狭邪[4]争慕其声，咸狎昵[5]之。然颇自矜重，不妄为人奏。后征西王将军招之幕中，随历嘉峪、张掖、酒泉诸地，每猎及阅士，令弹《塞上》之曲。戏下[6]颜骨打者，善战阵，其临敌，令为壮士声，乃上马杀贼。

【注释】①世庙：指明世宗朱厚熜。世宗为其庙号。②周藩：这里指明太祖朱元璋第五子周王朱橚的后代，周王朱恭枵。③《胡笳十八拍》：曲名，相传为汉末蔡琰所作。④狭邪：指小街曲巷，娼妓居住的地方。⑤狎昵：亲近；亲昵。⑥戏下：将帅的部下。

【译文】明世宗年间有李东垣擅长弹奏琵琶，江对峰继承了他的技艺，名满京师。江对峰去世以后，只有陈州蒋山人继承了他的绝技。当时周藩王有数十部女乐，都学习蒋山人的琵琶技艺，却没有人能学好，周藩王为此感到十分遗憾。汤应曾前往向蒋山人处学习弹琵琶，不到一年的时间就学成了。周藩王知道了，就召见他，送给他碧镂牙嵌琵琶，让他穿上宫锦制成的衣服，他在大殿上弹奏《胡笳十八拍》，声音哀楚动人。周藩王大为赞赏，每年供给他万斛米，让他奉养母亲。汤应曾因此在开封一带非常有名，他所到的每一处妓院，娼妓们都仰慕他的名声，争相与他亲近。然而他非常自重，不轻易为他人演奏。后来，征西王将军把他招募到府中，汤应曾随军到过嘉峪、张掖、酒泉等地，每逢打猎和阅兵，征西王都让他弹奏《塞上》这首曲子。将军有个叫颜骨打的部下，能征善战，每次上战场前，都会让汤应曾弹奏乐曲，来鼓舞士气，之后再上马杀敌。

一日至榆关[①]，大雪，马上闻觱篥，忽思母痛哭，遂别将军去。夜宿酒楼，不寐，弹琵琶作觱篥声，闻者莫不陨涕[②]。及旦，一邻妇诣（yì）楼上，曰："君岂有所感乎？何声之悲也！妾孀居十载，依于母而母亡，欲委身，无可适者，愿执箕帚[③]为君妇。"应曾曰："若[③]能为我事母乎？"妇许诺，遂载之归。

【注释】①榆关：山海关的别名。②陨涕：落泪。③愿执箕帚：愿意作妻子。

【译文】有一天，汤应曾在榆关，正赶上下大雪，他在马上听见觱篥的声音，忽然思念母亲而失声痛哭，于是他辞别将军回家去了。汤应曾晚上在酒楼住宿，无法入睡，用琵琶弹奏觱篥的声音，听到的人无不流泪。等到天明，住在楼下的一位妇人来到他的房间，说："难道您有什么伤感的事吗？弹奏出如此悲凉的声音！我守寡十年了，与婆婆相依为命，现在婆婆也去世了，我想要改嫁，又没有合适的人家，我愿意做您的妻子。"汤应曾说："你能为我侍奉母亲吗？"妇人答应了他，于是汤应曾就带着她回到家中。

襄王闻其名，使人聘之。居楚者三年，偶泛洞庭，风涛大作，舟人惶扰失措。应曾匡坐[①]弹《洞庭秋思》，稍定。舟泊岸，见一老猿，须眉甚古，自丛箐[②]中跳入蓬窗，哀号中夜。天明，忽抱琵琶跃水中，不知所在。自失故物，辄惆怅不复弹。

【注释】①匡坐：正坐。②丛篁：茂密的竹林。

【译文】襄王听到汤应曾的名声后，派人去聘请他。汤应曾在楚地住了三年，有一天偶尔在洞庭湖上泛舟，当时狂风大作，波浪涛天，船夫惊惶失措。汤应曾端坐下来，弹奏《洞庭秋思》曲，风涛便稍微安定下来。船靠岸后，有一只老猿，眉毛胡须都白了，从竹林中跳进船里，哀嚎到半夜。天亮后，老猿忽然抱着汤应曾的琵琶跳入水中，不知所踪。汤应曾失去了心爱之物，惆怅伤感就不再弹琵琶了。

已归省母，母尚健而妇已亡，唯居旁抔土[①]在焉。母告以“妇亡之夕，有猿啼户外，启户不见。妇谓我曰：‘吾待郎不至，闻猿啼，何也？吾殆死？唯久不闻郎琵琶声，倘归，为我一奏石楠之下。’”应曾闻母言，掩抑哀痛不自胜，夕陈酒浆，弹琵琶于其墓而祭之。自是猖狂自放，日荒酒色。

【注释】①抔土：借指坟墓。

【译文】汤应曾回到家中看望母亲，母亲还健在，但是妻子已经去世了。母亲告诉他说：“媳妇去世那晚，有只猿猴在窗外啼叫，打开窗户又见不到它。媳妇对我说：‘我等待郎君，却见不到他，只听见猿叫，这是怎么回事呢？难道我要死了吗？只是很久没听到郎君的琵琶声了，倘若郎君回来，请他在石楠树下为我弹奏一曲。’”汤应曾听了母亲的话，内心的无比悲痛。晚上他摆设酒水，在妻子的墓前弹奏琵琶来祭奠她。从此以后，他变得癫狂放纵，每日沉迷于酒色之中。

值寇乱，负母鬻（yù）[①]食兵间。耳目聋瞽（gǔ）[②]，鼻漏，人不可迩[③]。召之者隔以屏障，听其声而已。所弹古调百十余曲，大而风雨雷霆，与夫愁人思妇，百虫之号，一草一木之吟，靡不于其声中传之。而尤得意于《楚汉》一曲，当其两军决战时，声动天地，瓦屋若飞坠。徐而察之，有金声[4]、鼓声、剑弩声、人马辟易[5]声。俄而无声。久之，有怨而难明者，为楚歌声；凄而壮者，为项王[6]悲歌慷慨之声、别姬声；陷大泽，有追骑声；至乌江，有项王自刎声、余骑蹂践争项王声。使闻者始而奋，既而恐，终而涕泪之无从也。其感人如此！

【注释】①鬻：卖。②瞽：瞎。③迩：接近。④金声：钲声。借指止兵。⑤辟易：后退。⑥项王：项羽。

【译文】后来遇到战乱，汤应曾背着母亲在军队里卖食物。这时汤应曾已经耳聋眼瞎，鼻子还流脓不止，旁人都不敢接近他。有人召他演奏琵琶，也只能隔着屏障听他弹奏。汤应曾弹奏的古曲有一百多首，大到风雨雷霆，小到愁人思妇，各种昆虫的低声鸣唱，一草一木的随风拂动，都可以在他的乐声中表达出来的。他特别喜欢弹奏《楚汉》一曲，乐曲表现了两军决战时，声音惊天动地，震得屋上的瓦都飞坠下来。细细分辨，琵琶声中有金鼓鸣响声，剑拔弩张声，人马惊退声。顷刻间声音又戛然而止。过了一阵，声音又重新响起。有忧怨哀鸣的声音，是楚歌声；有凄凉悲壮的声音，是项羽慷慨高歌、告别虞姬的声音；还有陷入大泽声，骑兵追赶声；在乌江，有项羽拔剑自刎声，敌人骑兵争夺项羽人头的自相残杀声。让听到乐曲的人刚开始时兴奋，接着恐慌，最终无可名状地留下眼泪。他的琵琶曲就是让人如此感动！

应曾年六十余，流落淮浦[1]，有桃源人见而怜之，载其母同至桃源，后不知所终。

【注释】①淮浦：属临淮郡，在今江苏涟水。

【译文】汤应曾六十多岁时，流落到淮浦一带，有桃源人见到后很同情他，带着他和他的母亲一同到了桃源。后来就不知道汤应曾的下落了。

轸（zhěn）石王子[①]曰：古今以琵琶著名者多矣，未有如汤君者。夫人苟非有至性，则其情必不深，乌能传于后世乎？戊子[②]秋，予遇君公路浦[③]，已不复见君曩（nǎng）者[④]衣宫锦之盛矣。明年复访君，君坐土室，作食奉母。人争贱之，予肃然加敬焉。君仰天呼呼曰："已矣！世鲜知音，吾事老母百年后，将投身黄河死矣！"予凄然，许君立传。越五年，乃克为之。呜呼！世之沦落不偶[⑤]而叹息于知音者，独君也乎哉！

【注释】①轸石王子：作者自称。作者王猷定，字于一，号轸石，江西南昌人，明末清初散文大家，诗人。②戊子：清顺治五年（公元1648年）。③公路浦：地名。在江苏省淮阴城西。④曩者：以往，从前，过去的。⑤不偶：偶，偶数，古人认为代表好运。不偶表示时运极差。

【译文】王轸石说：从古至今以弹奏琵琶而闻名于世的人很多，但是没有像汤应曾这样的人。汤应曾如果不是性情中人，那么感情必定不会真挚，又怎么会弹奏出感人至深的乐曲而流传后世呢？戊子年秋天，我在公路浦遇见汤应曾，已经看不到他昔日穿着锦衣的风光了。第二年，我又去拜访汤应曾，他坐在土屋中，正做饭侍奉母亲。人们都看不起他，我却对他更加肃然起敬。汤应曾仰天长叹说："都该结束了，世上知音太少了，等我侍奉母亲百年之后，就投黄河而死！"我听后顿感凄凉，答应为他写传。五年后，我才把传记写好。唉！因世道沦落，时运不济而叹息知音太少的人，难道只有汤应曾吗？

张山来曰：韩昌黎[①]《颖师琴》诗，欧阳子[②]谓其是听琵琶。予初疑之，盖以琵琶未必能如诗中所云之妙也。今读此文，觉尔汝轩昂[③]，顷刻变换，浔阳江口[④]，尚逊一筹耳。

【注释】①韩昌黎：即韩愈。②欧阳子：欧阳修。③尔汝：至友之间不讲客套，以你我相称。表示亲近。轩昂：形容音乐高亢雄壮。④浔阳江口：见唐白居易的《琵琶行》。

【译文】张山来说：欧阳修说韩昌黎的《颖师琴》诗，描写的不是古琴声而是琵琶声。我刚开始还很疑惑，认为琵琶声不一定能弹奏出如诗中所说的那种美妙境界。如今读了这篇文章，感觉汤应曾的琵琶声，能从窃窃私语，顷刻间变换到高亢雄壮，浔阳江口的琵琶声与它相比尚且还逊色了一些。

小青传

佚 名

【题解】本篇是《虞初新志卷一》的第七篇。小青，姓冯，字玄玄，又名元元，自幼聪慧，工于诗词，妙解声律。嫁于冯生后，遭正妻所妒，独居孤山别业，最后抑郁成疾，年仅十八岁就去世了。诸多文人墨客惋惜一代才女的凋零，纷纷为小青著书立传，有戏曲，小说，传记等多种版本，其影响力丝毫不亚于《莺莺传》，直到三百年后，潘光旦先生还写下了《冯小青》和《冯小青考》的等著作。

小青者，虎林某生姬①也。家广陵，与生同姓，故讳②之，仅以小青字云。姬夙根颖异，十岁，遇一老尼授《心经》，一再过了了，覆之不失一字。尼曰："是儿早慧福薄，愿乞作弟子。即不尔③，无令识字，可三十年活尔。"家人以为妄，嗤之。母本女塾师，随就学，所游④多名闺，遂得精涉诸技，妙解声律。江都⑤固佳丽地，或闺彦⑥云集，茗战⑦手语，众偶纷然。姬随变酬答，悉出意表，人人唯恐失姬。虽素娴仪则，而风期异艳，绰约自好，其天性也。

【注释】①姬：旧时称妾。②讳：特指对君主、尊长的名字避开不直称的一种礼节。③不尔：不如此、不这样。④游：交往。⑤江都：扬州的别名。⑥闺彦：犹闺秀。⑦茗战：品茗、评选茶叶的比赛。

【译文】小青是虎林某生的妾室。家住扬州，因为与某生同姓，所以就避讳姓氏，只用小青作为称呼。小青天生聪慧，十岁时，遇到一位老尼传授《心经》，她听了一遍就记住了，可以一字不落地复述出来。老尼说："这个孩子年幼聪慧，但却福薄，我愿意收她做弟子。如果你们不愿意她出家，就不要让她读书识字，这样她可以活到三十岁。"家人认为老尼的话荒诞无稽，不以为然。小青的母亲本来就是女塾的老师，小青从小就跟随母亲到女塾学习，她结交的朋友大多是名门闺秀，于是精通很多技艺及音律。扬州原本就是盛产美女的地方，有时众闺秀云集一起，品茶下棋，热闹非凡。小青应对得体，从容自如，往往有出人意料的机敏言辞，每个人都唯恐错失小青这个朋友。小青虽然从小就被教育，要仪态端庄，但是她风姿卓越，柔媚自爱的气质，也是天性。

年十六，归[①]生。生，豪公子也，性嘈(cáo)啥(shà)憨跳不韵[②]。妇更奇妒；姬曲意下之，终不解。一日，随游天竺[③]，妇问曰："吾闻东方佛无量，而世多专礼大士[④]者何？"姬曰："以其慈悲耳。"妇知讽己，笑曰："吾当慈悲汝！"乃徙之孤山别业[⑤]，诫曰："非吾命而郎至，不得入；非吾命而郎手札[⑥]至，亦不得入！"姬自念："彼置我闲地，必密伺短长，借莫须有事鱼肉我。"以故深自敛戢(jí)[⑦]。妇或出游，呼与同舟。遇两堤之驰骑挟弹游冶[⑧]少年，诸女伴指点谑跃，倏东倏西，姬淡然凝坐而已。

【注释】①归：女子出嫁。②嘈啥：象声词。形容鸟叫声的杂乱细碎。憨跳：顽皮。不韵：不风雅；不风趣。③天竺：指杭州天竺寺。④大士：

特指观世音菩萨。⑤孤山：山名。位于浙江省杭县的西湖，界于里外二湖之间。别业：本宅之外，在风景优美的地方，所建供游憩的园林房舍。⑥手札：亲笔信。⑦敛戢：自我克制、约束行动。⑧游冶：出游寻乐。

【译文】小青十六岁那年，嫁给某生。某生是豪门公子，性情沉闷无趣，不解风情。他的正妻更是异常善妒。小青曲意逢迎，却始终无法化解正妻的妒意。一天，小青跟随正妻去天竺寺，正妻问她："我听说东方有无量诸佛，而世人大多专门礼拜观世音菩萨，这是为什么呢？"小青说："因为观世音菩萨慈悲罢了。"正妻知道小青是在讽刺自己，笑着说："我应该对你慈悲些！"于是让小青搬到孤山别墅居住，告诫小青说："没有我的允许，郎君来了也不能进入；没有我的允许，郎君的书信也不能进入！"小青心想："她把我放在偏僻的地方，一定会派人秘密监视我的举动，好找借口来欺凌我。"因此小青对自己处处约束。有一次正妻出游，叫小青同船陪同。看到两岸有带着弹弓，骑马出行的风流少年，诸位女伴就指指点点，戏谑评说，小青只是淡然静坐罢了。

妇之戚属某夫人者，才而贤，常就姬学奕，绝爱怜之。因数取巨觞觞妇，瞷（jiàn）[①]妇已醉，徐语姬曰："船有楼，汝伴我一登。"比登楼，远眺久之，抚姬背曰："好光景可惜，毋自苦！章台柳亦倚红楼盼韩郎[②]走马，而子作蒲团空观耶？"姬曰："贾平章[③]剑锋可畏也！"夫人笑曰："子误矣！平章剑钝，女平章乃利害耳！"顷之，从容讽曰："子既娴仪则，又多技能，而风流绰约复尔，岂当堕罗刹国中？吾虽非女侠，力能脱子火坑。顷言章台柳，子非会心人耶？天下岂少韩君乎？且彼纵善遇子，子终向党将军帐下作羔酒侍儿乎？"姬曰："夫人休矣！妾幼梦手折一花，随风片片著水，命止此矣！夙业[④]未了，又生他想，彼冥曹[⑤]姻缘簿，非吾如意珠，再辱奚为？徒供群口画描耳！”夫人叹曰：“子言亦是，吾不子强。虽然，子亦宜自爱。彼或好言饮食汝，乃更可虑。即旦夕所须，第告我无害。”因相顾泣下沾衣。徐拭泪还座，寻别去。夫人每向宗戚语及之，无不咨嗟叹息云。

【注释】①瞷：窥视；偷看。②章台柳：章台的柳树。比喻唐代居住在长安章台的妓女柳氏。韩郎：即韩翃。③贾平章：指南宋奸相贾似道，擅长花言巧语欺骗宋主，这里指冯家的正妻。④夙业：前世的罪业、冤孽。⑤冥曹：地府，阴间的官府。

【译文】正妻有个亲戚是某家的夫人，是个有才能又贤惠的人，常找小青学习下棋，对她极尽爱怜之意。此时某夫人拿起大杯，不停劝正妻饮酒，看到正妻已经喝醉，就缓缓对小青说：“船上有楼，你陪我上去走走吧。”她们一起登楼远眺了很长时间，某夫人拍着小青的背说：“大好的光阴，真是可惜了，你不要苦了自己！章台柳也倚着红楼盼望韩郎骑马来迎接她，可你像坐在蒲团上一样，在空等着！”小青说：“大妇的言辞可畏啊！”夫人笑着说：“你错了！大妇不厉害，小青你才利害着呢！”过了一会儿，夫人面带笑容地劝小青说：“你既温文尔雅，知书达礼，又精通很多技艺，而且体态柔美，难道就甘心待在这穷凶极恶之地？我虽然不是什么女侠，也能尽力帮你脱离这个火坑。刚才说到章台柳，你不能领会其中的意思吗？难道天下像韩君那样的人还少吗？即使正妻最终能善待你，你愿意成为党将军的帐中做羔酒的侍儿吗？”小青说：“夫人不要再说了！我小时做梦，梦到摘了一朵花，花瓣一片一片地随风落到水里，我的命大概就到这样了！前世的冤孽还没了结，又怎么能想其他的事情，冥府的姻缘簿上，并没有给我安排如意的姻缘啊，徒劳无益，何苦再受羞辱呢？这只会让我成为众人非议的对象罢了！”夫人感叹着说：“你说的也是，我不勉强你。即使这样，你也应该爱惜自己。正妻如果突然对你很好，那就更让人担忧了。如果有什么需要的，就派人来告诉我。”二人相对泪下。小青慢慢地擦干眼泪回到座位上，过了一会儿，彼此分别。某夫人每次向亲朋好友说起小青，无不感叹惋惜。

姬自后幽愤凄恻，俱托之诗或小词。而夫人后亦旋宦远方。姬益寥阒（qù）[①]，遂感疾。妇命医来，仍遣婢捧药至。姬佯感谢，婢出，掷药床头，叹曰：“吾即不愿生，亦当以净体皈依[②]，作刘安鸡犬[③]，岂以一杯鸩（zhèn）[④]断送耶？”然病益不支，水粒俱绝，日饮梨汁盏许。益明妆冶服，拥裯欹（qī）[⑤]坐，或呼琵琶妇唱盲词[⑥]以遣。虽数昏数醒，终不蓬首偃卧也。

【注释】①寥阒：孤寂。②皈依：归信佛教。③刘安鸡犬：相传汉朝淮南王刘安修炼成仙后，把剩下的药撒在院子里，鸡狗吃了仙药也都升了天。比喻投靠别人而得势的人。④鸩：毒酒。⑤欹：倾斜，歪向一边。⑥盲词：昔时盲人所弹唱的鼓子词。

【译文】小青从此后便把心中的悲愤郁闷，都寄托在自己的诗词中。而某夫人从那次相见之后，也跟随到丈夫一起去了远方。小青更加孤独寂寞，以致感染疾病。正妻让医生去给她看病，也差侍女送来药。小青假装感谢正妻，等侍女出去后，就把药扔到床头，叹着气说：“我就是不想活了，也应该干干净净地死去，不能像刘安家的鸡犬，让你用一杯毒酒就把我的性命断送了。”然而小青病情越发严重，身体也支撑不住了，到了水米不进的地步，每天只喝一盏梨汁。这时，小青却更加注意自己的衣着打扮，她拥着被裯，斜靠着床，有时请来弹琵琶的妇人唱鼓子词来消遣度日。虽然时而昏睡，时而醒来，她却始终不会蓬头垢面地躺在床上。

忽一日，语老妪曰：“可传语冤业郎，觅一良画师来。”师至，命写照。写毕，揽镜熟视曰：“得吾形似矣，未尽吾神也。姑置之。”又易一图，曰：“神是矣，而风态未流动也，若见我目端手庄，太矜持故也。姑置之。”命捉笔于旁，而自与妪指顾语笑，或扇茶铛（chēng）①、简图书，或代调丹碧诸色，纵其想会。久之，复命写图。图成，极妖艳之致，笑曰：“可矣！”师去，即取图供榻前，爇（ruò）②名香，设梨酒奠之，曰：“小青！小青！此中岂有汝缘分耶？”抚几而泣，泪雨潸潸下，一恸而绝。时万历壬子岁也。年才十八耳。哀哉！人美如玉，命薄于云，琼蕊优昙，人间一现，欲求如杜丽娘③牡丹亭畔重生，安可得哉！

【注释】①茶铛：煎茶用的釜。②爇：烧。③杜丽娘：汤显祖《牡丹亭》中的女主角。

【译文】忽然有一天，小青对老女仆说：“传话给我那冤孽的郎君，给我找一个好画师来。”画师到了后，就让他为自己作画。画完后，小青对着镜子仔细地看了看说：“你只是画出了我的外形，没有画出我的神态。暂且把它放在一边吧。”画师又为她画了一幅画像，小青说：“神态画的倒还可以，但是不够生动，你把我画的那么端庄板正，太矜持了。暂且把它放在一边吧。”让画师在一旁执笔等候，自己则与老女仆一起说笑，时而拿扇子扇茶铛、整理书画，时而为画师调配颜色，随意做着她想做的事情。过了一阵儿，又让画师为自己画像。画像完成了，刻画的极其美艳别致，小青笑着说：“可以了！”画师离开后，她便把画挂在床前，点上香，摆上梨酒供奉在画前，说：“小青，小青，这里怎么会有你的缘份呢？”说着便抚案而泣，接着眼泪潸然而下，悲痛过后，气绝身亡。当时是万历壬子年。她才十八岁。真是可惜呀！虽然人美如玉，但却命比纸薄，就像昙花一样，只在人间惊鸿一现，便香消玉殒了，想要让她像杜丽娘那样在牡丹亭畔重生，可惜无法实现这一愿望啊！

日向暮，生始踉跄来，披帷，见容光藻逸，衣袂鲜好，如生前无病时，忽长号顿足，呕血升余。徐简得诗一卷，遗像一幅，又一缄寄某夫人，启视之，叙致惋痛，后书一绝句。生痛呼曰："吾负汝！吾负汝！"妇闻恚甚，趋索图。乃匿第三图，伪以第一图进，立焚之。又索诗，诗至，亦焚之。广陵散[①]从兹绝矣，悲夫！楚焰诚烈，何不以纪信[②]诳之？则罪不在妇，又在生耳！及再简草稿，业散失尽。而姬临卒时，取花钿（diàn）[③]数事赠妪之小女，衬以二纸，正其诗稿。得九绝句、一古诗、一词，并所寄某夫人者，共十二篇。

【注释】①广陵散：三国魏嵇康善弹广陵散曲，秘不授人，后因反对司马氏专政而遭谗被害，临刑索琴弹曰："《广陵散》于今绝矣！"②纪信：汉将军，身形及样貌恰似刘邦，在荥阳城时假装刘邦，向西楚诈降，被俘。项羽见纪忠心，有意招降，遭拒绝。最终被项羽用火刑处决。③花钿：是古时妇女脸上的一种花饰。。

【译文】天近傍晚时，某生才跌跌撞撞地赶来，拨开帷幕，看见小青的遗容依旧美丽娴静，身上衣裙华丽，就像生前一样，某生忽然顿足号哭，悲痛异常，吐血数升。某生缓缓收拾小青的遗物，找到一卷诗，一幅遗像，还有一封寄给某夫人的书信，打开一看，信中的内容，极尽哀惋悲痛，书信后面又附了一首绝句。某生非常痛心地哭喊着："我辜负了你，我辜负了你啊！"正妻听说后更加妒火中烧，急忙赶来索要画像。某生把第三幅画像藏了起来，只把第一张画像送上去，正妻立刻就把画像烧毁了。正妻又索要小青的诗卷，拿到后也把它们烧了。小青的诗集就像《广陵散》一样，从此绝迹了，真是悲哀啊。正妻虽然妒火猛烈，某生难道不可以像纪信欺骗项羽那样，欺骗她吗？所以错不在妇人，而在某生身上！等到回头再收集小青文稿的时候，都已流散遗失了。小青在临死前，拿出自己的花钿等东西赠给老女仆的小女儿，首饰盒子里面垫了两张衬纸，正是她的诗稿。有九首绝句、一首古诗、一首词，加上寄给某夫人的诗文，一共十二篇。

古诗云："雪意阁云云不流，旧云正压新云头。米颠[①]颠笔落窗外，松岚秀处当我楼。垂帘只愁好景少，卷帘又怕风缭绕。帘卷帘垂底事难，不情不绪谁能晓？炉烟渐瘦剪声小，又是孤鸿唳悄悄。"

【注释】①米颠：指米芾。北宋书画家、书画理论家，与蔡襄、苏轼、黄庭坚合称"宋四家"。

【译文】古诗写道："雪意阁云云不流，旧云正压新云头。米颠颠笔落窗外，松岚秀处当我楼。垂帘只愁好景少，卷帘又怕风缭绕。帘卷帘垂底事难，不情不绪谁能晓？炉烟渐瘦剪声小，又是孤鸿唳悄悄。"

绝句云：

"稽首慈云大士前，莫生西土莫生天。
愿为一滴杨枝水，洒作人间并蒂莲。"

"春衫血泪点轻纱，吹入林逋[①]处士家。
岭上梅花三百树，一时应变杜鹃花。"

"新妆竟与画图争，知在昭阳第几名。

瘦影自临秋水照，卿须怜我我怜卿。”

“西陵芳草骑辚辚，内使传来唤踏春。
杯酒自浇苏小墓，可知妾是意中人？”

“冷雨幽窗不可听，挑灯闲看《牡丹亭》。
人间亦有痴于我，岂独伤心是小青。”
“何处双禽集画栏，朱朱翠翠似青鸾。
如今几个怜文采，也向秋风斗羽翰。”

“脉脉溶溶滟滟波，芙蓉睡醒欲如何。
妾映镜中花映水，不知秋思落谁多。”

“盈盈金谷女班头，一曲骊珠众伎收。
直得楼前身一死，季伦原是解风流。”

“乡心不畏两峰高，昨夜慈亲天梦遥。
见说浙江潮有信，浙潮争似广陵潮？”

【注释】①林逋：字君复，后人称为和靖先生。北宋著名隐逸诗人。林逋隐居西湖孤山，终生不仕不娶，惟喜植梅养鹤，自谓“以梅为妻，以鹤为子”，人称“梅妻鹤子”。

【译文】小青的九首绝句分别写道：
“稽首慈云大士前，莫生西土莫生天。
愿为一滴杨枝水，洒作人间并蒂莲。”

“春衫血泪点轻纱，吹入林逋处士家。
岭上梅花三百树，一时应变杜鹃花。”

“新妆竟与画图争，知在昭阳第几名。
瘦影自临秋水照，卿须怜我我怜卿。”

“西陵芳草骑𬳶𬳶，内使传来唤踏春。
杯酒自浇苏小墓，可知妾是意中人？”

“冷雨幽窗不可听，挑灯闲看《牡丹亭》。
人间亦有痴于我，岂独伤心是小青。”

“何处双禽集画栏，朱朱翠翠似青鸾。
如今几个怜文采，也向秋风斗羽翰。”

“脉脉溶溶滟滟波，芙蓉睡醒欲如何。
妾映镜中花映水，不知秋思落谁多。”

“盈盈金谷女班头，一曲骊珠众伎收。
直得楼前身一死，季伦原是解风流。”

“乡心不畏两峰高，昨夜慈亲天梦遥。
见说浙江潮有信，浙潮争似广陵潮？”

其《天仙子》词云：

“文姬远嫁昭君塞[1]，小青又续风流债。也亏一阵黑罡（gāng）风，火轮下，抽身快，单单别别清凉界。原不是鸯鸳一派，休算作相思一概。自思自解自商量，心可在？魂可在？著衫又捻裙双带。”

【注释】①文姬：蔡琰，字文姬，又字昭姬。东汉大文学家蔡邕的女儿。后被匈奴左贤王掳走。十二年后，曹操统一北方，用重金将其赎回，并将其嫁给董祀。昭君塞：即王昭君出塞。

【译文】小青的《天仙子》词写道：

“文姬远嫁昭君塞，小青又续风流债。也亏一阵黑罡风，火轮下，抽身快，单单别别清凉界。原不是鸯鸳一派，休算作相思一概。自思自解自商量，心可在？魂可在？著衫又捻裙双带。”

与某夫人书曰：“元元[①]叩首沥血[②]致启夫人台座下：关头祖帐[③]，迥隔人天；官舍良辰，当非寂度。驰情感往，瞻睇（dì）慈云[④]，分燠（yù）嘘寒[⑤]，如依膝下。糜身百体，未足云酬。娣娣姨姨无恙？犹忆南楼元夜[⑥]，着灯谐谑，姨指画屏中一凭栏女曰：‘是妖娆儿，倚风独盼，恍惚有思，当是阿青？’妾亦笑指一姬曰：‘此执拂狡鬟，偷近郎侧，将无似娣？’于时角采寻欢，缠绵彻曙，宁复知风流云散，遂有今日乎？往者仙槎（chá）[⑦]北渡，断梗南楼，狺语哮声，日焉三至。

【注释】①元元：小青的自称。小青，姓冯，字玄玄，又名元元。②沥血：形容竭诚相示。③祖帐：古代传说道路的神明为祖神，出门的人都要祭拜祖神。后称送人远行，为饯别而设的帷帐为“祖帐”。④瞻睇：仰望。慈云：佛教用语。比喻慈心如云般广大，庇荫一切众生。⑤分燠嘘寒：呵出热气使受寒的人温暖。形容对人十分热情、关心。⑥元夜：正月十五日的晚上。⑦仙槎：神话中能来往于海上和天河之间的竹木筏。

【译文】小青给某夫人的信中写到：“元元我恭敬地向您问好：我与您关山相阻，天隔一方；您在良辰美景之中，应该不会空虚寂寞吧。回忆起往日与您相处的时光，十分感谢您的关心，您对我嘘寒问暖，如同对待自己的孩子一样。我纵使粉身碎骨，也不能报答您的恩德。妹妹和姨姨都好吧？还记得正月十五晚上在南楼，我们一边看灯，一边说笑，姨指着屏风画上一个倚着栏杆的女子说：‘这个娇艳美丽的女子，临风独自等待盼望，好像在思念什么人，应该是阿青吧？’我也笑指一女子说：‘这个拿着佛尘的机灵丫头，偷偷靠近郎君身侧，难道不像妹妹吗？’于是两人追逐打闹，整夜嬉戏。又怎么会想到繁华过后，会有今天这样的结局呢？您乘船北渡，我如断梗浮萍一样待在南楼，每天正妻的咆哮声，不绝于耳，一天会有好几次。

渐乃微词[①]含吐，亦如尊旨云云。窃揆（kuí）[②]鄙衷，未见其可。夫屠肆[③]菩心，饿狸悲鼠，此直供其换马，不即[④]辱以当垆[⑤]。去则弱絮风中，住则幽兰霜里。兰因絮果[⑥]，现业[⑦]谁深？若使祝发空门[⑧]，洗妆浣虑，而艳思[⑨]绮语，触绪纷来。正恐莲性虽胎，荷丝难杀，又未易言此也！

【注释】①微词：隐含批评和不满的话语。②揆：揣测。③屠肆：屠宰场；肉市。④不即：不接受。⑤当垆：指卖酒。垆，放酒坛的土墩。⑥兰因絮果：兰因：比喻美好的前因。絮果：指飘絮离散的结果。后世多以兰因絮果比喻男女始合终离，结局不好。⑦现业：佛教谓现世的罪孽。⑧祝发空门：削发出家为僧尼。⑨艳思：美好的情思。

【译文】渐渐地，正妻的话中透露出让我另择人家的意思，就像您劝我的那些话。但是对于我来说，实在做不到。正妻的做法，实在是屠夫假装菩萨的心肠，饥饿的狸猫假装悲悯老鼠。正妻一再想把我驱赶出去，如果不照办就当面羞辱我。我只能前往孤山别墅，就像风中的飘絮一样。我孤独地居住在那里，犹如幽兰处于风霜之中。当初美好的期盼，最终变成了噩梦。我的罪业为什么这么深重呢？假如削发出家，脱离世俗，又但心自己六根不净，情思杂念不能抑制。自己虽然一心向佛，却尘缘难断，所以不敢轻言出家！

乃至远笛哀秋，孤灯听雨，雨残灯歇，谡谡松声①。罗衣②压肌，镜无千影③，晨泪镜潮，夕泪镜汐。今兹鸡骨④，殆复难支。痰灼肺然，见粒而呕。错情易意，悦憎不驯。老母娣弟，天涯间绝。嗟乎！未知生乐，焉知死悲？憾促欢淹，无乃⑤非达？妾少受天颖，机警灵速；丰兹啬彼，理讵（jù）⑥能双？然而神爽有期，故未应寂寂也。至其沦忽⑦，亦非自今。结褵（lí）⑧以来，有宵靡旦，夜台⑨滋味，谅不殊斯！何必紫玉成烟，白花飞蝶，乃谓之死哉？

【注释】①谡谡松声：形容风声呼呼作响。②罗衣：绮罗衣，丝质的衣服。③千影：瘦影。④鸡骨：比喻嶙峋瘦骨。⑤无乃：恐怕是。⑥讵：表示反问，难道，哪里。⑦沦忽：没落，衰微。⑧结褵：成婚。⑨夜台：意思是指坟墓，因为闭于坟墓，不见光明，所以称为夜台，后来也用来指代阴间。

【译文】甚至听到遥远的笛声，我都觉得是在悲秋。我伴着孤灯，倾听雨声，雨渐渐小了，灯也快灭了，只听见阵阵松涛声响。早晨起来，我披着罗衣，对着镜子准备梳妆，看到自己的面容是那样憔悴，早晨对镜哭泣，就像潮水涨起，晚上也对着镜子哭泣，就像河水退潮。如今我瘦骨嶙峋，大概难以支撑下去了。我不停地咳嗽，肺里像在灼烧一样，看见饭食也没有食欲。错误的姻缘，无情的郎君，正妻喜怒无常，而母亲和弟弟妹妹们，又远隔千里。我没有体会到活着的乐趣，又怎会知道死亡是一件悲哀的事情呢？我时常遗憾欢乐的时间太短，难道是不够豁达的表现？我小时候天资聪慧，机智敏锐；才华方面获得的多了，那么感情方面就相应地减少了，凡事怎么可能两全其美呢？我既然快要脱离苦海了，也就不觉得寂寞孤独了。至于心情郁闷，早就有了。成婚以来，我经常通宵达旦的遭受折磨，就算是在地狱受苦，也不过如此吧！难道必须像紫玉那样化作青烟，白花飞出蝴蝶，才算是死亡吗？

或轩车南返，驻节维扬[①]，老母惠存[②]，如妾之受，阿秦可念，幸终垂悯。畴昔[③]珍赠，悉令见殉；宝钿[④]绣衣，福星所赐，可以超轮消劫耳。然小六娘竟先期相俟，不忧无伴。附呈一绝，亦是鸟语鸣哀。其诗集小像，托陈媪好藏，觅便驰寄。身不自保，何有于零膏冷翠乎？他时放船堤下，探梅山中，开我西阁门，坐我绿阴床，髣（fǎng）[⑤]生平于响像[⑥]，见空帏之寂飚（biāo）[⑦]。是耶非耶？其人斯在！嗟乎夫人！明冥异路，永从此辞！玉腕朱颜，行就尘土，兴思及此，恸也何如！元元叩首叩首上。”

【注释】①轩车：有屏障的车。古代大夫以上所乘。后亦泛指车。驻节：旧指高级官员驻在外地执行公务。维扬：扬州的别称。②惠存：以物赠人，望人存留的谦词。③畴昔：往昔，过去。④宝钿：用宝石制成的首饰。⑤髣：同“仿”。⑥响像：也指声音容貌，常指死者。⑦飚：同“飙”，暴风。

【译文】如果您有机会南返，在扬州停留的话，请去看望一下我的老母，就算是代我照顾吧，我的弟弟阿秦，幸亏得到您的垂怜照顾。过去您赠送的珍贵礼物，都会作为我的陪葬；头钗绣衣，都是福星赐给我的，穿戴它们可以超脱轮回，消除业障。小六娘竟然在我之前去世，我也不用担忧黄泉之下没有人作伴儿了。附上一首绝句，也算是将死鸟儿的临终哀鸣吧。这些诗集画像，我委托给陈妈妈收藏好，联系到您后就会寄过去。我已经支撑不住了，为什么还会在乎身后事呢？以后您坐船来到长堤，进到梅山中，打开我西阁的门，坐在我的绿阴床上，我的音容笑貌仿佛就在您眼前一样，看着寂寥的风吹拂着空空的帷帐。是真？是假？我就在那里！夫人，阴阳相隔，从此永别！玉腕朱颜，马上就要变为尘土，一想到这里，就悲痛异常！元元叩首叩首上。”

后附绝句云：

“百结回肠写泪痕，重来唯有旧朱门。

夕阳一片桃花影，知是亭亭倩女魂。”

生之戚某集而刻之，名曰“焚余”。

【译文】后附绝句写道：

“百结回肠写泪痕，重来唯有旧朱门。

夕阳一片桃花影，知是亭亭倩女魂。”

某生的一位亲戚把它们装订成集，刻版印刷出来，名为《焚余》。

张山来曰：红颜薄命，千古伤心。读至送鸩焚诗处，恨不粉妒妇之骨以饲狗也！

【译文】张山来说：红颜薄命，是千古的伤心事。读到正妻送毒酒、焚诗稿的地方，恨不能将妒妇的骨头喂了狗！

又曰：小青事，或谓原无其人，合“小青”二字，乃“情”字耳。及读吴□《紫云歌》，其小序云：“冯紫云，为维扬小青女弟[①]，归会稽马髦（máo）伯”。则又似实有其人矣。即此传亦不知谁氏手笔，吾友殷日戒仿佛忆为支小白作，未知是否，姑阙疑焉。

【注释】①女弟：妹妹。

【译文】又说：有人说原本就没有小青这个人，将“小青”两个字合在一起，正好是个“情”字。读吴□《紫云歌》时，看到序言说：“冯紫云，是扬州小青的妹妹，嫁给会稽马髦伯。”那么又好像是有小青这个人了。然而这个传记也不知是谁的手笔，我的朋友殷日戒好像记得是支小白写的，不知道是不是，姑且当成疑问吧！

义猴传

宋曹射陵

【题解】本篇是《虞初新志卷一》的第八篇。记述一只有情有义的猴子的故事。吴越一带，有一乞丐与一只猴子相依为命，如同父子。乞丐患病后，义猴每天在路边向行人乞讨饭食来供养乞丐。乞丐死后，义猴极具哀伤如同死了父亲一般，并讨钱将其埋葬后，跳到烈焰中自焚而死。

建南杨子石袍告予曰：吴越间，有鬈（quán）髯（rán）[①]丐子，编茅为舍，居于南坡。尝畜一猴，教以盘铃傀儡[②]，演于市以济朝夕。每得食，与猴共，虽严寒暑雨，亦与猴俱。相依为命，若父子然。

【注释】①鬈髯：指胡子卷曲。②傀儡：木偶戏中受人在幕后操纵的木偶。。

【译文】建南人杨石袍先生告诉我说：在吴越一带，有一个长着卷曲胡子的乞丐，他在南坡上盖了间茅屋，居住在那里。乞丐曾经养了一只猴子，教它表演木偶，乞丐带着猴子在市集上卖艺来赚钱度日。乞丐每次得到食物都与猴子一同食用。无论严寒酷暑还是刮风下雨，乞丐都与猴子在一起，他们相依为命，就像父子一样。

如是者十余年，丐子老且病，不能引猴入市。猴每日长跪道旁，乞食养之，久而不变。及丐子死，猴乃悲痛旋绕，如人子擗（bì）踊①状。哀毕，复长跪道旁，凄声俯首，引掌乞钱。不终日，得钱数贯，悉以绳钱入市中，至棺肆②不去。匠果与棺，仍不去，伺担者辄牵其衣裾（jū）。担者为舁棺至南坡，殓丐子埋之。猴复于道旁乞食以祭。祭毕，遍拾野之枯薪，廪③于墓侧，取向时傀儡置其上焚之，乃长啼数声，自赴烈焰中死。行道之人，莫不惊叹而感其义，爰（yuán）④作义猴冢。

【注释】①擗踊：捶胸顿足。哀痛貌。②棺肆：棺材铺。③廪：堆积。④爰：于是。

【译文】就这样过了十多年，乞丐年老多病，就不能带着猴子去市集卖艺了。猴子每天跪在路边，向行人乞讨饭食来供养乞丐，一直都是这样。等乞丐死后，猴子悲痛地围绕着他的尸体捶胸顿足，就像死了父亲的孩子一样，极具哀伤。哀悼完之后，猴子又长跪在路边，低下头凄惨地叫着，伸手向路人讨钱。不到一天，猴子就讨到数贯钱，猴子把钱用绳穿起来去集市上，来到卖棺材的店铺前怎么也不肯离去，最后店主卖给它一副棺材，它还不肯走，看见有挑担子的人路过，就上去拉住挑担人的衣襟。挑担的人便帮它把棺材抬到南坡，收殓乞丐的尸骨后埋葬。猴子又跪在路边乞讨食物来祭奠乞丐。祭奠完就到野地里找来枯柴，堆在墓地旁边，猴子取出以前使用的木偶放进火里焚烧，接着长啼几声，跳到烈焰中自焚而死。路过的人没有不为它的行为而惊叹，都被它的忠义所感动，于是大家为猴子建了坟墓，称作“义猴冢”。

张山来曰：有功世道[1]之文，如读《徐阿寄传》[2]。

【注释】①世道：指社会状况、风气②《徐阿寄传》：是明朝传奇小说，写徐家奴仆为主人家奉献终身的故事。

【译文】张山来说：这是一篇对社会风气有好处的文章，就像读《徐阿寄传》一样。

卷二

柳敬亭传

吴伟业梅村

【**题解**】本篇是《虞初新志卷二》的第一篇。柳敬亭是明末清初著名的评话艺人，扬州评话的开山鼻祖。一生颇具传奇色彩，尤其是辅佐左良玉的时候，以布衣行公卿事，名振天下。最难得的是，他注重名节，不肯与阉党为伍，明亡后，仍借说书悼念亡明。

柳敬亭者，扬之泰州人，盖曹姓。年十五，犷猂无赖，名已在捕中。走之盱（xū）眙（yí）[①]，困甚，挟稗（bài）官[②]一册，非所习也，耳剽久，妄以其意抵掌[③]盱眙市，则已倾其市人。好博，所得亦缘手尽。有老人，日为醵（jù）[④]百钱，从寄食。久之，过江，休大柳下，生攀条泫然[⑤]。已抚其树，顾同行数十人曰："嘻！吾今氏柳矣！"闻者以生多端[⑥]，或大笑以去。后二十年，金陵有善谈论柳生，衣冠怀之，辐辏门，车常接毂，所到坐中皆惊。有识之者，曰："此固向年过江时休树下者也！"柳生之技，其先后江湖间者：广陵张樵、陈思，姑苏吴逸，与柳生四人者，各名其家，柳生独以能著。

【注释】①盱眙：县名，在江苏省中西部。②稗官：小官。小说家出于稗官，后因称野史小说为稗官。③抵掌：击掌，表示高兴。④醵：聚集，凑钱。⑤泫然：指流泪。⑥端：头绪。

【译文】柳敬亭，是扬州府泰州人，原来姓曹。十五岁的时候，性情强横凶悍，因为犯事而被衙门通缉，他逃到盱眙，穷困潦倒，手里只有一本野史小说，他拿着这本书，并非为了研读，而是熟悉里面的故事，想把里面的故事在集市说给人听，结果他说书的效果很好，轰动市人。柳敬亭喜欢赌博，赚来钱转手就输光了。有一位老人，每天帮柳敬亭积攒下一百文钱，作为柳敬亭的日常开销。过了很久，柳敬亭过江，在大柳树下休息，他抓着柳条流下眼泪，抚摸着柳树，回过头对同行的人说："哎！从今天开始，我就姓柳了！"听到的人以为柳敬亭在开玩笑，有些人则大笑离去。后来过了二十年，金陵有一个擅长说书的柳生，显贵名流都来听他说书，书场前车辆云集，他说书的时候，满座听众皆被打动。有认识他的人说："这就是以前过江时，在柳树下休息的那个人啊！"柳敬亭的说书技艺高超，当时在市井说书的人，先后有扬州的张樵、陈思，苏州的吴逸，和柳敬亭四个人，他们都是当时著名的说书人，而柳敬亭尤其出众。

或问生何师，生曰："吾无师也。吾之师乃儒者云间莫君后光。"莫君言之曰："夫演义虽小技，其以辨性情，考方俗，形容万类，不与儒者异道。故取之欲其肆，中之欲其微，促而赴之欲其迅，舒而绎（yì）①之欲其安，进而止之欲其留，整而归之欲其洁。非天下至精者，其孰与于斯矣？"柳生乃退就舍，养气定词，审音辨物，以为揣摩。期月而后请莫君。莫君曰："子之说未也。闻子说者，欢咍（hāi）嗢（wà）噱（jué）②，是得子之易也。"又期月，曰："子之说几矣。闻子说者，危坐变色，毛发尽悚，舌挢

（jiǎo）然③不能下。”又期月，莫君望见惊起曰：“子得之矣！目之所视、手之所倚，足之所跂（qí）④，言未发而哀乐具乎其前，此说之全矣！”于是听者傥然⑤若有见焉，其竟也，恤然⑥若有亡焉。莫君曰：“虽以行天下莫能难也！”

【注释】①绎：陈列。②欢咍：欢快。嗢噱：乐不自胜。③挢然：翘起的样子。④跂：本义为走岔路，本文指抬起脚后跟站着。⑤傥然：恍忽的样子。⑥恤然：惊恐的样子。

【译文】有人问柳敬亭的师傅是谁，柳敬亭说：“我没有专门的说书师父。我有一位儒家师父莫后光。”莫后光曾对柳敬亭说：“演义评书虽然是雕虫小技，但是可以用来分辨各种人物性情，了解各地风俗，描画万物，和儒家的宗旨相同。所以评书所选取的都是广为流传的故事。挖掘主题要旨时，要细致深入。故事情节紧迫时，述说故事要环环相扣，让听众也随之紧张。情节舒缓时，要细讲慢说，让听众情绪也有所缓和。故事讲到高潮时候，要戛然而止，留下悬念。评书故事要结构完整，做到脉络清晰，简洁明了。如果不是天下智慧出众的人，谁能做到这些呢？”柳敬亭于是回到自己屋舍，揣摩练习养气，定词，审音，辨物这些技能。几个月之后请莫后光前来。莫后光说：“你的评书讲的还不够好。虽能让听众欢笑高兴，对你来说这只是第一步。”又过了几个月，莫后光说：“你的技艺差不多可以了。听你说书的人，端坐那里，神色紧张，毛发悚然，张口结舌。”又过了几个月，莫后光看到柳敬亭后惊讶的站起来说：“你已经掌握要领了！你一举手一投足，还未开口而喜怒哀乐已表现出来了，你的说书技巧已经完备了！”这时候，众人听柳敬亭说书，仿佛身临其境，等到结束时，久久不想离去，怅然若有所失。莫后光说：“凭你的技艺，即使走遍天下，也不是什么难事！”

已而柳生辞去，之扬州，之杭，之吴，吴最久。之金陵，所至与其豪长者相结，人人昵就[①]生。其处己也，虽甚卑贱，必折节下之。即通显[②]，敖弄无所诎[③]。与人谈，初不甚谐谑，徐举一往事相酬答，澹（dàn）辞[④]雅对，一座倾靡[⑤]。诸公以此重之，亦不尽以其技强也。当是时，士大夫避寇南下，侨金陵者万家。大司马吴桥范公，以本兵开府，名好士；相国何文瑞，阖门避造请[⑥]。两家引生为上客。客有谓生者曰："方海内无事，生所谈，皆豪猾大侠、草泽亡命。吾等闻之，笑谓必无是，乃公故善诞耳；孰图今日不幸竟亲见之乎！"生闻其语慨然[⑦]。属与吴人张燕筑、沈公宪俱，张、沈以歌，生以谈，三人者酒酣，悲吟击节，意凄怆伤怀。凡北人流离在南者，闻之无不流涕。

【注释】①昵就：亲近，亲昵。②通显：官位高、名声大。③敖弄：调笑戏弄。诎：尽，穷尽。④澹辞：指口才敏捷善辩。⑤倾靡：指倾倒，佩服。⑥阖门：关闭门户。造请：指登门晋见。⑦慨然：感情激昂的样子。

【译文】不久柳敬亭辞别莫后光，去了扬州，后来他还到过杭州，吴地。他在吴地呆的时间最长。柳敬亭到了金陵，和当地的富豪名流结交相识，人们都愿意亲近柳敬亭。柳敬亭对待身份低微的人，都能恭敬周到；对待达官贵人，却是喜笑怒骂，也不拘束。柳敬亭和人谈论时，起初不是很诙谐逗趣，而是慢慢和人述说往事，与人寒暄，逐渐就妙语频出，风趣幽默，宾客们都很佩服他。众公卿因此而看重他，也不完全是因为他的说书技艺高超。当时，士大夫逃避清兵南下，迁到金陵的有数万家。大司马范吴桥，在金陵用建立了自己的府署，喜爱和名士来往；相国何文瑞，关门谢客，回避他人。但是他们两家都把柳敬亭当作贵客。有客人对柳敬亭说："天下太平无事的时候，你所说的那些豪强大侠、亡命之徒。我们听了之后，认为必定没有这样的事，都是你故意编排出来的。谁知今天不幸，竟亲眼见到了这些事！”柳敬亭听了他们的话很感慨。他和吴地人张燕筑、沈宪俱在一起时。张燕筑和沈宪俱擅于唱戏，柳敬亭擅于戏谑，三个人喝酒喝到高兴时，放声高歌，曲调苍凉感人。凡是流落在南方的北方人，听了没有不痛哭流涕的。

未几而有左兵之事。左兵者，宁南伯良玉，军噪而南，寻奉诏守楚，驻皖城待发。守皖者，杜将军弘域，于生为故人。宁南尝奏酒，思得一异客，杜既已泄之矣。会两人用军，事不相中，念非生莫可解者，乃檄生至。进之，左以为此天下辩士，欲以观其能，帐下用长刀遮客，引就席，坐客咸震慑失次[①]。生拜讫，索酒，诙啁（zhōu）[②]谐笑，旁若无人者。左大惊，自以为得生晚也。居数日，左沉吟不乐，熟视生曰：“生揣我何念？”生曰：“得毋以亡卒入皖，而杜将军不法治之乎？”左曰：“然。”生曰：“此非有君侯令，杜将军不敢以专也。”生请衔命矣，驰一骑入杜将军军中，斩数人，乃定。

【注释】①震慑：震惊恐惧。失次：指失常。②诙啁：戏谑逗乐。

【译文】没过多久左帅渡江南下。左帅，就是宁南伯左良玉，他的军队一路鼓噪向南开拔，不久奉召守卫楚地，驻扎在皖城等待出发。守卫皖城的，是杜弘域将军，他和柳敬亭是故交。宁南伯曾经设宴请客，席间说自己想要找一位奇人来辅佐自己，杜将军已经知道了这件事。恰逢两个人在军事上有分歧，不能和睦相处，杜弘域考虑到除了柳敬亭，没有人可以为双方撮合，于是召柳敬亭前来，把他推荐给左良玉。左良玉认为柳敬亭是天下的辩士，想要考察他的才能。就在大帐前架起刀阵，让人领着柳敬亭穿过刀阵入席，座上的客人都惊恐异常。而柳敬亭拜见左良玉后，就开怀畅饮，戏谑逗乐，旁若无人。左良玉大吃一惊，惋惜自己和柳敬亭认识得太晚了。柳敬亭在左良玉这住了好几天，左良玉心事重重，闷闷不乐，他注目看了柳敬亭一会儿，说：“柳先生能猜到我在思考什么吗？”柳敬亭说：“莫不是因为左帅这边的逃亡士卒跑到皖城杜将军的军队中，而杜将军不依法处置吗？”左良玉说：“是这样的。”柳敬亭说：“除非是有您的命令，杜将军不敢专断。”柳敬亭请求授命他去处理此事，柳敬亭骑一匹快马，来到杜将军军中，斩杀好几个逃兵，就把这事解决了。

左幕府多儒生，所为文檄，不甚中窾（kuǎn）会[①]。生故不知书，口画便宜辄合。左起卒伍，少孤贫，与母相失，请貤（yí）封[②]，不能得其姓，泪承睫不止。生曰：“君侯不闻天子赐姓事乎？此吾说书中故实也。”大喜，立具奏。左武人，即以为知古今、识大体矣。阮司马怀宁，生旧识也，与左郄（qiè）[③]，而新用事。生还南中，请左曰：“见阮云何？”左无文书，即令口报阮，以捐弃故嫌，图国事于司马也。生归，对如宁南旨，且约结还报。及闻坂矶筑城，则顿足曰：“此示西备，疑必起矣！”后果如其虑焉。左丧过龙江关，生祠哭已，有迎且拜、拜不肯起者，则其爱将陈秀也。秀尝有急，生活之。具为予言救秀状。始，左病恚怒[④]，而秀所犯重，且必死。生莫得榰（zhī）梧[⑤]，乃设之以事曰：“今日饮酒不乐，君侯有奇物玩好，请一观可乎？”左曰：“甚善。”出所画己像二，其一《关陇破贼图》也，揽镜自照，叹曰：“良玉，天下健儿也，而今衰！”指其次曰：“吾破贼后，将入山，此图所以志也。”见衲而杖者数童子，从其负瓢笠，且近，则秀也。生佯不省而徐睨⑥为谁，左语之，且告其罪。生曰："若负恩当死，顾君侯以亲信，即入山且令相从，而杀之，即此图为不全矣！"左颔之。其善用权谲、为人排患解纷率类此。

【注释】①窾：空隙。②貤封：旧时官员以自身所受的封爵名号呈请朝廷移授给亲族尊长。③郄：同"郤"。也作"隙"。空隙，裂缝。④恚怒：生气，愤怒。⑤楮梧，也作枝梧，同"支吾"，意思为斜而相抵的支柱。引申为对抗，抵挡。⑥睨：斜着眼看。

【译文】左良玉府里有很多读书人，但是他们写的公文奏章，左良玉不是很满意。柳敬亭虽然没有读过书，但随口说出来的言语，却很合乎左良玉的要求。左良玉出身于行伍，少年时孤单贫穷，和母亲失散，现在显贵了，想向朝廷请求为母亲貤封，但是又不知道母亲的姓氏，就没法进行册封，左良玉为此很伤心。柳敬亭说："侯爷难道没有听说过天子赐姓的事情吗？我从评书中知道有这样的事情啊！"左良玉听后非常高兴，立刻按照柳敬亭所说的办法，上奏朝廷。左良玉是个武人，就认为柳敬亭是知古今，识大体的人。兵部尚书阮大铖，是柳敬亭的旧相识，和左良玉有间隙，弘光年间被重新启用。柳敬亭回到南方前，询问左良玉说："侯爷有什么话需要我转告给阮大铖吗？"左良玉没有写信，只是让柳敬亭口头转告，希望阮大铖能捐弃前隙，共效国事。柳敬亭回来后，把左良玉的话告诉了阮大铖，并且约定以后互相通报情况。等到柳敬亭听说阮大铖在坂矶派驻重兵时，马上跺脚说："阮大铖这是在防备西面的左良玉，阮大铖肯定对左良玉起疑心了！"后来事情的发展，果真像他所说的那样。左良玉死后，在龙江关发丧，柳敬亭前去灵堂哭拜，这时有人来拜见柳敬亭，跪拜许久不肯起身，正是左良玉的爱将陈秀。陈秀曾经闯下大祸，柳敬亭想办法救了他。柳敬亭对我讲述了事情的经过。有一次，左良玉正在生气，陈秀不小心犯下重罪，认为自己一定会被处死。柳敬亭想救陈秀，但没有直接去为陈秀求情，而是借其它事来劝说，柳敬亭对左良玉说：“今天酒喝得不痛快，侯爷收藏的好东西，可以拿出来观赏一下吗？”左良玉说：“可以。”于是拿出自己的两幅画像，其中一幅是《关陇破贼图》，看完画，左良玉拿起镜子照了照，感叹地说：“左良玉真是天下的良将啊，可惜如今老了！”指着另一幅画像说：“我平定贼寇后，就归隐山林，这幅画表达了我的志向。”柳敬亭看见画中，一位老者穿着衲衣，拄着拐杖，数名童子背着酒葫芦、斗笠跟在后面，最靠近老人的，就是陈秀。柳敬亭假装不知道而是斜着眼询问那人是谁，左良玉告诉柳敬亭那人是陈秀，并告诉他，陈秀现在犯了死罪。柳敬亭说：“如果他忘恩负义那么应当处死，考虑到他是侯爷的亲信，将来要跟随侯爷进山归隐，如果杀了他的话，这幅图就不完整了！”左良玉点了点头，就收回了成命。柳敬亭就是这样善于用权谋、为他人排忧解难。

初，生从武昌归，以客将新道军所来，朝贵皆倾动；顾自安旧节，起居故人无所改。逮江上之变，生所携及留军中者，亡散累千金，再贫困而意气自如。或问之，曰：“吾在盱眙市上时，夜寒藉束藁（gǎo）①卧，屝履踵决②，行雨雪中，窃不自料以至于此。今虽复落，尚足为生，且有吾技在，宁渠忧贫乎？”乃复来吴中，每被酒，常为人说故宁南时事，则欷歔（xī xū）③洒泣。既在军中久，其所谈益习，而无聊不平之气无所用，益发之于书，故晚节尤进云。

【注释】①藁：指多年生草本植物，茎直立中空，根可入药。②踵决：指鞋跟破裂，形容贫困。③欷歔：本意是哭泣后不由自主地急促呼吸；现在通常指感慨，叹息。

【译文】当初，柳敬亭以客卿的身份代表左良玉，从武昌来金陵朝觐，朝中权贵都不敢怠慢，但柳敬亭还是依照往日的做事风格，和以前的朋友来往。后来左良玉军队发生变故，柳敬亭留在军中的东西都丢失了，损失累计上千两银子，但是再怎么贫困，柳敬亭也意气风发。有人问他原因，他说：“我在盱眙的时候，晚上寒冷，只能铺着稾草睡觉，穿着破旧的鞋子，行走在雨雪中，哪能想到后来会发达呢。现在虽然又潦倒了，但是还可以维持生计。况且我有技艺在身，怎么会忧虑贫困呢？”于是再次来到吴中，他每次喝酒的时候，常和别人说起左良玉的旧事，说着说着就欷歔哭泣。柳敬亭在军营里呆的时间久了，更加能说会道，而心中的郁闷却无法发泄，只能通过说书来排遣，所以晚年时，他的说书的技艺更加完善了。

旧史氏曰：予从金陵识柳生。同时有杨生季蘅，故医也，亦客于左，奏摄武昌守，拜为真。左因强柳生以官，笑弗就也。杨今去官，仍故业，在南中亦纵横士，与予善。

【译文】旧史氏说：我在金陵认识柳生。同时还有杨季蘅，他是以前是左良玉军中的医生，左良玉知会武昌知府后，把杨季蘅正式任命为军医。左良玉也想让柳敬亭为官，柳敬亭笑着不肯答应。杨季蘅如今辞去官职，重操旧业，在南京也是属于能言善辩的纵横士，和我关系很好。

张山来曰：戊申之冬，予于金陵友人席间与柳生同饮。予初不识柳生，询之同侪（chái）[①]，或曰：“此即《梅村集》中所谓柳某者是也。”滑稽善谈，风生四座，惜未聆其说稗官家言为恨。今读此传，可以想见其掀髯鼓掌时也。

【注释】①同侪：指与自己在年龄、地位、兴趣等方面相近的平辈。

【译文】张山来说：戊申年冬天，我在金陵友人的酒席上，和柳敬亭一起喝酒，我起初不认识柳敬亭，询问同辈的人，同辈告诉我说：“这就是《梅村集》里说的柳某人啊。”柳敬亭幽默滑稽善于和别人交谈，在座位上谈笑风生，可惜我没有亲耳听他说稗官野史，很是遗憾。如今读了这篇传记，可以想像出他说书时，听众欢笑鼓掌的情景了。

汪十四传

徐士俊野君

【题解】本篇是《虞初新志卷二》的第二篇。记述了豪侠汪十四的事迹。汪十四为人慷慨豪放，有燕赵之士的风范。仗义出手保护客商来往于蜀中，又不辞辛苦，千里护送佳人返京寻亲，汪十四的侠义精神令人敬佩。

汪十四者，新安人也，不详其名字。性慷慨激烈，善骑射，有燕赵之风。时游西蜀，蜀中山川险阻，多相聚为盗。凡经商往来于兹者，辄被劫掠。闻汪十四名，咸罗拜①马前，愿作“护身符”。汪许之，遂与数百人俱，拥骑而行。闻山上嚆（hāo）矢②声，汪即弯弓相向，与箭锋相触，空中堕折。以故绿林甚畏之，秋毫不敢犯，商贾尽得数倍利。而白梃（tǐng）之徒③日益贫困，心忮（zhì）④之，而莫可谁何也。

【注释】①罗拜：罗列而拜，围绕着下拜。②嚆矢：响箭。也指先声。③白梃：也作“白挺”，大木棍。④忮：不顺从，违背。

【译文】汪十四，是新安人，名字不详。他性情慷慨激昂，擅长骑马射箭，有燕赵侠客的风范。当时他游历西蜀，蜀中山川险峻，很多贼寇聚集起来为非作歹，来往路过的商人，都会被掳掠打劫。商人们听说汪十四的名号，就恭敬地去拜访他，希望汪十四能保护他们。汪十四同意了，于是和几百商人一起，骑马前行。半路忽然听到山上传来响箭声，汪十四马上拉弓射箭，正好射中对方的箭头，两支箭在空中折断落下，因此强盗们非常畏惧他，一点也不敢冒犯他们。商人们因此获得了好几倍的利润，而拦路抢劫的强盗们，却越来越穷困，他们虽心有不甘，却又无可奈何。

无几时，汪慨然曰："吾老矣！不思归计，徒挟一弓一矢之勇，跋履山川，向猿猱豺虎之地以博名高，非丈夫之所贵也！"因决计归。归则以田园自娱，绝不问户外事。而曩时往来川中者，尽被剽掠，山径不通。乃踉跄走新安，罗拜于门外曰："愿乞壮士重过西川，使我辈弱者可强，贫者可富，俾啸聚之徒大不得志于我旅人也。壮士其许之乎？"是时汪十四雄心不死，遂许之曰"诺！"大笑出门，挟弓矢连骑而去。于是重山叠岭之间，复有汪之马迹焉。

【译文】没过多久，汪十四感慨地说："我老了！却不考虑回乡养老，反而拿着弓箭，在山川间行走，在野兽出没的地方跋涉，以此来博取名声，这不是大丈夫所应该做的事情啊！"因此决定回乡养老。回乡后汪十四过着田园生活，自娱自乐，绝不过问外面的事情。而以前来往于四川的商人，都被盗贼劫掠，山路从此不通。于是商人们又踉踉跄跄来到新安，在汪十四门前下拜说："希望壮士重回西川，让我们弱者变强，穷人变富，使啸聚山林的强盗难以从我们身上得到好处。壮士能答应吗？"这时汪十四雄心未老，就答应说："好！"汪十四大笑着出门，拿着弓箭骑马而去。于是在崇山峻岭之间，再次出现汪十四的身影。

绿林闻之咸惊悸，谋所以胜汪者；告诸山川雷雨之神，当以汪十四之头陈列鼎俎（zǔ）[①]。乃以骁骑数人，如商客装，杂于诸商之队而行。近贼巢，箭声飒沓（sà tà）[②]来。汪正弯弓发矢，而后有一人，持利刃向弦际一挥，弦断矢落。汪忙迫无计，遂就擒。擒入山寨中，见贼党咸持金称贺，然犹意在往劫汪之护行者。暂置汪于空室，絷（zhí）[③]其手足，不得动。俟日晡[④]，取汪十四头，陈之鼎俎，酬山川雷雨之神。

【注释】①鼎俎：鼎和俎，泛称割烹的用具。②飒沓：迅疾的样子。③絷：用绳子拴捆。④日晡：指申时，即下午三点至五点。

【译文】绿林强盗们听说后都很惊恐，商量战胜汪十四的办法，强盗们向山川雷雨的神灵祷告，事情如果成功，就用汪十四的头颅来作为祭品。强盗们挑选数名骁勇的骑士，身着商人的服装，混入商队之中。临近贼窝的时候，响箭又破空而来，汪十四正准备拉弓射箭，后面有一个人冲上来，挥刀割断了汪十四的弓弦，汪十四手中的弓箭就掉了下去。汪十四仓促间没有防备，于是被强盗擒获。汪十四被抓到山寨中，看到贼人们拿着金银在庆贺，仍然想着去打劫汪十四保护的那些商人。贼人们暂时把汪十四关在一间空房子里，用绳子捆住他的手脚，使他动弹不了。强盗们准备天黑后，就砍下汪十四的头颅，陈列供案上，来酬谢山川雷雨的神灵。

汪忽瞪目，见一美人向汪笑曰："汝诚豪杰，何就缚至此？"汪且愤且怜曰："毋多言！汝能救我，则救之，娘子军不足为也！"美人曰："我意如斯。但恐救汝之后，汝则如饥鹰怒龙，天矫[1]天外，而我凄然一身，徒婉转娇啼，作帐下之鬼，为之奈何？”汪曰：“不然。救其一，失其一，亦无策甚矣。吾行百万军中，空空如下天状，况区区贼奴，何足当吾前锋哉？”因相对慷慨激烈。美人即以佩刀断其缚而出之。汪不遑[2]起谢，见舍旁有刀剑弓矢，悉挟以行。左挈美人，右持器械，间行数百步，遇一骑甚骏，遂并坐其上。贼人闻之，疾驱而前。汪厉声曰：“来，来！吾射汝！”应弦而倒。连发数十矢，应弦倒者凡数十人。贼人终已无可奈何，纵之去。

【注释】①天矫：形容姿态的伸展屈曲而有气势。②不遑：没有时间；来不及。

【译文】汪十四突然瞪大双眼，看到有一个美人对自己笑着说：“你是英雄豪杰，怎么会被困在这里呢？”汪十四愤愤地说：“不用多说！你要是能救我，就救我，女人做不了什么大事！”美人说：“我也想救你。但是担心救了你之后，你像雄鹰蛟龙一样，纵横驰骋，而我凄然一人，只能凄惨痛哭，成为强盗帐下的冤鬼，那该怎么办呢？”汪十四说：“不会这样的。救了一个人，而害了另一个人，这是没头脑的做法。我在百万大军中，来去自如，何况是区区几个贼人，怎么能阻挡我呢？”汪十四对美人一番慷慨陈词，美人就用佩刀割断了绳子，让汪十四逃走，汪十四顾不上拜谢美人，看到屋子旁边有刀剑弓箭，就把它们全都拿走。汪十四左手拉着美人，右手拿着器械，两人走了几百步，看到一匹非常神骏的马，于是一起坐了上去。贼人听到声音，骑马来追。汪十四大喝一声：“来！来！看我怎么射你们！”汪十四拉弓射箭，贼人们应弦而倒。汪十四连着射出几十枝箭，接连射倒了几十个贼人。贼人最终无可奈何，只能让他们离去。

汪从马上问美人姓名。美人泣曰："吾宦女也。父为兰省[①]给事中，现居京国。今年携眷属至京，被劫，妾之老母及诸婢子尽杀，独留妾一人，凌逼蹂践，不堪言状。妾之所以不死者，必欲一见严君[②]，可以无恨；又私念世间或有大豪杰能拔入虎穴者，故踌躇至今。今遇明公[③]，得一拜严君，妾乃知死所矣！"汪曰："某之重生，皆卿所赐，京华虽辽远，当担簦（dēng）[④]杖策卫汝以行。"于是陆行从车，水行从舟，奔走数千里，同起居饮食者非一日，略无相狎[⑤]之意，竟以女归其尊人[⑥]，即从京国返新安终老焉。老且死，里人壮其生平奇节，立庙以祀，称为"汪十四相公庙"。有祷辄应，春秋歌舞以乐之，血食[⑦]至今不衰。

【注释】①兰省：即兰台。指秘书省。②严君：指父亲。③明公：旧时对有名位者的尊称。④簦：本意是古代有柄的笠，类似现在的伞。⑤相狎：彼此亲昵、接近。⑥尊人：对父母的敬称。⑦血食：指用于祭祀的食品。

【译文】汪十四在马上询问美人的姓名。美人哭着说："我是官宦人家的女儿。父亲在朝中秘书省担任给事中，现在居住在京城。今年我和家人到京城探亲，半路被贼人劫持，老母亲和婢女们都被杀了，只留下我一个人。我被贼人凌辱糟蹋，惨不能言。我之所以还没有一死了之，是因为还想见父亲一面，那就没有遗憾了。我又私下想，世间可能会有大豪杰，能够救我脱离这个龙潭虎穴，所以才活到今天。今天承蒙您搭救，我可以见到我的父亲了，我虽死无憾了！"汪十四说："我能逃出贼窝，全靠你所赐，京城即使再遥远，我也会护送你前去。"于是两人陆上乘车，水里做船，奔走了几千里，虽然在一块起居吃饭，汪十四没有任何轻浮的举动，最后送女子回到父亲那里，然后汪十四从京城返回新安养老。汪十四年老寿终后，乡里人赞赏他生平的奇事，立庙来祭祀他，称之为“汪十四相公庙”。汪十四相公庙有求必应，春秋时节，乡人举行歌舞来祭奠他，祭祀一直持续到现在。

张山来曰：吾乡有此异人，大足为新安生色。而文之夭矫奇恣[①]，尤堪与汪十四相副也。

【注释】①奇恣：新奇恣肆。

【译文】张山来说：我的家乡有这样的异人，实在是为新安增添光彩。这篇文章的文字新奇，完全可以和汪十四的侠义之举相配。

武风子传

方亨咸邵村

【题解】本篇是《虞初新志卷二》的第三篇。本篇记述了一位亦疯亦狂的武疯子的事迹。武疯子擅长用火在筷子上作画，烧刻出的图画，精美绝伦。他不慕富贵，不随流俗，从不利用自己的绝技牟利，即使贼人以死相威胁，他也不为所动。武疯子言谈类似疯子，行迹类似狂人，处事却像世外高人。

武风子者，滇南之武定州人也，名恬。先世以军功官于卫[①]。恬以胄子[②]，少学书，已弃弗学。性好闲，不谋荣利。嗜酒，日唯谋醉，箪瓢屡空，晏如也。凡游艺杂技，过目即知之。滇多产细竹，坚实可为箸。武生以火绘其上，作禽鱼花鸟、山水人物、城门楼阁，精夺鬼工。人奇之，每得其双筹，争购钱数百。于是武生之交戚贫者，因以为利。生顾未尝售也，颇自矜重，一箸成，辄把玩不释，保护如头目。或醉后痛哭，悉焚之，醒复悔，悔而复作。然靳[③]不轻与人。好事者每瞷其谋醉时，置酒招之，造必尽欢。酒酣，以火与箸杂陈于前而不言。生攘臂起，顷刻完数十筹，挥手不顾也。或于酒中以箸相属（zhǔ），则怒，拂衣出，终身不与之见。或遇贫士及释道者流，告以困穷，辄忻然为之，虽累百不倦。于是滇之士夫或相馈遗，皆以武生箸为重。王公大人游于滇者，不得武生箸即不光。

【注释】①卫：即卫所，明代军队编制名，统属于都司。②胄子：古代称帝王或贵族的长子。③靳：吝惜，不肯给予。

【译文】武疯子，是滇南武定州人，名为恬。祖先依靠军功，官至都司。武恬是长子，年少时学习过一些诗书，但很快就放弃了。他天性闲散，不追求荣华富贵，喜欢喝酒，每日只想着一醉，即使家徒四壁，三餐不继，他也不在乎。对于手工技艺，他则看一眼就能学会。滇地盛产细竹，坚实的竹子可以用来做筷子。武生可以在筷子上，用火烫出禽鱼、花鸟、山水、人物、城门、楼阁等各种绘画，精巧绝妙，鬼斧神工。人们对他的技艺十分惊讶，为了得到他的一双筷子，人们不惜花费数百钱。因此武疯子的穷朋友，穷亲戚，都借此来获利。武疯子却从不出售筷子，非常矜持自重。武疯子每做成一双筷子，就拿在手里不停把玩，格外珍惜爱护。武疯子有时候喝醉后痛哭，就把筷子都烧掉了，醒来后又后悔，后悔了就重新制作，从来不轻易给别人。有多事的人，就等他想喝酒的时候，置酒来招待他，让他开怀畅饮。等武疯子喝得兴起的时候，把火盆和筷子放在他面前，也不说话。武疯子撸起袖子站起来，顷刻间，十多双筷子就制作完成了，他挥挥手就离开了。有的人在他喝酒的时候，拿出筷子让他制作，他就十分生气，扬长而去，终身不再和这个人见面。有时候碰到贫士和佛门道家的人，如果他们贫困需要帮助，武疯子就欣然为他们制作筷子，就算做几百双也不厌烦。于是滇地的士大夫们彼此之间赠送礼物，都把武疯子的筷子当作是重礼。王公大臣来滇地游玩，如果没有得到武疯子制作的筷子，就觉得面上无光。

生固落落儒生耳，未尝以“风子”名。丁亥之岁，流贼从蜀败奔，假号[①]于滇，滇士民慴[②]于威，披靡以从。生独匿深菁中不出。贼于民间见其箸，异之，遍召不得，因悬赏索之。或告曰：“曷出以图富贵？”生大笑曰：“我岂作奇技淫巧以悦贼者耶？”侦者闻于贼，系以来。至则白眼仰天，喑无一语。贼命作箸，列金帛于前，设醇醪（láo）[③]于右以诱之，不应；陈刀锯以恐之，亦不应。贼怒，挥斩之。缚至市曹，而神色自如，终无一语。时贼帅有侍侧者曰：“腐鼠何足膏斧钺（yuè）？曷纵之？徐徐当自逞其技也。”释之，而生自此病矣。披发佯狂，垢形秽语，日歌哭行市中，夜逐犬豕与处，人遂皆呼“武风子、武风子”云。

【注释】①假号：古时称擅自确立的名号。②慴：同“慑”，恐惧害怕。③醇醪：味厚的美酒。

【译文】武疯子原来虽然是一个落拓的儒生，但人们不曾称呼他为“疯子”。丁亥年，流寇在四川战败，逃跑到滇地割据，滇地的士人和百姓慑于流寇的威胁，都只能顺从。武疯子则隐居在深山里不出来。贼人在民间看到他制作的筷子，感到非常惊讶，多次想找他，都找不到，因此悬赏捉拿他。有人对武疯子说：“你为何不出去谋求荣华富贵呢？”他大笑着说：“我岂能以一技之巧来讨好贼人呢？”探子把武疯子的藏身处告诉了贼人，武疯子结果被贼人抓去。到了贼人那儿，武疯子翻着白眼，仰望苍天，不说一句话。贼人命令他制作筷子，在他面前摆上金银布帛，在旁边放上美酒来诱惑他，武疯子不为所动；贼人又抽出了刀来吓唬他，武疯子依旧不为所动。贼人生气了，挥手示意想把他斩首示众。武疯子被捆着押送到了闹市，依然神色镇定自若，始终不说一句话。当时贼将身边的人说：“何必兴师动众去杀一个鼠辈呢？不如放了他，他慢慢就会听话的。”于是贼人放了他，武疯子从此就有疯病了。他披头散发假装疯癫，蓬头垢面，满嘴胡话，每天在市井里唱歌哭闹，晚上和猪狗呆在一起，于是人们都叫他“武疯子。”

及王师定滇，风子病少瘥（chài）[①]，亦稍稍为人作箸以谋醉，人重之逾常时。安定守某者，受贵人属，召为之，不应。守怒，挞之于庭，血流体溃，终不应。自此风子之踪迹无定矣，或琳宫梵舍[②]，或市肆田家，往必数日留，留必作数十箸以谋醉。然出入无时，于是其箸可得而不可得矣。余尝见其箸作《凌烟阁功臣图》者，箸粗仅及绳，而旌旗铠杖、侍从卫列，无不毕具；至褒公[③]、鄂公[④]，英姿毛发，道子[⑤]传神，莫或过之。其画细如丝，深绀（gàn）[⑥]色，入竹分余如镂。

【注释】①瘥：病除，病愈。②琳宫：仙宫。亦为道观、殿堂之美称。梵舍：指寺庙。③褒公：指段志玄，名雄，字志玄，以字行，齐州邹平（今山东济南）人，唐朝名将，封褒国公。④鄂公：指尉迟敬德，名融，字敬德，朔州善阳（今山西省神池县）人。唐朝名将，凌烟阁二十四功臣之一，封鄂国公。⑤道子：指吴道子，又名道玄。阳翟（今河南禹州）人，唐代著名画家，画圣。⑥绀：蓝色系中的一种颜色，带有紫色的深蓝色，是蓝色系中最深的颜色。

【译文】王师平定滇地后，武疯子的病好了一点，也慢慢开始给别人制作筷子，以换取一醉。人们比以前更加看好他的筷子。安定知府，受贵人的嘱托，让他制作筷子，他不答应。知府大怒，在官衙的院子里鞭打他，他被打的鲜血直流，皮开肉绽，还是不肯答应。从此武疯子的踪迹就更加飘忽不定，有时候在道观寺庙，有时在集市农家，一去就是很多天，去了一定会制作几十双筷子来换酒。但是他在一个地方停留的时间不确定，所以他的筷子虽然可以得到，但也很难得到。我曾经看过他画在筷子上的《凌烟阁功臣图》，筷子仅有绳子粗细，而旌旗、铠甲、仪仗、侍从、卫兵等全都具备。至于褒公、鄂公的外貌形象，就算是吴道子的传神妙笔，都不一定能超过他。他的画，线条细小如丝，深绀色，嵌入竹子，有一分深，像刀子刻出来的一样。

武定太守顾舆山为余言：其作箸时，削炭如笔数十，置烈火中，酒满壶于旁，伺炭末红若锥，左执箸，右执炭，肃肃有声，如蚕食叶，快若风雨，且饮且作。壶干即止，益之复作。饮不用杯杓（sháo）[①]，以口就壶，不择酒。期醉，醉则伏火而卧，或哭或歌，或说《论语》经书，多奇解。及醒而问之，则他呓语[②]以对。或正作时，酒未尽，忽不知其所往，逾数十日或数月复来，复卒成之。其状貌如中人[③]，年近六十余，拜揖跪起无异，唯与之语，则风子矣。舆山曾作《武异人歌》赠之，故时往还也。但所绘故事，多稗官杂剧，有规以不雅驯者，笑而不答，亦终不易。或曰：“非病风者也，狂人也。”或曰：“共有道者欤？不然，何富贵不淫，威武不屈耶？”余于是作《武风子传》。

【注释】①杯杓：也作“杯勺”。酒杯和杓子。借指饮酒。②呓语：比喻荒谬糊涂的话。③中人：普通人。

【译文】武定知府顾舆山对我说，武疯子做筷子的时候，把木炭削成如同毛笔的形状，准备几十枝这样的炭笔，放进烈火里，再把酒壶装满酒放在旁边，等到木炭烧红，像锥子一样的时候，他左手拿着筷子，右手拿着木炭在筷子上刻画，发出肃肃的声音，好像蚕吃桑叶的声音，速度快得好像疾风骤雨。他一边饮酒一边制作筷子，酒壶空了就停下来，添上酒再接着制作，他喝酒不需要酒杯和杓子，用嘴对着酒壶来喝。他对酒也不挑剔，只求一醉。喝醉后，就在火边躺下睡觉。他有时候痛哭，有时候唱歌，有时候解说《论语》等经书，还往往有自己独到的见解。等他醒来之后再问他，他就胡乱搪塞过去。有时候他正制作筷子，酒还没喝完，忽然人就不知道哪儿去了，过了几十天或者几个月他会再回来，接着做完。武疯子的面貌普通，年纪将近六十岁，与人来往，行为没有什么异常，只是他说话的时候，就变得疯疯癫癫。顾舆山曾经写了《武异人歌》赠给他，所以他们经常来往。武疯子所描绘的故事，大多来自稗官野史，有人说这些故事取材不雅，他也笑笑并不回答，最终也没改变自己的做法。有人说："武疯子不是疯子，而是狂人。"又有人说："武疯子是有道义的人吗？否则，他为何能做到富贵不能淫，威武不能屈呢？"我于是写了《武风子传》。

张山来曰：武生岂真风子耶？不过如昔人饮醇近妇，以寄其牢骚抑郁之态，宜其箸之不轻作也。邵村先生与先君同年，余幼时曾一聆謦欬（qǐng kài）[①]。癸亥冬，瓜洲梁子存斋以此传录寄。未几，而何省斋年伯[②]又以刻本邮示。益信奇文欣赏，自有同心也。

【注释】①謦欬：指谈笑。②年伯：科举时代为对父亲同年登科者的尊称，明代中叶以后也称同年的父亲或伯叔，后用以泛指父辈。

【译文】张山来说：武疯子真的是疯子吗？他不过是像前人那样喝酒贪色，来抒发内心的抑郁而已，所以他不轻易制作筷子啊！"邵村先生和先父是同年，我年少的时候，曾听聆听过他的教诲。癸亥年冬季，瓜州梁存斋把这个传记，抄录下来，寄给我。没过多久，何省斋年伯又把这个传记的刻本寄过来，我于是更加相信人们对好文章的欣赏，本来就是相同的。

记老神仙事

方亨咸邵村

【题解】本篇是《虞初新志卷二》的第四篇。张献忠军中有一老人，曾向道士求仙，未果，得禁方一卷。学成后能生死人，肉白骨，因此他受到张献忠的重用，被称为“老神仙”。老神仙虽能救人，却是救一人就要杀一人，所以作者认为他名为老神仙，实为老贼。

蜀中刘文季为余言，昔献贼[1]中有所谓“老神仙”者，事甚怪，能生已死之人，续已断之肢与骨，贼众敬如神明焉。其初被掳时，将杀之，贼掳人，不即杀，审其人，凡一技一艺者皆得免。神仙比能以泥塑像获免，贼中遂以“塑匠”呼之。

【注释】①献贼：指张献忠，字秉忠，号敬轩，外号黄虎，陕西定边县人，明末农民军领袖，大西政权的建立者。

【译文】蜀地的刘文季对我说，从前贼人张献忠的军中有一位称为“老神仙”的人，其人非常奇特，他能让已经死去的人复活，让已经断了的肢体和骨头复原，贼人们像尊敬神明一样敬重他。他刚开始被贼人抓住的时候，贼人准备要杀他。贼人抓住人，不立即杀死，而是审问他们，只要有一技之长便会得到赦免。老神仙那时会用泥土塑像而得以幸免，贼人们便称呼他为“塑匠”。

一日，塑匠涤大釜沃水[①]，析屋为薪燎之。水沸，沸凡数，以一榜[②]左右搅成膏。贼众骇，争相传。献贼闻，谓妖人，又将杀之。塑匠曰：“愿一言以死：王不欲成大事耶？何故杀异士？”献贼异而问之，曰：“臣有异术，能生人。此膏乃仙授，或刀斧，或榜（péng）掠[③]，受重创者，臣能顷刻完好。”献贼即榜一人，试之，立验。献贼残忍，日杀人，劓刖（yì yuè）[④]人，至笞掠无算。笞凡数百，血肉糜溃，气息仅属者，付塑匠，以白水膏傅之，无不生，且立刻杖而行。军中争趋之，馈遗饮食无虚日[⑤]，以是衣食囊橐[⑥]渐充矣。

【注释】①沃：灌溉，浇。②榜：木片。③榜掠：鞭笞。④劓刖：割鼻断足的刑罚。⑤虚日：空闲的日子，间断的日子。⑥囊橐：口袋。

【译文】有一天，塑匠把大锅洗净，装满水，拆下屋子的木料，拿来烧火。不一会儿，水沸腾了。沸腾了一会儿后，塑匠用木片搅拌，慢慢的一锅水变成了膏状。贼人看到后感到惊骇，互相传说这件事。张献忠听到后，称他为“妖人”，就要杀他。塑匠说：“请让我说几句话再杀也不迟。大王不想成就大事吗？为什么要杀能人异士呢？”张献忠感到奇怪而询问他，塑匠说：“臣有奇异的法术，能使死人复生。这种药膏是仙人传授的，不论被刀斧砍伤，或者被鞭笞受重伤的人，臣能马上让他恢复。”张献忠马上鞭笞一人，塑匠立刻进行医治，药膏果然十分灵验。张献忠非常残暴，每天被杀的人，被施以割鼻断足等酷刑的人，还有被拷打的人，多得无法计算。每天被拷打的就有上百人，这些人皮开肉绽，奄奄一息。把他们交给塑匠，敷上药膏，全都被救活过来，并且这些人立刻就能拄着拐杖行走。军中的人都争着去结交塑匠，天天有人赠送给他吃喝财物，因此他的口袋渐渐充实起来。

献贼有爱将某者，攻城，为飞炮所中，去其颏（kē）①，奄奄一息矣。塑匠曰："易与耳！"即生割一人颏，按之，傅以膏，一日而苏，饮噉（dàn）②如未割也。时孙可望③在贼为监军，夜被酒④，杀一嬖（bì）妾。旦行三十里，醒而悔之。道遇塑匠，笑问曰："监军夜来未醉耶？何有不豫⑤色然？"可望告以故。塑匠曰："监军果念其人乎？吾当回马觅之。"可望曰："唉！起营时，尸不知何在，想为犬豕啖矣，何从觅？"塑匠曰："监军若令我觅，何物犬豕，敢啖贵人乎？"可望曰："鼠子绐我！汝欲逃耶？我当遣介士⑥押汝觅！"塑匠笑曰："何处觅？觅何能得？"可望怒曰："汝何戏我？"塑匠指道旁舁一毡橐曰："何需觅，即此是也！"可望曰："已朽之骨，何舁之？"塑匠笑谓："监军曷启之？"可望下马解毡，则星眸宛转，厌厌如带雨梨花，帐中之魂已返矣。

【注释】①颏：俗称下巴。②饮噉：吃喝。噉：同"啖"，吃。③孙可望：原名孙可旺，陕西延长县人，明末张献忠大西政权的主要将领、南明永历时期权臣。④被酒：即喝醉了。⑤不豫：不高兴。⑥介士：指武士。

【译文】张献忠有一名爱将，攻城的时候被炮石击中，下巴被打掉了，奄奄一息。塑匠说："救治他很容易。"塑匠就割下活人的下巴，给他安上去，再敷上药膏，一天后这个将领就苏醒了，吃喝也都没问题，就像没有受伤一样。当时孙可望在贼营里作监军，晚上喝醉酒，误杀了一个爱妾。白天行军走了三十里后，孙可望酒醒了，感到后悔。他在道上碰到塑匠，塑匠笑着问他："监军昨晚没喝醉吗？怎么一脸不高兴的神色？"孙可望告诉塑匠缘故。塑匠说："监军果真思念爱妾吗？我可以骑马回去找她。”孙可望说：“唉！离开营地的时候，她的尸体也不知道去哪了，弄不好已经被猪狗吃了，到哪里找呢？”塑匠说：“监军如果让我去寻找的话，那些猪狗怎么敢吃贵人的尸体呢？”孙可望说：“你在骗我吧，你是想趁机逃跑吗？我会派士兵押着你去寻找！”塑匠笑着说：“到哪里寻找呢？找到了以后又能怎么样？”孙可望生气的说：“你为何戏弄我？”塑匠指着旁边携带的毡囊说：“哪里需要去找？就在这儿！”孙可望说：“已经是腐朽的尸骨了，怎么还带着呢？”塑匠笑着对孙可望说：“监军何不打开看看？”孙可望下马解开毛毡，看见爱妾的眼睛缓缓转动，虽然还有些虚弱，像梨花带雨一样，但毕竟已经活过来了。

可望喜噪，一军皆惊。闻于献贼，献曰：“此神仙也，当封之。”口封恐众未知，时营大泽中，下令军中人备一几，以次日集广原。是时贼数十万，令以数十万几累之，择累之最高者谓“拜仙台”。于是衣塑匠以深衣，巾以纶巾，方履丝绦。塑匠身高六尺，广颡（sǎng）①阔面，大有须，望之如世所绘社神者然。命之升台，台高且危，塑匠怯不欲登。献贼令军士各持弓矢，引满以向之，曰：“不登，即射！”塑匠不得已，及其半，惴（zhuì）慄②惶惧，而万矢拟之如的，不敢止，勉登其上。献贼令三军释弓矢，罗拜其下，呼“老神仙”者三。于时声震天地。自此不复呼“塑匠”，而皆曰“老神仙”矣。

【注释】①颡：额头。②惴慄：也作“惴栗”。恐惧而战栗。

【译文】孙可望大喜过望，这件事轰动了整个军营。张献忠听说后，他说：“这是神仙啊，应该册封他。”张献忠担心口头的册封，不能让所有人都知道。当时张献忠的军队驻扎大泽，张献忠下令军中每个人都准备一个几案，第二天集中摆放在在旷野中。当时张献忠手下有数十万贼人，下令将数十万的几案堆放在一起。选择最高处，称为“拜仙台”。于是给塑匠穿上礼服，戴上纶巾，方履丝绦。塑匠身高六尺，宽额阔面，下巴上几缕长须，看起来就像世人所描绘的灶神。张献忠命令塑匠登台受封，台子又高又陡，塑匠胆怯不想攀登。张献忠命令将士手持弓箭，拉开弓威胁塑匠说：“不登台的话，就放箭！”塑匠逼不得已只好登台，爬到一半时，塑匠恐惧战栗，爬不动了，而上万的弓箭依然瞄准对着他，所以塑匠不敢停止，只能咬紧牙关登到顶端。张献忠命令三军放下弓箭，围绕在台下跪倒，大喊三次“老神仙”，声音震天动地，从此贼人们不再称他为“塑匠”，都叫他“老神仙”了。

老神仙亦自此不轻试其术。有渠贼某者，战败伤足，胫（jìng）骨[1]已折，所不断者，皮仅寸耳。求老神仙治，辞以不易。某哀号宛转，盛陈金帛以请。老神仙挥之曰：“此身外物，吾无需。虽然，吾不忍将军之创也。吾无子，将军能养我乎？”某指天而誓，愿终身父事之。老神仙从容解所佩囊，出小锯，锯断其足上下各寸许，取生人胫，度其分寸以接之，傅以药，不数日而愈。自此贼中凡求其药者，皆不敢侈馈遗，争投身为养子矣。

【注释】①胫骨：小腿骨。

【译文】老神仙也从此不再轻易施展他的医术。有一个贼首，战败伤了脚，胫骨已经折断了，只有一寸多的皮连着。他求老神仙医治，老神仙推辞说治不了。他哀声恳求，拿着金帛重礼来请老神仙施救。老神仙挥挥手说：“这些都是身外之物，我不需要。即使这样，我还是不忍心看着将军忍受痛苦。我没有儿子，将军能给我养老送终吗？”那人指天发誓，愿意终身像侍奉父亲一样侍奉他。老神仙这才从容不迫地解开佩囊，拿出小锯子，把他伤口处的骨头，上下都锯掉一寸，拿来活人的胫骨，量取同样的长度给他接上去，敷上药，没过多久他便痊愈了。从此贼人中凡是向老神仙求药的人，都不敢给他金银重礼，都争着当他的养子。

献贼有幸婢曰“老脚”者，美而慧，善书画，脚不甚纤，因名。凡贼中移会侦发文字皆所掌，献贼嬖之。燕处（chǔ）[①]有所思，老脚见其独坐，私往侍之。贼不知为老脚也，疑旁人伺，以所佩刀反手击之，中其腰，折骨剸（tuán）[②]腹，出肠而死。献贼省之，悔恨惋痛，急召老神仙。老神仙曰：“已死，不能救。”献贼骂曰：“老狡！监军妾不亦已死者乎？汝不能救，当杀汝以殉！”老神仙逡（qūn）巡[③]曰：“需时日乃可。”献贼急欲其生，限三日。老神仙请期三七。比以酒合药灌之一匕，喉间即格格有声。老神仙贺曰：“可救矣，七日当复。”因取水润其肠，纳腹中，引针缝之，傅以药，夹以木板，约以绳，果七日而老脚步履如常时。

【注释】①燕处：退朝而处；闲居。②剸：割断，截断。③逡巡：因为有所顾虑而徘徊不前或退却。

【译文】张献忠有个宠妾叫“老脚”，美丽聪慧，擅长书画，因为脚大，所以得此名。张献忠军中的各种公文，书写事项都由她负责，张献忠很宠幸她。张献忠一次闲居时，正在思考事情，老脚看到了他独自坐着，未经传唤，就过去侍奉他。张献忠不知道是老脚，怀疑别人在一旁窥探他，就顺手抽出佩刀砍向她，结果正砍在她的腰上，老脚骨断腹破，肠子流出而死。张献忠反应过来后，非常懊悔，急忙召来老神仙。老神仙说：“老脚已经死了，救不了。”张献忠骂他说：“你这狡猾的老贼！监军的小妾不也是已经死了的人吗？你不救她，我就杀了你来给她陪葬！”老神仙顾虑再三，犹豫地说：“需要一些时日。”张献忠着急想要老脚复生，只给老神仙三天时间。老神仙再三请求需要三个七日。老神仙用酒把一勺药给她灌下去，当时她喉咙间就有格格的声音。老神仙给张献忠道喜说：“可以救治了，七天后她就可以复活。”接着拿水浸润老脚的肠子，并把肠子放回腹中，再用针线缝上，敷上药，用木板夹住，用绳子绑好，果然七天后老脚就恢复了，可以像以前一样走路。

及献贼死，贼众溃，从蜀奔滇。生平素德于老神仙者，卫之来滇。永历[1]至，贼众多为伪王侯。老神仙啸傲王侯间，拥厚资，辟室城东隅，累石成山，凿井为池，旁植花木，畜朱鱼数百头。客至浮白，呼鱼出水以娱，醉则高歌而卧，不顾也。迄永历奔缅甸，老神仙从之行。及腾越，居常向空咄咄[2]，若有所诉。

【注释】①永历：南明皇帝朱由榔（1623—1662年）的年号。②咄咄：感叹声、惊怪声。

【译文】等到张献忠死去后，贼兵们也都溃散，从蜀地跑到了滇地。平日受过老神仙恩惠的那些人，就保护着他也来到滇地。永历年间，贼人大多成为永历皇帝的伪王侯，老神仙在诸王侯之间逍遥自在，家资丰厚，他在城东建了一所住宅，里面累石成山，凿井当池，种植了各种花草树木，还饲养了数百尾红鱼，每当客人到来喝酒时，老神仙就让红鱼浮出水面来表演助兴。老神仙喝醉了便高歌而睡，对其他事不管不顾。直到永历帝奔走缅甸，老神仙还跟随前往。在腾越的时候，老神仙经常对着天空喃喃自语，好像在和谁说话。

一日谓文季曰："吾老矣，将奈何？"文季曰："等死耳，公何惜？但公之异术素靳不与人，致绝其传，是可惜！"老神仙曰："吾非靳也，吾师授我时有戒也。"因讯其所授之由，曰："某陈姓，河南邓州人，名家子[①]。少尝入乡塾，性不乐章句。塾侧有塑神佛者，时就与嬉。塾师时扑责[②]之，归而父母复责以不学。不能耐，遂出亡，怅怅无所适，因祷于关帝，得一签，云：'他日王侯却并肩'。自顾一丧家子，何得并肩王侯哉？然神不诬我，与王侯并肩者唯仙人，素闻终南山多隐仙，愿往从之。穷登涉，忍饥寒，遍访无可从者。一日至山后，遥望绝壁上有洞，人出入。因拔荆棘，踞峥岩，达于洞，见一道者坐石上，翛（xiāo）然[③]异凡人。余幸曰：'此吾师也！'因长跪以请。道者不顾，拂袖归洞，余不敢入，即洞口稽首而已。如是者三日，忽一童子持一物示余曰：'师食尔！'状如糕，色白，方仅二寸，味甘如饴。食之，遂不复饥。余窃喜，益信。拜求至七日，道者忽出，问余曰：'痴子，汝欲何为？'余告以求仙。道者哂（shěn）[④]曰：'去！汝非此中人，何自苦为？'余自念无所归，唯投崖死耳，涕泣以求。已而道者曰：'吾念汝诚，有书一卷授汝，资一生衣食。好为之，勿轻泄，泄则雷击也。速去，毋久留，徒饱虎狼耳！'余得书惊喜，仓皇下山；省之，皆禁方也，可三十页。道延安，人争传某巡抚者有爱女戏鞦（qiū）迁[⑤]伤足，骨出于外，医莫能疗，募能疗者，金二百，骡一匹。余往应募，依方试之，果瘥。余于是囊金乘骡归。吾父怒出亡，且疑多金，是时贼已起，谓余必从不义，首于官，将置之法。余族兄孝廉某，白无辜，出狱。讯其故，因出书。余父闻余出，持大杖奔族兄家。余族兄反覆解喻，不信，并陈书以实。余父愈怒，裂书火之。

族兄从火中夺得，仅四页。余急怀而逃。今之所用者，皆烬余之四页耳。年久，其四页者亦不知往矣。”其自述如此。居无何，以疾死。

【注释】①名家子：名门子弟。②扑责：责打。③翛然：形容无拘无束的样子；超脱或自由自在的样子。④哂：讥笑。⑤鞦迁：即秋千。

【译文】一天，老神仙对刘文季说：“我现在老了，还能做什么呢？”刘文季说：“只有等死罢了，您有什么可惜的呢？您身怀奇术，但是平素吝惜不传授给别人，致使绝艺断绝，确实可惜！”老神仙说：“我不是吝惜，我的师傅传授的时候，对我有告诫。”刘文季因此询问老神仙从何处学到的奇术，老神仙说：“我陈姓，河南邓州人，本是名门子弟。年少的时候曾经在乡塾读书，我生性不喜欢文章、诗词。乡塾旁边有神像，我经常在那儿玩耍，乡塾的老师时常责打我，回家后父母又责怪我不学习。我难以忍受，就离家出走，又不知道去哪儿，因此向关帝祈祷，得到了一签，上面写着：‘他日王侯却并肩’。我想到自己是一个无家可归的人，怎么能和王侯并肩呢？但是神仙不会欺骗我，和王侯并肩的人只有仙人了，平日里听说终南山有很多隐居的仙人，我希望能跟随他们。于是我长途跋涉，忍饥受冻，遍访终南山，也没有找到可以跟随的人。有一天我到山后，远远地望见绝壁上有一个山洞，有人出入。因此披荆斩棘，攀高涉险，到达山洞。看到一个道士坐在石头上，自在超脱异于常人。我高兴地说：‘这是我的师傅啊！’因此长跪不起，请求他收我为徒。道士没有理会我，甩甩袖子进了山洞，我不敢进去，就在洞口稽首行礼。就这样过了三天，忽然一个童子手持一个物品递给我说：‘师父让你吃了它！’这个东西的形状像糕点，白色，大小只有二寸，吃起来味道很甜。吃完它，我就不再感到饥饿。我窃喜，更加相信自己遇到了仙人。跪到第七天时，道士忽然出洞问我说：‘痴子，你想怎么样？’我告诉他我想修仙。道人讥笑我说：

'离开吧，你并非修仙的人，为何要自讨苦吃呢？'我想到自己没有地方可去，只有跳崖去死，就哭着请求。不久道士说：'我念你诚心，有一卷秘籍授予你，可以让你一生的衣食无忧，你好自为之，不要轻易泄露秘籍，泄露了就会遭到雷劈。赶紧离开吧，不要久留，以免白白地喂了虎狼。'我得到秘籍十分惊喜，赶忙下山。我浏览了这本书，发现里面都是珍贵的秘方，大约有三十页。我到了延安，人们争着传说巡抚的爱女，荡秋千时，弄伤了脚，骨头都露出来了，当地的医生没办法医治。巡抚四处寻求能医治的人，赏金二百两银子和骡子一匹。我前往应征，按照书上的方法尝试，果然治好了巡抚女儿的骨伤。我于是拿着钱，骑着骡子回家了。我的父亲还在气我出走，而且怀疑我哪儿来的这么多钱。当时盗贼四起，父亲猜想我的钱一定来路不正，就把我送到官府，准备对我依法处置。我的族兄是举人，去官府为我辩解，救我出狱，他询问我缘故，我就拿出书给他看。我父亲听说我出狱了，拿着棒子赶到族兄家。我的族兄反复解释，父亲就是不相信，族兄就拿出书来证明。我父亲更加愤怒，把书撕了扔到火中，族兄赶忙从火中取出书，但仅剩了四页。我急忙揣在怀里逃走。现在用的医术，都是火中剩余的四页上的秘方。时间一长，这四页也不知道去哪了。"他的自述就是这些。没过多久，他就因病而死。

呜呼！不龟（jūn）手药①一也，一以封侯，一不免于洴（píng）澼絖（pì kuàng）②，顾所用异耳。向使老神仙能体父志，不陷于贼，挟此术游当世，卢扁③、华陀不得专于前矣。惜其狃（niǔ）④于货利，遂安神仙之名，而终以贼死。虽然，人之遇仙与不遇仙，唯视福德之厚薄。老神仙得其书而不能全，其福可知矣。尝见稗官所志侯元者，樵山遇老人，授兵法，卒以作贼戮其身，事颇类此。常怪仙人不得其人，即秘其传可也，何往往传非其人以致戕

（qiāng）害[⑤]，仙亦何忍哉！且终南道者亦未必真仙，闻其膏乃以处子阴户油炼之，火光满室，焰升屋梁，光息而膏成，此岂仙人救人之方乎？《本草》[⑥]以多用虫鱼，致迟上升十年，况杀人以救人，不独一人，且数百人。是老神仙者，则亦始终一贼而已。

【注释】①龟：皮肤受冬开裂。不龟手药：指使手不冻裂的药。后也喻指微才薄技。②洴澼絖：在水上漂洗棉絮。澼絖：借指医治皴手的药方③卢扁：指扁鹊，因为家住卢国，所以人称"卢扁"。④狃：贪图。⑤戕害：杀害。⑥《本草》：指《神农本草经》，古代著名药书。传说陶弘景注释《神农本草经》时，把鱼虫入药，犯了杀生的罪过，所以推迟十年成仙。

【译文】呜呼！拥有防止手冻裂的药方，有的人拿着药方献给君主而封侯，有的人拿着药方，仍旧从事漂洗棉絮的行当，这是因为使用方法的不同。假使老神仙能体会父亲的心意，不与贼人为伍，凭借他的医术游历世间，就算卢扁，华佗再世，也不能超过他。可惜他贪图财物，竟然接受神仙的名号，而最终以贼人的身份而死。当然，一个人能不能遇到仙人，与他自己福德的厚薄有关。老神仙得到了仙人的秘籍，却不能保全，他福德的多少，就可想而知了。曾经看到野史小说所记载的侯元，在樵山遇到一位老人，老人传授他兵法，他最后做贼人而被杀，他的事情与这件事很类似。世人常常责怪仙人不能分辨好坏人，仙人保留秘籍就可以了，为什么要传给坏人而多造杀戮呢？仙人于心何忍啊！况且终南山的那个道士未必是真正的仙人，听说他的药膏是用处子阴户的油炼成的，炼药时满屋子的火光，火焰直冲屋梁，等到火焰熄灭时，药膏才炼成，这难道是仙人救人的方法吗？注释《本草》时，因为多用鱼虫做药，导致陶弘景成仙晚了十年，何况是杀人来救人，而且不只是杀了一个人，而是杀了数百人。老神仙终究还是一个贼人罢了。

张山来曰：仙家有禁方而不以传世，则禁方徒虚设耳。若以杀人救人为过，何不去此种类，而止有金石草木之药乎？乃计不出此，而往往传非其人以致遗累，是亦授受之未善也。

【译文】张山来说：仙家有秘方而不能流传到世间，那么秘方不就白白浪费了。如果为了救人而杀人是过错，为何不去掉这种医治的方法呢，而只用金石草木来治病呢？没有考虑到这些问题，又所传非人以致贻害，这也是传授和接受的人都没有把事情处理好啊。

瑶宫花史小传

尤侗展成

【题解】本篇是《虞初新志卷二》的第五篇。扶乩是一种民间的占卜方法，最早见于我国东晋时期，到了明清时期尤为盛行。本篇文章的瑶宫花史就是作者扶乩请来的乩仙。作者与瑶宫花史诗词酬对，日久生情，怎奈阴阳相隔，空自嗟叹。

岁癸未，予读书王氏如武园，偶为扶鸾[①]之戏，得遇瑶宫花史。云花史何氏，小名月儿，明初山阳富家女也。年十六，独在花下摘花，为一书生所调，父母怒而谪之，遂赴水死。王母怜其幼敏，录为散花仙史，此掌文真人唐孙过庭[②]告予云。初降坛，作诗云："片片落英飞羽客，翩翩独向风前立。缓行徐过小桥东，只恐春衫香汗湿。"其标韵如此。花史年少，放诞风流，既为情死，眉黛间常有恨色。性善谐谑，既与予狎昵[③]，嘲戏百出，一座哄堂。间以微词挑之，辄不对，或乱以他语，久而怃然[④]，不知情之一往而深也。寒夜尝与予联句云："树头落叶舞天衣，萧瑟风篁吟露唏。青火半消残月继，黄钟初罢晓星稀。新寒剪到罗帷急，愁泪弹来香息微。消遣夜深唯有梦，巫山携得片云归。"自后相对，多作断肠哀怨之语。

【注释】①扶鸾：是中国民间信仰的一种占卜方法，又称扶乩、扶箕、抬箕、挥鸾、降笔、请仙、卜紫姑、架乩等等。在扶鸾中，需要有人扮演被神明附身的角色，这种人被称为鸾生或乩身。神明会附身在鸾生身上，写出一些字迹，以传达神明的想法。信徒通过这种方式，与神灵沟通，以了解神灵的意思。②孙过庭：名虔礼，以字行。唐代书法家、书法理论家。著《书谱》2卷，已佚。今存《书谱序》。这里也是通过扶乩与孙过庭对话。③狎昵：亲近；亲昵。④怃然：怅然失意的样子。

【译文】癸未年间，我在王氏的如武园里读书，偶尔尝试扶鸾的游戏，结果遇到了瑶宫花史。花史姓何，小名为月儿，是明朝初年山阳的富家女儿。她十六岁时，独自在花下摘花时，被一个书生调戏，她的父母以为她不守贞洁，很生气并且责备她，她为证清白就投水自尽了。王母娘娘怜惜她年幼聪敏，让她做了散花仙史，这是掌文真人唐朝的孙过庭，通过扶乩告诉我的。起初，花史降坛的时候，作诗说：“片片落英飞羽客，翩翩独向风前立。缓行徐过小桥东，只恐春衫香汗湿。”她就是这样的风韵。花史的年龄还小，生性多情，既然是为情而死，眉眼之间经常带有哀怨的神色。她喜欢诙谐逗趣，和我熟悉以后，互相经常开玩笑，惹得众人哄堂大笑。偶尔我故意为难她，她也不回应。或者岔开话题，过一会儿又怅然失意，她就是这样容易动感情啊。在寒冷的夜晚她经常和我联句作诗：“树头落叶舞天衣，萧瑟风篁吟露唏。青火半消残月继，黄钟初罢晓星稀。新寒剪到罗帷急，愁泪弹来香息微。消遣夜深唯有梦，巫山携得片云归。”此后她的诗，大多是断肠哀怨的话。

予戏以尺素[①]贻之，是夜遂梦花史冉冉而来。年可十八、九，头上百花髻，戴芙蓉冠，插瑟瑟钿朵，著金缕单丝锦縠，银泥五晕罗裙，鸳鸯袜，五色云霞履。妆束雅淡，神姿艳发，顾盼妩媚，不可描画，褰帷微笑，若欲有言。予胸次忽为一物填压，又似鬼手来捉人臂，惊呼而觉，但见残红明灭，纸窗风声条条，若有弹指而泣者。诘朝[②]问之，云："吾夜间到君床头两次，君为五脏神所守，觉则退耳。"予问："五脏神谁何？"花史云："凡人一身，皆有神守：耳目手足，有神外守；五脏魂魄，有神内守。有缘者神与之亲，无缘者神不与之亲。吾与子情深矣，奈三生石上无一笑缘何！"因泣下唏嘘。

【注释】①尺素：指书信。②诘朝：同"诘旦"，即平明，清晨。

【译文】我曾和她开玩笑，给她写了一封信，当天晚上我梦到花史徐徐而来。年纪大约是十八，九岁，头上梳着百花髻，戴着芙蓉冠，头发上的钿朵微微颤动，身上穿着金缕单丝的锦纱，银泥五晕的罗裙，鸳鸯罗袜，五色云霞履。妆容淡雅，神姿美艳，顾盼妩媚，她的美丽难以名状。她撩起帷幕微微一笑，好像有什么话要对我说。我忽然感觉有一个重物压在胸口，又好像有鬼手来抓我的胳膊，惊呼而醒，只看到残留的蜡烛忽明忽灭，风吹纸窗发出呼呼的声音，好像有人在捻指哭泣。清晨我问花史，她说："我夜晚到你的床头两次，你被五脏神守护，我察觉到就退却了。"我问："五脏神是谁啊？"花史说："人身体的各处，都有神灵在守护。眼睛耳朵手脚，有神灵在体外守护；五脏和魂魄，有神灵在体内守护。有缘的人，神灵就让他和主人亲近，没有缘分的人，神仙就不让他和主人亲近。我和你情深意切，怎奈在三生石上，你和我连相对一笑的缘分也没有啊！"她因此哭泣唏嘘。

既而言楚江事。楚江，一花史侍儿也，与幼婢小红皆端丽明慧，日侍香案。花史云："楚江前世与君为邻，两情眷眷[①]不遂，病死。君作一柬，焚告楚江云：'三生如不断，愿结未来缘。'君举孝廉，亦早逝。迄今二十年，可续前盟矣。"遂请于王母，许于甲申二月降生赵地，赐以玉珰一事，翠凤履一双。花史赋《鹧鸪天》词送之云：“整束簪环下碧霄，教人肠断《念奴娇》。曲房空剩残香粉，独对潇湘忆翠翘。寻别话，酌清醪，盈盈徐送小红桥。从今不伴烟霞客，爱向风前斗柳腰。”楚江和云：“朝餐风露暮凌霄，不羡金门贮阿娇。却恨柳丝牵月线，强移花色点云翘。情犹恋，意如醪，依依不舍旧蓝桥。东君可许归相伴，暂向尘封学楚腰。”然自楚江下世，花史意致黯然，不复如前日欢洽矣。王母闻其以腴（yú）词赠答，切责之，命游神巡察，不许私至，且曰：“尤生不患才少，花儿独患情多。倘涉幽期，恐有山魈木魅之疑也。”自尔踪迹遂绝。

【注释】①眷眷：依恋反顾的样子。

【译文】然后她又说起楚江的事。楚江是花史的侍女，和婢女小红，都端庄聪明，每天侍奉香案。花史说：“楚江生前和你是邻居。你们二人互相爱慕，却不能结为连理。后来楚江病死，你写了一篇悼文，在楚江灵前焚烧，告诉楚江说：‘三生如不断，愿结未来缘。’你后来考中举人，也英年早逝，到现在已经过去二十年了，你们可以再续前世的姻缘了。”于是花史请求王母娘娘应允这件事，王母娘娘同意让楚江在甲申年二月转生在赵地，并赐给楚江玉珰一对，翠凤鞋一双。花史作《鹧鸪天》送给楚江：“整束簪环下碧霄，教人肠断《念奴娇》。曲房空剩残香粉，独对潇湘忆翠翘。寻别话，酌清醪，盈盈徐送小红桥。从今不伴烟霞客，爱向风前斗柳腰。”楚江也和了一首，说：“朝餐风露暮凌霄，不羡金门贮阿娇。却恨柳丝牵月线，强移花色点云翘。情犹恋，意如醪，依依不舍旧蓝桥。东君可许归相伴，暂向尘封学楚腰。”然而自从楚江下世投胎后，花史就心思黯淡，不像以前那样快乐了。王母娘娘听说她和凡人诗词互答，就严词斥责她，还命令游神巡查，不许她偷偷和凡人接触，并且说："不担忧尤生才华少，只担忧花史情太深。阴阳相隔的男女互相来往，恐怕就会有遇到妖魅的嫌疑了。"从此花史就消失了。

予尝览《杜兰香传》，乃湘江三岁女子，为阿母青童[①]携去，后驾钿车诣包山张硕，言本为君作妻，以年命未合，小乖[②]，太岁东方卯，当还求君。此与楚江事绝类。而予沦落不偶，无室家之乐，幽婚如梦，忽忽忘之。然每策蹇[③]往来邯郸道上，秦楼日出[④]，游女如云，恍然若有所遇，卒无有鼓瑟而至[⑤]者。而予亦已老矣！岂仙人固好食言耶？抑予尘心未尽，负此蹇修[⑥]也？

【注释】①青童：指少年；也指古代中国神话传说中的仙童。②小乖：暂时离开。③策蹇：骑着毛驴。蹇，跛脚，也代指毛驴。④秦楼日出：出自汉朝《陌上桑》，"日出东南隅，照我秦氏楼。秦氏有好女，自名为罗敷"的句子。"罗敷有夫"的典故就出于此。⑤鼓瑟而至：指湘灵鼓瑟的典故。出自屈原《远游》："使湘灵鼓瑟兮，令海若舞冯夷。"舜死后，娥皇和女英寻夫无果，鼓瑟而弹，曲调凄苦。⑥蹇修：媒人的代称。传说蹇修是伏羲的臣子。

【译文】我曾经看过《杜兰香传》，杜兰香是湘江边的三岁女孩，被王母的仙童带走，后来驾着用金玉装饰的车子拜访包山的张硕，要给他作妻子，因为时机未到，她暂时离开，等太岁星运行到东方卯位时，就回来和张硕成亲。这和楚江的事情非常相似。而我命运不好，没有家室的欢乐，婚姻也无着落，难道先前和楚江的婚约被遗忘了吗？。但是我每次在邯郸道路上骑驴慢行，看着秦楼日出，游玩的女子云集，恍然中就好像见到了她，但是最终也没有人为我鼓瑟而来，而我也已经老了。难道仙人原本就喜欢食言吗？或者是因为我的凡心未尽，辜负了花史这个媒人的好意？

花史诗词甚多，其最著者，《太华行》一篇。先是甲申元日，真人同湘江诸侣游太华山，乐甚，命予两人作长歌记之。予走笔急就，而花史诗故作虫书[1]，亦狡狯（kuài）伎俩也。真人笑而译之，其辞曰："登峰当登第一山，婆娑（suō）屹立不可攀。巨灵赑（bì）屃[2]崒（xì zú）为掌，云气时流十指间，苍龙玉马随风步，黄冠鹤羽皆童颜。半壁飞泉珠雨散，水天相对乘时闲。尔乃坐青莲，游玉田，金鼎石室篆如烟。团团握麈（zhǔ）[3]成清谈，铁笛一声江天寒。玉女乘鸾相接引，葡萄火枣列嘉宴。歌一曲，乐万年，进一酌，成百篇。松风枕上听流泉，陶然醉倒不知还。呼吸三光应列斗，巍峨两山一划剖。少阴令德合秋成，气含金爽据丁酉。伊古少昊[4]居此都，蓐（rù）收[5]别馆称中阜（fù）。何若凌虚此一游，凭风羽化飞飞走。视昔登颠发狂号，垂书作别真堪呕。仙兮仙兮不可及，仿佛斯游不竟口。我向琼宫索记书，大文千言若蝌蚪。"

【注释】①虫书：指鸟虫书，也称"鸟虫篆"，属金文，是春秋中后期至战国时代盛行于吴、越、楚、蔡、徐、宋等南方诸国的一种特殊文字。②巨灵：神话传说中劈开华山的河神。赑屃：是中国古代传说中的神兽，样子似龟，喜欢负重，多用作碑下石龟。是长寿和吉祥的象征。③麈：指鹿一类的动物，其尾可做拂尘。④少昊：姬姓，名玄嚣。出生于江水（今四川绵阳）。三皇五帝之一，是黄帝长子。⑤蓐收：古代中国神话传说中的金神，左耳有蛇，乘两条龙。是白帝少昊的辅佐神。

【译文】花史写的诗词非常多，其中最出名的一篇是《太华行》。

甲申年正月初一，真人和湘江的友人一起游览太华山，大家兴致很高，真人让我们两人作长诗来留念。我笔走龙蛇一挥而就，而花史故意写成虫书，这是她耍的小把戏，真人笑着把它翻译过来。花史的诗写道：“登峰当登第一山，婆娑屹立不可攀。巨灵赑屃崪为掌，云气时流十指间，苍龙玉马随风步，黄冠鹤羽皆童颜。半壁飞泉珠雨散，水天相对乘时闲。尔乃坐青莲，游玉田，金鼎石室篆如烟。团团握麈成清谈，铁笛一声江天寒。玉女乘鸾相接引，葡萄火枣列嘉宴。歌一曲，乐万年，进一酌，成百篇。松风枕上听流泉，陶然醉倒不知还。呼吸三光应列斗，巍峨两山一划剖。少阴令德合秋成，气含金爽据丁酉。伊古少昊居此都，蓐收别馆称中阜。何若凌虚此一游，凭风羽化飞飞走。视昔登颠发狂号，垂书作别真堪呕。仙兮仙兮不可及，仿佛斯游不竟口。我向琼宫索记书，大文千言若蝌蚪。”

展子曰：汉史记帐中神君，不见其形，但闻其语而已。至乩仙，并其语不可得闻也，亦恍惚矣。然花史尝许予现形，一夕月明竹下，有云鬟翠袖，倚而招予者，望之翩然，即而求之，邈然不知其所之焉。是耶，非耶？吾又何能测之哉？花史每呼予为展子。

【译文】展子说：汉史中记载有神君坐在帷帐中，人们看不到他的身形，只能听到他说话。至于乩仙，连话也听不到，乩仙附体的人也是恍恍惚惚。然而花史曾经许诺，让我能看到她的身形，一天晚上，月光皎洁，在竹林下，有美人梳着云鬟，翠袖衣衫，倚着竹子向我招手，身姿翩翩，但是我一靠近，她就消失不见了。我看到的是真相呢，还是幻觉呢？我又怎么能猜到呢？花史每次称呼我，都叫我展子。

张山来曰：世间唯乩仙一事最为难解。以为真仙，则不当为人所召；以为非仙，则诗句敏而且工，字迹亦多别致。或者慧业文人[①]，死而精魂不散，偶借人间笔墨以消遣光阴耳！古人云："宁为才鬼，尤胜顽仙"，则谓才鬼为仙，亦无不可。

【注释】①慧业文人：有文学天才并与文字结为业缘的人。

【译文】张山来说：世上只有乩仙的事情最难解释。如果他是真的仙人，那么就不被应该被人随意召唤；如果他不是仙人，那么他的诗句怎么会那么精致工整，字迹也很别致呢？所以乩仙可能是慧业文人，死后魂魄没有消散，偶尔借人间的笔墨来消遣时光吧！古人说："宁可做有才的灵鬼，也胜过当顽固的仙人"，那么称才鬼为仙人，也不是不可以的。

九牛坝观觝戏记

彭士望达生

【题解】本篇是《虞初新志卷二》的第六篇。本文作者彭士望是明末文学家，为人很重气节，一直力图恢复明室。他这篇文章有感而发，借描写戏班的高超技艺，联想到天下事只有精诚所至，才能有所成就。同时忧心时势，提出不拘一格，任用人才，来匡复天下。文中运用诸多典故，尤其是议论部分，立意新颖，发人深思。

树庐叟负幽忧[①]之疾于九牛坝茅斋之下。戊午闰月除日[②]，有为角觝（dǐ）[③]之戏者，踵门告曰："其亦有以娱公。"叟笑而颔之，因设场于溪树之下。密云未雨，风木泠然[④]，阴而不燥。于是邻幼生周氏之族之宾之友戚，山者牧樵，耕者犁犊，行担簦者，水浮楫者，咸停释而聚观焉。

【注释】①树庐叟：作者自称，彭士望字树庐，明末文学家。著有《手评通鉴》《春秋五传》《耻躬堂诗文集》等。幽忧：过度忧劳；忧伤。②除日：旧时黄历中，按照建、除、满、平、定、执、破、危、成、收、开、闭分别命名每一天，除日是其中的一天，是吉日。也指除夕。③角觝：也叫角抵，类似于相扑，也泛指杂技。④泠然：清凉；冷清。

【译文】树庐叟心情极度惆怅地居住在九牛坝的茅草屋里。戊午年闰月的除日，有一个杂耍班子，找上门说：“请允许我们表演节目，来作为娱乐。”树庐叟笑着点头答应了。于是杂耍班子在小溪边的大树下，设立了表演场。当时天空虽然乌云密布，但一直没有下雨，风吹着树木，使人感觉清冷，天气阴凉而不干燥，于是邻居周氏一家人，周家的客人，周家的亲朋好友，还有山上放牛砍柴的人，在地里扶犁赶牛干活的人，挑着担子拿着雨伞赶路的人，水上行船的人，都停下来，放下东西，聚在一起观看表演。

初则累重案，一妇人仰卧其上，竖双足，承八岁儿，反覆卧起，或鹄立①合掌拜跪，又或两肩接足；儿之足亦仰竖，伸缩自如。间又一足承儿，儿拳曲如莲花出水状。其下则二男子、二妇、一女童与一老妇，鸣金鼓，俚歌②杂佛曲和之，良久乃下。又一妇登场如前卧，竖承一案，旋转周四角，更反侧背面承之。儿复立案上，拜起如前仪。儿下，则又承一木槌，槌长尺有半，径半之，两足员转，或竖抛之而复承之。妇既罢，一男子登焉，足仍竖承一梯，可五级，儿上至绝顶，复倒竖穿级而下。叟悯其劳，令暂息，饮之酒。

【注释】①鹄立：像鹄一样引颈而立。形容直立。②俚歌：民间的通俗歌谣。

【译文】戏班的人先把好几张桌子叠起来，一个妇人仰卧在上面，双脚竖起，脚上托着一个八岁大的小孩，小孩在上面躺下或站起，或者双手合掌拜跪，又或者向下倒立，双肩顶住妇人的两脚。小孩倒立着两只脚也能竖起，伸缩自如。一会儿妇人又用一只脚托起小孩，小孩的身体蜷曲就像莲花出水一般。桌子下面有两个男人，二个妇人，一个女孩和一个老妇人。他们敲锣打鼓，唱着俚歌，还夹杂着佛曲来伴奏，表演了很久才停下。又有一个妇人登场和前面的妇人一样仰卧，用双脚托起一只桌子，旋转桌子的四角，接着用双脚托住桌子的侧面和背面。让小孩再站在上面，像之前那样跪拜起立。小孩下来之后，又换了一只木槌。木槌长一尺半，直径有槌长的一半，她的两只脚不停的旋转木槌，或者向上抛起再接住。妇人表演完后，一个男人登场，仍用两脚竖立托起一支梯子，梯子有五级，一个小孩向上爬到顶端，再倒立着爬下来。树庐叟怜惜他们的劳累，让他们暂时休息一下，拿酒水招待他们。

其人更移场他处，择草浅平坡地，去瓦石。乃接木为蹻（qiāo）[①]，距地八尺许，一男子履其上，傅粉墨，挥扇杂歌笑，阔步坦坦，时或跳跃，后更舞大刀，回翔中节。此戏吾乡暨（jì）江左时有之，更有高丈余者，但步，不能舞。最后设软索，高丈许，长倍之，女童履焉，手持一竹竿，两头载石如持衡，行至索尽处，辄倒步。或偃卧，或一足立，或伛行，或负竿行如担，或时坠挂，复跃起，下鼓歌和之，说白[②]俱有名目。为时最久，可十许刻。女下，妇索帕，蒙双目为瞽者，番跃而登，作盲状，东西探步，时跌若坠，复摇晃似战惧，久之乃已；仍持竿，石加重，盖其衡也。方登场时，观者见其险，咸为股栗，毛发竖，目眩晕，惴惴然唯恐其倾坠。

【注释】①蹻：同“蹻”，高跷。②说白：戏曲、歌剧中唱词部分以外的台词。

【译文】他们又把场地移到另一处地方，选了一块草矮地平的场地，把瓦石拣出去，将长木头连接成高跷，高跷距地面大约八尺。一名男子站在上面，脸上画着戏妆，一边挥舞扇子唱歌，一边阔步前行，很是流畅，而且还不时跳跃，后来更是挥舞大刀，回旋转身都很利索。这个节目在我们家乡和江南一带都很常见，甚至有高达一丈多的高跷，但是表演者只能迈步前行而不能跳跃。最后他们架起软绳，软绳离地一丈多，长度是高度的一倍，一个小女孩站上去。她手里拿着竹竿，竹竿两头拴着石块来维持平衡，小女孩走到绳索的尽头，又倒退着往回走。有时候仰卧，有时候单脚站立，有时候弯着腰行走，有时候扛着竹竿像挑着担子一样前行，有时候突然坠落下去，挂在绳子上，然后又重新跳跃而起。下面的人打鼓唱歌给她伴奏，唱的内容全都有讲究。这个节目表演的时间最长，大概有十刻钟。女孩下来后，另一位妇人拿来手帕，蒙住眼睛装扮成盲人，翻身跳上绳索，像盲人一样，摸索着前行，有时候好像要摔下去，有时又好像很害怕而左右摇晃，表演了很久才结束。她仍然拿着竹杆，竹竿两头拴着很重的石块，也是为了保持平衡。他们刚登场的时候，众人看到他们这般惊险，都吓得两腿战栗，毛发倒竖，眼睛晕眩，唯恐她们掉下来。

叟视场上人，皆暇整从容而静，八岁儿亦斋慄[①]如先辈，主敬如入定僧。此皆一诚之所至，而专用之于习，惨澹[②]攻苦，屡蹉跌而不迁，审其机以应其势，以得其致力之所在。习之又久，乃至精熟，不失毫芒，乃始出而行世，举天下之至险阻者皆为简易。夫曲艺则亦有然者矣。以是知至巧出于至平，盖以志凝其气，气动于天，非卤莽灭裂之所能效。此其意庄生知之，私其身不以用于天下；仪、秦亦知之，且习之以人国戏，私富贵以自贼其身与名。庄所称僚之弄丸[③]、庖丁之解牛、佝偻之承蜩（tiáo）[④]、纪省子之养鸡[⑤]，推之伯昏瞀人[⑥]，临千仞之溪，足逡巡垂二分在外；吕梁丈人[⑦]出没于悬水三十仞，流沫四十里之间，何莫非是？其神全也。叟又以视观者，久亦忘其为险，无异康庄大道也，与之俱化。甚矣，习之能移人也。

【注释】①斋慄：同“斋栗”，敬慎恐惧。②惨澹：指凄惨暗淡，不景气。澹：通“淡”。③僚之弄丸：春秋时楚国勇士熊宜僚善弄丸。弄丸：以众丸投空，以手相接，使不堕地。④伛佝之承蜩：孔子去楚国，见到一个驼背的人用竿粘蝉，技艺高超。⑤纪省子之养鸡：纪渻子为齐王养斗鸡，经四十天的训练，别的鸡见了都怯走。⑥伯昏瞀人：一作伯昏无人。楚国隐者，曾登高山，临深渊而无所畏惧。⑦吕梁丈人：孔子在吕梁见一男子在飞悬的瀑布下游泳，水性极好，自言“长于水而安于水”。

【译文】树庐叟观察到场上的演员都从容不迫，非常镇静，即使是八岁的孩子也镇定如同大人，沉稳得像和尚打坐。只有专心致志，他们才能做到这样。他们用心学习，刻苦练习，屡次受挫而不放弃，体会其中的要领，把握好时机，从而掌握关键所在。通过不停地练习，直到完全熟练，没有任何差错，才可以出来表演。用这种态度去处理天下最难的事，也会变得非常简单。曲艺杂耍的技艺也是这样练成的。由此可以知道，精巧的技艺来源于平凡的锻炼。这是以心志凝聚精诚，精诚所至感动于天，这不是鲁莽草率的人所能做到的。这个道理庄子明白，但他爱惜自己而不肯奉献于天下，张仪、苏秦也都明白这个道理，运用在各国间合纵连横，为自己谋求富贵，却也危害了自身，毁坏了名誉。庄子曾提到的熊宜僚擅于抛球，庖丁擅于解牛，驼背人擅于捉蝉，纪省子擅于养斗鸡，还有伯昏瞀可以站在悬崖边上，倒退着行走，腿跟都悬在绝壁外面；吕梁丈人可以在高三十仞，飞沫四十里的急流险滩中出没，哪一件事不是这个道理呢？这都是他们精诚所至而达到的效果啊。树庐叟又观察了周围的看客，这些人时间久了也就忘记了表演者面临的危险，而觉得他们是在平坦的道路上表演一样。厉害啊，习惯能潜移默化地改变一个人啊。

其人为叟言，祖自河南来零陵，传业者三世，徒百余人，家有薄田，颇苦赋役，携其妇与妇之娣姒[①]、兄之子、提抱[②]之婴孩，糊其口于四方，赢则以供田赋。所至江浙、两粤、滇黔、口外绝徼[③]之地，皆步担，器具不外贷；谙草木之性，捃摭（jùn zhí）[④]续食，亦以哺其儿。叟视其人，衣敝缊（yùn）[⑤]，飘泊羁穷，陶然有自乐之色，群居甚和适。男女五、六岁即授技，老而休焉，皆有以自给。以道路为家，以戏为田，传授为世业。其肌体为寒暑风雨冰雪之所顽，智意为跋涉艰远人情之所儆怵摩厉[⑥]。男妇老稚皆顽钝，儇（xuān）[⑦]敏机利，捷于猿猱，而其性旷然如麋鹿。叟因之重有感矣。

【注释】①娣姒：妯娌。兄妻为姒，弟妻为娣。②提抱：养育，照顾。③绝徼：极远的边界。④捃摭：采取，采集。⑤敝：本意是指破旧，引申义是败坏，衰败。缊：乱麻；旧絮。⑥摩厉：切磋，磨炼。⑦儇：敏捷、便捷。

【译文】他们对树庐叟说：他们的祖先从河南迁移到零陵，技艺承传已经有三代了，徒弟达到一百多人。虽然家里有几亩地，但是苦于赋税劳役沉重，于是他们带着老婆、妯娌，侄子，怀里抱着幼儿，辗转四方卖艺来糊口，剩余的钱还可以用来交田赋。他们去过的地方有：江苏、浙江、广东、广西、云南、贵州以及长城外的边塞。所到之处，他们都是挑着担子步行，表演的器具也不从外面借，都是自己准备。他们熟悉各地的草木特性，采集可以食用的野菜野果来作为粮食，也用来哺育幼儿。树庐叟看着那群人，身上穿着破旧的衣服，漂泊穷困，却都怡然自乐，他们很融洽地生活一起。男女孩五六岁便开始学艺，年老了才休息，都能自给自足。他们把大路当做家室，以表演杂耍代

替种田，靠技艺做为家族的谋生手段。他们的身体经历严寒酷暑、风雨冰雪的考验，他们的意志被苦难艰辛，人情冷暖所磨炼。男女老少虽然没什么文化，但动作机警敏捷，比猿猴还利索，性格像麋鹿一样温和旷达，树庐叟对此深有感触。

先王之教，久矣夫不明不作！其人自处于优笑巫觋[①]之间，为夏仲御[②]之所深疾。然益知天地之大，物各遂其生成，稗稻并实，无偏颇也。彼固自以为戏，所游历几千万里，高明巨丽之家，以迄三家一閧（hòng）之村市[③]，亦无不以戏视之，叟独以为有所用。身老矣！不能事洴澼洸，亦安所得以试其不龟手之药？托空言以记之。固哉，王介甫[④]谓鸡鸣狗盗之出其门，士之所以不至，不能致鸡鸣狗盗耳。吕惠卿[⑤]辈之谄谩，曾鸡鸣狗盗之不若。鸡鸣狗盗之出其门，益足以致天下之奇士！而孟尝未足以知之，信陵、燕昭知之，所以收浆、博、屠者[⑥]之用，千金市死马之骨，而遂以报齐怨。宋亦有张元、吴昊[⑦]，虽韩、范[⑧]不能用，以资西夏。宁无复以叟为戏言也，悲夫！

【注释】①优笑：以乐舞戏谑、逗人笑乐为业的艺人。巫觋：古代称女巫为“巫”，男巫为“觋”，合称“巫觋”。②夏仲御：指夏统，字仲御，西晋会稽永兴人。其叔父夏敬宁，祀先人，迎女巫，表演歌舞杂技，夏统见到后惊愕而走。③三家一閧之村市：三家村：偏僻的小乡村。一閧市：极小的市。④王介甫：指王安石，曾写《读孟尝君传》，论及孟尝君结交鸡鸣狗盗之徒，“此士之所以不至也”。⑤吕惠卿：字吉甫，号恩祖，泉州南安人，北宋宰相，政治家。⑥收浆、博、屠：旧用以指地位低下者。信陵君曾结交卖浆者薛公、赌徒毛公和屠户朱亥，他们后来都为信陵君效劳。⑦张元、吴昊：

两人都为陕西才士，曾谒韩琦、范仲淹，未能被用，后投奔西夏。⑧韩、范：指韩琦、范仲淹，都是北宋的大政治家，均任过陕西经略招讨副使，改革政事，世称韩、范。

【译文】古代圣王的教诲，已经很久没有在世间宣扬和施行了，这些人是优伶、巫医一类的人，这是被夏仲御所深恶痛绝的职业。然而要知道天地广大，万物按照各自的特性而生长发展，就像稻谷和稗草会同时在地里生长一样，上天对它们没有偏向。这些人当然认为自己是在演戏，他们游历经过几万里的路途，到过高大的豪宅，也去过偏僻的小乡村，观众们也都把他们的表演视为演戏娱乐。只有我能看出他们的不平凡之处，我已经老了，不能再有所作为了，又怎么能去妄谈匡复天下的道理呢？只是凭着几句空话来抒发感慨而已。确实如此，王安石曾评论说孟尝君门下很多是鸡鸣狗盗之徒。要我说之所以招揽不到有才能的士人，是因为没有首先去招揽那些鸡鸣狗盗之徒。吕惠卿之流的人，擅于阿谀奉承，甚至连鸡鸣狗盗之徒也不如。其实如果能招揽来鸡鸣狗盗之徒，只会更加有利于招揽天下的奇士。但是孟尝君没有真正懂得这个道理。信陵君、燕昭王懂得这个道理，所以信陵君收留了卖浆者、赌徒、屠夫并且加以重用；燕昭王用千金买下了死马之骨，由此来吸引来贤人，帮助燕国报了齐国侵略燕国的旧仇。北宋也有张元，吴昊这样的人才，可惜连韩琦，范仲淹都未曾重用他们，结果让他们去为西夏效力，但愿不要再把老翁我的话当为戏言了，可悲啊！

张山来曰：此技即俗所谓“踹索”者。予尝谓此等人必能作贼，有守土之责者，宜禁止之；纵不欲绝其衣食之路，或毋许入城，听于乡间搬演可耳。

前段叙事简净，后段议论奇辟，自是佳文！

【译文】张山来说：“这种技艺就是俗称的“走悬索”。我曾经说过有这种技艺的人必定会作贼人，有守卫地方责任的官员，应该禁止百姓从事这种技艺，纵使不想断了他们的活路，也不能让他们进城表演，可以准许他们在乡间表演。

文章前面叙述事简洁明了，后面表达议论奇妙精辟。真是一篇好文章！

卷三

马伶传

侯方域朝宗

【题解】本篇是《虞初新志卷三》的第一篇。此篇是明末清初散文家侯方域为金陵戏班子里一位姓马的演员写的传记，介绍了马伶耻于技不如人，而远走他乡，不惜为人当奴仆，去努力观摩和体会所演角色的言谈举止，终于学成绝技，一洗前耻的故事。

马伶①者，金陵②梨园③部也。金陵为明之“留都”，社稷百官皆在，而又当太平盛世，人易为乐，其士女之问桃叶渡④、游雨华台⑤者，趾相错也。

【注释】①伶：旧时称以演戏为职业的人。②金陵：南京的别称。③梨园：戏曲班子的别称。④桃叶渡：秦淮河上的一个古渡，位于秦淮河与古青溪水道合流处附近，是南京古名胜之一，位列于金陵四十八景内。⑤雨华台：即雨花台，景区内的“雨花说法”和“木末风高”分别被列为“金陵十八景”和“金陵四十八景”之一。

【译文】金陵戏班子里有一个姓马的演员。金陵是明朝的留都，这里设置有朝廷的各级官员，而当时又处于太平盛世，世人就容易沉溺于安乐享受。金陵的士人淑女经常探访桃叶渡、游赏雨花台，到处人流如织，摩肩接踵。

梨园以技鸣者无论数十辈，而其最著者二，曰“兴化部”，曰“华林部”。一日，新安贾合两部为大会，遍征金陵之贵客文人，与夫妖姬静女，莫不毕集。列“兴化”于东肆，“华林”于西肆，两肆皆奏《鸣凤》①所谓椒山先生②者。迨半奏，引商刻羽③，抗坠疾徐，并称善也。当两相国论河套，而西肆之为严嵩相国者曰李伶，东肆则马伶。坐客乃西顾而叹，或大呼命酒，或移坐更近之，首不复东。未几更进，则东肆不复能终曲。询其故，盖马伶耻出李伶下，已易衣遁矣。马伶者，金陵之善歌者也，既去，“兴化部”又不肯辄以易之，乃竟辍其技不奏，而“华林部”独著。

【注释】①《鸣凤》：指明代传奇《鸣凤记》，传为王世贞门人所作，内容是夏言、杨继盛等人与权相严嵩斗争的故事。②椒山先生：即杨继盛，字仲芳，号椒山，容城（今属河北省）人，官至南京兵部右侍郎，因弹劾严嵩被害。③引商刻羽：指讲究声律、有很高的音乐演奏成就。

【译文】金陵出名的戏班子，有不下几十个，其中最著名的有两个：一个叫兴化班，另一个叫华林班。一天，有一个新安商人同时请来这两个戏班子，举办了一场盛宴，广泛邀请金陵的文人贵客，还有那些美妇、淑女，前来观赏戏曲。兴化班被安排在东面演出，华林班被安排在西面演出。两家都上演《鸣凤记》，就是椒山先生斗严嵩的那个剧目。等演到一半的时候，双方演员唱腔优美，曲调宛转，快慢缓急，变化多端，都受到大家的称赞。当表演到两位相国争论河套地区应不应该收复的时候，西面戏台扮演相国严嵩的是李伶，东面则是马伶。观众都被吸引到西面戏台观戏，边听戏边赞叹，有的人看得兴起，大声呼喊上酒，有的人则赶忙换到更靠近西面戏台的座位，都不再观看东面戏台的演出。演出进行了没有多久，东面戏台再也演不下去了。询问原因，原来是马伶因为比不过李伶而感到耻辱，已经换下戏服逃走了。这位姓马的演员，也是金陵城唱戏的名角，他走了以后，兴化班又不愿意让别人代替他，竟然暂停演出，因而华林班独占鳌头。

去后且三年，而马伶归，遍告其故侣，请于新安贾曰：“今日幸为开宴，招前日宾客，愿与‘华林部’更奏《鸣凤》，奉一日欢。”既奏，已而论河套，马伶复为严嵩相国以出。李伶忽失声，匍匐前称弟子。“兴化部”是日遂凌出“华林部”远甚。

【译文】马伶离开三年后又回来了，并且找到他以前演戏的那些同伴们，并对新安那位商人请求说：“希望您现在再举办一场宴会，再邀请三年前的那些宾客，我愿意和华林班再次表演《鸣凤记》，给大家助兴。”表演开始后不久，又演到两位相国争论是否收复河套，马伶再一次扮演相国严嵩的角色登场。李伶忽然唱不出来了，俯下身子对马伶自称弟子。于是这一天，兴化班的名气大大超过了华林班。

其夜，“华林部”过马伶曰：“子，天下之善技也，然无以易李伶。李伶之为严相国至矣，子又安从授之而掩其上哉？”马伶曰：“固然，天下无以易李伶，李伶即又不肯授我。我闻今相国某者，严相国俦（chóu）[①]也。我走京师，求为其门卒三年，日侍相国于朝房[②]，察其举止，聆其语言，久乃得之。——此吾之所为师也！”“华林部”相与罗拜而去。马伶名锦，字云将，其先西域人，当时犹称马回回云。

【注释】①俦：同类，辈②朝房：古代官吏上朝前休息的房子。

【译文】那天晚上，华林班的人过来拜访马伶，问道："您虽然是天下演技高超的人，但是无法超过李伶。李伶演的严相国已经登峰造极了，您又是从哪儿学到的本事而超过他的呢？"马伶回答："确实如此，天底下不可能有人能超过李伶，但李伶又不肯把他的技艺传授给我。我听说当今相国某某人，是严相国那一类的人。我就去了京城，请求在他的门下当差三年，每天在朝房服侍他，观察他的举止，倾听他的言谈，时间一长我就掌握了他的性格特点，这就是我学习的办法！"华林班的人恭敬地对马伶下拜，然后离开了。马伶，名锦，字云将，祖先是西域人，当时人们还称他为马回回。

侯方域曰：异哉，马伶之自得师也！夫其以李伶为绝技，无所于求，乃走事某，见某犹之见分宜[①]也。以分宜教分宜，安得不工哉？呜呼！耻其技之不若，而去数千里为卒三年；倘三年犹不得，即犹不归耳。其志如此，技之工又须问耶？

【注释】①分宜：指严嵩，字惟中，号勉庵、介溪、分宜等，江西新余市分宜县人，明朝时期的权臣。

【译文】侯方域说：马伶的求师的经历真是奇特啊！他认为李伶的演技难以超越，没有地方能学到更高的技艺，竟然跑去侍奉某某人，看见某某人就像看见了严嵩一样，让"严嵩"本人来教如何扮演严嵩，怎么会学不到家呢？唉！马伶把技艺不如别人当作耻辱，就远去几千里外当了三年差。假如三年还没有学成，就仍然不回来。他的心志如此坚定，技艺精妙的原因还需要多问吗？

张山来曰：予素不解弈，不解歌，自恨甚拙，因从学于人。虽不能工，然亦自觉有入门处。乃知艺无学而不成者，观马伶事益信。

【译文】张山来说："我一向不擅于下棋，不懂歌舞，自己痛恨自己如此笨拙，所以才向别人拜师学艺。虽然水平一般，但是好歹也算是入门了。因此知道技艺不经过苦学，就难以精通，通过马伶的事迹就更加明确这一点了。"

顾玉川传

曹禾峨嵋

【题解】本篇是《虞初新志卷三》的第二篇。顾玉川的性格豪爽，喜欢行侠仗义，而且奇冠异服，又会日行千里的法术，他到底是世外高人，还是故弄玄虚，作者也难以下结论。

顾玉川，名大愚，字道民，邑东鄙杨舍人。深目戟(jǐ)髯[①]，类羽人剑客。少遇异人授神行术，三日夜达京师，六日而返。父母怪问之，玉川语之故，袖葡萄、苹果以献。由是里中传以为神。

【注释】①戟髯：戟形的须髯。

【译文】顾玉川，名大愚，字道民，是我家乡东边杨舍镇的人。他眼睛深凹，长着如戟的长须，就像传说中的仙人剑客一样。顾玉川年少的时候，曾遇到高人传授给他神行术，三天三夜就能到达京师，六天就可往返一趟，父母感到非常奇怪，就询问他，顾玉川说了其中的原因，并把袖中的葡萄、苹果拿给父母。从这以后，乡里的人都说他有仙术。

性任侠[①]，喜施舍，尤好奇服，所至儿童聚观。常衣纸衣，行则瑟瑟有声；冠纸冠，方屋而高二尺。或时蓬跣（xiǎn）行歌道中，或时幅巾[②]深衣[③]，肩古藤杖，杖悬葫芦，大于身而高于顶，遇风则与偕覆，徐拄杖而起，行歌自如。渡河未尝假舟楫，跨葫芦，以杖导水，上下水面，望之如游云气中。与人言，多方外骇异不根之说，人亦无从诘之。独其顷忽间往返数百里，音问不爽，道路行旅，历历咸见，此足奇也。

【注释】①任侠：凭借权威、勇力或财力等手段扶助弱小，帮助他人。②幅巾：古代男子以全幅细绢裹头的头巾。③深衣：属于汉服，是起源于虞朝的先王有虞氏，把衣、裳连在一起包住身子，分开裁但是上下缝合。

【译文】顾玉川天生喜欢行侠仗义，喜欢施舍穷人，尤其喜欢穿着新奇的服装，所到之处孩子们都会聚在一起围观他。顾玉川经常穿着纸做的衣服，走路的时候会瑟瑟有声。他戴着纸做的帽子，形状类似高屋帽，高二尺。有的时候，顾玉川散乱着头发光着脚，在路上一边唱歌一边行走，有的时候头戴幅巾身穿深衣，肩上挑着古藤杖，杖上挂着葫芦，杖高过头，遇到大风他和拐杖一起被吹倒，他拄着手杖又慢慢地站了起来，还像以前那样一边行走一边唱歌。顾玉川过河的时候，从不乘船，就跨在葫芦上，用手杖划水，整个人在水面上下起伏，看起来像是在云中浮动一样。顾玉川和别人说话时，大多是些怪异、骇人，没有根据的话，人们也没有办法责问他。顾玉川顷刻间就可以往返几百里，向他询问当地的情况，他的回答也都能符合的上，沿途的道路风光，他也都了解得清清楚楚，这足够让人感到奇怪了。

明启、祯交，玉川子每游京师，月必一二过，尤厚虞山钱宗伯[①]

谦益。宗伯传胪[2]及第[3]第三人，玉川子以其捷音归，归五日而邮报[4]至。邮中诸少年疾驰七日夜，始抵钱氏室，则已泥金[5]焕然，无所获。宗伯言于诸公卿，闻其风者，以识面为幸。

【注释】①宗伯：古代以宗伯为礼部尚书的别称，钱谦益在南明弘光时曾任礼部尚书。钱谦益，字受之，号牧斋，晚号蒙叟，又号东涧老人，江苏常熟人，是明末清初的著名诗人、文学家。②传胪：科举制度中，殿试以后由皇帝宣布登第进士名次的典礼。③及第：指科举考试考中，特指考中进士，明清两代只用于殿试前三名。④邮报：指邸报。⑤泥金：指泥金帖子，即用金粉涂在帖子上，作为进士及第报喜所用。

【译文】明末天启、崇祯年间，顾玉川每个月一定会去京师一两次，尤其和礼部尚书钱谦益关系很好。钱谦益当年殿试考中第三名，顾玉川将他考中探花的消息，送到钱谦益家五天后，邸报才送来。当时驿站的年轻人，快马加鞭跑了七天七夜，才将邸报送到钱谦益的家，然而报喜的帖子早已被顾玉川抢先送到了，驿站的人因此没有拿到赏钱。钱谦益对各位公卿也多次介绍过顾玉川，听说过他的人，都把见到他当作幸事。

一日远游归，骑白牛，披孔翠裘，戴槲笠如车轮，手棕榈扇，后随一橐驼[1]，背置大葫芦，其旁悬罂缶[2]累累然，种所得奇花草，青葱鲜洁，如山岳自行。邑之人初未识橐驼，拥观以为怪。时学使者方较试，六郡士咸集，群指顾愕眙（yí）[3]。忽一人昂然从众中出，纸衣纸冠皆皂色，与玉川相对鼓掌笑，遂挽橐驼上，抱葫芦以行，如凶礼中“方相”[4]然。识者曰：“此梁溪邹公履也。”玉川之好怪而所与游多类此。玉川常乘橐驼往来旁郡县。至毗陵驿，橐驼坠于野厕，百计挽之不能出，乃毁岸出之，而橐驼死矣。后访道入华山，不知所终。或谓玉川实病死于家，诫其子孙讳之也。

【注释】①橐驼：指骆驼。②罂缶：大腹小口的瓶。③愕眙：惊视。④方相：旧时民间普遍信仰的神祇，为驱疫避邪的神。

【译文】有一天，顾玉川远游归来，骑了一头白牛，身披绿色云纹的裘衣，头戴像车轮大小的槲枝斗笠，手里拿着棕榈扇，后面跟着一匹骆驼，骆驼背上放着一个大葫芦，旁边悬挂着很多小坛子，坛子里种满了奇花异草，整个骆驼碧绿青翠，像是一座移动的山川。乡里的人不认识骆驼，围在一起观看以为是怪物。当时正好要科考，六个郡的读书人都聚在此处，大家都吃惊地看着骆驼。忽然有一个人昂首阔步从众人中出来，穿戴的纸衣纸帽都是黑色的，这个人和顾玉川相见，彼此拍手大笑，这个人也骑到骆驼背上，抱着葫芦往前走，这个人长得就像凶礼中的"方相"。认识他的人说："这是梁溪邹履公！"顾玉川喜欢奇人异士，和他来往的人，大多是这一类人。顾玉川经常骑着骆驼来往于附近的郡县。结果在毗陵驿，他的骆驼掉入野厕中，想了好多方法也拉不出来，顾玉川于是毁坏了堤岸才把骆驼拉出来，但骆驼已经死了。后来顾玉川到华山寻仙访道，不知最终去了哪里。有的人说顾玉川实际是病死在家里，还告诫子孙不要传出去。

张山来曰：余读《水浒传》，窃慕神行太保戴宗之术，又以为尚不及缩地法。私尝疑之，谓为文人游戏笔墨，未必实有其术。今读此，则是世有其人，惜予不及见耳。

【译文】张山来说：我读到《水浒传》的时候，曾十分羡慕神行太保戴宗的法术，又认为他的法术比不上缩地法。我曾经怀疑这些法术是否是文人虚构出来的，未必就真有这种法术。今天读完这篇文章，看来世间真有这样的人，可惜我未曾见到罢了。

冒姬董小宛传

张明弼公亮

【题解】本篇是《虞初新志卷三》的第三篇。此篇是明末文学家张明弼为董小宛写的一篇传记，作者和冒辟疆的私交甚笃，所以对董小宛的事迹也很熟悉。这篇传记叙述了董小宛与冒辟疆之间悲欢离合的一生。后面还附录了冒辟疆为追忆他和董小宛爱情故事所写的一篇悼文。

董小宛，名白，一字青莲，秦淮乐籍[①]中奇女也。七、八岁，母陈氏教以书翰[②]，辄了了。年十一、二，神姿艳发，窈窕婵娟，无出其右；至针神[③]曲圣、食谱茶经，莫不精晓。顾其性好静，每至幽林远壑，多依恋不能去；若夫男女阗集，喧笑并作，则心厌色沮，亟去之。居恒揽镜，日语其影曰："吾姿慧如此，即诎首庸人妇，犹当叹彩凤随鸦，况作飘花零叶乎？"

【注释】①乐籍：乐户的名籍。古时官妓属乐部，故称。②书翰：文字，书信。③针神：缝纫妙手。

【译文】董小宛，名白，字青莲，是秦淮乐户中的一位奇女子。她七、八岁的时候，母亲陈氏就教她识字，她总是一学就会。在十一、二岁的时候，董小宛已经是一位姿色出众的窈窕淑女，冠绝一时；甚至连针线酿造、食谱茶经这些方面的学问，董小宛也都精通。不过她生性喜欢安静，每次到了幽林远壑之中，她就依依不舍，不想离去；如果碰到男男女女的聚会，众人在一起大声说笑，她心中就会感到厌烦，神情颓丧，急切地想要离开。董小宛在家里常常对着镜子中的自己，说道："我是如此美貌聪慧，怎么能甘心当庸人的妻子，就像五彩的凤凰和乌鸦呆在一起，更何况是被别人当成飘落的花瓣，凋零的树叶呢？"

时有冒子辟疆①者，名襄，如皋人也，父祖皆贵显。年十四，即与云间董太傅、陈征君相倡和②。弱冠③，与余暨陈则梁四五人，刑牲称雁序于旧都④。其人姿仪天出，神清彻肤。余常以诗赠之，目为"东海秀影"。所居凡女子见之，有不乐为贵人妇，愿为夫子妾者无数。辟疆顾高自标置⑤，每遇狭斜掷心卖眼⑥，皆土苴（jū）⑦视之。

【注释】①冒辟疆：即冒襄，字辟疆，号巢民，是明末清初的文学家，明末"四公子"之一。②倡和：指以诗词相酬答。③弱冠：指男子20岁的时候。④刑牲：为了祭祀或盟约而杀牲畜。雁序：引申为有次序的排列，借指兄弟。旧都：指南京。⑤高自标置：比喻自己把自己看得很了不起。⑥掷心卖眼：指女子的献媚之态。⑦土苴：渣滓，糟粕。比喻微贱的东西。

【译文】当时有一位公子叫冒辟疆，名襄，如皋人，父亲和祖父都是朝中的达官显要。冒辟疆十四岁的时候，就和云间的董太傅，陈征君以诗词相互酬答。二十岁的时候，和余暨的陈则梁等四五个人在南京盟誓结拜为兄弟。冒辟疆仪表堂堂，器宇不凡。我经常写诗赠给他，称他是"东海秀影"。凡是他居住的地方，只要有女子看到他，甚至宁愿不当权贵的妻子，而甘心成为他的妾室。冒辟疆孤高自傲，每遇到对他献媚的风尘女子，都不屑一看。

己卯，应制[①]在秦淮，吴次尾[②]、方密之[③]、侯朝宗[④]咸向辟疆啧啧小宛名。辟疆曰："未经平子目，未定也。"而姬亦时时从名流宴集间，闻人说冒子，则询冒子何如人。客曰："此今之高名才子，负气节而又风流自喜者也。"则亦胸次贮之。比辟疆同密之屡访，姬则厌秦淮嚣，徙之金阊（chāng）[⑤]。比下第[⑥]，辟疆送其尊人秉宪东粤，遂留吴门。闻姬住半塘，再访之，多不值。时姬又患嚣，非受縻于炎炙，则必逃之鼪（shēng）鼯（wú）之径[⑦]。一日，姬方醉睡，闻冒子在门，其母亦慧倩，亟扶出相见于曲栏花下。主宾双玉有光，若月流于堂户，已而四目瞪视，不发一言。盖辟疆心筹，谓此入眼第一，可系红丝。而宛君则内语曰："吾静观之，得其神趣，此殆吾委心塌地处也！"但即欲自归，恐太遽。遂如梦值故欢旧戚，两意融液，莫可举似，但连声顾其母曰："异人！异人！"

【注释】①应制：特指应试所写作的诗文。②吴次尾：即吴应箕，字次尾，号楼山，明末著名文学家、抗清英雄。③方密之：即方以智，字密之，江南省安庆府桐城县（今安徽桐城）人，明代著名的思想家、哲学家、科学家。④侯朝宗：即侯方域，字朝宗，河南商丘人，明末清初散文三大家之一。⑤金阊：代指苏州。⑥下第：指会试或乡试没考中。⑦鼪鼯之径：指荒凉偏僻的小道。鼪鼯，鼪鼠与鼯鼠。

【译文】己卯年，冒辟疆在秦淮参加乡试，吴次尾、方密之、侯朝宗都向冒辟疆称赞董小宛。冒辟疆说："我没有见过她，还不能确定你们的评价。”这时董小宛也常常从名流宴会上，听说冒辟疆这个人，便向人问询，冒辟疆是什么样的人。客人说：“他是当今有名的才子，有气节，又是个风流自傲的人。”于是董小宛也记住了这个人。冒辟疆和方密之曾多次拜访董小宛，但是董小宛厌恶秦淮的喧闹，早已搬到苏州居住了。后来冒辟疆乡试落第，送他的父亲去东粤赴任，途中在吴门停留。冒辟疆听说董小宛住在半塘，再次登门拜访，还是没能遇到董小宛。此后董小宛又厌烦喧嚣，又不耐不住烈日炎炎，就住到偏僻的地方了。有一天，董小宛刚刚醉酒后睡下，听说冒辟疆来拜访，她的母亲也是个很明白事理的人，急忙搀扶着董小宛出来，在曲栏花下，两人见面。主宾二人，相映生辉，就像月光照进厅堂一样，两人四目相对，一句话也说不出来。当时在冒辟疆心里，觉得这是所有女子中，最让他动心的一个，可以与他结为百年之好。董小宛则心想：“我就这么静静地看他一眼，就被他的神韵气质所折服，这大概就是我对他死心塌地的原因啊！”当下就想嫁给冒辟疆，但是又担心操之过急。于是两人就像故交旧友相遇那样，情意融融，亲密无间，董小宛回过头，对她的母亲连声说道：“他真是奇特的人啊！真是奇特的人！”

辟疆旋以三吴坛坫（diàn）[1]争相属，凌遽[2]而别。阅屡岁，岁一至吴门，则姬自西湖远游于黄山白岳间者，将三年矣。此三年中，辟疆在吴门，有某姬亦倾盖输心，遂订密约，然以省觐[3]往衡岳[4]，不果。辛巳夏，献贼突破襄樊，特调衡永兵备使者监左镇军。时辟疆痛尊人身陷兵火，上书万言，干政府言路，历陈尊人刚介不阿、逢怒同乡同年状，倾动朝堂。至壬午春，复得调。辟疆喜甚，疾过吴门，践某姬约。至则前此一旬，已为窦霍豪家[5]不惜万金劫去矣。

【注释】①坛坫：指文坛。②凌遽：迅速，急促。③省觐：探望父母或其他尊长。④衡岳：南岳衡山的简称。⑤窦霍势家：指皇亲国戚、豪门贵族。

【译文】不久，冒辟疆就在三吴文坛崭露头角。后遇急事，冒辟疆匆忙而别。过了几年，冒辟疆有一次来吴门，而董小宛却从西湖出发，去黄山白岳之间游历，一去就是三年了。这三年里，冒辟疆在吴门，有某位歌姬也对他一见倾心，互相定下密约，然而冒辟疆因探望父母，前往南岳衡山，所以两人并没有结果。辛巳年的夏天，张献忠攻破襄樊，朝廷特意调冒辟疆的父亲，当时担任衡永兵备道副使的冒起宗，去左良玉军中担任监军。当时冒辟疆悲痛父亲，将身陷兵火之中，于是写下万言书，上书朝廷，陈述父亲刚正不阿，而被某些官员排挤的情况，此事轰动朝堂。直到壬午年春天，父亲重新被调派职务。冒辟疆非常开心，赶忙去了吴门，履行和某歌姬的约定，可惜十多天前，某歌姬已经被豪门贵族花费重金抢走了。

辟疆正旁皇郁壹，无所寄托，偶月夜荡叶舟，随所飘泊。至桐桥内，见小楼如画，阒（qù）闭立水涯[①]。无意询岸边人，则云：“此秦淮董姬自黄山归，丧母，抱危病，鐍（jué）户二旬余矣！”辟疆闻之，惊喜欲狂。坚叩其门，始得入。比登楼，则灯炧（xiè）无光，药铛狼籍。启帷见之，奄奄一息者，小宛也。姬忽见辟疆，倦眸审视，泪如雨下，述痛母怀君状，犹乍吐乍含，喘息未定。至午夜，披衣遂起，曰：“吾疾愈矣！”乃正告[②]辟疆曰：“吾有怀久矣，夫物未有孤产而无耦者，如顿牟[③]之草、磁石之铁，气有潜感，数亦有冥会。今吾不见子，则神废；一见子，则神立。二十日来，勺粒不沾，医药无效；今君夜半一至，吾遂霍然。君既有当于我，我岂无当于君？愿以此刻委终身于君，君万勿辞！”辟疆沉吟曰："天下固无是易易事。且君向一醉晤，今一病逢，何从知余？又何从知余闺阁中贤否？乃轻身相委如是耶？且近得大人喜音，明早当遣使襄樊，何敢留此？"请辞去。至次日，姬靓妆鲜衣，束行李，屡趣登舟，誓不复返。姬时有父，多嗜好，又荡费无度，恃姬负一时冠绝名，遂负逋数千金，咸无如姬何也。

【注释】①水涯：离水很近的地方。②正告：严正地警告或告诉。③顿牟：即琥珀。

【译文】冒辟疆此时彷徨郁闷，内心没有寄托。偶然在一个月夜，冒辟疆坐着小舟，随波逐流，到了桐桥内，见到一座别致的小楼，孤寂地坐落在水边。冒辟疆无意中询问岸边的人，那人告诉他说："这是秦淮董姬的屋子，她从黄山归来后，母亲去世，她自己也疾病缠身，闭门休息已经有二十天了！"冒辟疆听说后，欣喜若狂，连忙去敲门，好一阵才叫开。冒辟疆上楼一看，屋里灯烛昏暗，地上放着药壶。拉开帘子看到一个奄奄一息的人，正是董小宛。董小宛突然看到冒辟疆，简直不敢相信，又仔细看了看，眼泪像雨水似的直往下流，悲切地向冒辟疆叙述自己的丧母之痛，以及对冒辟疆的怀念之情，说一会儿，停一会儿，不停地喘息。到了半夜，董小宛忽然披上衣服起来说："我的病好了！"董小宛郑重地对冒辟疆说："我想嫁给你已经很久了，万物不能没有伴侣而独自生长，就像琥珀与草相伴，磁石与铁相吸，天地气息相互感应，命运气数冥冥之中也有安排。我见不到你，就精神颓废；一见到你，就精神抖擞。二十天来，我茶饭不思，什么药都不好使；今天晚上你来了之后，我就突然痊愈了。你既然与我有缘，我怎么会与你无缘呢？愿意把我的终身托付给你，你一定不要拒绝我啊！"冒辟疆低声说道："天下的事没有那么简单，上次遇见你，你正好喝醉了，这次遇见你，你又大病初愈，你我只见过两次面，你如何了解我呢？又如何知道我的妻室能不能容下你呢，你这样轻易以身相许怎么行呢？况且最近我听到父亲的喜讯，明早就要去襄樊，怎么能在此久留呢？”于是告辞离去。到了第二天，董小宛妆饰华美，穿着靓丽的衣服，带好行李，一再要求与冒辟疆一起登船远行，发誓再也不回来了。董小宛当时有父亲健在，她的父亲有很多不良嗜好，花费又没有节制，仗着董小宛美艳冠绝天下，于是无所顾忌，欠了上千两银子的债务，完全不顾董小宛的感受。

自此渡浒墅，游惠山，历毗陵、阳羡、澄江，抵北固，登金焦。姬着西洋布退红[1]轻衫，薄如蝉纱，洁比雪艳，与辟疆观竞渡[2]于江山最胜处。千万人争步拥之，谓江妃[3]携偶踏波而上征也。凡二十七日，辟疆二十七度辞。姬痛哭，叩其意。辟疆曰：“吾大人虽离虎穴，未定归期。且秋期[4]逼矣，欲破釜焚舟冀一当，子盍归待之？”姬乃大喜曰：“余归，长斋谢客，茗碗炉香，听子好音。”遂别。

【注释】①退红：指粉红色。②竞渡：划船比赛。③江妃：汉族神话传说中的神女。④秋期：秋试的日期。

【译文】从这时开始，董小宛陪着冒辟疆过浒墅关，游惠山，历毗陵、阳羡、澄江，到北固山，登金、焦山。董小宛身穿西洋布做的粉红色轻衫，薄的像蝉翼一样，比雪还要光洁明丽，她和冒辟疆在大江之上观赏龙舟比赛。上千人簇拥尾随在他们身后，众人都说是江神带着伴偶踏波而出。前后一共二十七天，冒辟疆二十七次向董小宛道别。董小宛痛哭流涕，询问他的心意，冒辟疆说：“我父亲虽然离开了虎穴，但还没有确定回来的日期。况且秋试的日期快要到了，我想要破釜沉舟再试一次，你何不回家等我呢？”董小宛这才高兴地说：“我回去后，闭门谢客，品茶烧香，静候你的好消息。”于是两人告别。

自是杜门茹素[①]，虽有窦霍相檄、佻健横侮，皆假贷贿赂以蝉脱之。短缄细札，责诺寻盟[②]，无月不数至。迫至八月初，姬复孤身挈一妇，从吴买舟江行，逢盗，折舵入苇中，三日不得食。抵秦淮，复停舟郭外，候辟疆闱事毕，始见之。一时应制诸名贵咸置酒高宴。中秋夜，觞姬与辟疆于河亭，演怀宁新剧《燕子笺》。时秦淮女郎满座，皆激扬叹羡，以姬得所归，为之喜极泪下。榜发，辟疆复中副车[③]，而宪副公不赴新调，请告适归；且姬索逋[④]者益众，又未易落籍[⑤]，辟疆仍力劝之归，而以黄衫押衙[⑥]托同盟某刺史。刺史莽，众哗，挟姬匿之，几败事。虞山钱牧斋先生，维时不唯一代龙门，实风流教主也，素期许辟疆甚远，而又爱姬之俊识。闻之，特至半塘，令柳姬[⑦]与姬为伴，亲为规划，债家意满。时又有大帅以千金为姬与辟疆寿，而刘大行复佐之，公三日遂得了一切，集远近与姬饯别于虎疁（liú），买舟以手书并盈尺之券，送姬至如皋。又移书与门生张祠部，为之落籍。

【注释】①茹素：吃素食，不吃鱼肉等荤腥。②责诺：求取他人的许诺。寻盟：重温旧盟。③副车：乡试的副榜贡生。④索逋：催讨欠债。⑤落籍：替妓女赎身，以除去妓院乐籍。⑥黄衫：隋唐时少年穿的黄色华贵服装，代指权贵。押衙：职官名，后代指小吏。⑦柳姬：即柳如是，本姓杨，名爱，号影怜，又号我闻居士、河东君，浙江嘉兴人，明末清初名妓，秦淮八艳之一。

【译文】自此之后，董小宛闭门谢客，一心斋戒，期间虽然有权贵相威胁，轻浮之徒来寻衅，董小宛也都花钱消灾，息事宁人。董小宛经常寄信给冒辟疆，提醒他不要忘了约定，一个月要写好几封。到了八月初，董小宛又带着一个仆妇，从吴门雇船沿江而行，路上不幸碰到盗贼，就调转船头藏进芦苇丛里，三天都没有吃东西。董小宛到达秦淮的时候，把小船停在城外，等冒辟疆考完试后，才和他相见。一时之间，前来应试的名流贵客都摆酒设宴，为他们两人接风。中秋之夜，众人请董小宛和冒辟疆在河边的亭子喝酒，看阮大铖的新剧《燕子笺》。当时秦淮名妓悉数到场，全都激动感叹，认为董小宛终于找到了归宿，为她喜极而泣。不久考榜公布，冒辟疆再次考中副榜贡生，当时冒辟疆的父亲不打算去赴新任，准备告老还乡；那时向董小宛催讨欠债的人也很多，又不容易为董小宛除去乐籍，冒辟疆仍然竭力劝说董小宛回家等候，并把调停董小宛债务的事情，托付给某知府。某知府行事莽撞，与那些索债人闹翻，就带着董小宛躲了起来，差点把事情搞砸。虞山钱谦益先生，当时不仅是一代文坛领袖，更是风流教主，他一向看好冒辟疆，又喜爱董小宛有见识。听说此事之后，特意赶到半塘，让柳如是和董小宛做伴，亲自为她筹划，让讨债人满意而归。当时又有大帅出千金为董小宛和冒辟疆做贺礼，而且刘大行又从旁帮助，钱谦益用了三天时间便解决了一切问题，又邀请远近好友和董小宛在虎疁饯别，雇了船，让董小宛带着钱谦益的书信和契据，送她来到如皋来和冒辟疆团聚。钱谦益又写信给门生张祠部，为董小宛除去乐籍。

八月初，姬南征时，闻夫人贤甚，特令其父先至如皋，以至情告夫人，夫人喜诺已久矣。姬入门后，智慧络绎，上下内外大小罔不妥悦。与辟疆日坐画苑书圃中，抚桐瑟，赏茗香，评品人物山水，鉴别金石鼎彝①；闲吟得句，与采辑诗史，必捧砚席为书之。意所欲得，与意所未及，必控弦追箭以赴之。即家所素无，人所莫办，仓猝之间，靡不立就。相得之乐，两人恒云“天壤间未之有也！”

【注释】①鼎彝：古代祭器，上面多刻着表彰有功人物的文字。

【译文】八月初，董小宛南行的时候，听说冒辟疆的夫人非常贤惠，特意让自己的父亲先到如皋，把真情告诉夫人，夫人已经高兴的答应了她和冒辟疆的婚事。董小宛嫁入冒家后，才智过人，府中上下，没有人不喜欢她。董小宛和冒辟疆每天一起画画读书，抚琴弹瑟，品尝茶香，评论山水人物绘画，鉴别金石鼎彝。空闲的时候，冒辟疆吟诗做赋或者搜集辑录前人的诗作时，董小宛就在一旁记录下来。冒辟疆能想到的和想不到的事情，董小宛都会安排稳妥。即使家里从来就没有经历过的事情，或者是别人办不了的事情，仓促之下董小宛也一定会办好。董小宛和冒辟疆彼此情投意合，两个人经常说“天地间没有人比我们更快乐啊！”

申酉崩坼（chè）①，辟疆避难渡江，与举家遁浙之盐官，履危②九死，姬不以身先，则愿以身后：“宁使贼得我则释君，君其问我于泉府耳。”中间智计百出，保全实多。后辟疆虽不死于兵，而濒死于病。姬凡侍药不间寝食者，必百昼夜。事平，始得同归故里。前后凡九年，年仅二十七岁，以劳瘁（cuì）③病卒。其致病之繇与久病之状，并隐微难悉，详辟疆《忆语》《哀词》中，不唯千古神伤，实堪令奉倩④、安仁⑤阁笔⑥也。

【注释】①崩坼：山崩地坼。比喻社会大变乱。②履危：指置身于险境。③劳瘁：因辛劳过度而致身体衰弱。④奉倩：三国时期魏国的荀粲，字奉倩，因妻病逝，痛悼不能已，每不哭而伤神，岁馀亦死，年仅二十九岁。⑤安仁：即潘岳，字安仁，又称潘安，西晋时期文学家。曾为纪念亡妻作《悼亡诗》三首。⑥阁笔：停笔，放下笔。

【译文】申酉年发生巨变，冒辟疆为了避难，举家渡江，搬迁到浙江的盐官，一路上九死一生，董小宛不愿意独自离开，而宁愿与大家共赴艰险，她说："宁愿让盗贼抓到我而放了你，让你祭奠九泉之下的我。"路途中，董小宛计谋百出，化解了很多危险，后来冒辟疆虽然没有死于兵乱，但病重快要死了。董小宛废寝忘食的侍奉冒辟疆，前后历时一百多天。事态平静后，冒辟疆一家才得以一起返回家乡。董小宛与冒辟疆前后一共相处了九年，二十七岁的时候，董小宛因劳累过度而病死。她得病的原因和长期患病的状况，都很隐晦，外人难以知道，详情都记载在冒辟疆所作的《忆语》和《哀词》里，这两篇文章实在是让人千古神伤的作品，即使是荀粲，和潘安也有所不及啊！

琴牧子[①]曰：姬殁，辟疆哭之曰："吾不知姬死而吾死也！"予谓父母存，不许人以死，况裀席[②]间物乎？及读辟疆《哀词》，始知情至之人，固不妨此语也。夫饥色如饥食焉。饥食者，获一饱，虽珍羞亦厌之。今辟疆九年而未厌，何也？饥德非饥色也！栖山水者，十年而不出，其朝光夕景，有以日酣其志也，宛君其有日酣冒子者乎？虽然，历之风波疾厄盗贼之际而不变如宛君者，真奇女，可匹我辟疆奇男子矣。

【注释】①琴牧子：即作者张明弼，字公亮，号琴牧子，和冒辟疆私交甚笃。②裀席：席褥。代指小妾。

【译文】琴牧子说：董小宛死后，冒辟疆哭着说："小宛一死，我也难以独活了啊！"我认为父母活着，就不轻易许诺为别人而死，更何况董小宛只是冒辟疆的妾室呢？等我读完冒辟疆的《哀词》，才知道情深之人，互相就是许诺这样的话啊。人们渴望美色就像渴望食物一样；饥饿的人只要吃了饱饭，即使山珍海味摆在面前，也会厌恶。如今董小宛和冒辟疆一起相处了九年，冒辟疆也没有厌烦她，为什么呢？冒辟疆是敬慕董小宛的品行而不是垂涎她的美色啊！居住在山水之间的人，十年后也不离开，是因为山间早晚的美景，每天都让他心志畅快，董小宛也能让冒辟疆每天畅快吗？诚然，在经历风波、病患和战乱之后，还能像董小宛那样镇静，真可谓是奇女子了，可以和冒辟疆这样的奇男子相配了！

附：冒辟疆《影梅庵忆语》选十五则

壬午清和[①]晦日[②]，姬送余至北固山下，坚欲从渡江归里。余辞之力，益哀切不肯行，舟泊江边。时西先生毕今梁，寄予夏西洋布一端，薄如蝉纱，洁比雪艳。以退红为里，为姬制轻衫，不减张丽华[③]桂宫霓裳[④]也。偕登金山，时四五龙舟冲波激荡而上。山中游人数千，尾余两人，指为神仙，绕山而行，凡我两人所止，则龙舟争赴，回环数匝不去。呼询之，则驾舟者，皆余去秋淛（zhè）[⑤]回官舫长年也。劳以鹅酒[⑥]，竟日返舟。舟中宣磁大白盂盛樱珠数升，共啖之，不辨其为樱为唇也。江山人物之盛，照映一时，至今谈者侈美。

【注释】①清和：农历四月的俗称。②晦日：农历每月最后的一天。③张丽华：南北朝时期南朝陈后主陈叔宝的妃子。④霓裳：飘拂轻柔的舞衣。⑤淛：同“浙”。⑥鹅酒：鹅和酒。旧时常用作馈赠品。

【译文】壬午年四月的最后一天，董小宛送我到北固山下，坚持要跟着我渡江回到家乡。我越推辞，她就更加哀痛不肯离去，小船只能停在江边。当时西洋传教士毕今梁先生送给我一匹夏季衣料用的西洋布，布料薄如蝉翼，光洁明丽。当时用粉红色的料子做里子，给董小宛做了一件轻衫，一点都不输给张丽华在桂宫的霓裳。她和我一起登金山，当时有四五条龙舟破浪激荡而上。山里有好几千名游客，跟在我们身后，把我们当做神仙眷属，我们绕山而行，只要我们停下来，龙舟就争相划过来，在水里盘旋很长时间也不离去。大声询问他们，原来驾船的人是我去年秋天从浙江回的时候，所在船的船工。我赠送给他们酒和鹅作为礼物，第二天我们返回船上。船上友人用宣磁大白盂盛放了几升樱桃，大家一起品尝，我分辨不清楚哪个是樱桃，哪个是小宛的嘴唇。江山美人，相互辉映，直到现在谈起这件事，还让人感慨不已。

秦淮中秋日，四方同社诸友，感姬为余不辞盗贼风波之险，间关[①]相从，因置酒桃叶水阁。时在坐为眉楼顾夫人[②]、寒秀斋李夫人[③]，皆与姬为至戚，美其属余，咸来相庆。是日新演《燕子笺》，曲尽情艳，至霍、华离合处，姬泣下，顾、李亦泣下。一时才子佳人、楼台烟水、新声明月，俱足千古。至今思之，不异游仙枕上梦幻也。

【注释】①间关：形容旅途的艰辛，崎岖、辗转。②眉楼顾夫人：指顾媚，又名眉，字眉生，号横波，应天府上元县（今江苏省南京市）人，是秦淮八艳之一。③寒秀斋李夫人：指李十娘，名湘真，字雪衣，秦淮名妓。

【译文】秦淮河中秋节的那天，各地同社的朋友，感念董小宛为我不辞冒着盗贼和风浪的危险，一路艰辛跟随，于是在桃叶水阁中摆酒请客。当时在座的有眉楼顾夫人，寒秀斋李夫人，都是董小宛最亲近的朋友，她们都很高兴董小宛能和我在一起，都来为她庆祝。那天新演《燕子笺》这出曲目，情节感人至深，演到霍都梁与华行云分离和相聚的场景时，董小宛泪如雨下，顾、李也随之哭泣不止。一时之间才子佳人、楼台烟水、新曲明月，都可以传颂千古。现在回想起来，就像是游仙枕上的梦境啊。

余数年来，欲裒（póu）集四唐诗[①]，购全集，类逸事，集众评，列人与年为次第，付姬收贮，至编年论人，准之《唐书》。姬终日佐余稽查抄写，细心商定，永日终夜，相对忘言。阅诗无所不解，而又出慧解以解之。尤好熟读楚词，少陵[②]，义山[③]，王建[④]、花蕊夫人[⑤]、王珪[⑥]三家宫词。等身之书，周回座右，午夜衾枕间，犹拥数十家唐诗而卧。今秘阁尘封，余不忍启，将来此志，谁克与终？付之一叹而已！

【注释】①裒集：辑集。四唐：指唐朝的四个时期，初唐，盛唐，中唐和晚唐。②少陵：指唐代诗人杜甫。③义山：指李商隐，字义山，号玉豁生，唐代诗人。④王建：字仲初，唐代诗人。⑤花蕊夫人：指后蜀主孟昶的费贵妃，五代十国女诗人。⑥王珪：字禹玉，北宋名相、著名文学家。

【译文】我多年以来，一直想编集一部四唐诗集，于是购置全唐诗集，分类轶事传闻，收集众家评论，以人与年为次序编成目录，所有资料交予董小宛收藏，至于编年和人物，以《唐书》记载为准。董小宛从早到晚辅佐我检查抄写，细心核对，虽然彼此整日相对，但竟然到了忘记言语的程度。董小宛对诗句都能很好地理解，而且又有独到的见解。她特别喜爱楚词，杜甫、李商隐的诗作，以及收录王建、花蕊夫人和王珪诗作的《三家宫词》。厚厚的一摞诗集，就放在她座位旁边，午夜入睡的时候就好像抱着几十家唐诗睡觉。如今藏书楼已被尘土盖满，我也不忍心再次打开楼门，编集唐诗的事业，将来谁能辅助我完成呢？只剩下叹息而已。

乙酉客盐官，尝向诸友借书读之。凡有奇僻，命姬手抄。姬于事涉闺阁者，则另录一帙。归来与姬遍搜诸书续成之，名曰《奁艳》。其书之瑰异精密，凡古今女子，自顶至踵，以及服食器具，亭台歌舞、针神才藻[①]，下及禽鱼鸟兽，即草木之无情者稍涉有情，皆归香丽。今细字红笺，类分条悉，俱在奁中。客春顾夫人远向姬借阅此书，与龚奉常[②]极赞其妙，促绣梓（zǐ）[③]之。余即当忍痛为之校仇鸠工，以终姬志。

【注释】①才藻：才思文采。②龚奉常：即龚鼎孳，字孝升，号芝麓，安徽合肥人，与吴伟业、钱谦益并称为“江左三大家”。③绣梓：精美的刻版印刷。

【译文】乙酉年我们一家逃难寄居在盐官，我曾经向各位朋友借书观看。只要看到奇文异事便让董小宛抄写下来。凡是遇到涉及闺阁事情的文章，她就另外抄录一册。回来后我和她遍搜诸书，继续补充资料，完成此书，命名为《奁艳》。这本书的内容奇异精致，从古至今凡是涉及女子的相关事宜，包括从头到脚的装饰打扮，以及服装器具，亭台歌舞，针线文辞，禽鱼鸟兽，甚至连花草树木这些无情的东西，只要能和情感有丝毫关联，都收集在书中。董小宛把这些内容，用小字抄录在红笺上，每一项都分门别类归纳，书稿都放在梳妆盒中。顾夫人曾向董小宛借阅这本书，她和龚鼎孳极其夸赞这本书的妙处，催促我把它刻版印刷出来。我忍着悲痛把这本书校对刊印出来，也算完成董小宛的心愿。

姬于吴门曾学画未成，能作小丛寒树，笔墨楚楚。时于几砚上辄自图写，故于古今绘事别有殊好。偶得长卷小轴与笥（sì）[①]中旧珍，时时展玩不置。流离时，宁委奁具[②]，而以书画捆载自随；尽末后异裁装潢，独存纸绢，犹不得免焉，则书画之厄，而姬之嗜好，真且至矣。

【注释】①笥：盛饭或衣物的方形竹器。②奁具：梳妆用品。

【译文】董小宛在吴门时，曾经学过画画，但没有学成，她能画些草丛寒树，寥寥几笔，就能生动别致。她经常在几案上练习画画，对古今的绘画特别爱好。她偶尔得到长短画卷和小幅旧画，就不时地赏玩。我们逃难的时候，她宁愿舍弃梳妆用品，也要把书画随身携带；后来为了携带方便，她把书画的装饰都剪掉了，只留下画作本身，但还是没能将书画保存下来，真是一场书画的浩劫啊，然而董小宛对书画的爱好，是真切而诚挚的。

姬能饮，自入吾门，见余量不胜蕉叶[①]，遂罢饮，每晚侍荆人[②]数杯而已。而嗜茶与余同，性又同嗜片岕。每岁半塘顾子兼择最精者缄寄，具有片甲蝉翼之异。文火[③]细烟，小鼎长泉，必手自炊涤。余每诵左思[④]《娇女诗》“吹嘘对鼎鑑”之句，姬为解颐[⑤]。至“沸乳看蟹目鱼鳞，传瓷选月魂云魄”，尤为精绝。每花前月下，静试对尝，碧沉香泛，真如木兰沾露，瑶草临波，备极卢、陆[⑥]之致。东坡云：“分无玉碗捧蛾眉”。余一生清福，九年占尽，九年折尽矣！

【注释】①蕉叶：浅底的酒杯。②荆人：对人称己妻的谦词。③文火：煮东西时用的小火。④左思：字太冲，齐国临淄人，是西晋著名的文学家。 ⑤解颐：开颜欢笑。⑥卢、陆：指卢仝和陆羽。卢仝，唐代诗人，被尊称为“茶仙”。陆羽，字鸿渐，复州竟陵（今湖北天门）人，号竟陵子，是唐代著名的茶学家，尊为“茶圣”。

【译文】董小宛擅长喝酒，自从嫁入我家，看我的酒量连一小杯酒都喝不了，于是她也不再喝酒，只是每天晚上陪我的妻子喝几杯而已。而她和我一样喜欢喝茶，而且都喜欢喝岕茶。每年半塘的顾子兼挑选最好的岕茶寄给我，茶片像蝉翼那样透亮轻薄。董小宛必会亲自动手洗涤茶具，用小火细烟，小锅泉水来烹煮新茶。我每次诵读左思《娇女诗》中的“吹嘘对鼎鑩”这一句时，董小宛都会开颜欢笑。至于“沸乳看蟹目鱼鳞，传瓷选月魂云魄”，更是写出煮茶的精妙之处。每当花前月下，我们静静地坐下品茶，看着碧绿的茶叶慢慢下沉，香味慢慢飘出，真的好像是木兰带露，碧草随波，完全是卢仝、陆羽所描述的最佳品茶境界。苏东坡曾说：“分无玉碗捧蛾眉”。我一辈子的清福，都在和董小宛相伴的九年里占尽，九年里用完了！

姬每与余静坐香阁，细品名香，宫香诸品淫，沉水香俗。俗人以沉香著火上，烟扑油腻，顷刻而灭，无论香之性情未出，即著怀袖，皆带焦腥。沉香有坚致而纹横者，谓之“横隔沉”，即四种沉香内革沉香纹者是也，其香特妙。又有沉水结而未成，如小笠大菌，名“蓬莱香”，余多蓄之。每慢火隔砂，使不见烟，则阁中皆如风过伽楠、露沃蔷薇、热磨琥珀，酒倾犀斝（jiǎ）[①]之味。久蒸衾枕间，和以肌香，甜艳非常，梦魂俱适。外此[②]则有真西洋香，方得之内府，迥非肆料。丙戌客海陵，曾与姬手制百丸，诚闺中异品，然爇时亦以不见烟为佳。非姬细心秀致，不能领略到此。

【注释】①伽楠：伽南香，沉香的别名。斝：古代青铜制的酒器，圆口，三足。②外此：除此之外。

【译文】董小宛经常和我静静地坐在香阁中，细细地品评各种名香的气味。宫香气味太重，沉水香又太俗。世上的俗人常把沉香放在火上烧，结果烟雾扑鼻，香料也变得油腻，一会儿就熄灭了，不但香料的特性没有充分发挥出来，即使是放在怀中袖里，都带有焦腥味。沉香里有一种质地坚硬而有横纹的香料，被称为"横隔沉"，就是四种沉香里，有沉香纹的那种，这个香非常奇妙。还有一种沉水香不是块状，像小斗笠或者大蘑菇形状，称为"蓬莱香"，我收藏了很多。每次用慢火隔着细砂烘烤，不让它冒烟，整个小阁中就像微风吹送来阵阵的伽楠香气、又像雨露浇灌蔷薇发出的香气、还有打磨琥珀，美酒倒进犀斝里的芬芳气味。这些气味长时间熏染被子和枕头，又混合了肌肤的香味，非常芬芳，睡梦中都感到非常舒适。除此之外我还有真正的西洋香，是从宫里内务府得到，绝对不是集市上的货色。丙戌年我们客居海陵的时候，曾经与董小宛亲手制作了百颗香丸，实在是闺房中德珍品，加热的时候也以见不到烟为最好。如果不是董小宛细心聪慧，我是绝不会领悟到这些妙处的。

黄熟出诸番，而真腊[①]为上；皮坚者为黄熟桶，气佳而通，黑者，为夹栈黄熟。近南粤东莞茶园村土人种黄熟，如江南之艺茶。树矮枝繁，其香在根。自吴门解人[②]剔根切白，而香之松朽尽削，油尖铁面尽出。余与姬客半塘时，知金平叔最精于此，重价数购之。块者净润，长曲者如枝如虬（qiú）[③]，皆就其根之有结处，随纹缕出黄云紫绣，半杂鹧鸪斑，可拭可玩。寒夜小室，玉帏四垂，毾（tà）㲪（dēng）[④]重叠，烧二尺许绛蜡二三枝，设参差台几，错列大小数宣炉，宿火常热，色如液金粟玉，细拨活灰一寸，灰上隔砂选香蒸之。历半夜，一香凝然，不焦不竭，郁勃[5]氤氲，纯是糖结热香，间有梅英半舒、荷鹅梨蜜脾之气，静参鼻观。忆年来共恋此味此境，恒打晓钟，尚未着枕。与姬细想闺怨有“斜倚薰笼”、“拨尽寒炉”之苦，我两人如在蕊珠众香深处。今人与香气俱散矣，安得返魂一粒，起于幽房[6]扃（jiōng）室[7]中也！

【注释】①真腊：又名占腊，为中南半岛古国，其境在今柬埔寨境内。②解人：指行家里手。③虬：古代传说中的有角的龙。④氍毹：毛毯。⑤郁勃：烟气、烟云弥漫的样子。⑥幽房：墓穴。⑦扃室：指墓室。

【译文】黄熟香产自外国，以真腊所产的黄熟香为最上等；外皮坚硬的是黄熟桶，气味好闻而且中间通透，形状如桶。黑色的，是夹栈黄熟。最近，南粤东莞茶园村的当地人开始种黄熟，就好像江南人种茶一样。香树矮小，枝叶繁茂，这种香料生长在树根。来自吴门懂得门道的师傅，切开树根作香，把根部的松土朽木，全都除去，填充以肥土，几年后便长出香料。年头越长的香料品质越好，被称为铁面油尖。我和董小宛在半塘寄居时，知道金平叔精通这种香，多次花重金从他那儿购买。块状的香料干净滑润，长曲形状的香料像树枝，像龙角，都是从根部有结的地方长出香料。在纹理处形成的黄色香料中，夹杂着紫色，中间还混杂着鹧鸪斑，这种香料可以拂拭也可以抚玩。在寒冷的夜晚，室内幔幕垂下，毡毯重叠，二尺高的红色蜡烛，点燃两三枝，参差不齐地摆放在台几上，错杂排列着大小相间的几个宣德炉，整夜都燃着炉火，火炭的颜色就像液金粟玉，细拨炉上刚燃过的灰，盖在炭上有一寸厚，在灰上放砂，再选香熏蒸。经过半夜，香味都不会减少，不会烧焦，也不会烧完，香气凝结，就像糖块粘在一起，中间好像有半开梅花的芳香、荷花鹅梨的甜蜜，静静地沁入鼻尖。回忆起我们这些年来共赏此味的情景，一直到敲响晓钟，我们都还没有睡下。当时我和董小宛一起细细品味诗词中的闺怨，有“斜倚薰笼”、

“拨尽寒炉”之苦，我们两人却好像是在花蕊众香的深处。现在佳人与香气都消散了，怎么才能得到一粒返魂香，让她从墓室中复活啊！

余家及园亭，凡有隙地皆植梅。春来早夜出入，皆烂熳香雪[①]中。姬于含蕊时，先相枝之横斜，与几上军持[②]相受，或隔岁便芟（shān）剪[③]得宜，至花放恰采入供。即四时草花竹叶，无不经营绝慧，领略殊清，使冷韵幽香，恒靡微于曲房斗室；至秾艳[④]肥红，则非其所赏也。

【注释】①香雪：指梅花。②军持：一种瓶装盛水器。③芟剪：剪除，修剪。④秾艳：色彩非常艳丽。

【译文】我家里园亭等地方，只要有空隙的地方都会种上梅花。春天时，早晚出入其间，整个人都沉浸在烂熳的梅花林中。在梅花刚刚吐蕊的时候，董小宛挑选适合的花枝，插在桌上的花瓶里，或者隔年就会对梅花的树枝进行适当的修剪，一般选择花开的时候，裁剪下来的梅花刚好可以拿回来插在瓶中。一年四季，不同时期的草花竹叶，她无不悉心照料，欣赏其中的清雅，让清幽的韵味、淡雅的香气，一直弥漫在曲房斗室之中；至于那些艳丽的花朵，繁茂的枝叶，就不是她所欣赏的了！

秋来犹耽晚菊。即去秋病中，客贻我剪桃红，花繁而厚，叶碧如染，浓条婀娜，枝枝具云罨（yǎn）风斜之态。姬扶病三月，犹半梳洗，见之甚爱，遂留榻右。每晚高烧翠蜡，以白团回六曲，围三面，设小座于花间，位置菊影，极其参横妙丽。始以身入，人在菊中，菊与人俱在影中，回视屏上，顾余曰：“菊之意态尽矣，其如人瘦何！”至今思之，澹秀如画。

【译文】秋天的时候，她尤其喜爱晚菊。即使是去年秋天她在病中，有客人赠给我一盆叫“剪桃红”的菊花，花朵繁茂且花瓣厚实，叶子碧绿像染了色一样，姿态婀娜，每一枝都是傲霜独立。当时董小宛生病已经三个月了，仍然强撑着起来梳洗，看到这盆菊花非常喜爱，于是把这盆菊花留在床榻旁边。每天晚上点燃绿色的蜡烛，用白屏风曲折的围住三面，在花间摆放小座，仔细调整菊影的位置，务必做到花枝疏斜，极具美感。然后她进入花丛之中，人在菊中，菊与人的影子都映在屏风上，她回视屏上，看着我说：“菊花的意态都表现出来了，像我一样清瘦啊！”现在回想起来，那种隽秀的景象就像图画一样。

姬最爱月，每以身随升沉为去住。夏纳凉小苑，与幼儿诵唐人咏月及“流萤纨扇”诗，半榻小几，恒屡移以领月之四面。午夜归阁，仍推窗延月于枕簟（diàn）间。月去，复卷幔倚窗而望，语余曰：“吾书谢庄[①]《月赋》，古人厌晨欢，乐宵宴，盖夜之时逸，月之气静，碧海青天，霜缟冰净，较赤日红尘，迥隔仙凡。人生攘攘，至夜不休，或有月未出已鼾睡者，桂华露影，无福消受。与子长历四序，娟秀浣洁，领略幽香，仙路禅关[②]，于此静得矣！”

【注释】①谢庄：字希逸，陈郡阳夏（今河南太康）人，南朝宋文学家。②禅关：比喻悟彻佛教教义必须越过的关口。

【译文】董小宛最喜欢明月，经常伴着明月的升落而起居。夏天在院子里乘凉，她和小孩们一起诵读唐代诗人咏月及“流萤纨扇”的诗，半张榻席一张小桌几，她老是移来移去，好让自己能一直欣赏到月光。半夜回到屋里，她仍然推开窗户让月光照到枕席上。月亮落下，还要卷起幔帐靠着窗户眺望，她对我说："我抄写谢庄的《月赋》，古人厌烦清晨的欢乐，喜欢晚上的宴会，大概是因为晚上的安逸，月光的宁静，碧海青天，月光洁白，相比白天的烈日红尘，简直就是仙界和凡尘的区别。人世间纷乱，到了晚上也不消停，有些人在月亮还没有出来时，就已经鼾睡，明月露影，无福消受。我和你一起经历一年四季，欣赏明月，体味幽香，人生的顿悟，都在这份安静中获得了啊！"

酿饴为露，和以盐梅，凡有色香花蕊，皆于初放时采渍之，经年香味颜色不变，红鲜如摘；而花汁融液露中，入口喷鼻，奇香异艳，非复恒有。最娇者为秋海棠露：海棠无香，此独露凝香发，又俗名"断肠草"，以为不食，而味美独冠诸花。次则梅英、野蔷薇、玫瑰、丹桂、甘菊之属，至橙黄橘红、佛手香橼（yuán），去白缕丝，色味更胜。酒后出数十种，五色浮动白瓷中，解酲（chéng）①消渴，金茎仙掌②难与争衡也。

【注释】①解酲：消除酒醉状态。②金茎仙掌：汉武帝为求仙，在建章宫神明台上造铜仙人，舒掌捧铜盘玉杯，以承接天上的仙露，后称承露金人为仙掌。用以擎承露盘的铜柱叫金茎。

【译文】董小宛把饴糖制成花露，再与盐梅混合，凡是色香具佳的花朵，都在花朵初开放的时候，采摘下来并腌渍起来，一年后花的香味颜色也不会改变，像刚刚摘下来时那样红艳；花汁融入香露中，入口时，香气喷鼻，奇香异艳，不是人间常有的佳品。最娇艳的是秋海棠露：海棠本没有香味，唯独海棠露却是香气袭人，海棠俗称"断肠草"，人们以为它不能食用，但是它的味道却比其它花还甜美。其次则是用梅花、野蔷薇、玫瑰、丹桂、甘菊制成的香露，至于橙橘、佛手、香橼之类，除去其中的白缕丝，色味会更胜一筹。每次酒后取出几十种腌好的花露，各种颜色呈现在白瓷盘中，用来解酒消渴，金盘仙露都很难比得上它。

冬春水盐诸菜，能使黄者如蜡，碧者如苔，蒲藕笋蕨，鲜花野菜，枸蒿蓉菊之类，无不采入食品，芳旨盈席。

【译文】冬春的时候，董小宛制做各中腌菜，腌好的成品，黄色如蜡，绿色如青苔，蒲藕笋蕨，鲜花野菜，枸蒿蓉菊这些东西，她都能取来制作成食品，香飘四溢。

火肉久者无油，有松柏之味。风鱼久者如火肉，有麂(jǐ)鹿之味。醉蛤如桃花，醉鲟骨如白玉，油鲳如鲟鱼，虾松如龙须，烘兔酥雉如饼饵，可以笼食。菌脯如鸡㙡(zōng)，腐汤如牛乳。姬细考之食谱，四方郇(huán)厨①中，一种偶异，即加访求，而又以慧巧变化为之，莫不异妙。

【注释】①郇厨：即“郇公厨”，指膳食精美的人家。

【译文】她做的熏肉放得时间长了也不会出油，有一种松柏的味道。风鱼放得时间长了就像熏肉那样，有一种麂鹿的味道。董小宛做的醉蛤像桃花一样，醉鲟骨像白玉一样，油浸鲳鱼的味道，像鲟鱼一样，虾松蓬松，像龙须一样。董小宛做的烘兔酥鸡，外形像糕饼，可以拿着当零食吃。董小宛做的蘑菇就像鸡枞一样鲜美，做得豆腐汤像牛乳一样浓稠。董小宛精心研究食谱，只要是膳食精美的人家，她都要去探访，寻求新巧的厨艺方法，然后又加上自己的聪明灵巧，制作出全新的菜品，无不让人惊叹。

取五月桃汁、西瓜汁，一瓤一丝漉尽，以文火煎至七八分，始搅糖细炼，桃膏如大红琥珀，瓜膏可比金丝内糖。每酷暑，姬必手取其汁示洁，坐炉边静看火候成膏，不使焦枯，分浓淡为数种，此尤异色异味也。

【译文】董小宛取来五月的桃子和西瓜，榨出桃汁、西瓜汁，滤尽丝瓤，用微火煎至剩下七八分汤汁的时候，放入糖搅拌，细心提炼成瓜膏。桃膏的颜色就像大红琥珀那样鲜红，瓜膏的颜色可以和金丝内糖相媲美。每当酷暑来临的时候，为了保证干净，董小宛一定会亲手榨汁，坐在炉边静静地看着火候，熬成瓜膏，不让它焦糊，还分成浓淡几种，每一种都会有不同的颜色和不同的味道。

张山来曰：予雉皋[①]别业与辟疆相邻，辟疆常为予言宛君事甚悉，复以《忆语》见示。予深羡辟疆奇福如许。癸亥秋，又以家公亮传来，谆属入选。快读一过，乃知慧业文人固应有此。因自嗟命薄，不能一缔如此奇缘，能无浩叹？

【注释】①雉皋：如皋的别称。

【译文】张山来说：我在如皋的宅院和冒辟疆的家相邻，冒辟疆常常跟我说起董小宛的事情，说得十分详细，又拿《忆语》给我看。我非常羡慕冒辟疆有这样的福气。癸亥年秋天，家父传来书信，嘱咐我把这篇文章收进我的书中。我看过后，才知道才智高俊的文人原本就应该有如此的际遇。因此叹息自己命薄，不能遇到这样的奇缘，能不长叹吗？

卖酒者传

魏禧冰叔

【题解】本篇是《虞初新志卷三》的第四篇。此篇介绍了一位卖酒的敦厚长者，他待人仁慈宽厚，乐善好施，事事能设身处地为别人着想。天佑善人，他也得以增寿七年。

万安县有卖酒者，以善酿致富。平生不欺人。或遣童婢沽，必问："汝能饮酒否？"量酌之，曰："毋盗瓶中酒，受主翁笞[①]也。"或倾跌破瓶缶，辄家取瓶，更注酒，使持以归。由是远近称长者[②]。

【注释】①笞：用鞭子打。②长者：指有德行的人。

【译文】江西万安县有一个卖酒人，因为能酿造好酒而发家致富。他一辈子从来不欺负别人。主人派童仆或者婢女来买酒，卖酒人一定会问："你能喝酒吗？"能喝酒的，则根据他们的酒量，另外给他们一些酒喝，并且嘱咐说："一定不要偷喝瓶里的酒，不然的话要被主人责打的。"有时候碰到仆人不小心跌倒，打翻了酒瓶，他都会取出自家的瓶子，重新装上酒，让他们带回去。卖酒人就是如此厚道，所以远近的人都称赞他是敦厚的长者。

里有事醵饮者，必会其肆。里中有数聚饮，平事不得决者，相对咨嗟，多墨色。卖酒者问曰："诸君何为数聚饮，平事不得决，相咨嗟也？"聚饮者曰："吾侪保甲贷乙金，甲逾期[①]不肯偿，将讼，讼则破家，事连吾侪，数姓人不得休矣！"卖酒者曰："几何数？"曰："子母[②]四百金。"卖酒者曰："何忧为？"立出四百金偿之，不责券。乙得金欣然，以为甲终不负己也。四年，甲乃仅偿卖酒者四百金。

【注释】①逾期：超过还款时间。②子母：指本金和利息。子，利息。母，本金。

【译文】乡里人凑在一起喝酒商量事情，一定会选在他的酒馆。有一次，乡里一些人聚在他那里，喝了好几回酒，每次讨论了半天，也做不出决断，相互叹息，都阴沉着脸。卖酒的人问他们："你们聚在这里好几次了，到底有什么事情不能决断，而相互叹息呢？"那些人回答说："我们这些人为某甲做担保，向某乙借贷，某甲过了期限仍不肯偿还欠款，就要被告到衙门了，如果被告到衙门，某甲就会倾家荡产，我们也会被牵连到，我们几家人就没有消停日子过了！"卖酒的人问他们："一共欠多少银两？"回答说："连本带息一共四百两。"卖酒的人说："这有什么值得发愁的？"马上拿出四百两银子替他们偿还欠款，还不要收据。某乙得到还款后非常高兴，认为某甲没有欺骗自己。四年后，某甲仅偿还了卖酒人四百两银子。

客有橐重资于途，甚雪，不能行。闻卖酒者长者，趋寄宿。雪连日，卖酒者日呼客同博，以赢钱买酒肉相饮啖。客多负，私怏怏[①]曰："卖酒者乃不长者耶？然吾已负，且大饮啖，酬吾金也。"雪霁，客偿博所负行。卖酒者笑曰："主人乃取客钱买酒肉耶？天寒甚，不名博，客将不肯大饮噉。"尽取所偿负还之。

【注释】①怏怏：不高兴，不满意。

【译文】有一个客人，带着很重的行囊赶路，半路遇到了大雪，不能继续前行。听说卖酒的人是一位敦厚长者，就到他家借宿。大雪一连下了好几天，卖酒的人每天都叫客人陪他赌博，把赢来的钱买酒买肉，一起吃喝。客人输多赢少，私下很不高兴地说："卖酒的人不是敦厚长者吗？怎么会让我输这么多钱，大吃大喝的花费，都从我这里出的。"大雪停了之后，客人准备偿还赌债后出发。卖酒的人笑着说："难道有主人拿客人的钱买酒肉的道理吗？天气太冷了，不以赌博为理由，您一定不愿意大吃大喝。"卖酒的人把赢来的钱都还给了客人。

术者[①]谈五行，立决人死，疏先后宜死者六人矣。卖酒者将及期，置酒，召所买田舍主毕至，曰："吾往买若田宅，若中心愿之乎？价毋亏乎？"欲赎者视券，价不足者，追偿以金。又召诸子贷者曰："汝贷金若干，子母若干矣。"能偿者损其息，贫者立券还之，曰："毋使我子孙患苦汝也！"及期，卖酒者大会戚友，沐棺更衣待死。卖酒者颜色阳阳如平时，戚友相候视，至夜分，乃散去。其后第八人以下各如期死，卖酒者活更七年。

【注释】①术者：指以占卜、星相等为职业的人。

【译文】有一个占卜人，能根据五行，立刻判断一个人的生死。已经先后为六个人做出了准确的判定。占卜的人判定卖酒的人也快要死了。死期快到的时候，卖酒的人摆设宴席，把卖给他田地屋舍的人一块找来，说："我以前买你们的田地房屋，你们心里愿意吗？价钱有没有吃亏呢？"对于想要赎回田地房屋的人，卖酒的人就按照契约的价格，让他们赎回。有人觉得当初价格吃亏，卖酒的人就拿钱补上差价。卖酒的人又把向他借钱的人叫来说："你们借我的钱，本金和利息一共若干。"倘若有人愿意偿还，便不要利息了；倘若是贫困的人，马上就把借据还给他们，并说："别让我的子孙为了追债而为难你们了！"死期来临的时候，卖酒的人同亲戚朋友告别，整备好棺材，更换好衣服等待死亡。卖酒的人脸色仍然和平时一样明亮，亲戚朋友陪在一旁，直到半夜卖酒的人也没事，众人这才离去。后来第八人的死期也应验了，只有卖酒的人又多活了七年。

魏子曰：吾闻卖酒者好博，无事则与其三子终日博，喧争[①]无家人礼。或问之，曰："儿辈嬉，否则博他人家，败吾产矣。"嗟乎！卖酒者匪唯[②]长者，抑亦智士哉！卖酒者姓郭名节，他善事颇众。予闻之欧阳介庵云。

【注释】①喧争：吵闹争夺。②匪唯：即匪惟，指非但，不只。

【译文】魏子说：我听说卖酒的人喜欢赌博，没事的时候，就喜欢和三个儿子整天赌博，彼此喧闹争吵，完全不顾父子间的规矩。有人问他原因，他说："我的儿子们喜欢玩乐，不这样的话，他们就会和别人赌博，而败光我的家业了。"哎！卖酒的人不但是位敦厚长者，还是很有智慧的人啊！卖酒的人姓郭，名节，他做了很多善事。我在欧阳介庵那儿听说了他的事情。

张山来曰：自古异人，多隐于屠沽中。卖酒者时值太平，故以长者名耳。叔子谓"匪唯长者，抑亦智士"，诚具眼[1]也!

【注释】①具眼：指有眼力的人。

【译文】张山来说：自古以来，奇人异士大多会隐藏在屠夫和卖酒的人当中。卖酒的人当时正处在太平盛世，所以因德行而闻名。魏叔子曾说“他不但是位敦厚长者，还是很有智慧的人”，实在是慧眼识珠啊!

一瓢子传

严首昇平子

【题解】本篇是《虞初新志卷三》的第五篇。一瓢道人，衣着怪异，行事放荡不羁，酷爱喝酒，酒醉画龙，则栩栩如生。游戏人间若干年，最后尸解而去。

一瓢道人，不知其姓名。性嗜酒，善画龙，敝衣蓬跣（xiǎn）[①]，担筇竹杖，挂一瓢，游鄂渚间，行歌漫骂，学百鸟语，弄群儿聚诟以为乐。顾其神明映彻，怪准奇颜，髯疏疏起，吐语作洪钟声。有时衣新绛衣，从人假驺马，拥大盖，往来市中，观者如堵[②]。

【注释】①跣：光着脚。②观者如堵：观看的人像一堵墙一样。形容观看人数众多。

【译文】有位一瓢道人，不知道他的姓名。道人生性喜欢喝酒，擅长画龙，他的穿戴破旧，散乱着头发光着脚，肩上担着用筇竹做的手杖，上面挂着一个水瓢。他经常在湖北一带游历，一边行走一边唱歌叫骂，还能模仿百鸟的鸣叫声，喜欢和小孩们一起笑骂取乐。他长得神清气爽，相貌不凡，胡须稀疏，声音如同洪钟。他有时候穿着崭新的红色衣服，从别人那儿借来车马，华盖簇拥，在集市上招摇来往，很多人聚集过来观看。

隆庆丁卯，居澧（lǐ）阳，年可七十。澧人异之，或具酒，蓄墨汁，乞一瓢子画，不能得。一日饮龚孝廉园中，颓然以醉，直视沉吟久之。座中顾曰："此一瓢子画势也。"一瓢子骨相既奇，如蛟人龙子，更卸衣衫，裸而起舞，顾谓座客："为我高歌《入塞》《出塞》之曲。"又令小儿跳呼，四面交攻。已，信手涂泼，烟雾迷空，座中凛凛生寒气，飞潜见伏，随势而成。署其尾曰"牛舜耕"。问其故，笑而不答。有饮一瓢子酒，年余不能得其画者；久之，画一人科头①赤脚，踞地而遗，节骨隐起，作努力状，以赠之。其善谑②如此！信口辄成诗，间有异语，多奇中。澧人渐敬之，竞馈问，皆受而弃之。

【注释】①科头：不戴冠帽，裸露头髻。②善谑：指笑谈的资料。

【译文】隆庆丁卯年，道人居住在澧阳，他当时已经七十岁了。澧阳人觉得他行为诡异，有的人为他准备好酒，倒满墨汁，希望能得到一瓢道人的画作，却很少有人能如愿。一天，道人在龚举人的园子里喝酒，喝到酩酊大醉时，道人眼睛直勾勾的注视着前方，自言自语了很长时间。座上的其他人说："这是一瓢道人准备要画画的前兆啊！"一瓢道人的身体很奇特，就像蛟龙一样，他脱下衣衫，光着身子跳舞，对座上的客人说："为我高歌《入塞》《出塞》两首曲子。"又让小孩和他一起跳舞欢呼，从四面围绕着他嬉戏。过了一会儿，道人随手涂抹，但见纸上烟雾缭绕，座中凛凛有寒气，一条飞龙随势就画成了。画的末尾署名是："牛舜耕"。问他这个署名的意思，他却笑而不答。有人邀请一瓢道人喝酒，一年多也得不到他的画作；时间一长，他画了一个人，不戴帽子光着脚，蹲在地上，骨瘦如柴，努力要站起来的样子，画完后赠给他。他就这样喜欢开玩笑！他随口就能作诗，中间夹杂一些高深莫测的话，而且往往都能应验。澧阳人慢慢地开始敬重他，争着要送给他东西，他都收下后再扔掉。

华阳庄靖王①请改馆，一瓢子不可。所居无定处。一日宿文昌祠中，礼文昌像，作梵咒；像落压其脑，乃遗书庄靖："请速营黄肠②，吾将老焉。"王如言为治木。木具，一瓢子坐其中，不覆，令人舁而过市，拱手大呼，与人言别，周遍街巷。迁郊外普贤庵，命众曰："可覆我？"众不敢覆，视之，已去矣。遂覆而埋之，举之甚轻，如空棺然。澧人为题石于澧水桥头，署"画龙道人一瓢子之墓"，盖隆庆辛未七月也。

【注释】①华阳庄靖王：指分封在澧州的明朝藩王，庄靖王朱承爝。②黄肠：以柏木中的黄心所做的椁。借指棺材。

【译文】华阳的庄靖王想请道人到他的府里居住，一瓢道人不肯去，他居住的地方不固定。有一天，他在文昌庙中留宿，并在文昌像前礼拜，书写梵咒；文昌像突然砸下来压在他的头上，于是他给庄靖王留下书信说："请您赶快为我准备棺材，我快要死了。"庄靖王依照他说的，为他治办了棺木。棺木准备好后，一瓢道人坐在里面，不盖棺盖，让人把他抬到集市上，他拱手大喊与众人道别，大街小巷都走了一遍。随后，他让人把他抬到郊外的普贤庵，和众人说："现在可以盖上棺盖了。"众人不敢盖，再看他时，他已经死了，于是众人盖上棺盖把他埋葬了，棺木抬起来非常轻，就像空棺一样。澧阳人在澧水桥头，为他筑墓立碑，写着"画龙道人一瓢子之墓"，这大概是隆庆辛未年七月的事。

或曰：一瓢子，少读书不得志，弃去走海上，从军征倭寇[1]有功，至裨将[2]。后失律，匿于群盗，出没吴楚间。乃以资市妓十余人，卖酒淮扬，所得市门资悉以自奉。诸妓更代侍之。日拥歌舞，具饮食以自豪。凡十余年，始亡去。乞食湖湘间，终于澧。

【注释】①倭寇：指元末到明中叶多次在朝鲜和我国沿海抢劫骚扰的日本强盗。②裨将：副将。

【译文】有的人说：一瓢道人年轻的时候曾读过书，但是没有考取功名，于是离家到了海上，因为入伍征讨倭寇有功，升至副将。后来触犯军令，藏身在盗匪之中，出没于吴楚一带。后来道人又出资购买了十多名歌妓，在淮安、扬州一带依靠妓女卖笑赚钱，赚来的钱，全部用于自己挥霍。歌妓们则轮流服侍他。他每天怀抱美人，观赏歌舞，席上珍馐美味罗列，奢侈可比王侯。这样一共过了十多年，他才离去。在洞庭湖和湘江一带乞讨流浪，最后死于澧阳。

附：游一瓢传

陈周二游

启、祯之时，楚湖之南澧州，有游食道人，衣结履穿，臭秽不可迩，求乞市中，每日得酒一瓢。风雨中辄醉卧道上，其言在可解不可解之间，或验或不必验，无甚异于人，人亦不之异。以其游食，谓之"游道人"；以其喜酒一瓢，又谓之"游一瓢"也。尝醉中大言曰："我善画龙。"人或以纸试之，磨墨满瓢，狂噀（xùn）著纸，又以破袖渍尘浓涂，张纸空中，俟墨干时，烟云吞吐，鳞甲生动，有飞腾破壁之势，得者至今宝之。

【译文】明朝天启、崇祯年间，湖南南边的澧州，有一位流浪道士，衣服破旧，鞋子磨破，浑身又臭又脏让人难以靠近，他在集市上乞讨为生，每天可讨到一瓢酒。风雨天他也总是醉倒在路上，他说的话模棱两可，有时应验，有时不应验，和世人没有太大的区别，别人也不认为他有什么奇特的地方。因为他四处流浪，所以人们称他为“游道人”；因为他喜欢喝一瓢酒，人们又称他为“游一瓢”。他曾经喝醉后，高声说：“我擅长画龙。”人们就给他纸张让他一试，他把墨磨好，装满瓢中，用嘴喷在纸上，又用沾满污渍的破衣袖在纸上涂抹，完毕后把纸在空中展开，等墨汁干了之后，只见画上烟云吞吐，飞龙鳞甲生动，有破壁腾飞而出的架势。得到画的人至今也很珍视它。

偶华阳王过市，前驱呵斥不起。王曰：“得全于酒者得全于天也。天全之人，自非凡品。”舆致宫中，供养[①]致敬。一日，忽举手谢王曰：“吾禄食已尽，后事累王矣！”奄然长逝。王以两石缸函其尸，葬之。半载后，有自都门来者，见游在都，附书于王，果一瓢手迹。王异之，发其缸，空如也，因叹神仙之游戏人间，而人不之识也。

【注释】①供养：指供奉安置，提供生活上所需要的物品、金钱。

【译文】华阳王偶然路过集市，开道的人无论怎么呵斥一瓢道人，他就是不起来。华阳王说：“这个人能在醉酒中浑然忘我，就是浑然天成的人，绝不是一般的人。”于是用轿子把他抬到宫里，供养起来，以示尊敬。有一天，一瓢道人突然向华阳王行礼，向他道谢说：“我的食禄已经享受完了，还有后事要连累大王啊！”说完就去世了。华阳王命人用两个石缸来盛放他的尸体，把他埋葬。半年后，有人从京都过来，曾在京都见过游一瓢，游一瓢还给华阳王寄来一封信，信中果然是一瓢道人的字迹。华阳王感到诧异，把埋葬他的石缸挖了出来，一看，里面空空如也，于是感叹道人是神仙来人间游历，而世人却不认识啊。

独拙和尚，澧州人，目击[1]其异，并识其诗四绝。一曰："磨快锄头挖苦参，不知山下白云深。多年寂寞无烟火，细嚼梅花当点心。"二曰："游食多年不害羞，也来城市看妆楼。东风不管人贫贱，一样飞花到白头。"三曰："破寺无僧好挂瓢，闲时歌舞醉吹箫。黄昏月落秋江里，没个人来问寂寥。"四曰："门外何人唤老游？老游无事听溪流。而今世事多荆棘，黄叶飞来怕打头。"

【注释】①目击：亲眼看到。

【译文】只有一个笨和尚，是澧州人，亲眼看到了一瓢道人的神迹，并记下了他的四首诗。第一首说："磨快锄头挖苦参，不知山下白云深。多年寂寞无烟火，细嚼梅花当点心。"第二首说："游食多年不害羞，也来城市看妆楼。东风不管人贫贱，一样飞花到白头。"第三首说："破寺无僧好挂瓢，闲时歌舞醉吹箫。黄昏月落秋江里，没个人来问寂寥。"第四首说："门外何人唤老游？老游无事听溪流。而今世事多荆棘，黄叶飞来怕打头。"

张山来曰：予于《文瀫（gǔ）》中见严作，选后而濑江陈子二游，复以是作见寄。所纪事大同小异，因并录之，以彰瑜、亮云。

【译文】张山来说：我在《文瀫》中看到了严首昇写的一瓢子传

记，就选到我的书中，后来濑江人陈二游又把这篇文章寄给我，两人所记的事情大同小异，因此一起录入，以此来互相对比。

宋连璧传

李焕章象先

【题解】本篇是《虞初新志卷三》的第六篇。宋连璧出生望族，少年豪侠，为人孝顺，为治好父亲的病，曾一人进入深山，抓到两只熊仔，后来他得到一位道士的传授，学到咒术，后来不慎卷入党锢之争，差一点失去修道的机会。

宋连璧者，字玉梧，吾乘北郭人也。巨族，诸家率淳谨[①]，璧独以侠行惊里中。性至孝，父鸿胪丞，晚得异疾，日脐出绿汁数合，医不治。有道士衣破絮，至其家，谓璧曰："是非脔（luán）[②]乳熊，莫能疗也。顾山左何从得？君其听之而已。"璧叱曰："是岂天上物耶？"乃徒步入秦中，深山遇虎，几咥（dié）璧。会猎人大至，虎逸去。璧日伺幽箐伏莽，灌木丛祠[③]，踪迹熊穴。窥熊出，潜刃其乳二，怀之出。熊至，璧仓皇惊堕崖谷下，伤两趾，病不能步，而持乳熊如故也。夜宿废庙中，疑户外有拖屐声至，璧曰："援远人命！援远人命！"屐声入，取袖中草捏之，即爇。璧察之，乃曩所遇道人也。璧大骇："师何至是？"道士曰："待尔久矣！"乃以药傅璧足，辄能立。道士授一书，皆符咒，曰："尔善用，后四十年，与尔会鸠兹[④]之市。”璧遂至家，父吞乳熊肉，瘥。

【注释】①淳谨：敦厚谨慎。②脔：切成小块的肉。③丛祠：乡野林间的神祠。④鸠兹：安徽省芜湖市的象征。

【译文】宋连璧，字玉梧，是我家乡北边地方的人。他们家是乡里的大族，家族中的人都很敦厚谨慎，只有宋连璧年少任性，惊扰乡里。宋连璧生性孝顺，他的父亲曾担任鸿胪寺丞，晚年得了一种怪病，每天从肚脐里流出绿水，医生也治不好。有道士身穿破衣，来到他家，对宋连璧说：“除非能得到小熊的肉，否则就治不好这个病。而山东一带哪儿来的熊肉啊？你还是听天由命吧。”宋连璧非常生气地呵斥他说：“熊肉难道是天上才有的东西吗？”于是宋连璧徒步来到秦地，在深山里遇到老虎，差点被老虎吃了。幸好猎人赶来，老虎才逃走了。宋连璧每天小心翼翼地在草丛灌木中搜寻，发现了熊穴的所在。等大熊出去后，他拿着刀悄悄进到洞里，杀死两只幼熊，揣在怀里出了洞穴。刚好遇到大熊返回，宋连璧惊慌之下坠落到山崖下面，摔伤了两个脚指头，不能行走，但他还是紧紧抱着小熊。宋连璧晚上睡在荒庙里，隐约听到外面有脚步声，宋连璧喊道：“救命啊，救命啊！”脚步声进到庙里，那个人从袖子里拿出草一搓，就点燃了。宋连璧一看，原来是先前遇到的那个道士。宋连璧大吃一惊说：“大师为何来到此处？”道士说：“我等候你多时了！”道士把把药敷在宋连璧的脚上，他马上就可以站起来了。道士给了他一本书，里面都是符咒，并说：“你要好好使用它，四十年后，我会和你在芜湖相见。”宋连璧回到家中，父亲吃了小熊的肉，病就好了。

后数年，父以他病殁（mò）。璧愈厌弃世俗，欲为五岳游。乃稍稍理前道人所遗书，能隐形，驱风雷雨，又剪纸为人马甲盾器械。客侍御游公幕府。崔、魏忌侍御，祸家又以侍御匿妖妄报。

缇骑[①]至，缚侍御与璧。槛（jiàn）车[②]至河西务，璧曰：“烦诸公致词中贵，我野人不习豪家，欲他往。”诸缇骑急视之，槛屋寂无人矣。璧与侍御亡之淮上，璧曰：“君可归楚中。”取一符付侍御：“急则焚之。”是时璧变姓名为张思任，于是朝廷捕亡者张思任，而璧之家人不知也。

【注释】①缇骑：为逮治犯人的禁卫吏役的通称。②槛车：指囚车、用栅栏封闭的车。

【译文】又过了几年，宋连璧的父亲因为患上其它的病而去世了。宋连璧更加厌恶世俗，他想去五岳游历。于是宋连璧稍微浏览了一下道士留下的书，学会了很多法术，可以隐形，可以呼风唤雨，又可以剪纸变成人马甲盾器械。后来，宋连璧到游侍御的幕府中任职。崔呈秀，魏忠贤嫉恨游侍御，为了诬陷他，就谎称游侍御藏匿妖人，派锦衣卫抓了游侍御和宋连璧。把他们装在囚车，押送进京。囚车到了天津河西务镇的时候，宋连璧说：“劳烦各位转告朝中的大太监，我是个粗人，不习惯和权贵打交道，我去别的地方了。”锦衣卫们连忙去查看，发现关他的囚车已经没有人了。宋连璧和游侍御逃到淮北，宋连璧说：“您可以回到湖北老家。”拿出一张符交给游侍御，说：“遇到紧急情况就烧了它。”当时宋连璧改了名字叫张思任，于是朝廷就追捕逃犯张思任，就连宋连璧的家人也不知道这件事。

璧乃潜某宗伯家，遇之厚。时权要与宗伯隙，璧曰：“国贼也！”乃走长安上书劾权要险狠倾善类，为逆阉[①]复仇，宜下司寇[②]请室[③]。上大怒，执之，就斩西市。桎（zhì）梏（gù）[④]忽脱地，寂无人矣。是时，璧又变姓名为李抱真，于是朝廷捕亡者李抱真，而璧之家人不知也。

【注释】①逆阉：弄权作恶的宦官。②司寇：古代官名，指掌管司法的官吏。③请室：监狱、监牢。④桎梏：中国古代的刑具，在足曰桎，在手曰梏，类似于现代的手铐、脚镣。

【译文】宋连璧隐姓埋名跑到某宗伯的家里做事，宗伯对他很好。当时权贵和宗伯有嫌隙，宋连璧说："他们是国贼啊！"于是到京师上书弹劾权贵阴险狠毒、排挤贤臣，为阉党复仇，他还建议将权贵治罪。皇上大怒，下令抓捕他，押赴西市斩首示众。行刑前，宋连璧身上的镣铐突然脱落，人也不见了。那时，宋连璧又改了姓名叫李抱真，于是朝廷就追捕叫李抱真的逃犯，宋连璧的家人也不知道这件事。

璧辄忆前道人约，至鸠兹市，僦居[1]候道人，且三载。一日，人大呼墙外曰："此中匿亡者三人，曰宋连璧、张思任、李抱真，可速出！"璧大骇无措，其人已排闼入，则昔所与别道人也。责之曰："以尔夙有道契[2]，故授之书，尔奈何与党锢[3]事，为天下逋逃客耶？吾以此迟三年始至。"璧顿首谢，愿自此与师永绝世缘，不复恋妻孥矣。道人曰："不可！尔还里，当再与家人见。"

【注释】①僦居：租屋而居。②道契：指与佛、道有缘分。③党锢：古代禁止某些政治派别任职参政。所谓"锢"就是终身不得做官。

【译文】宋连璧回想起以前和道士的约定，就来到了芜湖，租了屋子等候道士，过了三年。一天，有人在墙外大声呼喊说："这里面藏着三个逃犯，分别叫宋连璧、张思任、李抱真，你们快快出来啊！"宋连璧大惊失措，这人已经推门进来了，原来是先前和他告别的道士啊。道士责怪他说："你本来很有慧根，所以才给了你那本道书，你为何要参与党锢之争呢？变成亡命天涯的逃犯呢？所以我推迟了三年才来见你。”宋连璧马上磕头认错，表示愿意从此追随师父，永远与俗缘断绝，不再留恋妻子和儿女。道人说：“不可！你应该回故乡，和家人相见。”

璧遂携药囊抵家。其妻已丧久，儿梦瑞，璧去方周岁，见不复认。则棲（qī）一庙中，曰：“我张思任，后改李抱真，与兹村有缘，故来。”璧同母弟珠，当捕张、李时，亦疑其为兄，终未敢以告人也。至是心动，趣之，急启扉，兄弟各相识，因抚其子，具告所以，留数日去。

【译文】于是宋连璧带着药囊回到家中，妻子已经去世很久了，儿子叫宋梦瑞，宋连璧离开的时候他才刚刚一岁，再次见面，竟然都认不出宋连璧了。于是宋连璧住在一座庙里，告诉其他人说：“我是张思任，后改名为李抱真，和这个村子很有缘分，所以就回来了。”宋连璧的同母弟弟宋连珠，在朝廷捉拿张思任、李抱真的时候，也怀疑要捉拿的人是他的兄长，但他没有告诉别人。直到现在宋连珠心里有所触动，急忙过去找宋连璧。进门后，兄弟二人相认，宋连璧又去安抚了他的儿子，把真实的情况都告诉了他，宋连璧停留了好几天才离去。

张山来曰：宋连璧虽不当误道人所期，然排解党锢处，亦足见其豪侠。

【译文】张山来说：宋连璧虽然不应当耽误与道人的约定，但是排解党锢之事，也完全能看出他豪迈好义的性格。

卷四

义虎记

王猷定于一

【题解】本篇是《虞初新志卷四》的第一篇。讲述了山西孝义一位樵夫误入虎穴，自以为必死无疑，却反被老虎相救，樵夫感激之余，与老虎约定日期，以猪豚来回报老虎。虎至期而来，被乡人所捉，樵夫向县令陈述前因后果，使老虎被释放的故事。展现出猛兽亦有灵性，重情重义。

辛丑春，余客会稽[①]，集宋公荔裳[②]之署斋。有客谈虎，公因言其同乡明经[③]孙某，嘉靖时为山西孝义知县，见义虎甚奇，属[④]余作记。

【注释】①会稽：指今浙江绍兴市。②宋公荔裳：指宋琬，字玉叔，号荔裳，山东莱阳人。清初著名诗人，著有《安雅堂集》《二乡亭词》。③明经：古时候科考的名称，以经义为考试内容。明清时，是对贡生的尊称。④属：古同"嘱"，嘱咐，托付。

【译文】辛丑年春天，我客居绍兴，参加宋荔裳先生的府内聚会。有个客人谈论到老虎，宋先生就说起他的同乡，贡生孙先生，嘉靖年间曾在山西孝义做知县，见过一只义虎很是奇特，宋荔裳先生嘱咐我写下这篇《义虎记》。

县郭外高唐、孤岐诸山多虎。一樵者朝行丛箐中，忽失足堕虎穴。两小虎卧穴内。穴如覆釜，三面石齿廉利①，前壁稍平，高丈许，藓落如溜，为虎径。樵踊而蹶②者数，彷徨绕壁，泣待死。日落风生，虎啸逾壁入，口衔生麋，分饲两小虎。见樵蹲伏，张爪奋搏。俄巡视若有思者，反以残肉食樵，入抱小虎卧。樵私度虎饱，朝必及。昧爽③，虎跃而出。停午④，复衔一麂（jǐ）来，饲其子，仍投馂（jùn）⑤与樵。樵馁⑥甚，取啖（dàn），渴自饮其溺。如是者弥月⑦，浸⑧与虎狎。

【注释】①廉利：锋利。②蹶：颠覆；挫败。③昧爽：拂晓；破晓。④停午：正午；中午。⑤馂：吃剩下的食物。⑥馁：本意是指饥饿，也指鱼腐烂变质，也指气馁、泄气。⑦弥月：整月。⑧浸：逐渐。

【译文】孝义县城外的高唐山、孤岐山等山上经常有老虎出没。一天早上一个樵夫在树丛中行走，忽然失足掉入虎穴。洞内有两只小老虎卧着。洞穴像一口倒扣的锅，三面的石壁陡峭，岩石如刃，前面的石壁稍微平缓，一丈多高，上面布满苔藓，十分光滑，好像是老虎出入的途径。樵夫试了好几次，都没能爬上去，只能在下面彷徨打转，哭着等死。等到太阳落山时，一阵狂风刮过，一只老虎呼啸着跃入洞内，嘴里叼一头麋鹿，分别喂给两只小老虎。老虎看见樵夫在一旁蹲着，就张牙舞爪要扑过来。突然，老虎停下来，好像在思考着什么，反而把鹿肉给樵夫留了一些，它抱着小老虎睡觉去了。樵夫揣测老虎现在吃饱了，但是明天一定会吃了他。第二天拂晓，老虎就跳出洞穴走了。中午，又叼回来一只麂鹿，喂给它的孩子，又把剩下的肉扔给樵夫。樵夫非常饥饿，拿起肉就吃，渴了就喝自己的尿。这样过了一个月，他渐渐与老虎亲密起来。

一日，小虎渐壮，虎负之出。樵急仰天大号："大王救我！"须臾，虎复入，拳双足俛（fǔ）首[①]就樵。樵骑虎，腾壁上。虎置樵，携子行，阴崖灌莽，禽鸟声绝，风猎猎从黑林生。樵益急，呼"大王"，虎却顾，樵跽（jì）[②]告曰："蒙大王活我，今相失，惧不免他患，幸终活我，导我中衢（qú）[③]，我死不忘报也。"虎颔之，遂前至中衢，反立视樵。樵复告曰："小人西关穷民也，今去将不复见，归当畜一豚，候大王西关三里外邮亭之下，某日时过飨。无忘吾言。"虎点头。樵泣，虎亦泣。

【注释】①拳：通"蜷"，屈曲；卷曲。俛首：低头，表示服从。②跽：长跪，挺直上身两膝着地。③衢：大路。

【译文】一天，小老虎渐渐地强壮，老虎背着小虎出洞。樵夫急忙仰头大叫："大王救我！"一会儿，老虎又进来，蜷缩双足低头靠近樵夫。樵夫骑上老虎，老虎带着樵夫跳上峭壁。老虎放下樵夫，就带着小虎离去，樵夫一看，周围群山密林，连鸟的鸣叫声也听不到，阴风在树林中呼呼作响。樵夫更加着急，大喊"大王"，老虎回头看他，樵夫跪在地上哀求说："多亏大王使我活下来，但我现在迷失方向，我害怕遭受别的祸患。希望您救我救到底，把我带到大路上，我至死也不会忘记报答您的恩情。"老虎点头同意了，就把他带到大路口，转身看着樵夫。樵夫又告诉老虎："我是西关的穷人，此次分别就难以再和大王相见，我回家后会养一头猪，放在西关三里外的邮亭下面，等着大王来食用，大王记得在某天某时过来，请不要忘了。"老虎点头答应了，临别时，樵夫不由得流下泪来，老虎也不住流泪。

迨(dài)归，家人惊讯。樵语故，共喜。至期具豚，方事宰割，虎先期至，不见樵，竟入西关。居民见之，呼猎者闭关栅，矛梃铳(chòng)[①]弩毕集，约生擒以献邑宰。樵奔救告众曰："虎与我有大恩，愿公等勿伤。"众竟擒诣县，樵击鼓大呼，官怒诘，樵具告前事。不信。樵曰："请验之，如诳，愿受笞！"官亲至虎所，樵抱虎痛哭曰："救我者大王耶？"虎点头。"大王以赴约入关耶？"复点头。"我为大王请命，若不得，愿以死从大王。"言未讫，虎泪堕地如雨，观者数千人，莫不叹息。官大骇，趋释之，驱至亭下，投以豚，矫尾[②]大嚼，顾樵而去。后名其亭曰"义虎亭"。

【注释】①铳：旧时指枪一类的火器。②矫尾：指尾部翘起。矫：把弯曲的物体弄直。

【译文】樵夫返回家中，家人们都惊喜不已，询问他事情经过。樵夫叙说了自己的经历，家人都很高兴。到了约定的日期，樵夫把猪拉过来，准备宰杀，而老虎则提前到达，在邮亭没看见樵夫，竟然进入西关来寻找樵夫。西关的居民见到老虎，就叫来猎户，关闭栅门，拿着长矛、棍棒、火铳和弓箭过来，准备活擒老虎，送给县令。樵夫急忙告诉众人说："老虎对我有大恩，请大家不要伤害它。"众人不听，仍把老虎捉住送到县衙。樵夫击鼓喊冤，县令大怒诘问他，樵夫就把老虎救自己的经过说了一遍。县令不相信，樵夫说："我请求当面验证，如果我说的是谎话，愿意接受鞭打。"县令亲自来到关老虎的地方，樵夫抱着老虎痛哭道："救我的是大王你吗？"老虎点了点头。樵夫又问："大王你是为了赴约才来西关的吗？"老虎又点了点头。樵夫又说："我会为大王求情，如果不能救您，我愿意和大王一起去死。"樵夫还没说完，老虎就泪如雨下。当时有数千人围观，都不住地感叹。县令非常惊讶，急忙放出老虎。老虎来到邮亭下，樵夫把猪喂给它，老虎高兴地竖起尾巴大口吃肉。饱餐之后，恋恋不舍地望了望樵夫就离去了。后来人们把那个亭子叫作“义虎亭”。

王子曰：余闻唐时有邑人郑兴[①]者，以孝义闻，遂以名其县。今亭复以虎名，然则山川之气，固独钟于此邑欤？世往往以杀人之事归狱猛兽，闻义虎之说，其亦知所愧哉？

【注释】①郑兴：唐代永安县永安堡（今孝义市大孝堡乡）人氏。古代孝子。

【译文】王猷定说：我听说唐朝时有个叫郑兴的人，以孝义出名，所以用孝义来命名他所居住的县邑。如今这个亭子又因为这只老虎而得名，难道山川的灵气，只钟情于这个小县城吗？人们往往把杀人的事情归罪于凶猛的野兽，我听说了义虎这件事，也为这种想法感到惭愧。

张山来曰：人往往以虎为凶暴之兽，今观此记，乃知世间尚有义虎，人而不如，此余所以有《义虎行》之作也。

【译文】张山来说：人们往往认为老虎是凶猛暴躁的野兽，如今看到这篇文章，才知道世间还有义虎，有些人还不如老虎重义呢，这也是我写《义虎行》的原因。

丁药园外传

林璐鹿庵

【题解】本篇是《虞初新志卷四》的第二篇。丁药园是清初著名回族诗人，才华过人，本文选取他生活中的几件趣事，从中可以看出他乐观风趣、大度豁达的品格。

丁药园先生，名澎，杭之仁和人也。世奉天方教[①]，戒饮酒，而药园顾嗜酒。饮至一石，貌益庄，言愈谨，人咸异之。诗赋古文辞，自少年未达时，即名播江左。其后仲弟景鸿，季弟潆（yíng），皆以诗名。世目之曰“三丁”。至香奁艳句[②]，四方闺秀，尤喜诵药园诗。家有揽云楼，三丁读书处也。客乍登楼，药园伏案上，疑昼寝。迫而视之，方观书，目去纸才一寸，骤昂首，又不辨某某。客嘲之曰：“卿去丁仪[③]凡几辈？”药园戏持杖逐客，客匿屏后，误逐其仆。药园妇闻之大笑。一夕娶小妇，药园逼视光丽，心喜甚，出与客赋定情诗。夜半披帏，芗（xiāng）泽[④]袭人，小妇卒无语。诘旦视之，爨（cuàn）[⑤]下婢也。知为妇所给，药园又大笑。

【注释】①天方教：伊斯兰教在中国的旧称。天方：原指伊斯兰教发源地麦加，后泛指阿拉伯。②香奁艳句：专以妇女身边琐事为题材，多绮罗脂粉之语，称香奁体。又称艳体。③丁仪：字正礼，沛国（治今安徽濉溪）人，丁冲之子，丁廙之兄，有眼病。④芗泽：香气。⑤爨：灶下。

【译文】丁药园先生，名澎，是杭州仁和县人。家里世代信奉伊斯兰教，教义规定不许饮酒，而药园先生却非常喜欢喝酒，喝到一石左右，表情反而更加庄重，言语更加谨慎，人们对此感到奇怪。丁药园年轻还没出名的时候，他的诗词文章，就已经在江东一带广为流传。他的二弟丁景鸿，三弟丁潆，都以善作诗而出名。世人把他们称作“三丁”。至于闺阁艳句，各地的名媛闺秀，尤其喜欢诵读丁药园的诗。丁药园家有揽云楼，是丁氏三兄弟读书的地方。一次客人登上楼，看见丁药园趴在桌上，猜想他大白天在睡觉，走近一看，原来他正在看书，眼睛距离书才一寸远。丁药园突然抬起头，却不能分辨出客人是谁。客人嘲笑他说：“你是丁仪的第几代子孙？”丁药园和客人开玩笑，手拿着棍棒追逐客人，客人藏在屏风后面，结果丁药园误把仆人当作客人。丁药园的妻子听说这件事后，也大笑不止。一天晚上，丁药园娶小妾，丁药园盯着小妾光鲜亮丽的样子看了好一会儿，心里非常满意，就出去和客人作诗酬答。他半夜打开帷帐，香气袭人，小妾自始至终没有说话。第二天清晨再看小妾，原来是烧火做饭的婢女啊。丁药园这才知道被妻子骗了，又大笑起来。

延陵大姓遣一姬，能诗，久诵药园诗，誓曰：“主人令吾自择配，愿得如丁君足矣。”阳羡吴参军，与丁世讲[①]也，诡以药园意请约姬，姬许之。丁有侍儿，小字冬青，主讴[②]，善鼓琴。主妇不悦，将遣，府吏纳千金聘之。世方企羡两女子已得所。久之，延陵姬登舟，泣曰：“吾旦夕冀事丁郎，为幕府给入掖庭[③]，缘已矣！”方扣舷堕水，冬青忽至。延陵姬道故，冬青亦泣曰：

“吾故主人翁。”相对泣不止。护骑以告药园，废寝食者累月。然药园数得孺子妾，犹鞅（yàng）[4]望。主妇贤，家人多不直[5]丁君。

【注释】①世讲：通称友朋的后辈。②讴：歌唱。③掖庭：嫔妃居住的地方。④鞅：通“怏”，不愉快、烦闷的样子。⑤不直：不以之为是，不信任。

【译文】延陵的一个大户人家，准备遣送家里的一个小妾，这个小妾擅长作诗，经常诵读丁药园的诗，对主人说：“如果主人让我自己选择配偶，我希望能嫁给像丁先生一样的人。”阳羡的吴参军，和丁药园是世交，就假借丁药园的名义，迎娶这个小妾，小妾同意了。丁药园有个侍妾，小名叫冬青，擅于唱曲，琴也弹得很好。丁药园的妻子不喜欢她，想要遣送她离开，府吏送去千金聘礼纳她为妾。世人正羡慕这两个女子已经有了自己的归宿，但是过了一段时间，延陵的这个小妾乘船时，哭着说：“我从早到晚希望能侍奉丁郎，却被某官骗入府中，我和丁药园的缘分尽了！”她手抓着船帮，准备投河自尽，冬青忽然赶到救了她。延陵小妾说了其中的缘故，冬青也哭着说：“我之前的主人就是丁药园。”两人相对哭泣不停。护骑士兵把这件事告知了丁药园，丁药园好几个月都寝食难安。后来，丁药园又纳了好几个小妾，仍然郁郁不乐。丁药园的妻子很贤惠，家里的人大多认为丁药园管不了事。

药园居法曹[1]，无事，日作诗。与宋观察荔裳[2]、施大参愚山[3]、严黄门灏亭[4]称“燕台七子”，诗名满京师。吏人窃其牍换鹅炙。灶下养[5]思染指，不获，明日讼于庭，药园复赐吏人鹅炙。时药园官京师，犹守天方教，同官故以猪肝一片置匕箸。药园短视，吏人以告，获免。

【注释】①法曹：古代司法机关或司法官员的称谓。②宋观察荔裳：指宋琬，字玉叔，号荔裳，山东莱阳人。③施大参愚山：指施闰章，字尚白，一字屺云，号愚山。江南宣城（今安徽省宣城市宣州区）人，清初政治家、文学家。④严黄门灏亭：指严沆，字子餐，号颢亭。善书、画。诗文为“西泠十子”之一，著《严少司农集》、《古秋堂集》。⑤灶下养：厨工的辱称，借指无能的武将。省称“灶养”。

【译文】丁药园担任法曹的职务，没有什么事做，每天都写诗为乐。他与宋荔裳、施愚山、严灏亭等人合称为“燕台七子”，他们的诗名传遍京城。有一个小吏偷了丁药园的诗文去换烤鹅肉吃。其他人也想分点鹅肉，却没有得到，第二天就把小吏给告发了，丁药园不仅没有责罚小吏，又赐给他一些烤鹅肉。当时丁药园在京师作官，仍然信奉伊斯兰教，同僚故意把一片猪肝放在他筷子上，丁药园近视没看见，小吏就告诉了他，丁药园才没有误食。

上方册立西宫[1]，念无娴典礼者，调入东省兼主客。主客即古典属国[2]也。贡使至，译问主客为谁？廉知公，持紫貂银鼠美玉象犀，从吏人易公诗归国。长安缙绅以为荣。晨入东省，侍郎李公奭（shì）棠[3]从东出，药园从中入，瞠目相视。侍郎遣驺卒[4]问讯，药园趋谢。侍郎笑曰：“是公耶？吾知公短视，奚谢为？”药园退而笑曰：“吾短视与诗名等。”

【注释】①西宫：西宫是中国封建时代皇帝的妃嫔住的地方，故又为妃嫔的别称。②典属国：来源于秦汉，意思是负责属国的官员，秩二千石，负责少数民族事务。③李奭棠：字贰公，顺天大兴（今北京）人，祖籍嘉定。清顺治三年（1646）进士。④驺卒：掌管车马的差役。亦泛指一般仆役。

【译文】皇上正准备册封西宫，考虑到没有熟习礼仪制度的人，就把丁药园调到礼部担任主客司。主客司，就是古代的典属国一职。进贡的外国使者到了，通过翻译询问："主客司的长官是谁？"，告诉是丁药园，外国使者也知道丁药园的大名，就拿紫貂皮、银鼠、美玉、象牙、犀牛角作为报酬，跟小吏交换丁药园的诗作带回国。京师的官宦们都以此为荣。丁药园早晨进礼部，礼部侍郎李奭棠从东边出去，丁药园从中间进来，丁药园看不清是谁，睁大眼睛使劲瞅。李奭棠不明白是什么意思，派差役过去询问，丁药园赶快道歉。李侍郎笑着说："是丁药园吗？我知道您近视，为什么要道歉呢？"丁药园退下笑着说："看来我的近视和我的诗作一样出名。"

谪居东，崎岖三千里，邮亭驿壁，读迁客诗，大喜。孺子妾问曰："得非闻赐环诏[①]耶？"药园曰："上圣明，赐我游汤沐邑[②]。出关迁客皆才子，此行不患无友。"久之，粮尽，馁而啼。孺子妾慰劳曰："卿有友，必箪食迎若。"药园笑曰："恐如卿言，当先以酒疗吾渴。"

【注释】①赐环：旧时放逐之臣，遇赦召还。②汤沐邑：周代供诸侯朝见天子时住宿并沐浴斋戒的封地，后指国君、皇后、公子等收取赋税的私邑。这里指东北原为清朝皇室的发源地，相当于是皇帝的私邑。

【译文】因顺治十四年科场案牵连，李药园被贬到东北，总共三千里的路程，历尽坎坷艰险，在邮亭和驿站墙壁上，丁药园读到以前被贬官员题写的诗句，他非常高兴。小妾问他："莫非是听说皇上下诏要您回京吗？"丁药园说："皇上圣明，赐我游览他的私邑，被贬出关外的人都是才子，这一路上我不愁没有朋友了。”不久之后，粮食吃完了，丁药园饿得受不了叫了起来。小妾安慰他说：“您有很多朋友，一定会拿着饭食来迎接你的。”丁药园笑着说：“如果真的像你说的那样，应该先用酒来为我解渴。”

初至靖安，卜筑[①]东冈，躬自饭牛，与牧竖[②]同卧起。然暇辄为诗，诗益温厚，无迁谪态。国子藩公闻其名，欲枉[③]见药园，迟不往。一日，乘牛车入城，药园车上执《周易》，骤遇藩公节，低头读《易》不及避。藩公归，语陆子渊曰：“吾今得遇药园先生矣！”子渊问故，藩公曰：“此间安有车上读书，傲然不顾若此人者乎？必药园无疑也。”嗣此西园飞盖[④]，必延[⑤]药园，饮酒赋诗，礼为上客。

【注释】①卜筑：择地建筑住宅，即定居。②牧竖：牧童。③枉：屈就，用于别人，含敬意。④飞盖：驰车；驱车。⑤延：邀请。

【译文】刚到奉天靖安时，李药园在东面的小冈上筑房定居，亲自养牛，和牧童住在一起。空闲的时间就写诗，他的诗更加温和厚重，没有被贬后的悲情态度。国子藩公曾听说丁药园的名字，想要来见他，却迟迟没有机会。一天，丁药园乘着牛车进城，他坐在车上手里拿着《周易》观看，突然碰到了藩公的仪仗，他低着头阅读《周易》来不及躲避。藩公回到家，对陆子渊说：“今天我遇到丁药园先生了！”陆子渊问其中的缘故，藩公说：“这里怎么会有在车上读书，全然不顾身外事的人呢？这一定是丁药园先生。”从此藩公每次去西园，一定会邀请丁药园饮酒赋诗，以上客的礼仪对待他。

然药园亦困甚，塞上风刺入骨，秋即雨雪，山川林木尽白，河冰合，常不得汲。樵苏[1]不至，五日不爨，取芦粟[2]小米，和雪啮之。然孺子妾辄生子。当尔时，坐茅屋下，日照户，如渥[3]醇酒，然畏风不能视日。日哺，山鬼夜啼，饥鼯声咽，忽闻叩门客，翩然有喜。从隙中窥之，虎方以尾击户。药园危坐自若。

【注释】①樵苏：采薪与割草。②芦粟：高粱的一个品种，茎可生吃或制糖。③渥：浓厚，浓郁。④日哺：日交申时而食。指申时。

【译文】丁药园的生活十分困顿，塞上寒风刺骨，刚到秋天就开始下雪了，山川林木一片雪白，河水也被冻住了，常常不能取水。柴草也找不到，有时连续五天不能生火做饭，只能取出芦粟和小米，和着雪吃下充饥。就这样的环境里，丁药园的小妾还生了一个儿子。在那时，他坐在茅草屋里，太阳从窗户照进来，暖意融融，如同品尝浓郁的美酒。然而丁药园怕风吹，不能出去见太阳。傍晚时，屋外不时传来野兽的嚎叫，有时忽然听到敲门声，丁药园还以为有客人来拜访，高兴地去开门。从门缝中一看，原来是老虎正在用尾巴敲门。丁药园依然能镇静端坐。

居东凡五迁，家日贫，诗日富。登临眺览，供其笔墨，作《归思轩记》以寓意。友人林璐[1]闻之，曰："卿归矣！曩[2]者邯郸道上吕仙祠，即卢生[3]受枕处也。仕宦过者，疾驱去以避不祥。卿衔命过其下，停车徐步入。道人方坐蒲团不起。卿异之，索笔题壁曰：'向翁乞取还乡梦，留得凌云化鹤飞'之句，得非[4]诗谶（chèn）耶？"贻书报药园，惘然悟。又一年始归，果如林生言。

【注释】①林璐：字鹿菴，钱塘人。撰有《岁寒堂存稿》一卷（浙江巡抚采进本)，集中有数十篇杂文。②曩：从前；过去。③卢生：唐人沈既济《枕中记》传奇中的主人公，“黄粱一梦”出于此。④得非：莫非是。

【译文】在贬谪期间，丁药园搬了五次家，家境一天比一天贫苦，他的诗作却一天比一天丰富。登高眺望，风光无限，都为他写诗提供了良好的素材，丁药园写了《归思轩记》来寄托心中的志向。他的朋友林璐听到后，说：“你将要回来了！从前邯郸路上有吕仙祠，就是卢生做黄粱梦的地方。做官的人经过这里，都会赶快离去，唯恐带来不吉祥的事情。你受命经过这里时，却停下车慢慢走进去。里面的道人坐在蒲团上没有起来。你很惊讶，就拿起笔在墙壁题诗：‘向翁乞取还乡梦，留得凌云化鹤飞’的句子，所做的诗莫非就是预言吗？”林璐写信把这个看法告诉了丁药园，丁药园也好像有所领悟。又过了一年丁药园遇赦回家，果然像林璐说的那样。

张山来曰：叙琐屑事，须眉活现，是颊上添毫[1]手也。

【注释】①颊上添毫：给人画像时在脸上添上几根毫毛。比喻文章经润色后更加精采。

【译文】张山来说：这篇文章记叙的虽然都是些琐碎小事，然而人物刻画，栩栩如生，就像画龙点睛一样，文章也更加精采了。

寄畅园闻歌记

余怀澹心

【**题解**】本篇是《虞初新志卷四》的第三篇。昆曲脱胎于昆山腔，经魏良辅的革新，昆曲焕然一新。本篇文章则记述了当时的昆曲大家徐君见的事迹，徐君见青出于蓝而胜于蓝，不仅自己精通昆曲，还培养出众多优秀弟子，把昆曲技艺不断传承下去。

吴门徐生君见，以度曲[①]名闻四方。与余善，著《南曲谱》，索余序。余为之序，有曰：南曲盖始于昆山魏良辅[②]云。良辅初习北音，绌[③]于北人王友山；而镂心[④]南曲，足迹不下楼十年。当是时，南曲率平直无意致，良辅转喉押调，度为新声，疾徐高下清浊之数，一依本宫，取字齿唇间，跌换巧掇，恒以深邈助其凄泪。吴中老曲师如袁髯、尤驼者，皆瞠乎自以为不及也。良辅之言曰："学曲者移宫换吕[⑤]，此熟后事也。初戒杂，毋务多，迎头拍字，彻板随腔，毋或后先之。长宜圆劲，短宜遒(qiú)，然毋剽，五音依于四声[⑥]，毋或矫也。毋艳。"又曰："开口难，出字难，过腔难，高不难低难，有腔不难无腔难。"又曰："歇难阁[⑦]难。"此不传之秘也，良辅尽泄之。而同时娄东人张小泉，海虞人周梦山，竞相附和。惟梁溪人潘荆南独精其技，至今云仍[8]不绝于梁溪矣。今曲必用箫管，而吴人则有张梅谷，善吹洞箫，以箫从曲。毗（pí）陵人则有谢林泉[9]，工擫（yè）[10]管，以管从曲。皆与良辅游，而梁溪人陈梦萱、顾渭滨、吕起渭辈，并以箫管擅名。盖度曲之工，始于玉峰，盛于梁溪者，殆将百年矣。此道不绝如线，而徐生厥起吴门，搴魏赤帜易汉帜，恨良辅不见徐生，不恨徐生不见良辅也。

【注释】①度曲：作曲。②魏良辅：字师召，号此斋，又号玉峰，新建（今江西南昌）人，嘉靖五年（1526年）进士，嘉靖年间杰出的戏曲家，昆曲（南曲）始祖。③绌：通“诎”。屈服；制服。④镂心：比喻苦心钻研、构思。⑤移宫换吕：形容乐曲换调。⑥四声：古汉语字调有平声、上声、去声、入声四声。⑦阁：古同“搁”，停止。⑧云仍：远孙，也比喻后继者。⑨谢林泉：昆曲演奏家，昆曲创制人之一，明代嘉靖至万历年间常州人。对昆曲的创立发挥了重要作用。⑩擫：古同“擪”，（用手指）按压。

【译文】吴门的徐君见，以擅长作曲而闻名四方。他跟我关系很好，他写了《南曲谱》一书让我作序，我就写了序言如下：南曲的始祖是昆山的魏良辅。魏良辅刚开始学的是北方戏曲，但是不如北方人王友山技艺精湛，他就苦心钻研南曲，有十年的时间没有下过楼。当时，南曲的唱法都是平铺直叙，没有起伏，魏良辅转变唱法，发展出一种新的唱腔，而曲子的快慢，高低，清浊，还是依照原有的唱腔，曲子的唱词在唇齿间发出时，巧妙地进行转音，使曲子变得婉转悠扬而感人落泪。吴中的老乐师，如袁髯、尤驼这样的人，听完魏良辅的新腔后，都瞠目结舌自认为比不上他。魏良辅说：“学习作曲的人把乐曲换调，这是熟练以后的事。刚开始不要学的太庞杂，不可贪多，迎头板就要随唱词而下板，彻板就要随腔而下板，不可抢先也不可落后。长腔就应该圆润有劲，短调就应该短促有力，但是不可照搬，五音要按照四声去演唱，不可发错平仄声调，不可拿腔捏调。”魏良辅又说：“唱曲的时候开口难，唱词的时候难，过腔接字的时候难，高音不难唱而低音难唱，有行腔的时候不难唱而无行腔的时候难唱。”魏良辅又说：“转折难，停顿难。”这都是戏曲界的不传之秘，魏良辅都告诉了别人。而和他同时期的娄东人张小泉和海虞人周梦山也都赞同他的观点。却只有梁溪人潘荆南精通这项技艺，直到今天后继者仍在梁溪流传不绝。戏曲伴奏一定要用到箫和管，吴人张梅谷的，擅长吹洞箫，就用萧来伴奏。毗陵人谢林泉，善于吹管，就拿管来伴奏。他们都与魏良辅有来往，而梁溪的陈梦萱、顾渭滨、吕起渭这些人，同时擅长箫和管。昆曲的技艺，开始于魏良辅，而在梁溪一带兴盛起来，大概有一百年的历史了。这项技艺的承传一直连绵不绝，而徐君见在吴门的南曲界崛起，技艺超过了魏良辅，成为戏曲界的新典范。我为魏良辅不能见到后辈徐君见的才华而感到惋惜，而不为徐君没有见到魏良辅而可惜。

徐生年六十余，而喉若雏莺静女，松间石上，按拍一歌，缥缈迟迴（huí）①，吐纳浏亮②，飞鸟遏（è）③音，游鱼出听，文人骚客，为之惝怳（chǎng huáng）④，为之神伤。妙哉技至此乎？一日徐生语余曰：“吾老矣！恐不能复作少年狡狯事。得吾之传者，乃在梁溪。今太史留仙秦公尊人以新公⑤，所蓄保存歌者六七人是也。君倘游九龙二泉⑥间，不可不见此人，闻此曲。”余心识之久矣！

【注释】①迟迴：同“迟回”，徘徊。②浏亮：清楚明朗。③遏：阻止、断绝。④惝怳：惆怅，失意，伤感。⑤秦留仙：秦松龄，字汉石，号留仙，江苏无锡人，顺治年间进士，曾任翰林院检讨，参与编修《明史》。以新公，指秦松龄的父亲秦德藻。⑥九龙二泉：无锡惠山多清泉，有“九龙十三泉”之说，其中惠山泉被称为天下第二泉。

【译文】徐君见的年纪有六十多岁，但是他的声音就像幼莺和少女一样动听，他在松间石上，和着拍子高唱一曲，声音清越悠扬，久久不散，声音明朗清亮，使得飞鸟也停止鸣叫，游鱼也出水倾听，文人墨客，都被他的声音所感动。奇妙啊，他的技艺竟然到了这种地步。一天徐君见对我说：“我已经老了！恐怕不能再继续有所创新了。得到我真传的人，就在梁溪。如今秦留仙的父亲秦德藻，所蓄养的那六七个唱曲的人，就是得到我真传的人。如果你去无锡游览九龙二泉，不可以不见这个人，不可以不听他家的曲子。”所以，我内心一直记挂着这件事。

庚戌九月，道经梁溪，适颖州刘考功公勇[①]，拥大航西门外，留余方舟同游惠山。而吴明府伯成[②]、秦宪使补念[③]、顾孝廉修远及其子文学天石、朱公子子葆、刘处士[④]震修皆在席。太史留仙则挟歌者六七人，乘画舫，抱乐器，凌波而至。会于寄畅之园。于是天际秋冬，木叶微脱，循长廊而观止水，倚峭壁以听响泉。而六七人者，衣青紵（zhù）衣，躧（xǐ）[⑤]五丝履，恂恂（xún）[⑥]如书生，绰约若处子，列坐文石，或弹或吹。须臾歌喉乍转，累累如贯珠，行云不流，万籁俱寂。余乃狂叫曰：“徐生徐生，岂欺我哉！”六七人者，各道姓名，敛袖低眉，倾其座客。至于笙笛三弦，十翻箫鼓，则授之李生。李生亦吴人。是夕分韵[⑦]赋诗，三更乃罢酒。次日复宴集宪使家，六七人又偕来各奏技。余作歌贻之，俾知徐生之言不谬。良辅之道，终盛于梁溪；而留仙父子，风流跌宕，照映九龙二泉间者，与山俱高，与水俱清也！是为记。

【注释】①考功：官名，属吏部，掌官吏考课。刘公勇，即刘体仁，字公勇，曾任吏部主事。②明府："明府君"的略称。汉人用为对太守的尊称。唐以后多用以称县令。吴伯成，指吴兴祚，字伯成，当时为无锡县令。③宪使：指按察使。秦补念，指秦鉽，字克绳，号补念。顺治乙未年探花，曾任江西按察使。④处士：古时候称有德才而隐居不愿做官的人，后亦泛指未做过官的士人。孝廉：汉代选拔官吏的科目，后代指举人。文学：官职名。负责在官学里教授五经的博学之人。⑤紵：同"纻"，指苎麻织成的粗布。躧：踩，踏。⑥恂恂：恭谨温顺的样子。⑦分韵：也称"赋韵"，旧时作诗方式之一。指作诗时先规定若干字为韵，各人分拈韵字，依韵作诗。

【译文】庚戌年九月，我路过梁溪，恰好碰到颍州人刘体仁，他在西门外有一艘大船，挽留我和他一起乘船游览惠山。而无锡知县吴兴祚、曾任按察使的秦鉽、举人顾修远和他的儿子顾天石、公子朱子葆、处士刘震修都一起来聚会。秦留仙带着六七个唱曲的人，乘坐着画舫，怀抱乐器，顺水而至。我们在寄畅园聚会。当时正值秋冬之交，树叶稍微掉了一些，诸人沿着长廊观看静静的湖水，靠着峭壁聆听响动的山泉。这六七个唱曲的人，身著青色的苎麻衣服，穿着五色绣鞋，恭谨温厚像书生，体态柔美如处子。她们并排坐在石头上，有的弹琵琶，有的吹箫。突然歌声乍起，婉转悠扬，如玉珠落盘。一曲终了，浮云驻足，万籁俱静。我不禁大喊："徐生，徐生，你果然没有欺骗我！"这六七个人起身，各自报了姓名，就收敛衣容，矜持如故，让在座的宾客都为之倾倒。至于笙笛三弦，十翻箫鼓等乐器的技艺，都是从李生那里学到的。李生也是吴人。这天夜晚，我们就分韵赋诗，喝酒喝到三更才停下。第二天又到秦鉽家设宴聚会，先前的六七个人又来演奏。我作了首诗赠送给她们，让人们知道徐生对她们的评价是有根据的。魏良辅的技艺，最终在梁溪兴盛；而秦留仙父子，气度超脱，潇洒放逸，辉映在九龙二泉之间，与山同高，与水同清。因此我写下这篇文章。

张山来曰：吴俗于中秋夜，善歌者咸集虎丘石上，次第竞所长，唯最后一人为最善。听者止数人，不独忘言，并不容赞。予神往久矣！今读此记，益令我穆然以思，悠然以想也。

【译文】张山来说：吴地在中秋夜的风俗是把擅长唱曲的人都聚集在虎丘的千人石上，依次展现自己擅长的曲段，往往最后出场的人才是高手。虽然当时听曲的仅剩下几个人，但是听众听得太入神了，不仅忘记了说话，也忘记了称赞。我对此已经向往很久了！今天读了这篇文章，更加让我神往了。

陈小怜传

杜濬十泉

【题解】本篇是《虞初新志卷四》的第四篇。陈小怜虽因兵乱沦为娼妓，却始终保持了率直，纯情的性格。喜欢一个人就大胆表白，无所隐瞒，毫无矫揉造作之态，真是一位奇女子。

陈小怜，郯（tán）城女子也。年十四，遭兵乱，失所，落狭斜。有贵公子昵之，购以千金，贮之别室，作小妻。相好者弥年，大妇知之，恚甚，磨砺白刃，欲得而甘心焉。公子不得已，召媒议遣。居间者以为奇货，遂将小怜入燕中，住西河沿。西河沿，亦斜狭也。

【译文】陈小怜，是山东郯城的一名女子。十四岁时，遭遇兵乱，无所依靠，流落到妓院。有一位贵公子很喜欢她，花重金替她赎身，在外面找了个地方把她安置下来，做小妾。他们相好了几年，后来被贵公子的妻子知道了，非常生气，扬言要和陈小怜拼个你死我活。贵公子不得已，召来媒人把陈小怜遣送走。中间人认为陈小怜是奇货可居，于是把陈小怜带到京城，住在西河沿。西河沿，也是妓院。

小怜姿慧不凡，遂倾动都人士，声价翔贵[①]。虽达官富人，有华筵上客，欲得小怜一佐酒，必先致意，通殷勤，为期旬日之后，然后得其一至。时燕聚四方之士，座中往往多年少美姿容者，结束济楚[②]，媚态百出，自谓必得当于小怜，小怜弗睇[③]也。

【注释】①翔贵：指物价上涨。②结束：装束；打扮。济楚：（衣着）整齐清洁；漂亮。③睇：观看。

【译文】陈小怜聪明美丽，令京城的士人为之倾倒，她的身价也水涨船高。即使是达官贵人，摆设酒宴请客，想要让陈小怜来陪酒，必定要先致以问候，打好招呼，再等个十几天，才能约到陈小怜来陪酒。当时京城聚集着四方的士人，很多都是年轻俊秀的少年，衣着华丽，自诩不凡，都以为能得到陈小怜的亲睐，谁知陈小怜都不多看他们一眼。

而钱唐知名士范性华者，老成人也，馆于燕。一日以赴某公宴，遘（gòu）[①]小怜，虽颇异其姿，然平澹遇之耳。范时年五十余，人地固自轩轩[②]，顾貌已苍然，意不在佻达[③]。而小怜一见，独为之心醉，注目视范，自入座以至酒阑[④]，目不他视。凡范起则视其起，范步则视其步，范复就座，则视其就座。往则目送，旋则目迎。已或时起，数步之外，必回头视范，如恐失之。小怜固素谨，忽如此，举坐咸诧异。范反为之跼蹐（jú jí）[⑤]不自得，笑而左右顾。而小怜自如也。将别，则详问范姓字，归而朝夕诵之。

【注释】①遘：相遇；碰上。②人地：指品学门第，也指当地的人与当地的情况。轩轩：仪态轩昂的样子。③佻达：轻薄放荡。④酒阑：指酒筵将尽。⑤踽蹐：局促不安。

【译文】钱唐知名士范性华，是个老成持重的人，在京城做私塾老师。有一天他去赴宴，遇到陈小怜，虽然被陈小怜的姿色所震惊，但是也只是平常对待。范性华当时五十多岁，虽然品学出众，仪态轩昂，但是已经容貌苍老，不愿再涉足欢场之事。而陈小怜一看到他，就为他心醉，目不转睛地盯着范性华，从范性华入坐到酒筵结束，陈小怜目光就没有离开过他。只要范性华起身，她就看着他起身，范性华行走就看着他行走，范性华再次坐下就看着他坐下。范性华离开就目送他离开，范性华回来就用目光相迎。有时候陈小怜起身，刚走几步，就回头看看范性华，好像害怕失去他一样。陈小怜一向矜持谨慎，忽然这样，在座的众人都很诧异。范性华也感到局促不安，顾左右而言他。而陈小怜却谈笑自如。将要分别的时候，陈小怜还详细地询问范性华的名字，回去后就早晚念叨。

有潘生者，往来于其家，又素识范，谓小怜曰："尔念范君如此，盍往访之？"小怜正色曰："吾既已心许范君终身矣，若猝往，是奔也。姑少待，范君相迎，斯可矣。"潘以其言白范，范犹恐其难致，试走伻（bēng）①探之。值小怜是日有巨公之约，肩舆②在门矣，立改其所向，语其妪曰："某公之约，一唯③汝多方辞绝之。我赴范君召，不顾矣。"小怜至范所，语次④，谓范君曰："君知我日者⑤席间注目视君之故乎？"范曰："初不知。"小怜曰："吾见君之酷似我故夫也。吾不能舍君矣！"是时小怜年始十七。范答曰："以子之姿慧，从良固甚善，然当择年相若者，吾岂若偶耶？"小怜应曰："君误矣！三十年以内所生之人，岂有可与论吾心者哉？"范大奇其言，叩之，知尝读书，粗通朱子《纲目》。范初无意，至是固已心动矣。因留连旬朔[⑥]，相与定盟，然后去。

【注释】①走伻：指派遣仆从。伻：使者；仆人。②肩舆：即轿子。③一唯：完全听从。④语次：交谈之间。⑤日者：指某日。⑥旬朔：十天或一个月。亦泛指不长的时日。

【译文】有一个潘生，和陈小怜有来往，又和范性华相熟识，他对陈小怜说："你这样思念范性华，为何不去拜访他呢？"陈小怜神态严肃地说："我既然已经把终身心许给范君了，如果突然前去，就是私奔。姑且稍等一会儿，如果范性华肯邀请我，就可以去见他了。"潘生把这些话告诉了范性华，范性华担心她很难前来见面，就派仆人尝试着去邀请她。当天陈小怜正好和某位大人物有约，接她的轿子就停在门前。陈小怜马上改变主意，对她的老妇人说："某公的约定，你为我想办法拒绝，我要去赴范性华的邀请，与那位大人的约定就顾不上了。"陈小怜到了范性华的住所，互相交谈的时候，对范性华说："您知道我那天在席间一直看着你的缘故吗？"范性华说："当时还不知道。"陈小怜说："我看见你特别像我以前的丈夫，我难以离开您了。"当时陈小怜刚十七岁。范性华回答说："凭借你的聪资智慧，从良本来是件好事，然而你应当选择年龄和你相当的人，我怎么会是你的佳偶呢？"陈小怜回答说："您错了！年龄三十岁以内的人，怎么能有和我倾心而谈的人呢？"范性华对她的话感到惊奇，询问她的详情，知道陈小怜曾经读过书，大略读过朱熹的《资治通鉴纲目》。范性华一开始对她无意，这时已经心动了。因此他们在一起呆了一段时间，互相定下盟誓，然后陈小怜离开了。

而小怜所与一时宦方与范相忌，闻之，雅不能平，辄计致小怜曲室中，出而扃其户以困之。小怜顾室中，有髹（xiū）几[①]长丈余，遂泚笔[2]于几上，书“范性华”三字，几千百满之。时宦归而睹几上字，色变不能言。燕中尝作盛会，广召宾友，及狎客妓女皆与。酒酣，客为觞政[3]，下令人各饮满，既酌，自言其心上人为某，不实者，有如酒。次第至小怜，或戏之曰：“尔心上人多矣，莫适言谁也！”小怜嗔曰：“是何言？一人而已！”起持巨觥（gōng）命满酌，一饮绝沥[4]，覆觞大呼曰：“范性华！”举座相顾，以为此子无所引避矣。其笃挚至于此。

【注释】①髹几：涂上漆的木几。髹：用漆涂在器物上。②泚笔：以笔蘸墨。③觞政：即酒令，中国民间饮酒时一种助兴取乐的游戏。④沥：液体的点滴。

【译文】而和陈小怜熟识的一个官宦，和范性华关系不好，听说了这件事，不愿意看到两人在一起，于是设计把陈小怜弄到手，把她关在房间中，他出去的时候，就锁上门窗把陈小怜关在里面。陈小怜环顾室内，有一张长一丈多的涂漆木几，于是以笔蘸墨在上面写上“范性华”三个字，满满的写了几千个。那位大官回来看到木几上的字，脸色都变了，一句话也说不出来。京城曾经举行盛大的宴会，邀请了很多宾客，以及陪客和妓女。酒酣耳热的时候，客人们行酒令，下令让大家都倒满酒，让每个人说出自己的心上人是谁，不诚实的人，就要罚喝酒。轮到陈小怜的时候，有人调戏她说：“你的心上人多了去了，不知道该说谁了吧！”陈小怜说：“这是什么话？我心目中就一个人。”陈小怜起身拿起酒杯让人倒满，一饮而尽，把酒杯倒扣过来，大声说：“就是范性华！”在座的人都面面相觑，没想到陈小怜这么直接了当，她的真挚就到了这种地步。

然久之无成事。范于是仰天叹曰：“醇政独非丈夫乎？何遂力不能举一女子，而忍负之也？且小怜与我约者，极不难耳。督过愆（qiān）期[①]，至于舌敝[②]，金台[③]之下，识范性华者多矣，而将伯之助[④]寂然，又安事交游为？”乃为诗自伤云：“只愁世少黄衫客[⑤]，李益[⑥]终为薄幸人。”信乎其为薄幸人矣！小怜以河清难（nán）俟[⑦]，竟为有势者强劫以去，犹留书与范云：“非妾负君，妾终不负君也。”噫，是可悲矣！

【注释】①愆期：误期，失期。②舌敝：形容费尽了唇舌。敝：破。③金台：指古燕都北京。④将伯之助：请求长者帮助，指别人对自己的帮助。将：请求；伯：长者。⑤黄衫客：唐人蒋防的《霍小玉传》中挟持李益和霍小玉相见的豪士。⑥李益：初与霍小玉相恋，得官后，与小玉断绝。小玉日夜思念成疾，愤恨欲绝。后黄衫客挟持李益至小玉家中。李益娶卢氏后，因猜忌休妻。⑦河清难俟：相传黄河千年一清。形容事情难成。

【译文】但是过了很久，迎娶陈小怜这件事情也没有办成。范性华仰天长叹说：“我难道不是大丈夫吗？为什么不能尽力维护一名女子，而要忍心辜负她呢？况且陈小怜和我有约在先，我如果能坚决一些，事情也不难办。现在后悔为时晚矣。至于被他人非议就更无所谓了，京城认识我范性华的人很多，而真正能帮助我的人却很少，又怎么值得和他们交往呢？”于是作诗排遣忧伤：“只愁世少黄衫客，李益终为薄幸人”由此诗可知，范性华觉得自己是薄幸之人。陈小怜难以等到范性华来迎娶自己，最后竟然被有权势的人强行夺走，她仍然给范性华留下书信说：“不是我想辜负您，我永远也不会辜负您的。”哎！实在是可悲啊！

先是小怜每数日不晤范，辄废眠食。及范至，则又庄语相勉以大义。且曰：“出处[①]一不慎，则君之词翰[②]，俱可惜矣。”闻者以为此非巷中人语。又力劝范迎其室人来燕中，曰：“小怜异日得事君子，固甘为之副。”范用其言。既而得与室人病诀，厚为之殡，祭吊成礼。小怜一言之力也，范尤感之云。

【注释】①出处：指出仕和隐退。②词翰：诗文，辞章。

【译文】在此以前陈小怜每天见不到范性华，就吃不下饭，睡不着觉。等见到范性华，陈小怜又郑重地劝勉他遵道守义。而且说：“为人处世一不谨慎，就可能辜负了您的才华，那就可惜了。”听到的人都认为这不像是里巷中娼妓说的话。陈小怜又竭力地劝说范性华把妻子接到京城，说：“小怜如果他日能侍奉您，甘心当您的妾室。”范性华听从了她的话，把妻子接到京师。不久范性华的妻子因病去世，范性华把她厚葬，按礼仪祭奠。这是陈小怜进言的结果啊，范性华的感触尤其深。

徐无山人[①]赞曰：昔晋羊皇后[②]，丑诋故夫以媚刘聪[③]。其死也，化为千百亿男子，滔滔者皆是也。陈小怜何人，独不以故夫为讳，而吾友范性华，以似其故夫见许。岂羊皇后之教反不行于女子乎？噫！是为立传。

【注释】①山人：一般指隐士高人或与世无争的高人；又指山野之人或山里之人，谦称。②晋羊皇后：指羊献容，泰山南城（今山东省平邑县）人，晋惠帝司马衷第二任皇后。八王之乱，几经废立。晋怀帝司马炽即位后，尊奉为惠帝皇后。永嘉五年被前赵将领刘曜霸占。刘曜即位后，立为皇后。③刘聪：本名刘载，字玄明，新兴郡（今山西忻州市）人，匈奴族。十六国时期汉赵君主，光文帝刘渊第四子。此处应为刘曜。

【译文】徐无山人赞叹说：从前西晋羊皇后，百般丑化和诋毁死去的丈夫晋惠帝司马衷来谄媚刘曜。她死后，还有千百亿的男子，成为负心人。陈小怜是什么样的人，却不把过去的丈夫当作忌讳，我的朋友范性华，因为样貌像她以前的丈夫，因而得到她以身相许。难道羊皇后的行为反而对后世女子没有影响吗？噫！所以我为陈小怜立传。

张山来曰：层次转折，无不入妙，尤妙在故夫一语。一见不复再见，是文之有品者。

【译文】张山来说：文章层次转折，没有不精妙的地方，尤其妙在陈小怜述说以前丈夫的那些话。这种巧妙地手法只在此处见过，而没有在别处见过，这是好文章的写法。

卖花老人传

宗元鼎定九

【题解】本篇是《虞初新志卷四》的第五篇。宗元鼎号卖花老人，本文是作者的自传。写了他种植五色瓜，种植各种花木，每天早上在红桥分雅俗客而沽，得钱痛醉，与笔道人、珏道人来往，下棋煮茶取乐。

卖花老人者，不知何许人。家住维扬琼花观后，茅屋三间，旁有小阁。室中茗碗丹灶，经案绳床，皆楚汉明洁[1]。柴门内，方广二亩，以种草花为业。家尝有五色瓜，云即昔之广陵人邵平[2]种也。所种芍药、玫瑰、虞美人、莺粟、罂、洛阳、夜合、萱草、蝴蝶、夜落、金钱、剪春罗、剪秋罗、朱兰、蓝菊、白秋海棠、雁来红，共十数种。早晨担花向红桥坐卖，遇文人墨客，即赠花换诗而归。或遇俗子购之，必数倍其价，得钱沽酒痛醉。余者即散诸乞儿。市人笑为花颠。

【注释】①明洁：明净，洁净。②邵平：秦末汉初历史人物，秦朝时期被封为东陵侯，负责看护管理始皇帝生母赵姬的陵寝。秦为汉灭，沦为布衣，在长安城东南霸城门外种瓜，瓜味鲜美，皮有五色，世人称之为“东陵瓜”。

【译文】卖花老人，不知道是哪里人氏。家住在扬州琼花观后，有三间茅草屋，屋旁有间小阁子。屋里的茶碗丹炉，桌案绳床，全都特别明亮洁净。柴门内有二亩见方的土地，老人以种植花草作为生计。他家中种有五色瓜，据说是从前广陵人邵平种的那种。他种的花有芍药、玫瑰、虞美人、莺粟、洛阳、夜合、萱草、蝴蝶、夜落、金钱、剪春罗、剪秋罗、朱兰、蓝菊、白秋海棠、雁来红等十几种。早晨他挑着花在红桥售卖。碰上文人墨客，就赠花换诗回家。有时碰上凡夫俗子来买花，他必定以数倍的高价卖给他们，老人有了钱就买酒痛饮，喝得大醉。剩下的钱就施舍给乞丐们。市场上的人都嘲笑他是花疯子。

尝九日渡江，经旬不归，人问之，答曰：“吾访故人殷七七[①]于铁瓮城中耳。”袖中出杜鹃花一枝，红芬可爱。所往来者有笔道人、珏道人，围棋烹茗为乐。珏道人，疑即唐广陵人李珏[②]，以贩籴（dí）为业成仙者。笔道人，疑即宋建炎[③]中颜笔仙耳。昔琼花观中，有黄冠[④]持画一轴献帅守，字皆云章鸟篆[⑤]不可识。使人尾之，乃入观后井中玉勾洞天深处。相传老人或为童子，或为黄鹤，千年于兹矣。识者谓即黄冠后身[⑥]云。

【注释】①殷七七：名天祥，又名道筌，尝自称七七，唐代道士。曾于九月，令鹤林寺的杜鹃花绽放。②李珏：广陵江阳人，世代住在城里，以贩卖粮食为业。③建炎：宋高宗的第一个年号，起讫时间为1127年—1130年，共四年。④黄冠：道士之冠。也借指道士。⑤云章：指文彩斐然的文章，也指道教的典籍。鸟篆：篆体古文字，形如鸟的爪迹。⑥后身：佛教有“三世”的说法。转世之身为“后身”。

【译文】他曾经花了九天的时间渡江，过江后十来天没有回来，有人问他去了哪里，他回答说："我到铁瓮城探访老朋友殷七七去了。"他还从袖子里拿出一枝杜鹃花，杜鹃花鲜红芬芳令人怜爱。和他来往的人有笔道人、珏道人，他们以下棋、煮香茗为乐事。珏道人，怀疑他就是唐代广陵人李珏，是靠买卖粮食而成仙的人。笔道人，怀疑他就是建炎年间的颜笔仙。从前在琼花观中，有道士拿着一轴画献给帅守，画上的字全都是云章鸟篆，不能辨识。帅守就派人暗中跟随他，发现他竟然走进了琼花观后面的名为"玉勾洞天"的深井里面。长期以来人们传说老人或者变为童子，或者变为黄鹤，在这里已经呆了上千年了。认识的人都说他就是以前那个道士的后身。

张山来曰：逸趣横溢，澹宕（dàng）[1]多姿。

【注释】①澹宕：恬静舒畅。

【译文】张山来说：这篇文章妙趣横生，情节曲折多变。

神钺记

徐芳仲光

【题解】本篇是《虞初新志卷四》的第六篇。本文写了两个不孝子因为忤逆母亲，而最终遭到天谴的故事。告诫人们为人要尽孝道，要敬畏上天，同时告诫天下父母对孩子不能一味姑息纵容。

庚辰夏，某乡有不孝子王某，父早丧，仅一老母，婢畜之。每晨拥妻酣睡，而役母使炊，俟熟方起，旦旦[①]如是。小不如意，即恣口谇（suì）骂[②]。生一子，甫数月，母抱之，视釜沸候，儿忽腾跳堕釜中，母知不救，即潜窜。不孝子闻儿叫，起视已死，乃大恨曰："媪（ǎo）杀我子！"扪厨[③]得刀，遂出。离家百武[④]，有关帝庙。母见不孝子至，闪入庙，伏神座下。不孝子捻[⑤]刀入，忽帝旁周将军像，从座跃下，提刀砍不孝子倒，正中其项。庙祝[⑥]闻刀声铮然，趋出，则不孝子流血满地，而周将军一足尚在门限[⑦]外未入。呼问老母，具述其事，盖儿不免而神救之也。自是远近喧传[⑧]其庙周将军灵爽[⑨]。竟以金重装其像，足仍门外如故。信州居民，近是乡者，日裹粮走谒[⑩]。予过玉山，居停叶七十为道其异。

【注释】①旦旦：天天。②谇骂：责骂。③扪：摸。④武：半步，泛指脚步。⑤捻：古同“捏”，用拇指和其他手指夹住。⑥庙祝：庙中管香火的人。⑦门限：门槛。⑧喧传：哄传；盛传。⑨灵爽：指神灵，神明。⑩走谒：前往拜见。

【译文】明崇祯庚辰年夏天，某乡有个不孝子王某，他的父亲早年去世，只有老母亲还健在，被他当奴仆一样使唤。他每天早上抱着妻子酣睡，而让母亲烧火做饭，直到饭熟了才起床，每天都是这样。稍微有不满意的地方，就破口大骂他的母亲。王某生了一个儿子，几个月大，他的母亲抱着孩子做饭，起身想看看到锅里的水开了没有，小孩忽然乱蹬乱跳，结果掉到锅里，他的母亲知道孩子没救了，就偷偷跑了。不孝子听到他儿子的叫声，起来一看孩子已经死了，就咬牙切齿地说：“你杀了我的儿子！”转身去厨房拿起刀，追出门。离家不远处，有一座关帝庙。老妇人看到不孝子追来了，赶快进到庙里，躲在了神座下。不孝子拿着刀刚进庙，忽然关帝旁边的周将军像从座上跳下去，拿着刀砍倒了不孝子，正中他的脖子。庙祝听到铮然的刀声，马上出来，不孝子已经倒在血泊中了，而周将军的一只脚仍然跨在门槛外，没有收回去。庙祝呼喊老妇人出来，询问原因，老妇人讲述了事情的经过，她差一点就遇难了，幸好神仙显灵救了她。从此远近的人都传说周将军灵验，竞相为周将军像重塑金身，他的脚还像以前那样跨在门外。信州一带的居民，凡是住在这附近的，每天带着干粮前来拜神。我经过玉山时，寄住在叶七十那里，听说了这件奇事。

夫帝庙，非西市[①]也，神之刀，非斧钺也；木偶之将军，非有血气知觉指臂运动也。然异变所激，则金可使飞，土可使跃，块然之手足可使踰（yú）阈（yù）[②]而搏。假令神不馘（guó）[③]是子，其母且不免；神视子之剸刃其母而不之救，无为贵神矣。然必无是也。即使更入他庙，神之斧亦皆能跳而馘之也。苏子瞻[④]云：

"掘井得泉，水非专在于是。"而世不察，或疑为诞，或以为像之灵爽若是而奔走之，皆窥管刻剑而不达于感应之义者也。数十年前，吾郡有祖母抱孙堕池中死者，畏其子之怒，避去。子藏椎僻径石罅（xià）⑤中，诱其母归过之，索椎，手既入，石辄合不可出。雷火下焚其面，乃自声罪，宛转石间，数日死。以理言，石岂开合啮人之物哉？罪逆之至，凡其所触皆为难矣。

【注释】①西市：明代刑场名，位于今北京市西四附近。②踰：同"逾"，越过，超过。阈：门槛。③馘：边防军取得的敌人首级。④苏子瞻：指苏轼，字子瞻。⑤罅：裂缝，缝隙。

【译文】关帝庙，不是杀犯人的西市，神人的刀，也不是杀犯人的斧钺；木偶做的将军，没有血气和知觉，不能挥动胳膊做动作。但是受到突发事情的感应，则可以使兵器飞舞起来，可以使泥塑木雕活动起来，可以驱使没有知觉的手脚，越过门槛而斩杀逆子。假如神仙不斩杀这个不孝子，那么他的母亲将性命不保；神仙看到不孝子拿刀杀母亲而不出手相救，还能贵为神仙吗？然而这样的事情，神灵必定不会放任不管的。即使逆子去了别的庙宇，神仙的斧子也照样会飞起来杀了他。苏子瞻说："掘井挖到了泉水，并不是水专门流到井里。"而世人对神仙显灵这件事，不能深查其中的原因，有的人还怀疑，这是编造出来的谎言，有的人认为是神像显灵在惩罚逆子，这些看法都是管中窥豹，刻舟求剑而不懂天人感应的道理。数十年前，我的家乡有祖母抱着孙子，不慎掉到水池里，把孙子淹死了，祖母害怕他儿子生气，就赶紧逃走了。儿子把大铁锤藏在荒僻小路的石缝里，哄骗他的母亲回家，路过那里时，逆子想把大铁锤取出来，手刚伸进石缝，石头就合上了，他的手被夹住，拔不出去。继而，天上降下雷火，焚烧了他的脸，从石间传出声音，历数逆子的罪过，几天之后逆子就死了。按照常理来说，石头难道能自己开合，咬住的东西吗？罪孽犯到这个份上，逆子接触到的一切东西，都会成为他的祸患了。

张山来曰：阅至不孝子弑逆[①]处，令人发指眦裂；读至神钺砍颈处，令人拍案称快！世之敢于悖逆者，皆以为未必即有报应耳。则曷不取是篇而读之也？

【注释】①弑逆：指弑君杀父。也仅指弑君。

【译文】张山来说：读到不孝子杀母亲的地方，令人怒发冲冠，眼眶瞪裂；读到神钺砍断不孝子头颅的地方，令人拍案称快！世上敢于悖逆的人，都认为未必能有报应。那么这些人为什么不读一下这篇文章呢？

又曰：吾乡有一人，负其至戚者，已非一端，而犹谓未足，又欲挟强而贷。至戚不能缄默，因诉其族人。此人遂大诟，遂逼其母死于至戚之家。其母固孀居而姑息者也，虽未如其言，而此言则亦难逭（huàn）[①]于神钺者矣。吾愿世之为母者，慎毋姑息而自贻伊戚[②]也。

【注释】①逭：逃避。②伊戚：烦恼、忧患。

【译文】张山来又说：我的家乡有一个人，经常向亲戚借钱，已经不止一次了，但是仍然不满足，又想要强迫亲戚借给他钱。亲戚不能置之不理，因此告诉了他的族人。这个人就大声辱骂这个亲戚，还逼迫他的母亲去亲戚家里以死相威胁。他的母亲是独居的寡妇，而且一向姑息纵容他，虽然最后没有按照逆子说的那样去威胁亲戚，但是逆子说的这些忤逆话，也难逃神钺的惩罚。我希望世上的母亲，不要姑息子女而给自己留下忧患。

焚琴子传

顾彩天石

【题解】本篇是《虞初新志卷四》的第七篇。记述了焚琴子章生的轶事。章生磊落不羁，文采出众，可惜仕途不顺，与功名无缘。转而寄情于琴，以琴言志，虽终身郁郁不得志，却也是个坦荡的性情中人，颇为难得。

焚琴子者，姓章氏，闽之诸生也。为人磊落不羁，伤心善哭，类古之唐衢①、谢翱②，而才情过之。为诗文，下笔累千言，皆感人心脾。庚子乡试，文已为①主司所赏。及观五策，指陈③时事太过，至斥耿氏④以为包藏叛志。主司乃惧不敢录，遂下第。生遂弃诸生不为。登鼓山所谓天风海涛亭者，北望神京，痛哭失声曰："今天下将有变，得如余者数辈，委以兵农财赋诸大政，犹可镇定。顾乃郁郁以青衿子⑤困英雄，俾儿曹口臭者登廊庙⑥而食肉，诚何为哉！诚何为哉！余且烧其诗书，绝笔不为文矣！"既而三藩继叛。闽亦疲于兵革，悉如生所料云。

【注释】①唐衢：唐穆宗时人。见人诗文有所悲叹者，读后必哭，时人称唐衢善哭。②谢翱：南宋爱国诗人，南宋末年，写了很多哭悼抗元英烈的诗词，尤其是听说文天祥被害后，恸哭不已。③指陈：指明和陈述。④耿氏：指耿精忠，清朝靖南王，康熙十二年（1673年），清廷下诏撤“三藩”，耿精忠反，后被清军镇压，凌迟处死。⑤青衿子：学子，青年书生。青衿是指古代学生穿的衣服，衣领青色，因以称读书人。⑥廊庙：指殿下屋和太庙，后指代朝廷。

【译文】焚琴子，姓章，是闽地的诸生。他为人光明磊落，放荡不羁，却又伤时感事，动辄惆怅哭泣，类似古代的唐衢、谢翱，但是才华超过他们。他写的诗文，数量众多，都能感人至深。庚子年乡试的时候，他写的文章被主考官所赏识，而他写的五策，议论时政，言辞过激，甚至斥责耿精忠，认为他包藏有反叛的想法。主考官害怕惹祸上身而不敢录取他，于是章生乡试落第，从此他放弃考取功名。章生登上鼓山的天风海涛亭，北望京师，痛哭失声，说道：“如今天下就要发生变故了，如果有几个像我这样的人，被授权负责兵、农、财、赋等大事，尚且可以平定动乱。现在有才能的人因为没有考取功名而难以施展抱负，而无能的人却占据朝廷要职，这是为什么啊！这是为什么啊！我只能烧毁诗书，从此搁笔不再写文章了！”不久三藩相继叛乱。闽地也陷入战争，全都如同他所预料的。

生既不得志，出游于潮，过潮刺史韩文公[①]庙，读其逐鳄文，哭之。又历韶、惠、广、雷诸郡，悲岭海之烟瘴，思寇莱公[②]谪雷时，枯竹生笋，蜡泪成堆，风流如在也，则又哭之哀。听鹧鸪作“行不得哥哥”[③]声，则抗音而哭以乱其鸣。久之，学琴于惠州僧上振，得其音节之妙，遂归，变姓名，以琴游八闽[④]。王公大人争延致而听其琴。有愿从而学者，虽善，然终莫能及也。久之，有将军自满洲来，驻防闽省，嗜琴，厚礼延生，使鼓琴于幕下。

将军据上坐，而置一座于旁，命生坐。生怒目视将军曰："吾博通万卷书，而明公唯知马上用剑槊（shuò），吾岂为若门下士耶？奈何不以宾礼见而屈于旁，吾不能鼓琴矣！"奋衣径出，不顾。将军惭，下与抗礼[5]谢罪，强留之。乃踞上坐为一鼓琴。将军称善，左右无不竦听[6]。然其声凄怆噍（jiào）杀[7]，有秦音焉。生曰："琴者，天下之至和也。吾琴雝（yōng）雝[8]如鸾凤鸣。今枝上无螳螂捕蝉，而弦中忽变西北肃杀声，何也？岂军中殆将有警耶？"抚琴毕，三军之士皆为嗟叹，有流涕者。生尽醉，痛哭上马而去。将军赠之金，不受。后此军沦于海澄[9]焉。

【注释】①潮刺史韩文公：指韩愈，字退之，河南河阳（今河南省孟州市）人。世称"韩昌黎"，唐代杰出的文学家、思想家、哲学家、政治家。谥号"文"，故称"韩文公"。曾任潮州刺史。②寇莱公：即寇准，字平仲，华州下邽（今陕西渭南东北）人，被封为莱国公。枯竹生笋：寇准被贬到雷州病故后，灵柩路过荆州时，百姓祭奠他，把纸钱挂在枯竹上，后来枯竹竟然长出了竹笋。蜡泪成堆：寇准性喜奢侈，家中即使是厨房厕所，也整晚点着蜡烛，天亮时，流下的烛泪成堆。③行不得哥哥：鹧鸪叫声的拟意，表示行路艰难，同时表达了亲人对离别的伤感惆怅。④八闽：指福建，因宋朝时称为福建路，置福州、建州、泉州、漳州、汀州、南剑六个州及邵武、兴化二个军，共计有八个同级行政的机构，因而得名。⑤抗礼：又作"亢礼"、"伉礼"，行平等的礼。⑥竦听：恭听。⑦噍杀：声音急促，不舒缓。⑧雝雝：鸟和鸣声。⑨海澄：福建省旧地名，古时属漳州府，大致位于今福建省龙海市一带。

【译文】章生既然不能有机会施展抱负，就到潮州去游历。他路过潮州的韩愈庙时，读了韩愈的《祭鳄鱼文》，有感而哭。又经过韶州、惠州、广州、雷州等郡县，他悲痛于岭南一带多瘴疠之气，又想起寇莱公被贬谪雷州后，有枯竹生笋，蜡泪成堆这些故事，就像寇莱公还在眼前一样，就又为之哀伤哭泣。听到鹧鸪的“行不得哥哥”的鸣叫声，就故意用哭声来扰乱它的鸣叫。后来，他去惠州僧人上振那里学琴，学到了弹琴的精妙技法，于是他回到家乡，更改了姓名，凭借琴技游历八闽。王公大臣争着邀请他去弹琴。有人向他学习弹琴，虽然也弹得很好，但是终究赶不上他。过了很久，有一位将军从满洲来福建驻防，将军喜爱听琴，用重礼邀请章生，让他在大帐内弹琴。将军坐在上首，在旁边放置一个座位，让章生就坐。章生愤怒地看着将军说：“我通晓万卷书，而您只懂得舞刀弄枪，我怎么能是你门下的士人呢？为什么不用宾客之礼对待我而让我屈坐在一旁呢？我不能为您鼓琴！”说完，章生甩甩衣袖就离开了，头也不回。将军感到惭愧，下来给章生行礼谢罪，硬把他留了下来。章生这才坐到上首，开始弹琴。将军称赞他的琴技高超，将军左右的人也都用心聆听。然而琴声肃杀，苍凉悲壮，就像秦地的音乐。章生说：“琴是天下最有感应的东西。我的琴声本来像鸾凤的鸣叫。现在周围连螳螂捕蝉这样的杀戮事情也没有，而琴声中忽然出现秦地的肃杀声，这是为什么呢？难道军中将有战事要发生了吗？”弹琴完毕后，三军将士都感到惊叹，有的甚至痛哭流涕。章生一醉之后，也痛哭着骑马离开了。将军赠给他酬金，他也没有接受。后来这只军队在海澄遭受重创。

久之，闽人目生为琴师，虽江浙间，颇多闻其名者。然当道不以礼遇，招亦不往，往亦不为久留。常酒后耳热，摔琴于地，引满大卮（zhī），放言高论，惊其座宾。谈古今得失，虽老师宿儒，深通经济者，不能难也。其最爱童子[①]曰金兰，亦善琴，独得生传，常负奚囊[②]从生游数千里外。生诗成，金兰辄缮录之盈帙[③]。客访生不遇，金兰代为款接，以生惊人句示人。由是人颇异之，以为抱负非常之士，不得志而隐于琴。然当事卒莫有荐之者，竟佯狂以卒云。生笃于伉俪，妇陈氏，少生十岁，亦颇知书嗜音。生尝入为其妻鼓琴，茶香入牖，鬟影萧疏[4]，顾而乐之，以为闺房清课，亦人生韵事。忽一日谓其妇曰："吾向闻红颜薄命。卿才情如此，而推命者多言岁行在卯当死。岂汝亦天上人，不久当去耶？"因感慨悲伤，为弹别鹄离鸾之曲，曰："琴音和，吾与汝尚无恙，然第七弦无故忽绝，少而慧者当之。"居数日，金兰死。生抚尸一哭，不胜其悲，吐血数斗，曰："吾死后，《广陵散》绝矣。"遂焚其琴，不复鼓也。因自号"焚琴子"。生至康熙丁巳，年四十九，竟卒。闻其妇先亡一岁云。

【注释】①童子：古代指未成年的仆役。②奚囊：指诗囊，贮诗之袋。③缮：抄写。帙：整理书籍。④萧疏：稀疏；稀少。

【译文】时间长了，闽人把章生当作一般琴师，虽然在江浙之间，也有很多人听说过他名号。然而当权者如果不以礼相待，也邀请不到他，他即使去了也呆不长。章生经常喝完酒后，趁着酒劲，把琴摔在地上，把酒杯倒满，高谈阔论，语出惊人。他谈论古今的得失，即使是知识渊博的学者，有治国才干的人，也不能难倒他。他最喜爱的童子叫金兰，也擅长弹琴，而且得到了章生的真传，金兰经常背着诗囊，跟随章生到远方游历。章生写完一首诗，金兰就抄写下来，整理成册。客人来拜访，如果章生不在，金兰就代章生接待客人，把章生的惊人诗句展示给客人看。因此人们都对感到惊诧，认为章生是有抱负的非常之人，因为不得志，而寄情于琴。但是掌权的人没有推荐他，他一辈子只能癫狂不羁。章生对妻子感情专一，他的妻子姓陈，比他小十岁，也知书达理，喜爱琴音。章生曾经为妻子鼓琴弹曲，伴着茶香袅袅，倩影婆娑，他也乐在其中，认为闺房中的情趣，也是人生的乐事。忽然有一天，他对妻子说："我一向听说红颜薄命，你的才情如此出众，我听算命的人说岁星运行到卯位时，可能会有丧事。难道你也是天上的神仙，不久之后就会离开吗？"章生因此感慨悲伤，为她弹了别鹄离鸾的曲子。他说："琴音平和，预示我和你不会有事，但是第根七弦忽然无缘无故地断了，这预示年少而有才华的人会有祸患。"过了几天，金兰亡故了，章生抚尸痛哭，悲伤不已，吐了好多血。章生说："我死之后，我的琴声就像《广陵散》一样也断绝了。"于是他把琴焚毁，从此再也没有弹过琴，因此称自己为"焚琴子"。章生一直活到康熙丁巳年，四十九岁的时候去世。听说他的妻子比他早一年去世。

顾子曰：焚琴子之事，余盖闻之漳州陈别驾云①。别驾为余言最详，因嘱余亟为立传，殆古之有心人也。观生之少而肆于文，文不得志而游，一寄于琴，再寄于哭，卒之无有识生之才而用之者，宜其伤于情而碎于琴也。然生流风余韵，宛在丹山碧水之间，迄今登鼓山之亭，如闻其哭焉。生其化鹤而来归乎？松风夜弦，空林鬼哭，生何往而不在也？悲哉！

【注释】①别驾：官名。汉置，为州刺史的佐官。明清时为各府通判的别称。

【译文】顾彩说：焚琴子的事情，我原来是听漳州陈通判说过。陈通判说的非常详细，还嘱咐我为章生写传，大概觉得章生类似古时有志向的人吧。章生年少而擅于作文，文章不得志就去游历，首先寄情于琴，再寄情于哭。最终也没有遇到赏识章生才华而任用他的人，因此他不胜悲伤而把琴焚毁。但是章生的风雅韵事，依然流传在丹山碧水之间。直到现在登上鼓山的亭子，仍然好像能听到他的哭声。章生变成鹤回来了吗？风吹松树的声音如同琴声，空荡荡的树林好像有鬼在哭叫，章生不是到处都在吗？悲哀啊！

张山来曰：予尝观文人之不得志者，往往怨尤侘傺作不平之鸣。心窃议之，以为若辈即使得志，亦未必能有所树立，仅与肉食者等耳。今观焚琴子能预识耿氏于未叛之先，则其器识[①]，诚有度越[②]寻常者，未可谓此中无人也。

【注释】①器识：器量与见识。②度越：超越，胜过。

【译文】张山来说：我曾经看到不得志的文人，常常怨天尤人，忿忿不平。我心想，即使让这些人得志，他们也未必能有所建树，最多和那些尸位素餐的人相同罢了。现在看到焚琴子，能够在耿精忠没有反叛之前就能预见到，那他的器量与见识，确实胜过常人，因此不能说不得志的人中，没有人才啊。

四氏子传

张明弼琴牧

【题解】本篇是《虞初新志卷四》的第八篇。四氏子，意思是此人的性情暴虐，就像古时候的“四凶”一样，人们之所以这样称呼他，是因为他既打父母，又骂哥嫂，还毁谤污蔑当世大儒，而且自绝于亲戚朋友，他不但不反省自己的过错，反而处处为自己开脱，“自作孽不可活”，最后他也受到了应有的惩罚。

四氏子，万历初吴人也。有姓名，四氏子者，人名之，因以为名焉。氏子家虽贫，亦产清门，凡缨緌（ruí）之徒[①]，初皆与游。

【注释】①缨緌之徒：指社会上层人士。

【译文】四氏子，是万历初年江浙一带的人。他有姓有名，四氏子这个称呼，是因为别人都这么称呼他，因此就用做他的名字了。四氏子家境虽然贫寒，却也是书香门第出身，刚开始的时候，士人名流都与他有来往。

顾其体中，痴黠（xiá）[①]各半，亦复各时。方其黠也，能作诗文，自作自书自讽[②]，声满四邻，若出金石。及其痴也，天地变，黑白贸[3]，亲疏怨德皆相反，妻孥（nú）[4]无协[5]志者。其父痛谕[6]之，不从，则挝（zhuā）[7]之，氏子亦报挝焉。久之，恒挝其父。既而著为论曰："父子主亲，父若挞子，当其举手之时，亲谊已绝，子安得不报挞？又且君父一也，君有罪，汤武诛之，可以称圣；父有罪，子挞之，容得不号贤乎？"又立论："古今无真名人，但能诃诋人则名归之。孟子诋杨、墨，庄周诋孔子，韩愈诋佛，岂好诋人哉？自为名焉耳！"故氏子遇当世大儒，其声名经旸（yáng）谷、达濛汜（sì）[8]者，皆极力訾（zī）诟之。且作嗔拳笑面[9]曰："是才不如我，而名居吾上，何也？"或相见至有受其大诟者。

【注释】①痴黠：聪明而狡猾。②自讽：不看着书本念，背书。③贸：混杂。④孥：儿女。⑤无协：和谐；融洽。⑥痛谕：告诉，使人知道（一般用于上对下）。⑦挝：打，敲打。⑧旸谷：指太阳升起的地方。濛汜：太阳落下的地方。⑨嗔拳笑面：即嗔拳不打笑面，意思是无论如何嗔怒，也不打笑脸相迎的人。

【译文】可能四氏子的性格中，痴傻和聪明各占一半，痴傻和聪明的时间也各占一半。当他聪明时，就能作诗写文章，自己创作，自己书写，还能点评自己作品的优缺点，使他的好名声，远近闻名。当他痴傻的时候，则天翻地覆，黑白不分，亲疏恩怨全都颠倒了，就连妻子儿女也难以认同他。他的父亲痛心疾首的告诫他，他也不听，父亲就打了他，四氏子报复父亲，也打了父亲。时间长了，他经常打父亲。而且著书立论说："父子应该保持亲近，父亲如果打了儿子，在他举手打儿子的时候，父子间的感情就已经没有了，儿子哪能不报复呢？况且对待君主和父亲的方式应该是一样的，君主有罪，商汤与周武王就诛灭他，后人还把商汤与周武王称作圣人；父亲有过错，儿子打他，难道就不能称作贤人吗？"他又谈到："从古到今没有真正的名人，只要能责骂诋毁别人，就会出名。孟子批判杨朱和墨翟，庄子诋毁孔子，韩愈批判佛教，难道他们喜欢批判人吗？不过是为了自己获得的名声罢了！”所以四氏子遇到当时有名的的学者，尤其已经名扬天下的这些人，他都想尽一切办法诋毁他们。还带着笑容说：“你们的才能不如我，但是名声却比我大，为什么呢？”甚至有人被他恶狠狠的痛骂。

氏子既挞父母，詈（lì）兄嫂，诋諆（qī）[①]当世之岳立[②]者，国人皆鄙之，渐不与游，氏子游[③]甚困。其兄割资食之，氏子未厌，有所如皆枳（zhī）棘[④]，则益下急自恣，弃书不读，但好《世说》《水浒》。尝有人扣其门，氏子则怒曰：“谁敢扣若爷门耶？”曰：“我也！”曰：“谁为我？我为谁？”急取大棒击其胫（jìng）[⑤]。出行，见人有俯首者，曰：“避我耳！”詈之，答詈则相搏。见仰首者，曰：“骄我耶？”亦詈之，答詈亦相搏。故氏子有所之辄挂阂[⑥]。既乃以所搏人自嫁[⑦]于众曰：“彼为彼妻之厚我也，而仇我；虽然，岂予罪哉？”因出袖中一物曰：“此某妻之臂饰，誂（tiǎo）[⑧]我者也。”轻薄者竞传之，剧言苦语，各以加人，遂令邑少洁门。其妻，中庸人也，稍劝之，氏子则手格之曰：“吾厚其妻，尔乃厚其夫乎？”其子年长，皆心诽之，不敢言。已而不久邑之人皆知其诡也，则家相告曰：“慎毋与四氏子游。有与立谈者，死期必至矣！”“其怨家亦相告曰：“此秽豕（shǐ）也，昔有犬豕卧偃厕中，见狮子过，则负溲（sōu）溺以侮之，狮子不敢近也。今氏子负秽来，谨避之而已，勿与角也。”于是氏子居都会中，若空庐；行巷市间，唯逢鸡犬草木，不能逢一人也。氏子游益困，则念《世说》中祖珽（tǐng）获髻上叵罗、袖中金叠，因遇物即怀之。人或率众追夺，指名于千百人之前，他人丑之，思入壁罅（xià），氏子坦然徐步，不以屑意也。又欲作南塘夜出，梁山筑栅[9]之事，终岁召人，人无肯与同役者。

【注释】①诋諆：毁谤污蔑。②岳立：卓立不群，代指有名望的人。③游：来往，交往。④枳棘：枳木与棘木。因其多刺而称恶木。常用以比喻恶人或小人。⑤胫：小腿。⑥挂阂：牵挂；牵掣。⑦自嫁：把祸害、怨恨推到别人身上。⑧誂：逗引；诱惑。⑨南塘夜出：晋朝祖逖，曾放纵手下夜里到南塘劫掠富豪之家。梁山筑栅：指水泊梁山。

【译文】四氏子打父母，骂兄嫂，诋毁当时的大儒，乡人们都瞧不起他，渐渐地都不与他来往了。四氏子的处境就十分困难了。他的哥哥拿钱资助他去游学。四氏子也不领情，都与一些小人结交，而且性格更加暴躁和放纵，最后干脆书也不读了，只喜欢看《世说新语》和《水浒传》。曾经有人敲他家的门，四氏子很生气地问："谁敢敲你爷爷的门啊？"那个人说："是我啊。"他说："谁是我？我是谁啊？"就拿着大棒子打那个人的腿。有一天，四氏子外出，看见有个人低着头走路，就说："这是故意在躲避我！"四氏子就大骂那个人，那个人也骂他，两个人就互相打了起来。四氏子如果看见别人仰着头走路，就说："你这是看不起我吗？"也大骂那个人，那个人如果也骂他，两个人就互相打起来。所以四氏子走到哪儿都会带来麻烦。四氏子和别人打架，还把责任推到别人身上，说："因为他的妻子对我好，他就怨恨我；所以，能怪我吗？"还从袖子中拿出一个东西说："这是他妻子送给我的臂饰，用来勾引我的。"轻薄的人争相传播这件事，还添油加醋，调笑挖苦那个人，所以弄得乡里整天乌烟瘴气。他的妻子是一个普通人，稍微劝他几句，四氏子就动手打她说："我对他的妻子好，你是不是想对她丈夫好啊？"他的孩子已经长大，都在心里骂他，却不敢说出来。不久乡里的人都知道了他是个违背常理的人，各家就互相告诫说："千万不要与四氏子来往。跟他交谈的人，一定会死的！"就连他的仇家也相互告诫说："他就是个肮脏的猪，从前猪狗卧在厕所中，看见狮子路过，就身上沾满屎尿去挑衅狮子，狮子就不敢靠近它们。如今四氏子也满身沾满污秽，小心躲开他就行了，不要与他发生争执。"因此四氏子虽然居住在城邑中，却好像住在空荡荡的房子里一样；他走在大街小巷，只能看见鸡狗和草木，却碰不上一个人。四氏子处境更加困难，就想起《世说新语》中说祖珽把偷来的金叵罗藏在发髻上、把偷来的铜盘藏在袖子里的故事，于是四氏子也看见好东西就据为己有。结果被众人追上，不但夺回东西，又当着成千上百人的面数落他，在他人看来，这是极其难堪的事情，恨不得钻到墙缝里，而四氏子依然迈着四平八稳的步子，毫不介意。他又想做南塘夜出，梁山筑栅的事情，终年到头召集人马，却没有人愿意加入他。

如此十余年，颇自悔。其所亲因从容语之曰："若为儒，而挞父母，何也？"曰："吾与父母戏[①]耳，何尝尽力挞之哉？且悔挞之，必沽酒以释之。""若詈兄嫂，何也？"曰："吾亦戏耳！且子视吾兄嫂之身，有吾詈迹者，吾当罪。""子之尽绝六亲百朋，又何也？"曰："吾初皆戏耳。乃吾六亲百朋，无一达人，见我辄物而不化[②]。彼绝我，我宁绝彼耶？"其人曰："子每诋通人达士，以为不如子，又奈何？"氏子曰："尽戏也。吾戏言江水不如吾沼，江与沼不移位，岂非戏耶？"其人曰："若子戏则尽然矣，今日者，名败身辱，父兄不以为子弟，交游不以为朋友，处环堵[③]之室，上漏下湿，烟断粮绝。子何不尽以戏周旋[④]之，顾怨尤[⑤]侘傺乃尔耶？"氏子默然无以应。无何，其长子某，少亦韶令，将弱忽得狂疾，终日喃喃詈人。然听其所詈，则皆其父也。其父至，则枚数其罪而挞之。氏子号叫，不得免，或言惨于氏子父被挞时。氏子械子囚诸室，则以一木为其父，诘之曰："父母可挞乎？"代应之曰："不可！"曰："是宜挞！"日挞至百数，其余罪皆然。数年，竟狂死。

【注释】①戏：开玩笑，耍笑捉弄。②物而不化：这里指拘泥，固执。③环堵：形容狭小、简陋的居室。④周旋：引申为交际应酬。⑤怨尤：埋怨责怪。

【译文】就这样过了十几年，四氏子非常后悔过去的所作所为。与他走得近的人，耐心地开导他说："你是读书人，为什么打自己的父母呢？"他说："我是和父母亲开玩笑罢了，何曾用力打他们呢？而且事后我也很后悔，所以买来酒，让大家原谅我。"又问："你为什么责骂你的哥哥嫂嫂呢？"他说："那也是和他们开玩笑呢！请您观察我哥哥嫂嫂身上，如果有我所责骂的那些事情，我一定认错。"又问："你和亲戚朋友断绝来往，又是为什么呢？"他说："我刚开始都是与大家开玩笑。而我的亲戚朋友，没有一个明达事理的人，不能理解我。是他们跟我断绝来往，难道我会和他们断绝关系吗？"又有个人说："你每次诽谤博学大儒，认为他们都不如你，这又是怎么回事？"氏子说："都是开玩笑。我开玩笑说江水不如我家的池水广大，江水与池水又不会真的发生改变，所以我说得不是玩笑吗？"这个人说："如果这些事，你都说是开玩笑，如今的你，身败名裂，父亲哥哥不把你当作儿子和兄弟，周围的人不把你当作朋友，你住在简陋的屋子里，上面漏雨，地上潮湿，没有饭吃。你为什么不以开玩笑的态度来对待这些逆境呢，反而去埋怨责怪他人呢？"四氏子沉默不语了。没过多久，四氏子的长子，年少时本来很聪慧，快到弱冠年龄的时候，突然得了疯病，整天嘴里不停的骂人，仔细一听，原来是在骂他的父亲。他儿子见四氏子来了，就历数他的罪过，并且还打他，四氏子哀号也没有用，仍然不停的打四氏子。四氏子只能把儿子关在房间里，他儿子就在屋里指着一块木头来当做四氏子，他儿子责问木头说："能打父母吗？"接着，他儿子代替四氏子回答说："不能打。"而他儿子则说："可以打。"于是就鞭打木头。他儿子用同样的方法，历数了四氏子的其他罪过。没过几年，他儿子竟然因为疯病死了。

外史氏曰：吾犹及识四氏子，身短不盈四尺，其目莹然若攫食之鸱（chī），颐颊矜长若索斗之鸡；其气如含瓦砾，抱荆棘，有触即摘射。邑人谓其顽嚚（yín）[①]不友，似浑敦[②]；不可教诲，不知话言，似梼（táo）杌（wù）[③]；恶言诬善，贪冒货贿，又似穷奇、饕餮。以为兼有四氏之长，故目为"四氏子"。而四氏子不肯受也，曰："凡吾所为皆戏耳！"虽然，四氏子戏，其子数木之罪而且挞之，岂亦戏狂耶？或以戏谏耶？今死矣！亦可云戏死耶？夫其父则狂，而反号其子为狂；其子父木而挞之则戏，而其父反以诸罪为戏，皆惑也。吾疑天公之愦愦[④]久矣，今乃以其子之口与手，作天之口与手而日数[⑤]之，日挞之，又酷[⑥]巧。嗟乎！天公则诚戏耳，四氏子乌乎戏？

【注释】①顽嚚：愚妄而奸诈。②浑敦：通"浑沌"，相传为尧舜时"四凶"之一。③梼杌：传说为远古的恶人"四凶"之一。④愦愦：昏庸；糊涂。⑤数：责备，列举过错。⑥酷：极，甚，程度深。

【译文】外史氏说：我认识四氏子这个人，身高不足四尺，他的眼光凶狠就像捕食的鹞鹰，他的脸和下巴都很长，样子就像斗鸡；他的架势就像拿着瓦石，抱着荆棘，随时准备和别人干仗。乡里的人都说他愚妄而不友善，就像浑沌一样；不听教诲，不会说话，就像梼杌一样；污蔑好人，贪图财利，又像穷奇、饕餮一样。众人认为他兼有“四凶”的特点，所以称他为“四氏子”。但是四氏子不愿意接受这个称呼，说：“我所做的事情都是开玩笑罢了！”虽然四氏子用开玩笑来辩解，然而他的儿子指着木头，历数他的罪过，并且打他，难道也是在开玩笑吗？难道不是以开玩笑的方式在劝告他吗？如今他的儿子死了，也能说是开玩笑吗？四氏子身为父亲就是一个疯狂的人，反而责备他的孩子疯狂；他的儿子把木头当做父亲，并且鞭打木头，当做是在开玩笑，而他作为父亲，犯下诸多罪过，却也认为是开玩笑，父子两个都迷惑不清啊。我怀疑老天已经昏聩很久了，如今借用四氏子儿子的嘴和手，作为老天的嘴和手，每天责备他，每天打他，又是多么巧合啊。老天真的是在戏弄他，四氏子的玩笑又算什么呢？

张山来曰：世岂真有若人耶？然观“吾犹及识之”云云，则是真有其人矣。乃知天生若人，诚近于戏，当亦未尝不悔之耳。后乃假手其子以巧报之，则彼苍[1]之文过[2]也。

【注释】①彼苍：天的代称。②文过：掩饰过错。

【译文】张山来说：难道世间真的有这样的人吗？但是作者亲眼见过这个人，看来这是真人真事。于是我觉得老天让这样的人在世，真的是在开玩笑，当初老天可能也后悔过让这样的人出生。之后就借用他儿子使他得到报应，这是老天在掩饰过错。

卷五

柳夫人小传

徐芳仲光

【题解】本篇是《虞初新志卷五》的第一篇。讲述的是钱谦益的爱妾柳如是的故事。柳夫人虽然流落风尘，却不甘沉沦，努力寻找自己的理想伴侣，最后与钱谦益结为连理，夫妻两人互相唱和，亦师亦友。等到钱谦益去世，恶徒上门欺负弱子时，柳夫人又挺身而出，舍命保护家人，这是怎样的一位奇女子呢？

柳夫人字某，虞山钱牧斋宗伯爱姬也。慧倩工词翰。在章台①日，色艺冠绝一时。才隽（jùn）奔走枇杷花下，车马如烟，以一厕扫眉才子②列为重。或投竿衒（xuàn）饵③，效玉皇书仙之句，纸啣（xián）④尾属，柳视之蔑如也。即空吴越无当者，独心许虞山，曰：“隆准公即未敻（xiòng）⑤绝今古，亦一代颠倒英雄手。”而宗伯公亦雅重⑥之，曰：“昔人以游蓬岛、宴桃溪，不如一见温仲圭⑦。吾可当世失此人乎？”遂因缘委币⑧。

【注释】①章台：战国时秦王所建的亭台。位于今陕西省长安故城西南。古时也代指青楼妓馆。②厕：通“侧”，旁边。扫眉才子：旧指有才华的女子。③投竿：比喻放弃仕宦之途。衒：同“炫”。④啣：同“衔”。⑤隆准公：汉高祖刘邦的别称。这里指钱谦益。敻：远。⑥雅重：甚器重；甚敬重。⑦蓬岛：神话传说中的蓬莱仙岛。桃溪：指桃源。温仲圭：即温琬，北宋女诗人。字仲圭，为救其亲，沦为娼女，却极有节操廉耻，不以娼自待。⑧委币：致送财礼。

【译文】柳夫人字如是，是虞山钱谦益的爱妾。她聪明美丽，擅长诗文。在青楼时，她的美貌和才艺都是首屈一指。她就像当年“枇杷花下闭门居”的薛涛一样，吸引众多青年才俊慕名而来，门前车马云集，被世人视为一代扫眉才子。有人炫耀文采，想效仿“玉皇殿前掌书仙”的典故，写几句诗文来引起柳如是的注意，柳如是对此视而不见。柳如是寻遍吴越地区，也没有找到自己心仪的意中人，唯独对钱谦益情有独钟，她说：“钱谦益虽然年老，他的文采即使不能冠绝古今，也是一代英雄。”钱谦益也特别敬重她，说：“以前曾有人说过，游蓬莱、宴桃源，都不如看一眼温仲圭。柳如是就是当今的温仲圭，我怎能错过这样的人呢？”于是下聘礼迎娶柳如是。

柳既归宗伯，相得欢甚，题花咏柳，殆无虚日。每宗伯句就，遣鬟（huán）矜示[①]柳，击钵之顷，蛮笺[②]已至，风追电蹑（niè）[③]，未尝肯地步让。或柳句先就，亦走鬟报赏，宗伯毕力尽气，经营惨淡[④]，思压其上，比出相视，亦正得匹敌也。宗伯气骨苍峻，虬[⑤]榕百尺，柳未能到；柳幽艳秀发，如芙蓉秋水[⑥]，自然娟媚，宗伯公时亦逊之。于时旗鼓各建，闺阁之间，隐若敌国云。宗伯于柳不字，凡有题识，多署“柳君”。吴中人宠柳之遇，称之直曰“柳夫人”。

【注释】①矜示：炫耀。②蛮笺：四川出产或高丽进贡的笺纸。③蹑：紧随在后。④经营惨淡：苦心构思。⑤虬：盘曲，卷曲的。⑥芙蓉秋水：比喻诗文清新不俗。也形容天然艳丽的女子。

【译文】柳如是嫁给钱谦益后，两人相处甚欢，每日题花咏柳，几乎没有一日空闲。每当钱谦益写完一首诗，就差婢女送到柳如是那炫耀，但是片刻之间，柳如是回复的诗作就过来了，两人如逐风追电般，你来我往，不肯相让半步。有时柳如是先作完一首诗，也让婢女送给钱谦益，钱谦益殚精竭虑，苦心冥思，想写出超过她的诗作，写出来一看，彼此不相上下。钱谦益的诗，苍劲质朴，就像虬枝老树，柳如是在这方面不如钱谦益；柳如是的诗，文静娟秀，如芙蓉秋水一般，清新脱俗，钱谦益在这方面也比不上她。当时双方拉开阵势，比试诗文，夫妻之间，就好像两国交战一样。钱谦益从不直接称呼柳如是的名字，凡有需要题写称呼的地方，就称柳如是为"柳君"。吴中人也称羡柳如是的际遇，称柳如是为柳夫人。

宗伯生平善逋（bū）①，晚岁多难，益就窭（jù）蹙（cù）②。嗣君孝廉某故文弱，乡里豪黠③颇心易之，又嗛（xián）宗伯公墙宇孤峻④，结侣伺衅。丙午某月，宗伯公即世⑤。有众骤起，以责逋⑥为口实，噪而环宗伯门，搪撞诟谇（suì）⑦，极于虣（bào）⑧辱。孝廉魂魄丧失，莫知所出。

【注释】①逋：拖欠。②窭蹙：贫穷困迫。③豪黠：指强暴狡猾的人。④嗛：怀恨。墙宇：比喻人的风范、气度。孤峻：孤岸严正。⑤即世：去世。⑥责逋：索取拖欠款子或赋税。⑦搪撞：冲撞，冒犯。诟谇：辱骂。⑧虣：通"暴"。

【译文】钱谦益生前欠了很多外债，晚年的时候遭遇坎坷，日子愈发窘迫。钱谦益的儿子，本来就是文弱书生，乡里那些强横霸道的人一向很轻视他，并且平时就忌恨钱谦益的风范严正，就结伙准备寻衅滋事。丙午年某月，钱谦益去世。这些人就突然找上门来，以索取欠款为由，聚集在钱谦益的家里敲诈勒索，无理取闹，极尽侮辱。钱谦益的儿子被吓得魂飞魄散，不知该如何是好。

柳夫人于宗伯易箦日，已蓄殉意，至是泫然[①]。起曰：“我当之！”好语诸恶少：“尚书宁尽负若曹金？即负，固尚书事，无与诸儿女！身在，第少需[②]之。”诸恶少闻柳夫人语，谓得所欲，锋稍戢（jí）[③]，然环如故。柳中夜刺血书讼牍[④]，遣急足[⑤]诣郡邑告难，而自取缕帛结项死尚书侧。旦日，郡邑得牍，又闻柳夫人死，遣隶四出，捕诸恶少，问杀人罪。皆雉窜兔脱，不敢复履界地。构尽得释。孝廉君德而哀之，为用匹礼，与尚书公并殡某所。吴人士嘉其志烈，争作诗诔（lěi）[⑥]美之，至累帙（zhì）云。

【注释】①泫然：指流泪的样子。②第：尽管；只管。少需：稍等。③戢：收敛。④讼牍：诉讼事件的书状，即状子。⑤急足：快速传送文书、书信的人。⑥诔：哀悼死者的文章。

【译文】柳如是在钱谦益去世的时候，已经有了殉夫而死的念头，到此时，她潸然泪下说：“我去处理这些事情。”她和颜悦色地对那些恶少说：“尚书难道还会欠你们的钱不还吗？就算不还，那也是尚书的事，与他的儿女有什么关系！况且还有我在呢，你们只须稍微等一下。”那些恶少听柳如是这样一说，以为能达到他们的目的，就稍微收敛一些，然而还是聚在那，没有散去。柳如是半夜刺破手指写了诉状，派人人连夜送到县衙告状，自己则拿出丝帛，在钱谦益灵柩旁自缢身亡。第二天，县衙看到状子，又听说柳如是死了，就差遣衙役四处搜捕那些恶少，追责他们逼死人命的罪行。那些恶少都四处逃散，不敢再来骚扰。至此，所有的麻烦就都解决了。钱谦益的儿子感念她的恩德，并为她的去世感到悲伤，以相应的礼仪把她跟钱谦益合葬在一起。吴地的人赞赏她的忠贞刚烈，争着作诗文来悼念她，诗文连篇累牍，不可胜数。

东海生曰：柳夫人可谓不负虞山矣哉！或谓情之所钟，生怜死捐，缠绵毕命，若连理枝、雉朝飞、双鸳鸯之属，时有之矣。然柳于虞山岂其伦[①]耶？夫七尺腐躯，归于等尽，而掷之当侯嬴[②]以存弱赵，杵臼以立藐孤[③]，秀实[④]以缓奉天之危，纪信[⑤]以脱荥阳之难。或轻于鸿羽，或重于泰山，各视其所用。柳夫人以尺组[⑥]下报尚书，而纾其身后之祸，可不谓重与？所云重用其死者也！夫西陵松柏，才矣，未闻择所从。耆卿、月仙，齐丘、散花女，得所从矣，而节无闻。韩香、幼玉、张红红、罗爱爱之流，节可录矣，又非其人也。千秋香躅（zhú）[⑦]，唯张尚书[⑧]燕子一楼，然红粉成灰，尚在白杨可柱之后。夫玉容黄土之不惜，而顾以从死之名为地下虑，荒矣。微曰舍人，泉台[⑨]下随，未敢必其然也。人固不可知，千寻之操，或以一念隳（huī）；生平之疵，或以晚节覆。遂志赴义，争乎一决。柳夫人存不必称，而没以馨，委蜕[⑩]如遗，岂不壮哉！

【注释】①伦：人与人之间的关系。②侯嬴：战国时魏国人。信陵君慕名往访，迎为上客。曾献计救赵却秦。③杵臼：即战国时春秋晋人公孙杵臼。赵盾、赵朔父子的门客。为救赵氏孤儿献出了自己的生命。藐：小，幼稚。④秀实：指段秀实，字成公。陇州汧阳（今陕西千阳）人，唐代中期名臣。⑤纪信：汉朝将军，随刘邦起兵抗秦。由于酷似刘邦，在荥阳城危时假冒刘邦向西楚诈降，被俘。最终被项羽用火刑处决。⑥尺组：指带子。此处指自缢。⑦躅：足迹。⑧张尚书：唐朝武将，被封为武宁节度使。⑨泉台：坟墓、墓穴。⑩委蜕：用为死亡的婉词。

【译文】东海生说：可以说柳如是没有辜负钱谦益啊！有人说柳如是和钱谦益两人两情相悦，活着的时候就互相恩爱，所以死了也要以身相随，缠绵而终，就像连理枝、雉鸟双飞、鸳鸯相伴那样，其实这样的事情只是偶尔会有罢了。然而柳夫人对钱谦益岂止是尽到了夫妻之情呢？柳如是舍弃生命的意义，就像侯嬴牺牲自己挽救了弱小的赵国，公孙杵臼舍出生命保全了赵氏幼小的孤儿，段秀实拼死缓解了奉天的危难，纪信牺牲自己，保护刘邦从荥阳逃脱。人难免一死，有的轻如鸿毛，有的重于泰山，要看他们的意义而定。柳如是自缢殉节来报答钱谦益，以死化解了钱谦益留下的祸患，这样的义举难道不重于泰山吗？之所以说重于泰山，是因为她能舍生取义！西陵松柏歌颂的是才子佳人的故事，却不曾听说苏小小最终的归宿如何。耆卿、月仙，齐丘、散花女，都找到了各自的归宿，却没有听说过她们的气节如何。韩香、幼玉、张红红、罗爱爱等人，她们都有气节，却又不会为夫殉节。许久以来，香阁中的佳人，只有张尚书燕子楼中的关盼盼能为夫殉节，却是在张尚书死后很久她才殉节的。关盼盼不可惜自己的美丽容颜，即将埋葬在黄土之下，而是想着以死来成全自己顾念旧主的名声，真是有些荒唐啊。为夫殉节，以死相随的做法，不一定让人完全赞同。然而世人应该知道，一个人即使一辈子谨守道义，也有可能在一念之间，就晚节不保；也可能一个人一生作了很多错事，却因为晚年高尚的节操而弥补了以往的缺陷。舍生取义，往往就在一念之间。柳如是活着的时候不被世人所称赞，而死后却享有美名。她的从容赴死，难道不是很悲壮吗？

张山来曰：前半如柳萦花笑，后半如笳（jiā）响剑鸣，柳夫人可以不死矣！

【译文】张山来说：柳如是前半生如柳絮飘萦、花儿含笑，后半生轰轰烈烈，慷慨悲壮，她虽死犹生啊！

换心记

徐芳仲光

【题解】本篇是《虞初新志卷五》的第二篇。讲述了一个从小愚笨无比的进士公在走投无路之际，因精诚所致感动天地，被神仙更换了一颗聪慧之心，进而考中了进士的故事。文末张山来的点评也许会给我们一些启示：有形的心不能更换，但无形的心未必不可更换。

万历中，徽州进士某太翁，性下急[①]，家故饶赀，而不谐于族。其足两腓[②]瘦削无肉，或笑之曰："此相当乞。"翁心恨之。生一子，即进士公，教之读书，性奇僿（sài）[③]，咿唔十数载，寻常书卷，都不能辨句读[④]。或益嘲笑之曰："是儿富贵，行当逼人。"翁闻益恚。

【注释】①下急：性情急躁。②腓：胫骨后的肉。亦称"腓肠肌"，俗称"腿肚子"。③僿：闭塞。④句读：俗称"断句"。

【译文】明朝万历年间，徽州某进士的父亲，性格急躁，虽然家产富足，但是与族人的关系却不和睦。这位老翁的两腿干枯瘦削，一点肉也没有，有人嘲笑他说："这是当乞丐的骨相。"老翁心中很是忌恨这句话。老翁生了一个儿子，也就是进士公，教他读书，而进士公天生心窍闭塞，读了十几年的书，就连最平常的断句都没学会。有人更加嘲笑他说："这孩子是生来富贵，将来必会超过他人。"老翁听到这些话更加生气。

有远族侄某，负文名[①]，翁厚币延致，使师之，曰："此子可教则教，必不可，当质语予，无为久羁。"侄受命，训牖（yǒu）[②]百方，而懵如故。岁暮辞去，曰："某力竭矣。且叔产固丰，而弟即鲁[③]，不失田舍翁[④]，奈何以此相强？"翁曰："然！"退而嗔语妇曰："生不肖子，乃翁真乞矣！"趣治[⑤]具饯师，而私觅大梃，靠壁间，若有所待。盖公恨进士辱己，意且扑杀之，而以产施僧寺，作终老计。母知翁方怒，未可返，呼进士窃语，使他避。

【注释】①文名：因文章写得好而获得的名声。②训牖：训诱。牖，通"诱"。③鲁：愚拙，蠢笨。④田舍翁：田家老农。⑤趣：古同"促"，催促，急促。治：整理，备办。

【译文】老翁有个同族的远房侄子，文采出众，老翁用厚礼将他聘请来，教导自己的儿子。对他说："这个孩子能教你就教，如果实在不能教，你就告诉我，不必多耽误时间。"老翁的侄子点头同意，老翁的侄子尽心尽力地教授进士公，但进士公还是和以前一样懵懂无知。到了年底，老翁的侄子要告辞离去，对老翁说："我已竭尽全力了。叔叔家产富足，弟弟即使愚拙一点儿，仍可以做一个富家翁，为什么一定要强迫他读书呢？"老翁回答道："确实是这样！"老翁回到内室十分生气地对夫人说："我生了个不肖的儿子！我真要去做乞丐了。"老翁催促家人置办酒宴为老师饯行，私下里却找了一根大棒，靠在墙角，好像准备做什么事。大概老翁恨进士公让自己受辱，想要打死他，然后将家产施舍给佛寺，以此来作为百年后的打算。夫人知道老翁正在气头上，即使劝说也没有用。喊来进士公将此事偷偷告诉他，让他找地方躲避一下 。

进士甫新娶，是夜合户筹议，欲留，恐祸不测；欲去，无所之。则夫妇相持大哭，不觉夜半。倦极假寐[①]，见有金甲神拥巨斧，排闼入，捽（zuó）[②]其胸，劈之，抉[③]其心出，又别取一心纳之，大惊而寤。

【注释】①假寐：打盹儿，打瞌睡②捽：揪，抓。③抉：剔出，挑出。

【译文】进士公刚刚新婚，当晚，关上房门与妻子商量办法，如果留下来，恐怕会遭遇不测；如果离开，又无处可去。夫妇二人无计可施，不禁相拥大哭，不知不觉就到了半夜。二人十分疲倦，就打起了瞌睡，恍惚间似乎看到身穿金甲的神仙，手拿巨斧推门而入，揪起进士公，劈开他的胸膛，挖出他的心，又将另一颗心放了进去，进士公大惊而醒。

次日，翁延侄饮为别。翁先返，进士前送至数里，最后牵衣流涕曰："恻隐之心，人皆有之。师何忍某之归而就死？"师矍（jué）然[①]曰："安得此达者[②]言？"进士曰："此自某意。且某此时，颇觉胸次[③]开朗，愿更从师卒业。"因述夜来梦。师叩以所授书，辄能记诵，乃大骇，亟与俱返。

【注释】①矍然：惊惧；惊视。②达者：即达人，在某方面有专长的人。③胸次：胸间。亦指胸怀。

【译文】第二天，老翁设酒为侄儿饯行。老翁先行返回，进士又送了数里，最后拉着老师的衣襟流泪说道："恻隐之心，人皆有之。老师怎么忍心看我回去受死呢？"老师惊讶地看着他说："你今天怎么突然能说出这么文雅的话呢？"进士回答说："这话出自我的本意。我此时感到胸中豁然开朗，愿意重新跟随老师完成学业。"于是进士向老师讲述了昨夜的梦中奇遇。老师将所教之书考问进士公，他都能流利地背诵出来，老师大为惊讶，急忙和进士公一起返回。

翁闻剥啄声[①]，掣梃门侯。已闻师返，则延入。师具以途中所闻告。翁以为谬，试之良然，乃大喜。自是敏颖大著，不数岁，补邑诸生。又数岁，联捷成进士。报至之日，翁坐胡床[②]，大笑曰："乃公自是免于乞矣！"因张口哑哑[③]而逝。

【注释】①剥啄声：叩门声。②胡床：亦称"交床"、"交椅"、"绳床"，是古时一种可以折叠的轻便坐具。③哑哑：形容笑声。

【译文】老翁听到敲门声，拿起大棒等在门后。后来听到老师也回来了，就开门将老师请了进来。老师将途中所听到的情况都告诉了老翁。老翁觉得很荒谬，叫来进士公仔细询问，果然和老师所说的一样，于是大喜过望。从此，进士公智慧大长，没过几年，就考中了秀才。又过了几年，接连考中举人和进士。喜报送达那天，老翁坐在胡床上，大笑说道："我从此可以免于行乞了！"说完大笑而逝。

族子某为郡从事，庚辰与予遇山左道中，缕述[①]之。古今未闻有换心者，有之自此始。精诚所激，人穷而神应之。进士之奇颖，进士之奇愚逼而出也，所谓德慧存乎疢（chèn）疾[②]者也。或曰："今天下之心，可换者多矣，安得一一捽其胸剖之，易其残者而使仁，易其污者而使廉，易其奸回邪佞者而使忠厚正直？"愚山子曰："若是，神之斧日不暇给矣！且今天下之心皆是矣，又安所得仁者廉者忠若直者而纳之，而因易之哉？"

【注释】①缕述：详细陈述。②疢疾：意为疾病，也指忧患。

【译文】我有一个亲戚担任郡从事之职，庚辰年我在去山东的路上遇到了他，这个故事就是他告诉我的。从古至今还没听说过换心的事，要是有的话就从这个人开始的。精诚所至激发的力量可以感动天地，人到了走投无路的时候，神灵就会回应他。进士出奇的聪颖，是他出奇的愚钝所逼出来的。这就是所谓的道德智慧存在于忧患之中。有人说："现在天下人的心，应该换的太多了，又怎能做到一个个地剖开他们的胸膛，把那些凶残的心更换成仁爱的，把那些贪婪的心更换成廉洁的，把那些奸邪的心更换成忠厚正直的呢？"愚山子说："假如这样实行，那么神灵的斧头每天都没有闲着的时候了。况且现在天下人的心都变得不好了，到哪里可以找到那么多仁慈、廉洁、忠厚正直的心来为他们更换呢？"

张山来曰：有形之心不能换，无形之心未尝不可换。人果肯换其无形者，安知不又有神焉并其有形者而换之耶？则谓进士公为自换其心也可。

【译文】张山来说：有形的心不能更换，但无形的心未必不可以更换。人们如果真的肯更换自己无形的心，又怎么知道不会有神仙把他的有形之心更换掉呢？所以说是进士公自己更换了他的心也是恰当的。

秦淮健儿传

李渔笠翁

【题解】本篇是《虞初新志卷五》的第三篇，作者为清代著名戏曲家李渔。本篇描写的秦淮健儿，天生神力，却恃强凌弱，胡作非为，自以为无人能敌，最后却被一群少年制服，方才明白了人外有人的道理，最终悔过自新，得享天年。

嘉靖中，秦淮民间有一儿，貌魁梧，色黝异。生数月，便不乳，与大人同饮啜。周岁怙（hù）恃交失[①]，鞠于外氏[②]。长有膂（lǚ）力，善拳击，尝以一掌毙一犬，人遂呼为“健儿”。健儿与群儿斗，莫不辟易。群儿结数十辈攻之，健儿纵拳四挥，或啼或号，各抱头归，愬[③]其父兄。父兄来叱曰：“谁家豚犬，敢与老子相触耶？”健儿曰：“焉敢相触？为长者服步武之劳，则可耳。”乃至父兄前，以两手擎父兄，两胫去地二尺许，且行且止，或昂之使高，或抑之使下，父兄恐颠仆，莫敢如何，但咭咭笑，乡人哄焉。

【注释】①怙恃交失：指父母相继失去。②鞠：养育，抚养。外氏：母亲的父母家。③愬：同“诉”。

【译文】明代嘉靖年间，秦淮民间有一个少年，身材魁梧，肤色黝黑。他生下来才几个月，就不再吃奶，能和大人一起吃饭。少年周岁的时候，父母相继离世，他被外祖父家收养。少年长大后力大过人，双拳尤其厉害，曾经一掌击毙一条狗，因此，人们都叫他“健儿”。健儿和一群小孩打斗，大家都打不过他。那群小孩聚集了数十人一起来对付他，健儿挥舞着拳头四面出击，那群小孩们被打的有的啼哭，有的哀嚎，一个个抱着脑袋逃回家中，向他们的父兄告状。他们的父兄来到健儿面前呵斥他说：“这是谁家的小畜生，敢和老子比试比试吗？”健儿说：“怎么敢和您比试呢？我替您老人家跑跑腿还是可以的。”于是来到他们面前，用手把他们抓了起来，两脚离地有二尺多高。健儿抓着他们，一会儿前进，一会儿停下，有时把他们举高，有时又把他们放下。他们的父兄生怕摔下来，不敢反抗，只能陪着笑脸，乡里人都哄笑起来。

健儿性善动，不喜读书。外氏命就外傅[①]，不率[②]教。师夏楚[③]之，则夺扑裂眦[④]曰：“功名应赤手致，焉用琐琐章句为？”师出，即与同塾诸儿斗，诸儿无完肤。又时盗其外氏簪珥[⑤]衣物，向酒家饮，醉即猖狂生事。外氏苦之，逐于外。为人牧羊，每窃羊换饮，诈言多歧亡[⑥]。主人怒，复见摈。时已弱冠矣。

【注释】①外傅：教学的老师，别于内傅而言。②率：遵循，服从。③夏楚：鞭打、体罚。④扑：杖，戒尺。裂眦：眼眶裂开。形容极端愤怒。⑤簪珥：发簪与耳饰，皆妇女首饰。⑥歧：岔路。亡：走失。

【译文】健儿生性好动，不喜欢读书。外祖父让他到老师那里读书，但是他不服从老师的教导。老师惩罚他，他就夺走老师的戒尺，瞪大双眼，愤愤地说：“功名应该靠双手获得，读这些琐碎的文章有什么用呢？”老师不在的时候，健儿就和同学打斗，把他们打得体无完肤。他又时常偷窃外祖父家的首饰衣服，变卖后到酒家喝酒，喝醉了就肆无忌惮地惹事生非。外祖父为此苦恼万分，只得把他逐出家门。健儿就靠给人放羊为生，他依然劣迹不改，常偷羊换酒喝，还欺骗主人说羊走失了。主人大怒，健儿又被赶走。当时他已是弱冠之年了。

闻倭入寇，乃大快曰："是我得意时也！"即去海上从军。从小校擢功至裨将。与僚友[①]饮，酒酣斗力，毙之。罪当死，遂弃官，逃之泗，易姓名，隐于庖丁[②]。民家有犊，丙夜[③]往盗之，牵出，必剧呼曰："君家牛我骑去矣！"呼竟，倒骑牛背，以斧砍牛臀。牛畏痛，迅奔若风，追之莫及。次日，亡牛者适市物色之，健儿曰："昨过君家取牛者我也，告而后取，道也，奚其盗？"索之，则牛已脯[④]矣，无可凭。市中恶少，推为盟主，昼纵六博[⑤]，夜游狭斜，自恃日甚。尝叹曰："世人皆不足敌，但恨生千载后，不得与拔山举鼎之雄一较胜负耳！"

【注释】①僚友：共事的人。斗力：比赛力气。②庖丁：庖子，庖人。厨师。③丙夜：三更或半夜的时候。④脯：肉干。⑤六博：一种古代博戏。共有十二棋子，六白六黑，投六箸行六棋。

【译文】后来健儿听说有倭寇前来侵犯，心情大快地说："现在是我一展抱负的时候了！"他马上跑到海边参军。健儿在军中屡立战功，从小校一直升到了裨将。有一次他与同僚喝酒，酒醉后打架，失手把同僚打死了。按军法应为死罪，于是健儿弃官逃到了泗水，隐姓埋名当了厨师。一户人家里有头牛犊，他三更半夜去把牛偷出来，还大声呼喊说："你家的牛我骑走了！"喊完后，就倒骑在牛背上，用斧头砍牛的臀部。牛剧痛难忍，就风驰电掣般地迅速奔跑，失主无法追赶得上。第二天，丢牛的人到集市上找牛，健儿说："昨天到你家带走牛的人是我，我告诉你以后才把牛带走的，这是盗亦有道，怎么能是偷窃呢？”失主向他索要牛，而牛早已变成了牛肉，没有了凭证。街市上的恶少，一致推选他为盟主，健儿白天赌博，晚上逛妓院，日益骄纵狂傲。他曾经感叹说：“世上的人都不是我的对手，只是遗憾自己晚生了一千年，没有机会和古代拔山举鼎的英雄一较高低！”

邑使者禁屠牛，健儿无所事事，取向所屠牛皮及骨角，往瓜扬间售之，得三十金。将归，饮于馆中，解金置案头。酒家翁见之，谓曰：“前途多豪客①，此物宜善藏之。”健儿掷杯砍案曰：“吾纵横天下三十年，未逢敌手，有能取得腰间物者，当叩首降之。”时有少年数人，醵于左席，闻之错愕，起问姓名居里。健儿曰：“某姓名不传，向尝竖功于边陲，今挂冠微服②，牛耳③于泗上诸英雄。”少年问能敌几何辈，健儿曰：“遇万万敌，遇千千敌。计人而敌，斯下矣！”诸少年益错愕。

【注释】①豪客：强盗。②挂冠：辞官。微服：穿着普通衣服。③牛耳：古代诸侯会盟时，盟主割牛耳取血，分与诸侯宣誓，以表守信。后称居领导地位的人为“牛耳”。

【译文】地方官禁止杀牛后，健儿便无事可做了，他取出以前杀牛剩下的牛皮和骨角，去瓜州、扬州一带出售，卖了三十两银子。准备回去的时候，健儿在酒馆里喝酒，把钱解下来放在桌子上。店主看见了，对他说：“前面路上强盗很多，这些银钱应该妥善收藏。”健儿听到这话，把杯子一放，抽出刀砍在桌子上，说：“我纵横天下三十年，还没遇到过对手，有人能取得我腰间的钱物，我便叩头向他认输。”当时有几个少年，在他旁边的桌上喝酒，听了他的话，感到十分惊讶，忙起身询问他的姓名及住址。健儿说：“我的姓名不用告诉你们，我曾在边陲立功，现在辞官为民，在泗州作了诸位英雄的首领。”少年问能他一人能抵挡多少人，健儿说：“遇到万人就能敌万人，遇到千人就能敌千人。如果只能抵挡几个人，还算得上什么英雄！”各位少年更加惊愕。

健儿饮毕，束装上马。不二三里，一骑追之甚迅。健儿自度曰：“殆所云豪客耶？”比至，则一后生[①]，健儿遂不介意。后生问：“何之？”健儿曰：“归泗。”后生曰：“予小子亦泗人，归途迷失，望长者指南之。”于是健儿前驱，马上谈笑颇相得。健儿谓后生曰：“子服弓矢，善决拾[②]乎？”后生曰：“习矣，而未闲。”健儿援弓试之，力尽而弓不及彀（gòu）[③]，弃之，曰：“此物无用，佩之奚为？”后生曰：“物自有用，用物者无用耳。”乃引自试。时有鹜[④]唳空，后生一发饮羽[⑤]，鹜坠马前。健儿异之。后生曰：“君腰短刀，必善击刺。”健儿曰：“然！我所长不在彼，在此。”脱以相示，后生视而噱（jué）[⑥]曰：“此割鸡屠狗物，将焉用之？”以两手一折，刀曲如钩，复以两手伸之，刀直如故。健儿失色，筹腰间物菲复我有矣。虽与偕行，而股栗[⑦]之状，渐不自持。后生转以温言慰之。

【注释】①后生：青年男子，小伙子。②决拾：射箭。③彀：把弓张满。④鹜：野鸭。⑤饮羽：箭深入至没羽。⑥噱：大笑。⑦股栗：大腿发抖，形容十分恐惧。

【译文】健儿喝完酒，穿戴整齐上马前行。走了不到二三里地，一人骑马飞速追来。健儿心想：“难道这就是所说的盗匪吗？”等到了跟前一看，是一个年轻人，健儿也放松了戒备。年轻人问：“您要到哪里去？”健儿说：“回泗州。”年轻人说：“我也是泗州人，找不到回家的路了，希望您能指点一下。”于是和健儿一起驱马前行，两人在马上谈笑风生。健儿对年轻人说：“你身背弓箭，应该擅长射箭吧？”年轻人说：“倒是学过射箭，只是还不精通。”健儿便把年轻人的弓拿过来试着拉了一下，他用尽力气也没有把弓拉满，就放下弓，对年轻人说：“这个东西也没什么用，还带着它干什么呢？”年轻人说：“这个东西自然有用，只是用它的人没用罢了！”于是拿起弓亲自试验。当时有野鸭在空中鸣叫，年轻人一箭射去就射中了它，野鸭坠落马前。健儿很是惊异。年轻人说：“你腰上佩戴着短刀，一定很擅长击刺吧？”健儿说：“当然！我所擅长的不是弓箭，而在刀剑上！”取下刀来展示给他看。年轻人看后大笑着说：“这是杀鸡宰狗的玩意儿，带着它有什么用呢？”随即用两手一折，把刀弯曲得像钩子一样，又两手一拉，刀子恢复笔直的样子。健儿惊慌失色，心想腰间财物恐怕不再是我的了！虽然还与年轻人一起同行，但是双腿却不停地颤抖，渐渐地连自己都控制不住了。年轻人反而用温和的话语来安慰他。

复前数里，四顾无人，后生纵声一喝，健儿坠马。后生先斩其马，曰：“今日之事，有不唯我命者，如此马！”健儿匍伏请所欲。后生曰：“无用物，盍解腰缠来献！”健儿解囊输之，顿首乞命。后生曰：“吾得此一囊金，差可十日醉。子犹草莱①，何足诛锄？”拨马寻故道去。健儿神气沮丧，足循循②不前。自思三十金非长物③，但半世英雄，败于乳臭儿之手，何颜复见诸弟兄？遂不归泗，向一村墅结庐卖酒聊生。每思往事，辄恧恧（nǜ）④欲死。

【注释】①草莱：荒地的杂草。②循循：徘徊不前貌。③长物：原指多余的东西。④恧恧：惭愧貌。

【译文】又往前走了数里，四周无人，年轻人大喝一声，健儿闻声坠落马下。年轻人抬手先把他的马给杀了，然后说："今天的事情，如果不听从我的命令，下场就像这匹马一样！"健儿听后，匍匐在地，询问他想要干什么。年轻人说："没用的东西。还不解下腰上的东西献给我？"健儿解下钱袋递给他，不停地磕头，请求年轻人饶命。年轻人说："我得到这一袋银子，差不多够我十天的酒钱了。你就像荒野里的杂草一样，何需我亲自动手去铲除呢？"说完，就掉转马头从原路返回了。健儿神情沮丧，徘徊半天不能前行。心想这三十两银子也不是什么重要的东西，但我的半世英名竟然毁在了一个乳臭未干的小子手里，还有何脸面再去见各位弟兄呢？于是他没有再回泗州，而是在一个村庄里盖了间草房，以卖酒为生。每次想起往事，就惭愧得要死。

一日，春风淡荡[①]，有数少年索饮，裘马甚都，似五陵公子，而意气豪纵，又似长安游侠儿。击案狂歌，旁若无人，且曰："涤器翁似不俗，当偕之。"遂拉健儿入座。健儿视九人皆弱冠，唯一总角[②]者，貌白皙若处子，等闲不发一言，一言则九人倾听；坐则右[③]之，饮则先之。健儿不解其故。而末坐一冠者，似尝谋面，睇（dì）[④]视之，则向斩马劫财之人也，谓健儿曰："东君尚识故人耶？"健儿不敢应。后生曰："畴昔[⑤]途中，解囊缠赠我者，非子而谁？我侪岂攘攫[⑥]者流？特于邮旁肆中，闻子大言恐世，故来与子雌雄，不意竟输我一筹！今来归赵璧耳。"遂出左袖三十金置案头，曰："此母也。于今一年，子[⑦]当肖之。"又探右袖，出三十金，共予之。健儿不敢受，旁一后生拔剑努目[⑧]曰："物为人攫而不能复，还之又不敢取，安用此懦夫为？"健儿惧，急内袖中，乃治鸡黍为欢。诸后生不肯留。归金者曰："翁亦可怜矣，峻拒[⑨]之则难堪。”众乃止。时爨下薪穷，健儿欲乞诸邻，后生指屋旁枯株谓之曰：“盍载斧斤？”健儿曰：“正苦无斧斤耳。”后生踌躇久之，曰：“此事须让十弟，我九人无能为也。”总角者以两手抱株，左右数挠[10]，株已卧矣，遂拔剑砍旁柯燃之。酒至无算，乃辞去，竟不知其何许人。

【注释】①淡荡：犹散淡；悠闲自在。②总角：比喻童年。旧时未成年男女，编扎头发，形如两角，称为“总角”，故用以指未成年的男女。③右：坐席右为尊，所以称所重者为“右”。④睇：斜着眼睛看。⑤畴昔：昔日、从前。⑥侪：等辈，同类的人们。攘攫：掠夺。邮：古代传递文书的驿站。⑦母：本钱。子：利息。⑧努目：生气时两眼张得大大的样子。⑨峻拒：严厉拒绝。⑩挠：搅，搅动。

【译文】一天，春风吹拂，有几位少年来喝酒。他们的衣饰车马都很华贵，像是富贵人家或官宦家的子弟；但是他们意气风发、豪爽的样子，又好像是豪客游侠一类的人物。他们拍着桌子大声唱歌，旁若无人，又说：“那个洗酒器的老头看起来不像一般人，把他拉来一起喝酒吧。”于是拉着健儿入座喝酒。健儿看到其中九人都是二十岁左右的年纪，还有一个人是小孩子的模样，皮肤白皙得像女子一样，轻易不说话，只要一开口，那九个人都唯命是从；他坐在上首，喝酒时总是他先喝。健儿不了解其中的缘故。而末尾那个戴帽子的人，健儿似曾相识，偷眼观看，竟是杀了自己的马、抢了自己钱的那个人！那人对健儿说：“东家还认识我这位故人吗？”健儿不敢回答。年轻人说：“往日在路上，慷慨解囊，赠与我钱财的人，不是你，又是谁呢？我们可不是什么盗贼，只不过是在驿站旁的酒铺中，听你口出惊世狂言，所以来和你一决高下，没想到你竟然输给了我！今天特来完璧归赵！”说完就从左袖中拿出三十两银子放在桌上，说：“这是本钱。到现在也有一年的时间了，利息也应该有这么多。”又从右袖中拿出三十两银子，一起交给了健儿。健儿不敢收。旁边的年轻人拔出剑来，怒目而视，说：“钱被人家抢走，你不敢夺回；还给你，又不敢要，要你这样的懦夫有何用！”健儿惊恐万分，急忙把钱收到袖中，于是杀鸡做饭，准备招待他们。那些年轻人却不肯留下，还钱的人说：“他也怪可怜的，我们要是这么拒绝他，会让他很难堪的！”大家于是留了下来。当时灶下没有柴了，健儿想去邻居家借一些。年轻人指着屋旁的枯树说：“为何不砍这个来烧火呢？”健儿说：“可惜没有斧头。”年轻人踌躇一会儿，说：“这件事必须让十弟来做，我们九个人都无能为力。”那个小孩子用双手抱着枯树，左右摇动数下，枯树就轰然倒下，众人拔剑砍下上面的树枝烧火。酒也不知喝了多少，众人才告辞离去。健儿竟然始终不知道这些是什么人。

健儿自是绝不与人较力，人殴之则袖手[①]不报。或曰：“子曩日英雄安在？”健儿则以衰朽谢之。后得以天年[②]终，不可谓非后生力也。

【注释】①袖手：手藏在袖子里。比喻在一旁观看而不肯参与其事。②天年：自然的寿命。

【译文】健儿从此不再和别人比拼武力，人们打他也不还手。有人说：“你从前的英雄气概都到哪里去了？”健儿就用年老体衰来搪塞。后来健儿得以寿终正寝，不能说不是那些年轻人的功劳啊。

张山来曰：尝见稗官中，有赵东山夸技顺城门，其事与此相类。甚矣，毋谓秦无人也！

【译文】张山来说：我曾在稗官野史中看到，有赵东山夸技顺城门的故事，与这件事很类似。哎，不要再说秦国没有人了！

山东四女祠记

黄始静御

【题解】本篇是《虞初新志卷五》的第四篇。讲述了山东四女祠的来历。汉景帝时期一个傅姓人家的四个女儿为了侍奉双亲终老，一同发誓终身不嫁，她们的孝心感动天神，最后在鼓乐齐鸣中，天神亲自来迎接一家六口上天。乡里人被傅家四女的孝行所感动，于是为她们修建了四女祠。

丙辰十月，出都门[①]，畏陆行之劳悴[②]也，舍而之舟。舟行六七日，将至黄河崖。过一村，风急不得行，遂泊舟。人曰："此四女镇也。"初未详"四女"何以名。

【注释】①都门：京都城门。②劳悴：因辛劳过度而致身体衰弱。

【译文】丙辰年十月，我出了京城，担心走陆路太劳顿，身体吃不消，于是改乘船走水路。船行了六七天，即将到达黄河崖。路过一个村庄时，风特别大，船无法前行，于是停船靠岸。有人说："这是四女镇。"起初我不清楚这个镇子为何以"四女"来命名。

泊少间[①]，风息。卧舟中闷甚。起行崖岸间，一望荒沙，市人皆闭户，无憩立所。迄市尾一古祠，若无人焉者。入门，阒（qù）如[2]也。庭一碑，藤藓网布。碑前古树，半无枝叶，秃而龙身。右转得一径，进则老屋三楹[3]而已。中座像二，一老翁，庞眉[4]而古衣冠；一老媪，白发高髻，咸非近世饰。独两旁侍坐[5]者四人，虽儒衣儒冠，而修眉皓齿，皎若好女子。心颇疑之，无从询其说。乃扪藤剥藓，拭其文读之，盖明成化年碑也。碑载汉景帝时，地有傅姓长者，好善，年五十，无子，生四女，皆明慧知礼。寿日觞父，父曰："吾五十无子，奚寿为？"四女愀然[6]曰："父期于子者，为终养计也。儿即女，亦可代子职养父母，父母其勿忧。"明日，俱改男子装，四女共矢[7]不嫁，以侍其亲。时佛未入中国，唯读五经、百家、周秦以上书，博览奥义[8]如大儒。间则行善事，德化洽[9]于乡里。庭前古柏树，叶生龙爪，树身生鳞，金色灿然。乡里咸骇异，以为孝感所致。如是者三十年。一日，天神鼓乐降于庭，树化为龙，载翁媪及四女上升而去。里人[10]感之，遂为建祠，今所树趾，遗迹也。

【注释】①少间：过一会儿;隔不多时。②阒如：寂静貌。③楹：量词，古代计算房屋的单位，一说一列为一楹；一说一间为一楹。④庞眉：眉毛黑白杂色。形容老貌。⑤侍坐：在尊长近旁陪坐。⑥愀然：忧愁的样子。⑦矢：发誓。⑧奥义：精湛深奥的义理。⑨德化：以德业感化诱导别人。洽：广博，周遍。⑩里人：同乡人。

【译文】船停泊了一段时间后，风停了。我躺在船里，感觉有些烦闷。起身来到崖岸间。放眼望去，一片荒沙，家家都关门闭户，没有地方可以游览。我走到街尾看见一座古祠，里面好像没什么人。进门之后，里面悄无声息。庭院中立有一块石碑，上面覆满了藤条和苔藓。

碑前有一棵古树，古树的半边已经没有枝叶，半秃的树身好似虬龙盘绕。向右转有一条小路，沿着小路走进去有三间老屋。中间的屋子里有两尊塑像：其中一个塑像是一位老翁，眉毛黑白相间，穿戴着古时的衣冠；另一个塑像是一位老妇人，满头白发梳着高高的发髻，身上的衣饰看起来都不是近代人的打扮。还有四个塑像陪坐在两边，这四个塑像虽然身穿儒服，头戴儒帽，但是修眉皓齿，皎洁美好如同女子一样。我心里感到有些疑惑，却又无处询问。于是拨开藤条，剥落苔藓，擦拭露出碑文，读了起来。石碑是明朝成化年间所立。石碑上记载了汉景帝时，当地有位姓傅的长者，乐善好施，五十岁时还没有儿子，只有四个女儿，个个都聪明伶俐又知书达理。老人寿辰那天，四个女儿给父亲敬酒祝寿，父亲说："我五十岁了还没有儿子，连个为我养老的人都没有，还谈什么长寿呢？"四个女儿怅然地说："父亲期望能有个儿子，无非是为了养老送终。我们虽然是女儿身，也可以代替儿子来赡养父母，请父母亲不要为这个事情担忧。"第二天，女儿们都换上男装。四女共同发誓今生决不嫁人，共同侍奉双亲。当时佛教还没有进入中国，她们只能读到五经、百家、周朝和秦朝以前的书籍，她们如大儒一般博览群书，掌握精深的义理。空闲时间就在乡里行善事，以德行感化乡人。她们家庭院有一株古柏树，叶子长的像龙爪一般，树身上长着金光闪闪的麟片。乡里人都感到惊异，认为是她们的孝心感化来的祥瑞，就这样日复一日，持续了三十年。有一天，伴着鼓乐，天神降到庭院内，老树也变化成龙，载着老翁、老妇和四个女儿上天去了。乡里人都被他们一家的事迹所感动，于是建立了祠堂来纪念她们，现在大树的位置，就是遗址啊。

呜呼！自汉景帝迄今，不知千几百年，及遍考东国舆图纪载，都无所谓"四女祠"者，而孝感之报，徒得之于荒烟蔓草中。乃知古人轶事，其湮没不传者概不乏云。

【译文】哎！从汉景帝年间到今天，经过了一千几百年，查遍东部各地的文献方志，都没有找到关于“四女祠”的记载，而四女孝心感应的善报，也只能在荒烟蔓草中的石碑上才能略知一二。我这才知道古人的轶事，被淹没而没有流传下来的大概也不在少数吧。

张山来曰：昔汉缇萦[①]上书赎父罪，因除肉刑[②]，此只一人耳，不难自行其意。今四女同心，尤为仅见也。

【注释】①缇萦：人名。汉文帝时的孝女，为太仓令淳于意的的小女儿。文帝四年，淳于意获罪当处肉刑，入狱长安，缇萦上书愿为官婢，以赎父罪。文帝感念其孝心，即下令免除肉刑，赦免淳于意。②肉刑：古时切断犯人肢体，或割裂肌肤的刑罚。分墨、劓、剕、宫等。

【译文】张山来说：以前汉文帝时期，有孝女缇萦上书愿为官婢以赎父亲的罪过，因其孝心感动汉文帝而免除了其父的肉刑，这也只是一个人有孝行罢了，她可以按自己的意愿行事。现在四女同心，还真是只见过这一个例子。

鲁颠传

朱一是 近修

【题解】本篇是《虞初新志卷五》的第五篇。描写了一位世人眼里行事颠狂的鲁颠形象。鲁颠上身赤裸，仅披一块破布，下身穿一条厚裤，污垢厚重，却从不更换。张山来评价说：世人谓颠为颠，吾知颠必以世人为颠。想必是鲁颠不肯更换裤子，是为了表示不愿与世同污。

颠不知何里人，独行吴越间，体上裸，披单大襆（fú）①，襆中圆一孔，下体着絮厚裩（kūn）②，污重染，不易也。鬓飞蓬，足跣而跳。手一龟，龟习颠，颠俯首则龟昂，鼻息相接以为常。颠所过，群儿什（shí）③百怪随之。颠即踞④地展襆，头出中孔，伸缩象龟行，群儿狎且笑。又坦腹命群儿拳。腹坚，群儿争拳之，痛，更击以石，石碎，腹橐橐⑤然。颠喜酒，酒鼻饮。群儿愿观颠鼻饮，多就家索酒酒颠也。夜倒悬桥梁或城女墙⑥卧，鼾鼾焉。

【注释】①襆：包裹或覆盖用的布单。②裩：古同“裈”，裤子。③什：杂，多种的。④踞：蹲；蹲坐。⑤橐橐：硬物连续碰击声。⑥女墙：城墙上呈凹凸形的矮墙。

【译文】这个鲁颠不知是哪里人氏，一个人浪迹在江浙一带。他赤裸着上身，披着一块破布，布上面有一个圆孔。下身穿着厚裤，非常肮脏，也一直不更换。他的头发乱糟糟的，光着脚一瘸一拐地走路。他手中捧着一个乌龟，乌龟已习惯和他在一起，彼此间产生了默契，鲁颠低头，乌龟就抬头，甚至鼻子靠着鼻子也是常事。鲁颠所经过的地方，小孩儿们都觉得他怪异，跟在他后面。他则蹲在地上展开身上披的破布，把头从中间的孔洞中伸出来，像乌龟那样，头一伸一缩地爬行，小孩儿们边戏弄他边大笑。他又露出肚皮叫小孩儿们用拳打。他的肚皮很硬，小孩儿们都争着用拳头打，结果手都打疼了。就又用石头打他，石头都打碎了，鲁颠的肚皮被石头打的砰砰作响。鲁颠喜欢喝酒，而且喜欢用鼻子喝。小孩儿们喜欢看他用鼻子喝酒，经常回家拿酒给他喝。晚上他就倒悬在桥梁或城墙的矮墙上睡觉，鼾声震天。

横江徐氏者，好事人也，要①颠归，问吐纳水火之术，不答，唯日戏群儿如故。颠食尽一器，徐故予大器，无问多寡，食辄尽。又故以肥腻冷水诸不可口物内器，无问多寡予颠，颠亦食辄尽。问颠："浴乎？"曰："浴。然殿②人浴。"微窥之，见颠方呼呼然，俯水面饮前浴人垢，不更去已垢也。夜无桥梁城女墙，则悬足架上，垂首卧。夜分人定，即溺。人乘颠起，入问之，颠语庄，微及日用细碎，卒不答吐纳水火事。

【注释】①要：通"邀"，邀请。②殿：在最后。

【译文】横江有个姓徐的人，是个多事的人，他邀请鲁颠到家里，向鲁颠请教吐纳水火的法术，鲁颠没有回答他，还是如往常一样每天和小孩子们嬉戏打闹。鲁颠吃东西时总要把食具里的东西都吃完，姓徐的人就故意给了他一个大的食具，不论多少，他总是能把东西吃完。姓徐的又故意把那些油腻、冰冷等不好下咽的东西放到食具里，不管多少，他也总是全吃干净。他问鲁颠："洗澡吗？"鲁颠说："洗。但是要等到最后才洗。"姓徐的人偷看他洗澡，看到鲁颠浮在水面上，喝前面人留下的污垢，却不去洗自己身上的泥污。晚上如果没找到桥梁或矮墙，鲁颠就把脚悬放在架子上，头冲下睡觉。夜深人静的时候，他就起来小便。趁着他起来的时候，别人过去询问他，他就庄重严肃地回答别人，内容大概都是些日常琐碎的事情，他始终也不谈论吐纳水火的事。

在吴越十余年，人皆识之。一日过华亭，太守方岳贡出见市儿数百哗曰："颠来！颠来！"怪问颠，不答。再问，再不答。以为惑民，系且杖，杖下而颠死矣。后有人入杭之西山，复见颠曳杖躄（bì）躄[1]行。朱子曰：颠，吾知其不死。

【注释】①躄躄：行进不止的样子。

【译文】鲁颠在江浙一带呆了十多年，大家都认识他。一天他路过华亭，知府方岳贡看见街市上有百十来个小孩大声说："鲁颠来了！鲁颠来了！"就好奇地问他话，他也不回答。再问他，还是不说。方岳贡认为他蛊惑百姓，就把他捆起来杖打，结果鲁颠死于杖下。后来有人去杭州西山，又看见鲁颠拖着拐杖行走。朱子说："我就知道他没有死。"

张山来曰：世人谓颠为颠，吾知颠必以世人为颠；则谓颠非倒卧而世人为倒卧，亦无不可。

【译文】张山来说：世人都认为鲁颠是真的颠狂，我知道鲁颠一定认为世人才是真的颠狂；所以说鲁颠并非倒卧，而世人才是倒卧，也没什么不可。

林四娘记

林云铭西仲

【题解】本篇是《虞初新志卷五》的第六篇。讲述了晋江人陈宝钥在担任山东青州道佥事时，在公署内遇到女鬼林四娘，双方从误会到相交，再到相知的故事。林四娘的故事在明末清初流传甚广，且有多个版本，最著名的就是《红楼梦》七十八回里提到的“姽婳将军”和《聊斋志异》里《林四娘》的故事，很多记载中都提到林四娘是明朝青州衡王府中的宫嫔，所以后世认为当时的士人是借林四娘的故事，来悼念明朝的亡国之痛，

晋江陈公宝钥[①]，号绿厓。康熙二年，任山东青州道佥（qiān）事[②]。夜辄闻传桶[③]有敲击声，问之，则寂无应者。其仆不胜扰，持枪往伺，欲刺之。是夜，但闻怒詈[④]声，已而推中门[⑤]突入，则见有鬼，青面獠牙，赤体挺立，头及屋檐。仆震骇，失枪仆地。陈急出，诃（hē）之曰：“此朝廷公署，汝何方妖魅，敢擅至此？”鬼笑曰：“闻尊仆欲见刺，特来受枪耳。”陈怒，思檄（xí）[⑥]兵格之。甫起念，鬼又笑曰：“檄兵格我，计何疏也？”陈愈怒。迟明，调标兵二十名守门。抵夜，鬼却从墙角出，长仅三尺许，头大如轮，口张如箕，双眸开合有光，媻跚（pán shān）[⑦]于

地，冷气袭人。兵大呼发炮矢，炮火不燃。检韔（chàng）[8]中矢，又无一存者。鬼反持弓回射，矢如雨集，俱向众兵头面掠过，亦不之伤。兵惧奔溃。

【注释】①陈宝钥：字绿崖，一字大莱，福建晋江人，南明唐王隆武二年丙戌（1647年）举人，后降清。②佥事：职官名。专司判断官事的官。③传桶：旧时衙门的大门上，为便于传递函件和内外通话所开的小洞。④詈：骂；辱骂。⑤已而：不久。中门：内院、外院间的门。⑥檄：古代官府用来晓谕、声讨、征召等的公文。⑦媻跚：同"蹒跚"，走路缓慢摇摆。⑧韔：弓袋，古代装弓的套子。

【译文】晋江的陈宝钥，号绿厓。康熙二年时，出任山东青州道佥事。陈宝钥夜间听见有人敲击大门上的传桶，就问是谁，却静悄悄的没有人回应。他的仆人受不了轮番骚扰，就拿着长枪去查看情况，想要用枪去刺那个捣乱的人。这天晚上，忽然听见一阵怒骂的声音。不久，衙署的中门突然被推开，就看见有个鬼，青面獠牙，赤露身体站在那里，头快碰到屋檐。仆人非常惊骇，吓得丢掉长枪仆倒在地上。陈宝钥急忙出来，大声呵斥那个鬼说："这里是朝廷公署，你是哪里的妖魔鬼怪，敢擅自到这里来作怪？"鬼笑着说："听说您的仆人想要刺死我，我是专门来受死的。"陈宝钥发怒了，想要调兵来格杀这个鬼。刚有这个想法，鬼又笑着说："想要调兵来格杀我，想不出别的办法了吗？"陈宝钥更加生气了。天亮后，就调来二十多名士兵把守大门。到了夜晚，鬼却从墙角出来，只有三尺多高，头大得像车轮一般，嘴巴大张像簸箕一样，双眼一睁一闭，发出亮光，在地上摇摇晃晃地走着，冷气逼人。士兵们大声呐喊，向那个鬼发炮射箭，结果炮火打不着它，弓袋里的箭也射完了。这时鬼拿起弓箭向士兵射来，箭如雨下，从士兵们的头和脸上飞过去，但是没有伤到他们。士兵们都吓得仓皇奔逃。

陈又延引[1]神巫作法驱遣，夜宿署中。时腊月严寒，陈甫就寝，鬼直诣巫卧所，攫去衾（qīn）毡衣裤。巫窘急呼救。陈不得已，出为哀祈。鬼笑曰："闻此神巫乃有法者也，技止此乎？"遂掷还所攫。次日，神巫惭惧，辞去。自后署中飞炮掷瓦，晨昏不宁。或见墙覆栋崩，急避之，仍无他故。陈患焉。

【注释】①延引：邀请。

【译文】陈宝钥又请来神巫作法来驱鬼，晚上神巫就住在官衙中。这时正是寒冬腊月天气，陈宝钥刚睡下去，鬼直接来到神巫住的屋子，抢走了他的被褥和衣裤。神巫窘迫地大声呼救。陈宝钥无可奈何，出去向这个鬼恳求归还衣物。鬼笑着说："听说这个神巫是有法术的人，他的法术就只有这些吗？"然后就把所抢的东西扔还给神巫。第二天，神巫羞愧难当，向陈宝钥告辞离去。从此后，官府内整天飞沙走石，从早到晚不得安宁。有时看见墙倒屋塌，众人就赶紧躲开，仍然没有什么好的解决办法。这成了陈宝钥的一大心病。

嗣余有同年[1]友刘望龄赴都，取道[2]青州，询知其故，谓陈曰："君自取患耳！天下之理，有阳则有阴。若不急于驱遣，亦未扰扰至此。"语未竟，鬼出谢之。刘视其狞恶可畏，劝令改易颜面，鬼即辞入暗室中。少选[3]复出，则一国色丽人，云鬟（huán）[4]靓妆，袅袅婷婷而至。衣皆鲛绡雾縠（hú）[5]，亦无缝缀[6]之迹，香气飘扬，莫可名状。自称为林四娘，有一仆名实道，一婢名东姑，皆有影无形。唯四娘则与生人了无异相也。陈日与欢饮赋诗，亲狎[7]备至，唯不及乱而已。凡署中文牒，多出其手，遇久年疑狱，则为廉访[8]始末，陈一讯皆服。观风试士，衡文[9]甲乙悉当，名誉大振。

【注释】①嗣：接着，随后。同年：科举时代称同榜或同一年考中者。②取道：选取经由的道路。③少选：一会儿;不多久。④鬟：女子高耸的环形发髻。⑤鲛绡：指薄绢、轻纱。雾縠：如薄雾般轻软细纱所制成的服装。⑥缝缀：缝制连缀；补缀。⑦亲狎：亲近狎昵。⑧廉访：察访。⑨衡文：品评文章。

【译文】后来，陈宝钥的同年刘望龄进京，从青州经过，陈宝钥向他请教其中的缘由，刘望龄对陈宝钥说："这可是您自己造成的啊！天下之道，有阴就有阳，如果您不急着驱鬼，鬼也不会如此骚扰您啊。"话还没有说完，鬼就现身向刘望龄致谢。刘望龄看见鬼面色凶恶，让人害怕，就劝鬼改变容貌，鬼就离开进入暗室中。过了一会儿又出来，却是一个倾城倾国的佳人，梳着环形发髻，戴着美丽的妆饰，姿态柔美地来到众人面前。穿的都是如薄雾般轻软细纱所制成的服装，也没有缝接的痕迹，香气四处飘散，她的姿容优美无法用文字言语来描述。她自称林四娘，有一个叫实道的仆人和一名叫东姑的婢女，都是有影无形。只有林四娘与人无异。陈宝钥每天与她畅饮赋诗，非常亲近，但是彼此没有逾越礼法的行为。凡是官府中的公文，大部分出自林四娘之手，遇到多年难断案子，林四娘就查明实情，陈宝钥上堂审讯，嫌犯就都服罪了。观察世风、考核士子，评定文章的这些事情，陈宝钥都处理得很妥当，因此名声大振。

先是，陈需次燕邸[①]，贷京商二千缗（mín）[②]。商急索，不能应，议偿其半，不允。四娘出责之曰："陈公岂负债者？顾[③]一时力不及耳。若必取盈，陷其图利败检，于汝安乎？我鬼也，不从吾言，力能祸汝！"京商素不信鬼，笑曰："汝乃丽人，以鬼怖我？若果鬼也，当知我在京庐舍[④]职业。”四娘曰：“庐舍职业，何难详道？汝近日于某处行一负心之事，说出恐就死耳。”京商大骇，辞去。陈密叩商所为，终不泄，其隐人之恶如此。

【注释】①需次：旧时指官吏授职后，按照资历依次补缺。燕邸：泛指旧时官员在京师的邸舍。②缗：用于成串的铜钱，每串一千文。③顾：只是；不过。④庐舍：房屋，住宅。

【译文】在此之前，陈宝钥在京师任职的时候，向京商借了两千缗钱。这个京商着急索要，陈宝钥不能立即归还，与他商议先偿还一半，京商不答应。林四娘出来责备这个京商说：“陈公难道是欠债不还的人吗？只是因为一时不能凑齐罢了。如果一定要他偿还，就是逼他贪财枉法了，这对于你来说能安心吗？我是一个鬼，如果你不听从我的劝告，我就让你遭受灾祸！”这个京商一向不相信有鬼，笑着说：“你是个美貌的女子，为何用鬼来吓唬我呢？如果你真的是鬼，就应该知道我在京城的住址和职业。”林四娘说：“能说出你的住宅和职业有什么难的？你最近在某个地方做了一件亏心事，说出来恐怕你就死定了。”京商大惊失色，赶紧告辞离开。陈宝钥私下向林四娘询问京商所做的亏心事，林四娘始终不肯透露一字，她就是这样不愿泄露别人的隐私。

性耽[①]吟咏，所著诗，多感慨凄楚之音，人不忍读。凡吾闽有访陈者，必与狎饮[②]。临别则赠诗，其中廋词[③]，日后多验。有一士人悦其姿容，偶起淫念。四娘怒曰：“此獠[④]何得无礼？”喝令杖责。士人欻（xū）然[⑤]仆地，号痛求哀，两臂杖痕周匝。举坐为之请，乃呼婢东姑持药饮之，了无痛苦，仍与欢饮如初。

【注释】①耽：爱；喜欢。②狎饮：放纵地饮酒。③廋词：隐语，谜语。④獠：面貌凶恶。⑤欻然：忽然。

【译文】林四娘天性喜欢吟诵诗词，所作的诗大多是感慨世事，让人不忍心读下去。凡是福建人去拜访陈宝钥，林四娘一定与他们开怀畅饮。离别时还写诗相赠，诗中的隐语，在日后大部分都应验了。有一个士人很喜欢林四娘的姿容，偶然起了邪念。林四娘异常愤怒地说："这个邪恶之人为何这样无礼？"命人杖责他。士人忽然仆倒在地，疼痛难忍，他大声号叫又苦苦哀求，两个胳膊上的杖痕环绕了一圈。在场的人都为他求情，林四娘着才让婢女东姑拿药让他喝了，士人随后立刻痛苦全无，林四娘仍然与他畅饮如初。

陈叩其为神始末，答曰："我莆田人也，故明崇祯年间，父为江宁府库官，逋帑（tǎng）[①]下狱。我与表兄某悉力营救，同卧起半载，实无私情。父出狱，而疑不释。我因投缳（huán）[②]以明无他，烈魂不散耳。与君有桑梓[③]之谊而来，非偶然也。"计在署十有八月而别，别后陈每思慕不置[④]。康熙六年，陈补任江南驿传道[⑤]，为余述其事，属记之。

【注释】①逋：拖欠。帑：国家收藏钱财的仓库。②投缳：自缢；上吊。③桑梓：古代常在家屋旁栽种桑树和梓树。又说家乡的桑树和梓树是父母种的，要对它表示敬意。后人用"桑梓"比喻故乡。④不置：不停止。⑤驿传道：官名。明代于各省设置。为各省按察使佐官按察副使、佥事的分道之职，以其中一人担任，掌本省驿递之事。或以清军道、屯田道兼。

【译文】陈宝钥询问她成为鬼的经过，她回答说："我是莆田人，明朝崇祯年间，父亲是江宁府库官，因拖欠国库财物被关入监牢。我和表兄都倾尽全力营救，我与表兄吃住在一起有半年的时间，彼此之间确实没有私情。父亲出狱后，却怀疑我和表兄，也不听我们的解释。我因此才上吊自尽，以表明我的清白，因此魂魄一直没有散去。我因为与您有同乡之情才来的，并非偶然。”她在署衙内一共呆了十八个月，才告别而去，林四娘离开后，陈宝钥常对她思念不止。康熙六年，陈宝钥补任江南驿传道一职，给我讲了这些故事，嘱咐我把它记录下来。

林子曰：《左氏传》言涉鬼神，后儒病其诬[①]。余窃疑天下大矣，二百四十余年中，岂无一二人出于见闻所不及乎？今陈公绿厓，正士也，非能造言语者。且吾乡士人，往往有亲见之者。王龙溪云：神怪之事，圣人不语。力与乱明明是有，怪与神岂得云无？鬼能见形预人事，不可谓非神怪矣。然强魄暂留人间，终归变灭，不能久存。是在精气为物，游魂为变之外，非可以常理推究，言有言无，皆惑也。此圣人所以不语也夫？

【注释】①病：责备。诬：无中生有。

【译文】林云铭说：《左氏传》书中有涉及鬼神的记录，后来的读书人谴责这是无中生有，欺骗世人的言论。我暗自怀疑天下如此之大，二百四十多年中，难道没有一两个人的见闻是世人所不知道的吗？陈宝钥是个正直的人，不可能是那种编造谣言的人。并且我家乡的士人，有很多人亲眼看见过林四娘。王龙溪说：神怪之事，圣人不作评论。力和乱的事情本来就是存在的，怎么能说怪与神的事情却不存在呢？鬼能现形并预测人世间的事情，不能说不是神怪啊。然而强健的魂魄虽然可以暂时留在人间，终归是要魂飞魄散的。精气可以凝聚成物，魂魄可以转世流走，这些事情不可以用常理来推究的，无论说有还是无，都是令人疑惑的。这就是圣人之所以不说的原因吧？

张山来曰：先君明季[①]时客楚抚军署中，宾客杂遝（tà）[②]，室无空虚。旁有园，扃鐍（jué）[③]甚固。先君谓众客曰："曷不迁入此中，俾稍稍舒眉[④]乎？"或答曰："此内有鬼，是以未敢耳。"因询其状，乃知前抚军[⑤]有女，及笄（jī）[⑥]而死，遂葬此中。每际清风明月，辄见形于回廊曲槛间，徘徊徙倚[⑦]，如不胜情。人惧其为祟（suì）[⑧]，故常扃之。先君大喜曰："审若是，是故我所祷祀[⑨]而求者也！"遂请独居其内，日以二小童给侍，夜则遣去，冀有所遇，而卒无见闻。事载《天山楼随笔》。今林四娘独能变现若此，则又何也？岂必无罪而冤死者乃能为厉耶？

【注释】①先君：已故的父亲。明季：明代末年。②杂遝：众多而纷乱的样子。③扃鐍：箱箧、门窗前的上锁处。④舒眉：舒展眉头。形容适意而无忧的样子。⑤抚军：旧时对巡抚的别称。⑥及笄：笄，发簪。古代女子年满十五岁而束发加笄，表示成年。后世遂称女子适婚年龄为"及笄"。⑦徙倚：徘徊；流连不去。⑧祟：迷信说法指鬼神给人带来的灾祸。⑨祷祀：有事祈求鬼神而设祭。

【译文】张山来说："我已故的父亲在明朝末年时，在楚地巡抚那里做幕僚，当时巡抚的宾客众多，纷纷攘攘，已没有空闲的屋子可住。官署旁边有个园子，门锁紧闭。先父对众宾客说："为什么不搬到这个园子里，让我们住的宽松些呢？"有人回答："因为里面闹鬼，所以不敢让我们进去吧。"于是询问具体情况，才知道前任巡抚有个女儿，到了及笄的年龄时去世了，就埋葬在这个园子里。每当清风明月时，就能看见她的鬼魂在曲折的长廊和栏杆间，徘徊留连，好像有悲戚之情。

人们害怕会带来灾祸，所以常常锁着这个园子。先父高兴地说："如果真是这样，正是我祷祀所希望遇到的事呀！"于是请求独自住在那个园子里，每天让两个小童侍奉他，到了夜晚就让他们出去，先父希望可以遇到鬼魂，然而最后什么也没有见到。这件事记载在《天山楼随笔》中。如今唯独林四娘能这样变化，又是什么原因呢？难道是无罪而冤死的人才能变为厉鬼吗？

乞者王翁传

徐芳仲光

【题解】本篇为《虞初新志卷五》的第七篇。叙述了樵县某世家大族的先祖王翁年轻为乞丐时，拣到金钏，没有占为己有，而是归还失主，后得善报，成为乡里的富盛之家的故事。

洒口王氏，樵郡大姓也。其先世某翁，尝行乞至拏（ná）口陈长者家。日尚早，小憩门首。有顷户启，一小鬟捧盆水，向外倾洒去。有声铿然，随水堕地，视之，金钏[①]也。翁大喜，复念此钏必主妇洗妆置盆中，而鬟不知，倘主妇索钏不得，而疑鬟盗，或挞之急，且有变。吾贫人，横得重资，未必能享，而贻鬟累，以至不测，大不祥。遂留以待。久之，微闻户内喧声，似有所诃责。斯须，前鬟出，流血被面，望溪便掷。翁急前，持抱问故。鬟掷愈力，曰：“主妇失钏，而枉予盗。予何处得钏？与挞死，宁溺死！”翁曰：“然，钏在，毋恐。”乃出诸袖中，俾持入，且曰：“待子于此久矣。”鬟入报，主妇以为谩，遣童出问翁，具以实对。

【注释】①金钏：金镯子。

【译文】洒口王氏，是樵县的世家大族。他们的先祖王翁，早年乞讨，路过挐口陈长者家时，时间还早，他就在门口小睡了一会儿。过了一阵儿，门打开了，一个小丫鬟端着一盆水，泼到门外。水泼到地上发出了响亮的声音，王翁一看，地上掉落了一个金钏。王翁大喜，但是转念一想，这个金钏一定是陈家主妇在梳洗时，掉到盆中的，而小丫鬟却不知道，如果主妇找不到金钏，就会怀疑是小丫鬟偷了，或许会发怒鞭打她，小丫鬟可能就会想不开。我是一个贫穷的人，意外地得到这么贵重的东西，不一定能享用，而且连累小丫鬟被责罚，甚至有什么不测，这是非常不吉祥的事。于是留下来等小丫鬟。过了很长时间，隐隐听到门里有喧哗的声音，好像还有呵斥的声音。不一会儿，那个小丫鬟出来了，血流满面，就要投河自尽。王翁急忙上前，抱住她问其中的缘由。丫鬟反而更加用力挣脱，想要跳河，说："主妇丢了金钏，却冤枉是我偷的。我到哪里去找回金钏呢？与其被她打死，不如跳河淹死的好。"王翁说："金钏在我这儿，你不要害怕。"于是从袖中拿出金钏，让小丫鬟带回去，并且说："我在这儿等你很久了。"丫鬟进去禀告给主妇，主妇以为丫鬟是欺骗她，派仆人出来询问王翁，王翁告诉了实情。

事闻长者，长者曰："世安得有此人？"亟召入，居然壮男子也。因问："若能为我任奔走乎？"对曰："幸甚！"于是使司门户稽察，辄胜任。则又使出入市贾，征责租课，又辄称。长者益喜，遂以前鬟妻之，而使主庄佃某所。翁益殚竭心力以谨恪①报。长者知翁可任，益亲爱，待以家人礼，诸钱谷会计之重要者，悉以寄之。

【注释】①谨恪：犹谨敬，敬慎。

【译文】这件事被陈长者知道了，长者说："世上居然还会有这种人？”马上把王翁叫进来，一看居然是一位壮实的男子。于是就问：“你愿意在我这儿做事吗？”王翁回答说：“当然愿意！”于是先让王翁负责看守门户，王翁能很好地胜任职责。又让王翁去街市上负责收租，王翁又能很好地完成了任务。陈长者更加高兴，于是把王翁所救的小丫鬟许配给他，并且让他掌管某处田庄的事情。王翁更加尽心竭力的做事来报答陈长者。陈长者知道王翁可靠，于是更加亲近他，像家人一样对待他，钱粮买卖，会计下账等这一类重要的事情，全都交给王翁去打理。

翁任事既久，橐渐裕，而所娶鬟生数子，皆颖敏。既长，使之分道商贩，遂大富，致产巨万。翁乃谢陈氏事，携鬟与子归洒口，为素封[①]家。享年耄（mào）耋（dié），孙曾辈读书为诸生者十余人，翁皆及亲见之，今门第人文之盛，与陈颉（xié）[②]云。

【注释】①素封：指无官爵封邑，而资财丰厚的富人。②颉：引申为不相上下。

【译文】王翁在陈长者家里做事，时间久了，生活逐渐富裕起来，而且所娶的丫鬟生了几个孩子，都异常聪慧。孩子长大后，就让他们各自去做生意，家里慢慢变得富有，积累了巨额资产。于是王翁从陈家辞职，带着丫鬟和孩子回到洒口，成为当地大富之家。王翁得享高寿，孙辈和曾孙辈中，通过读书考取诸生的人有十几个，王翁都亲眼见到了，如今王家人文昌盛，与陈家不相上下。

噫！一乞人得金镮[①]值数十金，可以饱矣，返之奚为哉？愚山子曰：翁非特廉也，仁且智也：其不取非有，廉也；逆计[②]主妇之重责鬟，鬟急且死，而候其出救之，以白其枉而脱其祸，仁也；

救鬟得鬟，而免于乞，智也。使翁匿镮而往，十数金止矣，卒岁之奉耳，视此所得孰多乎？方其逡巡户外时，岂尝计及此哉？而报随之，谓天之无心，又安可也？今之读书明礼义，据地豪盛，长喙（huì）铦（xiān）[3]距，择弱肉而食之，至于冤楚死丧，宛转当前而不顾者，盖有之矣。况彼遗而我遇，取之自然者乎？吾故不敢鄙夷于乞而直翁之。夫乞而贤，即翁之可也。

【注释】①镮：古同“环”，泛指圆圈形物。②逆计：预计。③长喙：比喻说空话或搬弄是非。铦：锋利；锐利。

【译文】一个乞丐得到价值几十两银子的金镯子，本可以换钱，用来填饱肚子，然而乞丐却把它还给主人，这是为什么呢？愚山子说：王翁不只是不贪财，而且为人仁义又充满智慧：他不拿不属于自己的东西，这是不贪财；预料到主妇会因为遗失了金镯子而重责丫鬟，丫鬟被冤枉就可能萌生想死的念头，他等候丫鬟出来并且救了她，帮她洗刷冤屈并消除了灾祸，这是有仁义；救了丫鬟又娶了丫鬟为妻，而且不用再做乞丐，这是有智慧。如果王翁把金镯子藏起来卖了，也只能得到十几两银子罢了，只够一年的吃喝，和现在的富贵相比，哪个更多呢？当他在门外徘徊等候时，难道曾算过这笔账吗？然而善报随之就来了，说这是老天无心而为，又怎么可能呢？如今的读书人，逞强好胜，你争我夺，弱肉强食，甚至冤枉他人，只顾自己利益而不顾他人死活的情况，也有很多。更何况他人丢失的东西，我捡到了，就归为自己所有，这不是理所当然的事吗？通过王翁的例子，我不敢再轻视乞丐了。即使是乞丐，却有像王翁那样品行，也是值得让人敬佩的。

或曰：“王氏，大姓也，而其祖贫至于乞，此其子孙之所深讳，而子暴之，无乃不可乎？”愚山子曰：“不然！人唯其行之可传而名，亦唯其品之可尊而贵。名与贵不关其所遭，关其人之贤不肖也。若翁之所行，是古之大贤，王氏子孙当世世师之，又奚讳乎？师其廉仁且智者，以穷则守身，而达则善世，何行之弗成焉？乞宁足讳也？彼行之不道，虽荣显贵势，若操、莽、惇、卞、杞、桧之流，乃真乞人之所不为，而其子孙所羞以为祖父者也！”

【译文】有人说：“王氏是世家大族，但他们的祖先贫穷，甚至当过乞丐。所以王氏的子孙后代，对此都深为避讳，而你把这件事暴露出来，恐怕不太好吧？”愚山子说：“不是这样的道理！人只有行为高尚，才会名声显达；只有品德让人尊敬，才会地位尊贵。名声和尊贵与他的生平遭遇无关，而与他的贤德与否有关。像王翁的行为，是自古以来的大贤所为。王氏子孙应当世代学习这些品行，又怎么会当做是需要避讳的事情呢？学习王翁的廉洁、仁义和智慧，穷则独善其身，达则兼济天下，这样何愁不能成事呢？难道仅仅因为做过乞丐，就要极力避讳吗？那些不行道义的人，虽然地位显赫，就像曹操、王莽、章惇、蔡卞、卢杞、秦桧之辈，才是连乞丐也看不起的人，他们的子孙才应该为有这样的祖先而感到羞愧！”

张山来曰：东坡有言，上可以陪玉皇大帝，下可以陪卑田院①乞儿。然则可以陪乞儿者，皆足以陪玉帝者也。盖乞人一种，非至愚无用之流，即其大慈悲而有守者，不屑为倡优隶卒，不肯为机械以攫人财，不得不出于行乞之一途耳。至王翁之高行，则又为此中翘楚矣。

【注释】①卑田院：本是僧人收养老弱残疾的地方。后代指乞丐收容所。

【译文】张山来说：苏东坡说过，他既可以在上辅佐玉皇大帝，也可以在下和乞丐相处。所以可以跟乞丐相处的人，都可以辅佐玉皇大帝。原来乞丐这一类人，如果不是愚笨无用之人，那就是具备大慈悲并且有操守的人，他们不屑成为卖艺人和衙门里的差役，不愿成为掠夺他人钱财的工具，所以不得已才成为乞丐罢了。王翁的品行高尚，所以他也是乞丐里面的豪杰人物。

雷州盗记

徐芳仲光

【题解】本篇是《虞初新志卷五》的第八篇。此篇是清初小说家徐芳《诺皋广记》中的一篇短篇小说，寓意深刻，表面上是写强盗乔装太守，实际上是讽刺当时太守大多数是民贼，搜刮民脂民膏，与盗贼无异。

雷于粤为最远郡。崇祯初，金陵人某，以部曹①出守，舟入江遇盗。知其守②也，杀之，并歼其从者，独留其妻女。以众中一最黠者为伪守，持牒往，而群诡为仆，人莫能察也。抵郡逾月，甚廉干③，有治状，雷人相庆得贤太守。其寮属④暨监司使⑤，咸诵重之。未几，太守出示禁游客，所隶毋得纳金陵人只履，否者虽至戚必坐。于是雷人益信服新太守乃能严介⑥若此也。

【注释】①部曹：指各部司曹的通称。②守：即太守，明清时指知州或者知府。③廉干：廉洁干练。④寮属：僚属；属官。⑤监司使：负有监察地方之责的官吏。⑥严介：严肃耿介。

【译文】雷州是广东最偏远的一个郡。崇祯初年，有一个金陵人某某，以部曹的身份到雷州担任知府。乘船进入长江时遭遇强盗。强盗知道他是知府后，就把他杀死，并把他的随从也都杀死了，只留下了他的妻子和女儿。强盗们让同伙中一个最聪明的人去做假扮知府，拿着文书前往雷州上任，而其余的强盗假扮成仆人，当地人都没有发现有假。到达雷州一个月，假太守在此期间，非常廉洁能干，有了不错的施政成绩。雷州的百姓都庆幸得到了这样一个好知府，他的僚属以及监司使都交口称赞他。没过多久，假太守贴出告示：禁止游客入境，雷州辖区之内，尤其不能接纳金陵人，否则，即使是知府最亲近的人，也必定会受到处罚。于是雷州的百姓更加信服新知府竟然能够如此不徇私情。

亡何，守之子至，入境，无敢舍者。问之，知其禁也，心惑之。诘朝守出，子道视，非父也，讯其籍里名姓，则皆父。子悟曰："噫！是盗矣！"然不敢暴语，密以白监司使。监司曰："止！吾旦日饭守而出子。"于是戒吏，以卒环太守舍，而伏甲酒所。旦日，太守入谒，监司饮之酒，出其子质，不辨也。守窘，拟起为变，而伏甲发，就坐捽（zuó）之。其卒之环守者，亦破署入。贼数十人，卒起格斗，胥（xū）[①]逸去，仅获其七。狱具[②]如律，械送金陵杀之。于是雷之人乃知向之守，非守也，盗云。

【注释】①胥：都，全。②狱具：罪案已定。

【译文】不久，知府的儿子来到雷州，进入雷州以后，没有人敢留他住宿。询问缘由，才知道是知府下达了禁令，他心中对此事感到很疑惑。第二天早晨，假知府出来，真知府的儿子在路旁一看，不是自己的父亲；询问假知府的籍贯、姓名，却都和父亲一模一样。知府的儿子明白了："唉，这原来是强盗啊。"可是又不敢声张出来，只能秘密地告诉了监司使。监司使说："不要声张，明天我请知府来吃饭，并且让你出来和他对质。”于是吩咐官吏加强戒备，派兵包围了假知府的住处，并在饮酒吃饭的地方埋伏了士兵。第二天，假知府进来拜见监司使。监司使请他喝酒，让知府的儿子出来和他对质，假知府辨认不出。因此假太守很窘迫，想要起来反抗，这时埋伏的士兵一拥而上，当场抓住了他。那些包围假太守住处的士兵，也攻入官署中，几十个强盗仓促应战，大部分都逃脱了，只抓住了七个人。依法定案，把这些强盗押送金陵处决。于是雷州的百姓才知道之前的知府不是真知府，而是强盗。

东陵生[①]闻而叹曰：“异哉！盗乃能守若此乎？今之守非盗也，而其行鲜不盗也，则无宁以盗守矣！其贼守，盗也；其守而贤，即犹愈他守也。”或曰：“彼非贤也，将间而括其藏与其郡人之资以逸。”曰：“有之，今之守亦孰有不括其郡之藏若赀而逸者哉？”愚山子曰：“甚哉，东陵生言也！推其意，足以砥守。”

【注释】①东陵生：作者自称。

【译文】我听说此事后叹息着说：“真是奇怪呀！强盗居然也能当好知府？现在的知府虽然不是强盗，但他们的所作所为和强盗却相差不大，还不如让强盗来做知府呢！那个假知府是个强盗，但他做知府的时候却做得很好，远胜过其他的真知府。”有人说：“他不是真的有才能，只不过是在等机会，搜刮当地百姓的钱财，带着逃走罢了。”我说：“有这种可能，现在的那些知府不也是一直在等机会，搜刮郡县的钱财，然后带着逃走吗？”愚山子说：“东陵生说的很正确啊！广泛宣传这些观点，可以激励那些做知府的人了。”

张山来曰：以国法论之，此群盗咸杀无赦；以民情论之，则或尽歼群从，而宽其为守之一人，差足以报其治状耳。若今之大夫，虽不罹（lí）[1]国法，而未尝不被杀于庶民之心中也。

【注释】①罹：触犯。

【译文】张山来说：用国法来衡量的话，这群强盗都应被处死；但以民情来作为依据的话，那么或许可以只斩杀假太守的随从，而对假太守可以宽大处理，如此差别对待，是对他施政有功的回报。像现在的官员们，虽然不会触犯国法，但却免不了被百姓在心中诛杀！

花隐道人传

佚　名

【题解】本篇为《虞初新志卷五》的第九篇。描写了一位花隐道人弃商读书，却不喜功名，遭逢乱世，建屋隐居，嗜种菊花，人称其为花隐道人。这是一位大隐隐于市的真隐士。

道人姓高氏，名晚，字公旦。其先晋人也，商于扬，家焉。至道人，贫矣，徙商而读。顾读异书①，不喜沾沾行墨②，能以己意断古今事。见世窃儒冠目瞶瞶然者，弃去羞与伍。慕朱家、郭解③为人，尚侠轻财，急人困。然砥行④，慎交游。里中少年有不逞者⑤，始畏道人知，既事蹶张，则又求道人。道人予其自新，亦时援手，故扬人倾心。四方贤豪来者，闻道人名，多结欢焉。

【注释】①异书：珍贵或世所少见的书籍。②行墨：文字或诗文。③朱家、郭解：古代著名的侠士。④砥行：砥砺品行，修养道德。⑤不逞者：闹事、捣乱的人。

【译文】道人姓高，名晚，字公旦。他的祖先是山西人，在扬州一带经商，后来就定居在那里。到了道人这一辈儿的时候，家境贫寒，道人就放弃经商而选择了读书。他只喜欢看记载奇闻异事的书籍，不喜欢普通诗文，能凭借自己的想法来判定古今之事。他看到那些所谓的儒生，行事昏聩，就羞于为伍而躲开他们。道人仰慕朱家和郭解的为人，崇尚行侠仗义，轻视钱财，能急人所难。又注重修养道德，谨慎交友。乡里那些喜欢惹是生非的少年，一开始都害怕让道人知道他们的所做所为，等到事态发展到难以收拾的局面，才向道人求助。道人则给予他们改过自新的机会，对他们施以援手，因此扬州人对道人很是赞赏。普天之下的贤士豪杰来到扬州，听闻道人的声名，大多喜欢与他交往。

甲申，知乱将作，移家避南徐。时阃帅鳞集[①]江上，争罗致[②]道人幕下。道人知事不可为，蠖（huò）伏[③]自污，卒得以全。乙酉，扬中兵祸惨，民鸟兽散。道人独先众入城访亲知[④]，吊死扶伤，阴行善多。

【注释】①阃帅：地方上的军事统帅。鳞集：群集。②罗致：延聘、搜罗；招致。③蠖伏：如尺蠖之屈伏。④亲知：指亲戚朋友。

【译文】甲申年间，道人预见到会有战乱发生，就带着家人迁移到南徐去躲避战乱。当时，众多将领驻扎在长江边上，争相延请道人到自己的麾下为官。道人知道他们的事情不可能成功，就韬光隐晦，故意装疯卖傻，使自己避免了他们的纠缠。乙酉年间，扬州城中战祸惨烈，民众如同鸟兽一般四处逃散。道人在众人回归之前，独自进入城中探访亲友，祭奠死者，帮扶伤者，做了很多的善事。

然道人是时感念深矣。自以遭时变乱，年壮志摧，流离困折，无复风尘驰骤之思。乃筑室黄子湖中，弃其鲜肥素习，衣大布衣，箨（tuò）冠[①]草履，曳杖篱落间。挽渔父牧儿与饮，饮辄醉，放歌湖滨，湖水为沸扬，似鸣不平者。

【注释】①箨冠：竹皮冠。用竹笋皮制成的帽子。

【译文】道人此时感慨颇深。自从遭遇时局动乱以来，道人正值壮年之时，志向却受到了摧折，经历了流离失所、困顿挫折后，他再也没有了在世间纵横驰骋的想法。于是道人就在黄子湖畔筑屋，放弃喜欢珍馐美味的习惯，身穿宽大布衣，戴竹帽，穿草鞋，拄着拐杖，行走在篱笆间。道人经常挽留渔父、牧童和他一起对饮，喝醉后就在湖滨放声高歌，湖水都为之沸腾，好像在替他鸣不平。

未几，岁大涝，居沉于水。道人曰："未闻巢父[①]买山而隐，独支遁[②]见讥耶？古之大隐，有隐市者，吾何为不然？"爰（yuán）走扬城东南隅，卜地宅之，躬荷锸（chā）[③]拨瓦砾，结庐数楹。一几一榻，张琴列古书画。携一妻二子婆娑偃息[④]其中，陶陶然乐也。

【注释】①巢父：相传为唐尧时的高士，山居而不营世利，以树为巢，而居其上，故称为"巢父"。②支遁：东晋高僧、佛学家、文学家。传说他曾派人购买仰山小岭，想作为隐居之处。③荷锸：扛着铁锹。④婆娑：逍遥；闲散自得。偃息：休养；歇息。

【译文】不久，发生了大水灾，道人居住的房子被水淹没。道人说："从没听过巢父买山用来隐居的，难不成要像支遁那样被人讥笑吗？古时有大隐隐于市者，我为什么不能那样做呢？"于是来到扬州城的东南角，选地建宅，道人亲自挑担铲土，建起了几间房子。屋里放置一桌一床，还有古琴和古书画。道人携带一妻二子在其中逍遥地生活，怡然自乐。

宅旁筑匡墙，围地数亩，值[①]菊五百本。一仆长须赤脚，善橐驼[②]之术，道人率之艺植灌溉。夏日当午，虫有长颈鸟喙寇菊颠者，秋有白晳如蚕啖菊根者，必伺而攻去之。二为渠魁[③]，他虫种种咸治无赦。道人察其患害，而保护朝夕，故菊茂于常。始自蓓蕾以及烂熳，其列也如屏，散也如星，叠也如锦；其色如玉，如金，如霞，如雪；其味如元酒[④]；其香如薝蔔（zhān bǔ）[⑤]。道人洞开其门，门如市；虚辟其堂，堂如肆。往来如织，观者如堵。不见主人，见其扁额曰“花隐”，咸谓之花隐道人，若忘其昔之为高公旦者。

【注释】①值：通“植”，种植。②橐驼：指种树的行家。详见柳宗元的《种树郭橐驼传》。③渠魁：首领;头领。④元酒：即玄酒。古代祭祀时当酒用的水。⑤薝蔔：佛经中记载的一种花。色黄，香浓，树身高大。或以为即栀子花。

【译文】道人在屋周围筑起了围墙，圈了几亩地，种了五百株菊花。雇了一个长须光脚的仆人，仆人擅长栽培花草，道人带着他一起种树除草、灌溉花木。夏日正午的时候，有一种长脖子、嘴巴像鸟嘴的虫子会侵蚀菊花的花蕊，秋季有白色像蚕一样的虫子会啃食菊花的根部，道人必定会守候在一旁并及时除去这些虫子。第二种虫子是主要害虫，其他的虫害也都一一得到治理。道人仔细查看菊花的病害，朝夕守护，因此道人的菊花比普通菊花的长势更加良好。菊花从长出蓓蕾到灿然盛开，排列在一起的菊花如同屏风一般，零星盛开的菊花就如星斗一样，层层叠叠盛开的菊花如同锦缎一般灿烂；菊花的颜色像白玉，像黄金，像红霞，像白雪；味道就像刚刚开封的元酒；香味如同薝蔔。道人打开院门，任由大家游览，每天门庭若市。道人还把大厅腾出来，作为休息场所，大厅就像酒肆一样热闹。来往的人络绎不绝，观看的人拥挤不堪。人们没有见到菊花的主人，只看见房子的扁额上写着“花隐”二字，于是人们都称他为花隐道人，好像已经忘记了之前还有高公旦这个人。

其友梅溪朱一是诮[①]之曰：“子隐于花，则善矣。然花隐之名益著，得非畏影而走日中者耶？吾见子之愈走而影不息也！”道人嘻然，笑而不答。

【注释】①诮：责备。

【译文】道人的朋友梅溪人朱一是责备他说：“你隐居于菊花之中，当然很好。但是花隐的名号却日益显著，这难道不是害怕影子却又走到太阳底下的矛盾做法吗？我看你越走的快，影子越跟的紧！”道人莞尔，笑而不答。

张山来曰：从来隐于花者，类多高人韵士，而菊则尤与隐者相宜。妙在全不蹈袭[①]渊明只字，所以为高。

【注释】①蹈袭：因循；沿袭。

【译文】张山来说：从古至今，隐居于花间的人，大多都是高人雅士，而菊花最能和隐者相配。这篇文章妙就妙在，完全不沿袭陶渊明的只言片语，这才是高明之处。

卷六

张南垣传

吴伟业骏公

【题解】本篇是《虞初新志卷六》的第一篇。张南垣是明末清初的造园大师，他建造园林的技艺独树一帜，崇尚自然，为诸多名家所推崇。此篇是明末清初著名诗人吴伟业为他写的传记，介绍了张南垣的生平以及他的造园绝技。

张南垣，名涟，南垣其字。华亭人，徙秀州，又为秀州人。少学画，好写人像，兼通山水，遂以其意垒石。故他艺不甚著，其垒石最工，在他人为之，莫能及[①]也。

【注释】①及：赶得上。

【译文】张南垣，名涟，字南垣，他原本是华亭人，后来移居到秀州，所以又算的上是秀州人。他从小学习绘画，尤其喜欢画人像，还擅长画山水，于是他就以山水画的意境，来垒石造园。张南垣的其它技艺都不怎么出名，他最擅长的就是垒石造园，在这方面，没人能超过他。

百余年来，为此技者，类学崭岩[①]嵌特。好事之家，罗取一二异石，标之曰峰，皆从他邑辇至，决城闉（yīn），坏道路，人牛喘汗，仅而得至。络以巨絙（gēng），锢以铁汁，刑牲[②]下拜，劖（chán）[③]颜刻字，钩填空青，穹窿岩岩，若在乔岳。其难也如此，而其旁又架危梁，梯鸟道；游之者钩巾棘履，拾级数折，伛偻入深洞，扪壁投罅，瞪盼骇栗。

【注释】①嶄岩：峻险不齐。②刑牲：为了祭祀或盟约而杀牲畜。③劖：用锐利的器具凿或铲。

【译文】一百多年来，垒石造园的人大多喜欢把假山造的特别险峻，甚至有些人专门搜罗一两块奇特的巨石，命名为某峰，从其地方用车子运送过来。为了让巨石能进入城邑，不惜折毁城门，损坏道路，把车夫和牛，都累得气喘吁吁、汗流浃背，费尽千辛万苦，方才把巨石运回来。又用粗绳把巨石拖到园中，用熔化的铁水把巨石连接起来。假山建好后，还要进行祭祀礼拜。接着在巨石上还要凿刻题字，再把刻好的字涂上颜色，让假山高耸险峻，如同山岳一样，营造这种假山就是如此地费力。假山旁边还要凌空架上小桥，铺设狭窄的小路，以至于爬山的游客们需要头戴方巾，脚穿棘鞋，踩着台阶，曲折往复地向上攀登，弯着腰钻进山洞里，扶着崖壁进入岩隙，害怕地双腿颤抖、目瞪口呆。

南垣过而笑曰："是岂知为山者耶？今夫群峰造天，深岩蔽日，此夫造物神灵之所为，非人力可得而致也。况其地辄跨数百里，而吾以盈丈之址，五尺之沟，尤而效之，何异市人抟[①]土以欺儿童哉？唯夫平冈小坂[②]，陵阜陂陁（tuó）[③]，板筑之功可计日以就。然后错之以石，棋置其间，缭以短垣，翳（yì）[④]以密篠（xiǎo）[⑤]，若似乎奇峰绝嶂垒垒乎墙外，而人或见之也。其石脉之所奔注，伏而起，突而怒，为狮蹲，为兽攫，口鼻含呀，牙错距跃，决林莽，犯轩楹而不去，若似乎处大山之麓，截溪断谷，私此数石者为吾有也。方塘石洫[6]，易以曲岸回沙；邃闼雕楹，改为青扉白屋。树取其不凋者，松杉桧栝（guā），杂植成林；石取其易致者，太湖尧峰，随宜布置。有林泉之美，无登顿之劳，不亦可乎？”华亭董宗伯玄宰[7]、陈征君仲醇[8]亟称之，曰：“江南诸山，土中戴石。黄一峰[9]、吴仲圭[10]常言之，此知夫画脉者也。”

【注释】①捃：集聚。②坂：山坡，斜坡。③陵阜：丘陵。陂陁：倾斜不平。计日：形容短暂，为时不远。④翳：遮蔽，障蔽。⑤密篠：茂密生长的竹林。⑥石洫：石砌的水渠。⑦董宗伯玄宰：即董其昌，字玄宰，号思白，别号香光居士，松江华亭人，明朝后期大臣，著名书画家，曾任南京礼部尚书。宗伯，古代官名，后世以大宗伯为礼部尚书的别称，礼部侍郎称少宗伯。⑧陈征君仲醇：即陈继儒，字仲醇，号眉公、麋公，松江华亭人，明朝文学家、书画家。⑨黄一峰：即黄公望，本名陆坚，字子久，号一峰，江浙行省常熟县人，元代画家。⑩吴仲圭：即吴镇，字仲圭，号梅花道人，浙江嘉兴人，元代画家。

【译文】张南垣经过此处时笑着说：“这是懂得造山技艺的做法吗？群峰高耸入云，巨岩遮天蔽日，这些景物都是自然造化所形成的，不是人力所能达到的。更何况自然景物往往纵横几百里，但是在园中，方圆几丈的地方，用几尺深的沟渠来模仿自然景物，这和集市上的人用土块儿来欺骗小孩又有什么不同呢？而山包小坡，丘陵矮崖，在几天之内就可以建成，再在其间纵横交错布置岩石，在周边以短墙围绕，用茂密的竹林进行遮蔽。如果有人从墙外观看，园内就好像奇峰密林，层层叠叠。园中假山岩石的形状要各有特色，低矮的仿佛要跃起，突出的仿佛在怒吼，或者像狮子蹲踞，或者像野兽扑食，龇牙咧嘴，奔腾咆哮，这些怪石从林木草丛间，一直布置到厅堂窗前，让人感觉这个园林，似乎是在高山峻岭之中，截断溪流，围地造园而成，将这些自然界的山石圈入园中，变为我个人的景物。方形的池塘和笔直的石渠，应该改为曲折的岸线和迂回的沟渠；深邃的门庭和雕花的廊柱，应该改造成青色的门户和白色的墙壁。园中应该选取四季常青的树种，例如松、杉、桧、栝等树木，混杂种植，密布成林；再选取易于就地取材的石头，像太湖石，尧峰石等，自然错落布置。这样的园林，不仅有山水的美景，又避免了攀爬的劳累，不也挺好吗？”华亭的董其昌、陈继儒都非常赞赏张南垣的造园技艺，说：“江南各处的山峰，都是土中埋石的特点，黄公望，吴镇也经常提到这一点，所以说张南垣垒石造山的方法，是熟知画理的做法。”

群公交书走币，岁无虑数十家。有不能应者，用以为大恨。顾一见君，惊喜欢笑如初。君为人肥而短黑，性滑稽，好举里巷谐媟（xiè）①以为抚掌之资。或陈语旧闻，反以此受人调弄②，亦不顾也。与人交，好谈人之善，不择高下，能安异同。以此游于江南诸郡者五十余年。自华亭、秀州外，于白门③，于金沙，于海虞，于娄东④，于鹿城，所过必数月。

【注释】①谐媟：指诙谐狎亵的事。②调弄：开玩笑，戏弄。③白门：南京的别称。④娄东：即太仓，位于娄水之东，故称娄东。

【译文】富豪官宦们经常下书相邀，重金礼娉张南垣来为自己建造园林，每年至少有几十家。那些请不到张南垣的人家，就会感到非常懊恼。但是只要一见到张南垣，他们就又惊喜欢笑如初。张南垣体态肥胖，而且又矮又黑，性格滑稽，喜欢拿街头巷尾的趣事作为茶余饭后的笑料。有的时候他所讲述的见闻陈旧，被别人的嘲笑，他也不在乎。张南垣和别人交往的时候，喜欢谈论别人的长处，不计较别人地位的高低，能够和不同性格的人相处。张南垣在江南各府县游历了五十多年。除了华亭，秀州以外，还到过南京，金沙，海虞，太仓，鹿城等地，每到一个地方都会停留好几个月。

其所为园，则李工部之“横云”，虞观察之“预园”，王奉常之“乐郊”，钱宗伯之“拂水”，吴吏部之“竹亭”为最著。经营粉本，高下浓淡，早有成法。初立土山，树木未添，岩壑已具，随皴（cūn）随改，烟云渲染，补入无痕。即一花一竹，疏密欹（qī）斜[①]，妙得俯仰。山未成，先思著屋；屋未就，又思其中之所施设。窗棂几榻，不事雕饰，雅合自然。主人解事者，君不受促迫，次第结构。其或任情自用，不得已骫（wěi）骳（bèi）[②]曲随。后有过者，辄叹惜曰：“此必非南垣意也！”

【注释】①欹斜：歪斜不正。②骫骳：为人曲意依从。

【译文】张南垣所建造的园林，最著名的有李工部（李逢申）的横云山庄，虞观察（虞大复）的预园，王奉常（王时敏）的乐郊园，钱宗伯（钱谦益）的拂水山庄，吴吏部（吴昌时）的竹亭别墅。他在绘制草图的时候，就已经对未来园中景色高低浓淡的布置，胸有成竹。刚刚堆造完土山，还没有栽种树木时，而岩石沟壑已经初具雏形。如同山水画中的皴染一样，张南垣选用各种山石垒出天然山水的烟云缭绕的效果，却没有人工雕凿的痕迹。即使一花一草，其间的疏密倾斜，看起来也都非常高妙。在假山还没有建成的时候，张南垣就会考虑到未来房屋的建造位置；房屋还没有造好的时候，就已经考虑到将来房中的装饰布置。屋内的窗栏卧榻，都不做过多的雕饰，而是贴近自然。要是碰到通情达理的主人，张南垣可以不被催逼，按照自己的想法，有条不紊地进行营造；要是遇到固执己见的主人，不得已，张南垣就只能依从主人的意见，以后来观赏的人看到其中的布置，就会叹息说："这一定不是张南垣的原意。"

君为此技既久，土石草树，咸能识其性情。每创手之日，乱石林立，或卧或倚。君踌躇四顾，正势侧峰，横支竖理，皆默识在心，借成众手。常高坐一室，与客谈笑，呼役夫曰："某树下某石，可置某处。"目不转视，手不再指，若金在冶，不假[①]斧凿，甚至施竿结顶，悬而下缒，尺寸勿爽。观者以此服其能矣。

【注释】①假：借助。

【译文】张南垣从事这一行当已经很长时间了，因此他能很好地掌握土石草木摆放布置的要领。每当开始建造的时候，乱石堆放，杂乱无章。张南垣四处观察，把每一块山石的正侧形貌，横竖纹理都默记在心，然后指挥众工匠来建造园林。施工时，他常高坐在屋里，一边和客人谈笑，一边招唤工匠说："某棵树下的某块石头可以放在某个地方。"他也不用眼看，也不用手指，就如同金属在炉里冶炼，而不需要用斧子来锻打一样。甚至安放好房子的梁柱和屋宇封顶之后，用悬槌来检验，都不会偏斜一寸，看到的人都非常佩服他的高超技艺。

人有学其术者，以为曲折变化，此君生平之所长，尽其心力以求仿佛，初见或似，久观辄非。而君独规模大势，使人于数日之内，寻丈之间，落落难合。及其既就，则天堕地出，得未曾有。曾于友人斋前，作荆、关[①]老笔[②]，对峙（zhì）平碱（qì），已过五寻[③]，不作一折，忽于其颠，将数石盘亘（gèn）[④]得势，则全体飞动，苍然不群。所谓他人为之莫能及者，盖以此也。

【注释】①荆、关：即荆浩、关仝，都是五代后梁画家。②老笔：老练娴熟的笔法。③寻：古代的长度单位，一寻等于八尺。④盘亘：指山互相连接。

【译文】有人模仿他的造园技艺，以为张南垣的园林只是擅于曲折变化而已，于是尽力去模仿张南垣的风格，这些人建造的园林初看还与张南垣的风格有些相似，但久看就会发现其中的差别了。张南垣的设计布局有其独到之处，人们在园林刚开始建造的头几天，几丈见方的场地内，很难猜测到他的设计意图，等到完工之后，其中的景物鬼斧神工，浑然天成，都是人们从未见过的。他曾在朋友的书斋前模仿荆浩、关仝画作的意境布置假山，两山对峙，左山陡峭，右山平缓，向上堆叠直到五寻高度，山势也没有一点曲折变化，而在山顶忽然出现几块山石，错落有致的布置在一起，立刻使整座假山灵动异常，苍然静谧，卓尔不群。这就是别人比不上他的地方。

君有四子，能传父术。晚岁辞涿鹿相国之聘，遣其仲子[①]行。退老[②]于鸳河之侧，结庐三楹。余过之，谓余曰："自吾以此术游江以南也，数十年来，名园别墅，易其故主者，比比是矣。荡于兵火，没于荆榛，奇花异石，他人辇取以去，吾仍为之营置者，辄数见焉。吾惧石之不足留吾名，而欲得子文以传之也。"

【注释】①仲子：次子。②退老：退休养老。

【译文】张南垣有四子，都能继承他的技艺。张南垣晚年的时候辞谢了涿鹿相国冯铨的造园邀请，只派他的二儿子前往。张南垣在鸳湖边建造了三座房子，作为退休养老的地方。我去拜访他时，他对我说："自从我以此技而游历于江南各地以来，几十年间，遇到名园别墅更换主人的情况，比比皆是。这些园林或毁于战火，或湮没于荆榛之中，奇花异石被人搬运一空，在我为人营造园林期间，也多次见到这些情况。我担心我所建造的这些园林假山，不能使我的名字流传下去，所以想请您撰文让后世知道我的名字。"

余曰：柳宗元为《梓人传》，谓有得于经国治民之旨。今观张君之术，虽庖丁解牛，公输[1]刻鹄，无以复过，其艺而合于道者欤？君子不作无益，穿池筑台，《春秋》所戒。而王公贵人，歌舞般乐[2]，侈欲伤财，独此为耳目之观，稍有合于清净。且张君因深就高，合自然，惜人力，此学愚公之术而变焉者也，其可传也已。作《张南垣传》。

【注释】①公输：即鲁班，春秋时期鲁国人，是木匠鼻祖。②般乐：游乐，玩乐。

【译文】我说："柳宗元作《梓人传》，说从中可以使人获得治国安民的道理。现在观察张南垣的技艺，即使同庖丁解牛，鲁班制作木鹄相比，也不一定比他们差，他的技艺已经合于"道"了吗？君子不做无益之事，修建深池高台，是《春秋》所忌讳的事。然而那些达官贵人的歌舞娱乐，既放纵欲望又奢侈浪费，只有小筑园林来愉悦耳目，还稍微符合清净的要旨。而且张南垣造园往往因地制宜，效仿自然，爱惜人力，这是学习愚公移山而稍作变通的做法，因此可以为他撰文作传。"于是我作了《张南垣传》。

张山来曰：叠山垒石，另有一种学问。其胸中丘壑，较之画家为难。盖画则远近高卑，疏密险易，可以自主；此则必合地宜，因石性，物多不当弃其有余，物少不必补其不足，又必酌主人之贫富，随主人之性情，犹必借群工之手，是以难耳。况画家所长，不在蹊径而在笔墨。予尝以画上之景作实境视，殊有不堪游览者。犹之诗中烟雨穷愁字面，在诗虽为佳句，而当之者殊苦也。若园亭之胜，则止赖布景得宜，不能乞灵[1]于他物，岂画家可比乎？

【注释】①乞灵：求助于神灵或某种权威。

【译文】张山来说：叠山垒石，是另外的一种学问，设计者在心中勾画草图，比画家作画要难。因为作画对于画中景物的远近高低，疏密险易的布置，都可以按照自己的想法去处理；但是叠山垒石必须因地制宜，根据山石的特性来布置，如果材料过多而不合选用，就需要弃去多余，如果材料太少而不够布置，就需要弥补不足，同时还要考虑到主人的贫富，依据主人的性情，还必须借助众工匠的辅助，确实是很难把握的。何况画家所擅长的，不在于布置实物而在于运用笔墨。我曾尝试把画中的景象在现实中寻找实景来观看，确实有很多画景难以在现实中观赏。就好比诗中描述烟雨穷愁的字句，在诗中而言，虽然是佳句，但是在现实中的当事人却非常痛苦啊。如果园亭的优点和长处，仅仅在于景物布置得当，而不能在其他方面有所特别表现的话，那和画家有什么区别呢？

孙文正、黄石斋两逸事

方苞望溪

【题解】本篇是《虞初新志卷六》的第二篇。此篇是清代散文家方苞介绍孙文正、黄石斋这二人轶事的文章，通过对孙承宗和客人的对话从侧面对孙承宗的为人进行了介绍，又通过名妓顾氏色诱黄石斋一事而表现出黄石斋的高尚人品，进而体现了作者对孙承宗、黄石斋二人高尚品格的赞许。

杜先生岑（cén）尝言：归安茅止生，习于高阳孙少师道公[①]。天启二年，以大学士经略蓟（jì）辽，置酒别亲宾，会者百人。有客中坐，前席而言曰："公之出，始吾为国庆，而今重有忧。封疆社稷，寄公一身，公能堪备物自奉，人莫之非；如不能，虽毁身家，责难逭[②]，况俭觳（hú）[③]乎？吾见客食皆凿，而公独饭粗，饰小名以镇物，非所以负天下之重也！"公揖而谢曰："先生诲我甚当，然非敢以为名也。好衣甘食，吾为秀才时固不厌。自成进士，释褐[④]而归，念此身已不为己有，而朝廷多故，边关日骇，恐一旦肩事任，非忍饥劳，不能以身率众。自是不敢适口体，强自勖（xù）厉[⑤]，以至于今，十有九年矣。"

【注释】①孙少师道公：即孙承宗，字稚绳，号恺阳，北直隶保定高阳（今河北高阳）人，是明末的军事家、教育家、学者和诗人。②逭：逃离，摆脱。③俭觳：俭确，节俭刻苦。④释褐：脱去平民衣服，比喻开始做官。⑤勖厉：勉励。

【译文】杜岑先生曾经说：归安县的茅止生，曾在高阳孙少师门下学习。天启二年，孙承宗以大学士的身份出任蓟、辽二州经略使，上任前，设置酒宴与亲戚、朋友们道别，来参加酒宴的宾客有一百多人。席间有一位客人，走上前来对孙公说："您能出任蓟、辽经略使，最初我为国家得到贤才而感到庆幸，但是现在我又有了担忧。保卫疆土社稷的重任，都寄托在您一人身上。如果您能恪尽职守，众人则不能说三道四；如果不能，不仅自己的身家性命不保，也难以逃脱追责，还能在意俭朴这些小事吗？我看见客人吃的食物都很精美，而您吃的却是粗茶淡饭，这种为了虚名的显耀之举，并不是能承担天下重任的做法。"孙公向他作揖道歉说："先生对我的教诲非常恰当，然而我这样做并不是为了追求虚名。在我当秀才的时候，还是很向往锦衣美食的生活。但自从我考中进士以来，考虑到自己身为朝廷命官，凡事不能只从个人角度考虑，而且朝廷正值多事之秋，边关的局势日益危急，我担心一旦承担了国家的重任，如果连饥饿、劳累之苦也不能忍受，如何以身作则。因此不敢贪恋美食，贪图安逸，勉强用这种办法来激励自己，直到今天，已经坚持十九年了。"

呜呼！公之气折逆奄[①]，明周万事，合智谋忠勇之士以尽其材，用危困疮痍[②]之卒以致其武，唐、宋名贤中，犹有伦比。至于诚能动物，所纠所斥，退无怨言，叛将远人，咸喻其志，而革心无贰，则自汉诸葛武侯[③]而后，规模气象，唯公有焉！是乃克己省身、忧民体国之实心，自然而忾（xì）[④]乎天下者，非躬豪杰之才，而慨乎有闻于圣人之道，孰能与于此？然唯二三执政，与中枢边境，事同一体之人，实不能容。《易》曰："信及豚鱼。"娼（mào）嫉[5]之臣，乃不若豚鱼之可格，可不惧哉？

【注释】①奄：同"阉"，指宦官。②疮痍：创伤。③诸葛武侯：即诸葛亮，字孔明，三国时期蜀汉名相。④忾：遍及，到。⑤娼嫉：嫉妒。

【译文】唉！孙公的气概盖过阉党，他洞察诸事，聚合天下智勇之士来发挥他们的才能，统帅疲敝困顿的士兵来抵御外寇，这些功业只能在唐、宋的名相、贤臣中，才能找到可与之比拟的。孙公的至诚往往能感动他人，即使是那些曾经被他批评指正过的人，私下里也没有怨言。甚至那些叛将和远方的蛮族，都能知道他的志向。而且孙公能够闻过则改，从汉代诸葛亮之后，有如此胸怀气度的人，只有孙公啊！所以孙公这种克己奉礼、忧民忧国的真心，自然而然就能推及天下。如果不是英雄豪杰一类的人物，如果没有秉承圣人之道，谁能做到这些呢？然而朝中执政的二三人和那些执掌边防事务的人，其实都是同一类人，他们难以容下孙公。《易经》说："诚信遍及猪和鱼那样微贱的东西。"那些妒忌孙公的大臣还不及豚鱼的智慧，能不让人担忧吗？

黄冈杜苍略[1]先生，客金陵，习明季诸前辈遗事[2]。尝言崇祯某年，余中丞集生与谭友夏结社金陵，适石斋黄公[3]来游，与订交，意颇洽。黄公造次必于礼法，诸公心向之，而苦其拘也，思试之。妓顾氏，国色也，聪慧通书史，抚节按歌，见者莫不心醉。一日大雨雪，觞[4]黄公于余氏园，使顾佐酒，公意色无忤。诸公更劝酬剧饮，大醉，送公卧特室。榻上枕衾茵各一，使顾尽弛亵衣，随键户，诸公伺焉。公惊起，索衣不得，因引衾自覆荐，而命顾以茵卧。茵厚且狭，不可转，乃使就寝。顾遂昵近公，公徐曰："无用尔。"侧身向内，息数十调，即酣寝。漏下四鼓，觉转面向外。顾佯寐无觉，而以体旁公。俄顷，公酣寝如初。诘旦，顾出，具言其状，且曰："公等为名士，赋诗饮酒，是乐而已矣。为圣为佛，成忠成孝，终归黄公。"

【注释】①杜苍略：即杜岕，字苍略，号些山，黄冈人。②遗事：前代或前人留下来的事迹。③石斋黄公：即黄道周，字幼玄，又字螭若、螭平，号石斋，是明末学者、书画家、文学家，抗清失败，英勇就义。④觞：欢饮，进酒。

【译文】黄冈杜苍略先生，客居金陵，熟悉明末各位名人前辈的事迹。他曾说崇祯某年，中丞余集生和谭友夏在金陵结社，恰巧遇到黄石斋来金陵游玩，就和黄公结为朋友，彼此相处非常融洽。黄公言行必定恪守礼法，诸人都很仰慕他，但是又觉得他过于束缚自己。就想要试探他是否出于本心。金陵有名妓顾氏，国色天香，聪明伶俐且通晓文史，而且歌声委婉，听到的人无不动心。有一天，下着大雪，众人在余集生家中请黄公喝酒，让顾氏在一旁陪酒，黄公神色坦然，对顾氏并无排斥。诸人更是竞相劝酒，黄公大醉，被送到特意安排的屋子里，床上枕头被褥各有一条，让顾氏脱尽衣服，也进到屋子里，把门锁住，诸人在暗处观察他们。黄公猛然酒醒后，却找不到自己的衣服，于是拿过被子盖在身上，并让顾氏躺在褥垫上。褥垫又厚又窄，难以盖住身体，于是黄公让她也睡在被子里。顾氏就靠近黄公，黄公徐徐说道："不用费心思了。"于是翻身面向里面，十几下呼吸之后便睡熟了。四更天的时候，黄公醒来转身向外。顾氏假装睡觉没有觉察，而用身体依偎黄公。过了一会儿，黄公又熟睡如初了。早上，顾氏走出屋子，一五一十地描述了晚上的情况，并且说："诸位作为名士，赋诗喝酒，只是为了享乐消遣罢了。而成圣成佛，尽忠尽孝的事情，只有黄公才能做到。”

及明亡，公絷（zhí）于金陵，在狱日诵《尚书》《周易》，数月，貌加丰。正命[①]之前夕，有老仆持针线向公而泣曰：“是我侍主之终事也。”公曰：“吾正而毙，是为考终，汝何哀？”故人持酒肉与诀，饮啖如平时。酣寝达旦，起盥（guàn）漱更衣，谓仆某曰：“曩某以卷索书，吾既许之，言不可旷也。”和墨伸纸，作小楷，次行书，幅甚长，乃以大字竟之，加印章，始出就刑。其卷藏金陵某家。

【注释】①正命：指寿终而死。

【译文】后来明朝灭亡，黄公兵败被关押在金陵，在牢狱里，他每天诵读《尚书》《周易》，数月之后，容貌反而更有神采。赴刑前一天的晚上，有老仆人拿着针线，哭着对黄公说：“我来侍奉主人的临终之事！”黄公对他说：“我正命而死，死得其所，是谓善终。你为何还要伤心呢？”有老友拿着酒肉来与他诀别，黄公仍像平常那样喝酒吃饭。整夜熟睡直到天亮，起来后洗漱更衣，对仆人说：“往日有人向我求字，我既然已经答应了他，就不可以食言。”于是研墨铺纸，先写小楷，后写行书，篇幅非常长，最后以大字落款，盖上印章，然后出去慷慨赴死。他的书法被收藏在金陵某人家中。

顾氏自接公，时自怼。无何[①]，归某官。李自成破京师，谓其夫：“能死，我先就缢。”夫不能用。语在缙（jìn）绅间，一时以为美谈焉。

【注释】①无何：不久，很短时间之后。

【译文】顾氏自从与黄公相会后，经常自哀自怨。不久从良，嫁给某官。李自成攻破京师后，她对其夫说："你如果能殉国而死，我愿先自缢殉节。"其夫不肯答应。这些话流传到士人中间，一时成为美谈。"

金粽亭曰：甘食悦色，人情所不能已者，而两公淡嗜好之性，出于自然，故为千古第一流人物。觉闵仲叔之不受猪肝，颜叔子之蒸尽搐（suō）屋，尚未免为食色所累。望溪文直接史迁，今连缀二事，亦宛然龙门合传之体。

【译文】金粽亭说：纵享美食，贪恋美色，是人情所难以自控的，但是孙承宗、黄道周两公淡薄常人所嗜好的东西，这种性格出于自然，所以能成为千古第一流的人物。我觉得闵仲叔拒绝别人施舍的猪肝，颜叔子拆取屋里木料来维系烛火的两则典故中，闵仲叔和颜叔子尚且还被食色所牵累。方苞的文章可以媲美司马迁，如今连写这两篇文章，也好像是对联中的龙门对。

郭老仆墓志铭

侯方域朝宗

【题解】本篇是《虞初新志卷六》的第三篇。此篇是侯方域为自己家郭姓老仆写的一篇墓志铭，郭老仆侍奉了侯家祖、父两代人，平时虽然放荡不羁，但当主人被陷害入狱时，却能挺身而出，尽心尽力侍奉主人左右，不离不弃，虽为奴仆，但他的“忠义”却是士大夫们也有所不及。

郭老仆，死而葬于城北之金家桥，其主人为志其墓而铭之曰：老仆名尚，十八岁事予祖太常公。方司徒公之少而应秀才试，以及举孝廉、登进士第，老仆皆身从之。司徒公仕，而西抵秦凉之塞，南按黔[①]方，北尽黄花、居庸边镇上，老仆又皆从。司徒公尝道经华山，攀崖悬洞而陟其颠，老仆则手挽铁索从焉。华山老道士，年百八十岁矣，谓司徒公曰：“公贵人也，然生平丰于功业，啬于福用，当腰围玉而陪天子饭，此后一月难作。凡有五大难，过此可耄耋。此仆当济公于难者也，幸善视之。”

【注释】①黔：贵州省的别称。

【译文】郭老仆去世以后，葬在城北的金家桥，他的主人为他写了墓志铭，内容为：老仆名尚，十八岁的时候，就在侍奉我的祖父太常公了。从我父亲司徒公年少时候起，到他应试秀才，考中举人，直到考取了进士，老仆都一直跟随左右。司徒公做官的地方，向西到过甘肃边地，向南到过贵州，向北到过黄花镇、居庸关，老仆也都一直跟随着。司徒公曾经路过华山，一路翻山越洞到达山顶，那个时候老仆也手抓栈道的铁索紧紧跟随。华山有个老道士，已经一百八十岁了，对司徒公说："你是贵人相。一生中能够建功立业，但是福禄享用却很少。将来会身佩玉带侍奉天子进膳，但是一月之后就会有灾难临头。在您的一生中会有五次大难，只要渡过这些大难，你就可以活到八九十岁，这个仆人会帮您渡过这些难关，希望您能好好对待他！"

然老仆殊不事事①，司徒公尝遣视南圃之墅。久之，所司皆荒失。命人迹之，则老仆自携琵琶，与一妇人饮于鹿邑之城门楼。司徒公怒，斥之不使近。戊辰，赴官京师，老仆固②请从，至则日酣饮于城隍市。司徒公朝所命，老仆暮归，醉而尽忘之。司徒公怒而骂，老仆则倚壁而鼾，鼾声与司徒公之骂声更相间③也。积二岁余以为常。

【注释】①事事：做事情。②固：坚决地。③相间：指相互间杂。

【译文】但是老仆做事非常懈怠。司徒公曾派他去负责管理南园别墅，时间一久，园里的各项事务都荒废了。司徒公派人查看他的日常行为，却发现他带着琵琶和一个妇人在鹿邑的城门楼喝酒。司徒公非常生气，训斥他一顿，不再让他在身边做事。戊辰年，司徒公到京师做官。老仆一定要跟随前去。到了京师，老仆却每天在城隍庙喝酒，烂醉如泥。司徒公早上安排他做的事，等到晚上回来，他醉得早就都忘光了。司徒公大怒，严厉斥责他，老仆却靠着墙睡着了。打鼾声和司徒公的斥责声混杂在一起。两年多时间，都是如此。

司徒公为乌程相所构，下狱，顾谓诸仆曰：“尔辈皆衣食我，今谁当从乎？”老仆涕泣拜于堂下。司徒公熟视曰：“嘻！尔岂其人耶？”老仆前曰：“主人盛时安所事老仆，老仆亦酣醉耳。今老仆且先犬马死，主人又患难，岂尚不尽心力？主人不忆老道士言乎？”自此不饮酒，亦不与其家相通，从司徒于狱者七年。乌程相与韩城相，相继秉政，皆苛深，讬诸缇校[①]诇（xiòng）察[②]往事，士大夫亲朋奴仆，往往避匿去。老仆常衣敝衣，星出月入，以事司徒公。

【注释】①缇校：指明代锦衣卫校尉。②诇察：侦察。

【译文】后来司徒公被乌丞相罗织罪名，将要被关押到监狱里，他环顾仆人们说：“你们都是依附我来谋生的，现在有谁愿意继续跟随我呢？”老仆流着泪在堂下跪拜。司徒公看了他良久说：“嘻，你难道是忠义之人吗？”老仆上前说：“在主人显赫的时候，老仆我能有什么事值得做呢，只能酒醉度日罢了。老仆我本就应当为主人效犬马之劳，虽死不辞，现在主人又遇大难，我怎能不尽力报答主人呢？主人难道忘记老道士的话了吗？”从此老仆再没喝过酒，也不过问自己家里的事，在司徒公入狱的七年时间里一直侍奉在左右。乌丞相和韩丞相相继执政，都非常苛刻，派锦衣卫翻查旧事，所以朝廷大臣和亲朋奴仆，怕受到连累，大多回避司徒公。老仆却身穿破旧衣服，早晚进出监狱，来侍奉司徒公。

初，燕女有姚氏者，数嫁不终，饶于财。每曰：“我当嫁官人耳。”老仆乃伪为官人，娶之。日取其财易酒食，交欢诸缇校者，故得始终不及于难。后姚氏察知其伪，大哭，骂老仆，以手提其耳，啮其面，面上痕常满。及司徒公出视师，乃以老仆为军官。冠将军冠，服将军服，以见姚氏，姚氏则大喜。老仆入谢司徒公曰："老仆嗜饮酒，今七年不饮酒，此后愿日夜倍饮酒以偿之。"久之，饮酒积[1]病，遂以死，年五十七。老仆有四子，其次尝犯军法当死，诸大帅卜从善等，罗拜司徒公曰："非愿公绌法，乃军中欲请之以劝忠义也。"当是时，郭老仆之名播两河云。

【注释】①积：长久积累。

【译文】起初，河北有一个姚姓女子，数次嫁人，结果丈夫都去世了，她拥有很多财产。时常对人说："我应当嫁给做官之人。"老仆便假装自己是官员娶了她。每天拿她的钱买酒食，来结交锦衣卫，因此司徒公始终都没有受到伤害。后来姚氏发现老仆是在欺骗她，就大哭怒骂老仆，用手揪他的耳朵，咬他的脸，老仆的脸上伤痕累累。后来司徒公做了督师，就让老仆做了军官。老仆头戴将军冠，身穿将军服，去见姚氏，姚氏看到后大喜过望。老仆拜谢司徒公说："我生性喜欢饮酒，如今七年不曾喝酒，今后希望能日夜喝酒来加倍补偿。"时间一长，酒喝得太多，老仆就生病去世了，时年五十七岁。老仆有四子，二儿子曾触犯军法，罪当死罪，很多将帅，例如卜从善等人都向司徒公下拜，为其说情，他们说："赦免其子，不是想让您徇私枉法，而是军中将士希望以此来勉励忠义之士啊！"那时，郭老仆的名声在河南，河北一带广为流传。

铭曰：汝士大夫之师，而乃居于奴；奴乎奴乎，奴尚则有，士大夫卒无！

【译文】墓志铭写到："你是士大夫的楷模，却身为奴仆，就算是奴仆，却这样有情有义，而士大夫反倒没有啊！"

张山来曰：老仆之奇，不在后之戒酒，而在前之饮酒。盖戒酒犹属忠义之士所能，若饮酒则大有学问在。苟非日饮亡何，则当司徒盛时，其播恶造业，当不一而足矣。

【译文】张山来说："老仆的奇特之处不在于后来能戒酒，而在于之前的滥饮。因为戒酒还是忠义之士能够做到的，但是整天滥饮则大有文章了。如果他不是每天不停喝酒，那么当司徒公显赫的时候，他可能会趁机胡作非为，不知道会发生什么事呢。"

五人传

吴肃公晴岩

【题解】本篇是《虞初新志卷六》的第四篇。此篇是明末清初文学家吴肃公为颜佩韦、杨念如、马杰、沈扬、周文元这五位义士作的传记，记述了苏州民众与阉党做抗争的英勇事迹，颂扬了五位义士舍身取义，大义凛然的豪迈气概。

天启朝[①]，逆珰[②]魏忠贤扇虐，诸卿大夫以忠直被刑戮，怨愤彻闾(lǘ)里，匹夫匹妇，发竖心伤。然未有公然发愤，抗中贵[③]，殴缇骑[④]，不恤其身家之殒，唯义之殉，若苏民之于吏部周公顺昌者也。尝读《颂天胪笔》[⑤]，及询之吴父老，未尝不击节慨慕之云。

【注释】①天启朝：即明熹宗朱由校的年号。②逆珰：指弄权作奸的宦官。③中贵：即中官、宦官。④缇骑：为逮治犯人的禁卫吏役的通称，这里指锦衣卫。⑤《颂天胪笔》：明代金日升著，记录明末党争的重要史料。

【译文】天启年间，逆阉魏忠贤在朝廷肆意妄为，朝中众多忠诚正直之臣，因为不肯附和阉党而被定罪或处死，天下人对阉党的怨气，甚至延伸到乡间闾里，连普通百姓都感到愤怒、心痛。然而敢于公开发泄愤怒，对抗宦官、殴打锦衣卫，不顾自身安危、只为舍生取义的例子，就只有苏州百姓为吏部周顺昌仗义出手一事了。我曾经看过《颂天胪笔》中对这件事的记载，后来又向吴地父老乡亲询问了此事，听完后不由得拍手赞叹。

初，吏部负人望，谒告家居，时切齿朝事。令不便于民者，辄言之当事。苏人德[①]之。会都谏魏公大中[②]被逮，所过州邑莫敢通。吏部轻舠（dāo）[③]候吴门，相持恸哭，骂忠贤不去口，为约婚姻，奉炙酒，累日乃去。珰闻之，怒。珰所私御史倪文焕，劾（hè）吏部党奸人，削籍。苏固已人人自慑矣。天启六年，织造中使李实，以忠贤旨，复坐讲学聚徒，与都御史高公攀龙、御史周公宗建、谕德缪公昌期、御史黄公尊素、李公应升，俱逮治。诏使[④]至苏，吏部慷慨自若。而苏民无少长皆愤，五人其最烈云。五人者，曰颜佩韦，曰马杰，曰沈扬，曰杨念如，曰周文元。

【注释】①德：感激。②魏公大中：魏大中，字孔时，号廓园，嘉善迁北区南旱滨人，是明代东林前六君子之一。③轻舠：轻快的小舟。④诏使：皇帝派出的特使。

【译文】当初，吏部郎中周顺昌素有声望，有事告假在家，仍时常忧愤朝政的弊病。遇到不为百姓着想的官员，就把他的劣迹告之其上司，因此苏州百姓都很感激他。此时都谏魏大中被抓进京，所经过的州邑都没人敢会见他。而周公却乘小舟在苏州吴门等候，与魏大中相拥痛哭，周公不停地痛骂魏忠贤，并与魏大中约定儿女婚姻，设酒宴款待魏大中，一连招待了好几天才离开。阉党们听说后大怒。阉党一伙的御史倪文焕，弹劾周公结交奸人，结果周公被削去官籍。使得整个苏州人人自危。天启六年，织造宦官李实，按照魏忠贤的意思，又诬告周公聚众讲学，图谋不轨，周公和都御史高攀龙、御史周宗建、谕德缪昌期、御史黄尊素、李应升一起被抓。负责抓捕的官员到达苏州时，周公一如既往，从容自若。苏州百姓不论老少也都很愤慨，其中有五人最为激烈。这五人，分别是颜佩韦、马杰、沈扬、杨念如、周文元。

佩韦贾人[①]子，家千金，年少不欲从父兄贾，而独以任侠[②]游里中。比逮吏部，郡人震骇罢肆。而诏使张应龙、文之炳者虐于民，民益怒，顾莫敢先发。佩韦于是爇香行泣于市，周城而呼曰："有为吏部直者来！"市中或议，或询，或泣，或切齿詈，或搏颡吁天[③]，或卜筮占吉凶，或醵金为赆[④]，或趣装走京师，挝登闻鼓，奔走塞巷衢，凡四日夜。

【注释】①贾人：指商人。②任侠：崇尚气节，有担当而乐于助人。③搏颡：叩头。吁天：向天呼冤。④赆：临别时赠送给远行人的路费、礼物。

【译文】颜佩韦是商人之子，家产千金，年少的时候他不愿跟随父兄经商，喜欢在乡里行侠仗义。周公被抓的时候，郡里的人都义愤填膺，罢市声援。前来抓捕周公的官员张应龙、文之炳等人，对待百姓严苛，百姓因而更加愤怒，只是没人敢带头起事。颜佩韦于是就在集市上焚香，边走边哭，绕城大呼："有为吏部周公讨还公道的人过来！"集市中的人，有的议论，有的问询，有的落泪，有的切齿痛恨，有的呼天抢地，有的占卜吉凶，有的凑钱为周公作路费，有的整装准备去京师击鼓鸣冤，众人奔走在街头巷尾，一共四昼夜。

洎宣诏，诸生王节、杨廷枢、文震亨、徐汧（qiān）、袁征等窃计曰："人心怒矣。吾徒当为谒两台，以释众怒。"又谓父老毋过激，激只益重吏部祸。父老皆曰："诺！"乃相与诣西署，将请于巡抚、都御史。巡抚者毛一鹭，珰私人也。

【译文】官使宣读诏书后，诸生王节、杨廷枢、文震亨、徐汧、袁征等人私下策划说："现在民怨沸腾。我们这些人应当去拜见巡抚、御史两位大人，诉说冤情，以平息民怨。"他们又劝说父老乡亲不要过于激愤，过于激愤只会加重周公的灾祸。父老乡亲都说："好！"于是他们一同到西署，向巡抚、都御史请愿。巡抚毛一鹭，是阉党的同党。

是日，吏部囚服，同吴令陈文瑞由县至西署，佩韦率众随之，而马杰亦已先击柝（tuò）呼市中，从者合万余人。会天雨，阴惨昼晦，人拈香如列炬，衣冠淋漓，履屐相躏，泥淖没胫骭（gàn）。吏部舁肩舆，众争吊吏部，枳道[①]不得前。吏部劳苦诸父老。佩韦等大哭，声震数里。

【注释】①枳道：阻塞道路。

【译文】那天，周公身穿囚服，和吴县县令陈文瑞一起从县衙去往西署，颜佩韦率领众人跟随，而马杰也已经在集市上击打梆子，召集了一万多人跟随他。当时正在下雨，一片凄风苦雨，昏天暗地，众人手中的香火就像绵延的火把一样，大家衣服和帽子都淋湿了，鞋子也被踩掉，泥水都没过小腿。周公被用轿子抬着，众人争相上前慰问，以致道路阻塞不能通行。周公也慰问诸位父老乡亲，颜佩韦等人大哭，哭声传出好几里远。

移时抵西署，署设帏幕仪仗。应龙与诸缇骑立庭上，气张甚，最下陈锒铛[①]钮镣[②]诸具，众目属哽咽。节、震亨等前白一鹭及巡按御史徐吉曰：“周公人望，一旦以忤珰就逮，祸且不测。百姓怨痛[③]，无所控告。明公天子重臣，盍请释之以慰民乎？”一鹭曰：“奈圣怒何？”诸生曰：“今日之事，实东厂矫诏。且吏部无辜，徒以口舌贾祸。明公剀（kǎi）切[④]上陈，幸而得请，吏部再生之日，即明公不朽之年。即不得请，而直道犹存天壤，明公所获多矣！”一鹭周张无以对，而缇骑以目相视，耳语谓“若辈何为者？”讶一鹭不以法绳之。而杨念如、沈扬两人者，攘臂[⑤]直前，诉且泣曰：“必得请乃已！”念如故阊（chāng）门[⑥]鬻衣人，扬故牙侩（kuài），皆不习吏部，并不习佩韦者也。蒲伏久之，麾之不肯起，缇骑怒叱之。忽众中闻大声骂忠贤“逆贼逆贼！”则马杰也。缇骑大惊曰：“鼠辈敢尔！速断尔颈矣！”遂手锒铛，掷阶砉（huā）然，呼曰：“囚安在？速槛报东厂！”佩韦等曰：“旨出朝廷，顾出东厂耶？”乃大哗。而吏部舆人[⑦]周文元者，先是闻吏部逮，号泣不食三日矣，至是跃出直前夺械。缇骑笞之，伤其额，文元愤，众亦俱愤，遂起击之炳。之炳跳，众群拥而登，栏楯俱折，脱屐掷堂上，若矢石落。自缇骑出京师，久骄横，所至凌轹（lì）[⑧]，郡邑长唯唯俟命。苏民之激，愕出不意，皆踉跄走。一匿署阁，缘桷（jué）[⑨]，桷动，惊而堕，念如格杀之。一逾垣[⑩]仆淖中，蹴以屐，脑裂而毙。其匿厕中、翳荆棘者，俱搜得杀之。一鹭、吉皆走匿。王节等知事败，而当众气方张之时，即欲前谕止不可得。诸父老练事者，亦旋悔，稍稍散。

【注释】①锒铛：铁锁链。②钮镣：泛指枷锁镣铐之类的刑具。③怨痛：怨恨，哀痛。④剀切：恳切规谏。⑤攘臂：捋起袖子，露出胳膊表示振奋。⑥阊门；苏州城门名。⑦舆人：指轿夫，也指职位低微的吏卒。⑧凌轹：欺凌毁损。⑨桷：方形的椽子。⑩逾垣：翻越墙头。

【译文】过了一会儿，众人到达西署，西署里陈设了帷幕仪仗。张应龙和诸多锦衣卫们站在厅堂上，气焰嚣张。堂下摆着锁链镣铐等各种刑具，众人看到后都哽咽不止。王节、文震亨等人向前对毛一鹭和巡按御史徐吉说："周公素来德高望重，现在因为触犯宦官，而被逮捕入狱，生死不测。百姓心中怨恨哀痛，又没有地方可以申诉。您是天子重臣，何不向朝廷请求释放周公来安慰百姓呢？"毛一鹭说："要是触怒圣上该如何是好？"诸生说："今天这件事，实际是东厂假皇帝之名而下的诏书。而且周公无辜，只不过是因言语招来祸患。您应该恳切地向皇上陈请，如果有幸得到圣上的赦免，那么周公重获自由的那一天，就是您的事迹永远被世人铭记的时刻。即使得不到赦免，您的正义之举也会久存于天地之间，您还是会获益很多。"毛一鹭张口结舌不知道该说什么好，锦衣卫们互相使眼色，耳语说"这是些什么人？"惊讶毛一鹭不降罪众人。杨念如、沈扬两人，挽起袖子走上前，一边哭泣一边倾诉说："必定要请您答应我们的请求才行。"杨念如过去在苏州阊门卖衣服，沈扬以前当过买卖中间人，都与周公并不熟悉，对颜佩韦也不熟悉。众人跪在地上很长时间，让他们起来，他们也不肯起来。锦衣卫们发怒大声呵斥他们。忽然人群中有人高声大骂魏忠贤是逆贼！骂的人正是马杰。锦衣卫们大吃一惊说道："你们这些鼠辈竟敢如此无礼！马上就砍断你们的脖子！"就将锁链扔到台阶下面，叫喊道："囚犯何在？马上关入囚车押送东厂！"颜佩韦等人说："旨意是出自朝廷，还是出自东厂啊？"于是众人哄闹。周公的轿夫周文元，先前听说周公被捕，嚎啕大哭已经三天没有吃饭了。现在从众人中跃出，来抢夺刑具，锦衣卫们鞭打他，打伤了他的额头，周文元非常愤怒，众人也都很愤怒。于是众人群起想要围攻文之炳，文之炳刚跳起来，众人就一拥而上，冲向大堂，把周围的栏杆都挤断了，众人脱掉鞋子扔到堂上，就像箭头石块一样。锦衣卫自从出了京师之后，骄横已久，所到之处都是蛮横霸道，各地州县长官都唯唯诺诺，唯命是从。所以对于苏州百姓的激愤，完全没有料到，锦衣卫门都狼狈四散逃窜。有一个锦衣卫藏在官署房间里，他爬到椽子上，椽子晃动，他受惊而掉了下来，结果被杨念如杀死。有的锦衣卫翻越墙头掉进泥坑里，鞋子都踢飞了，脑袋摔破而死。有的藏匿在茅厕中，有的隐藏在荆棘里，都被搜出来杀死。毛一鹭、徐吉也都逃走躲避起来，王节等人知道事情失控，在众人群情激奋的时候，就想上前制止，却没能做到。父老乡亲中有熟谙世事的人，稍后也都后悔了，慢慢散去。

是日也，缇骑之逮御史黄公尊素者，适舟次胥江，掠于郛（fú），执市人挞之。郛人闻城中之殴缇骑也，亦殴之，焚其舟，挤水中。

【译文】就在同一天，锦衣卫们抓捕御史黄尊素，恰好行船途中路过苏州胥江，在苏州外城抢掠，随意鞭打集市上的人。外城的人听说城里殴打锦衣卫，他们也群殴锦衣卫，烧毁他们的船只，把他们扔到水里。

次日雨霁①，乡大夫素服谒两台，策所以敉（mǐ）②地方，而一鹭则夜已密书飞骑白东厂，且草疏告变矣。檄下县曰：“谁为柝声聚众者？谁为爇香号泣者？谁为骁雄贾勇、党罪囚而戕天使者？必悉诛无赦！”

【注释】①雨霁：指雨停了。②敉：安抚，安定。

【译文】第二天雨停了，乡绅们穿着素服前去拜见巡抚、御史两官，请求想办法安抚地方百姓，而毛一鹭早在当天晚上就写密信，快马加鞭送到东厂，还拟写奏章，准备上奏变故。后来阉党檄文下到县里，檄文上说："谁是敲梆子聚众的人？谁是烧香痛哭的人？谁又逞强好斗、结交罪犯而杀害官使的人？全部都杀无赦！"

始，众以吏部故，用义气相感发，五人一呼，千百为群；闻捕诛，稍稍惧。五人毅然出自承曰："我颜佩韦，我马杰，我沈扬，我杨念如，我周文元。"俱就系，曰："吾侪小人，从吏部死，死且不朽！"及吏部死诏狱①，五人亦斩于吴市，谈笑自若。先刑一日，暴风雨，太湖水溢，而广陵人则言文焕家居昼坐，忽忽见五人严装仗剑，旆旆（pèi）②导吏部来，忽不见。庭井石阑，飞起舞空中，良久乃堕，声轰如雷。

【注释】①诏狱：奉皇帝命令拘捕犯人的监狱。②旆旆：旗帜。

【译文】刚开始时，众人因为周公的缘故，激于义气而一起举事，五人带头一呼，千百人响应聚集；后来听说参与举事的人，要被抓捕杀头，众人就稍微有些害怕了。这五个人毅然决然地站出来，自己承担说：是我颜佩韦，是我马杰，是我沈扬，是我杨念如，是我周文元。他们五人就一同被逮捕，他们说："我们这些小人，能跟随周公而死，死了也是永垂不朽！"后来周公冤死在狱中，这五个人也在吴县闹市被处斩，行刑前五人谈笑自若。在临刑前一天，天降暴风骤雨，太湖的水都溢了出来，而扬州人传言说倪文焕大白天坐在家里，恍惚间看到颜佩韦五人装束整齐拿着剑，举着旗引导周公前来，忽然又消失不见了。庭院水井旁的石头栏杆，被卷起飞舞到空中，过了很久才落下来，砸到地上的声音就像打雷。

明年，烈皇帝[1]即位，忠贤伏诛，吏部子茂兰刺血上冤状。诏恤吏部，诛文焕。苏士大夫即所夷珰祠废址，裒五人身首，合葬而竖石表之，至今称"五人之墓"云。

【注释】①烈皇帝：即朱由检，年号崇祯，后世称为崇祯帝。

【译文】第二年，崇祯帝即位，魏忠贤被处以死刑，周公的儿子周茂兰刺血写诉状鸣冤。皇上下诏抚恤周公，并将倪文焕处斩。苏州的士大夫马上拆毁魏忠贤的生祠，在废址上收集这五人的尸体，埋藏在一起并竖碑立传，直到现在还称作"五人之墓"。

街史氏曰：奄寺[1]之祸，古有弑君覆国者矣。而何物魏逆，威焰所煽，俾率土靡然。廉耻道丧，振古为极矣！向使中朝士大夫悉五人者，则肆诸市朝何为哉？五人姓名具而人之，无亦以人道之所存，不于彼而于此欤？

【注释】①奄寺：指宦官。

【译文】街史氏说：宦官之祸，古时候曾有弑君灭国的先例。然而逆阉魏忠贤，气焰熏天，举国上下，无人敢挡。阉党廉耻尽失，道德沦丧，从古至今都无出其右者。假如朝中的官员都像这五人，又怎么会让阉党在朝廷放肆呢？这五个人的姓名流传后世，受人敬仰，正是因为其中所蕴含的道义精神，而不在于其他原因。

张山来曰：此百年来第一快心事也。读竟，浮一大白。

【译文】张山来说：这是百年以来第一大痛快人心的事情。读完，应当痛饮一大杯酒。

箫洞虚小传

傅占衡

【题解】本篇是《虞初新志卷六》的第五篇。此篇以生动的笔墨描写了作者的同乡临川人洞虚子高超的制萧、吹箫技艺，赞扬了他安贫乐道，不慕名利富贵的高贵品格。

今箫非箫也，盖古“尺八”。近予临川车衮（gǔn），擅其巧，今世称“洞虚子”者是也。

【译文】现在要说的箫并不是一般意义上的箫，而是古时候所说的“尺八”。我家乡附近临川的车衮擅长演奏它。人们称为“洞虚子”的人就是他。

衮，戴湖村人，字龙文。幼涉学，凡[①]艺近文史者皆工，而尤妙于竹，凡竹之属皆善，而最善者窍尺八也。自言年七岁，弄俗箫成声，辄恶其声。十岁时得吴市箫吹之，亦不厌已意。然好弥甚，至妨语食。剡（yǎn）刳（kū）刻镂，大变旧法。昼则操造水滨怪石旁，或入幽岫（xiù）[②]林樾（yuè）[③]苍蒨中。当月野霜庭[④]、鸟睡虫醒之际，启塞抑按，未尝去手。一日悟其法，起舞拍床，骂前人聋钝，不闻此妙矣。

【注释】①凡：只要。②幽岫：深山中的岩洞。③林樾：林木。④霜庭：日月光照下的庭院。

【译文】车衮是戴湖村人，字龙文。小时候就开始学艺，只要和文史学问有关联的技艺他都很擅长，尤其对于竹子一类的乐器情有独钟。只要是竹子一类的乐器他都十分擅长，尤其擅长演奏尺八。他说自己在七岁的时候，就可以把普通的箫吹的像模像样，只是不喜欢它的声音。十岁的时候得到了吴地的箫，吹奏后依旧觉得不能符合自己的心意。然而他对箫的痴迷愈来愈深，甚至影响到说话吃饭。他对箫管的削挖刻镂，完全改变了以前的制作工艺。白天他在水边怪石旁雕刻箫管，或者进到幽谷密林高草中去制作洞箫；晚上则在月光下的院子里，在鸟儿睡觉虫子鸣叫的时候，启、塞、抑、按演奏洞箫，箫管从不离手。有一天他忽然悟通其中的道理，高兴地拍床相庆，嘲笑前人真是又聋又笨，领会不到制箫的奥秘。

顷之[①]，其乡人持一管万里外，遇解音客，购之万钱双绢。自是洞虚子箫闻天下。顾产僻左，足不到吴越歌舞场，客居十指不给。其后俗箫稍稍窃其粗似，丹碧之，名“洞虚”，乱吴市中，暴得直。而真洞虚子家故贫自若也，时澹（dàn）荡[②]以酒。人客高门雅士间，语次骂座，众欲殴之。已而闻箫声，满坐皆欢，又相与洗盏更酌。盖其为人如此。

【注释】①顷之：不一会儿。②澹荡：放达。

【译文】不久以后，他的同乡携带他制作的洞箫去到万里之外的异乡。碰到懂得音律的行家，那个人用万钱双绢买下了那只箫。从此以后，洞虚子制作的箫天下闻名。但是他只愿呆在乡下偏僻之地，从来不涉足吴越之地的歌舞场所，过着客居他乡，生活清贫的日子。后来其他人制作的洞箫也开始模仿洞虚子箫的样式，涂上颜色，并且以“洞虚”来命名，鱼目混珠地流入吴地的市场，买到了很高的价钱。然而真正的洞虚子却一如既往的在家里过着清贫的生活，只是偶尔会开怀畅饮一番。当时有人邀请他参加客高人雅士的聚会，没料到他酒后出言不逊，众人气恨难消想要打他。他却开始吹箫，箫声美妙，使满座宾客又都喜笑颜开，重新推杯换盏同他一起畅饮。大概他的性格就是如此。

四方之知洞虚子者，至今莫知其何许人也。其箫表里濯治，得议制之妙；无瑕声，无累气，饰以行草秀句，山水渔钓，宫观烟树，人物花鸟虫豸杂工，写描勒入神。而其独得之妙在选竹，竹至千尺取十一，盖有柯亭爨下遗识乎？啸咏之顷，辄以斤锯自随。园公林监或訾病之，好事者赏其僻，不问也。

【译文】四面八方很多人听说过洞虚子，但是直到现在也没人知道他到底是哪里人氏。他制做的箫里外都要仔细整治，深谙制萧的道理；他制做的箫，音色纯正，无杂声，无凝滞，箫管外面绘以书法诗句、山水楼阁，人物花鸟作为装饰，全都刻画生动入神。他的独到之处在于选择制箫的竹子，他能在千尺长的竹子中，挑选出十分之一的适合制箫的那部分，难道是洞虚子具备汉代蔡邕的那种能力？蔡邕可以一眼看出适合做笛子的柯亭竹，可以从燃烧的声音中辨别出制琴的良木。洞虚子平日里喜欢歌咏吟啸，还随身带着斧锯之类的工具，以便随时采伐竹子。对于他的做法，有些看管园林的人会斥责他，也有很多人欣赏他的这种嗜好，不做追究。。

予尝得二焉，其一潇湘合流，八景分峙，隙间题咏，毫发可数；其一十八尊者图，李龙眠[①]笔、苏子瞻[②]赞、秦太虚[③]记皆具。尝置酒倚琴而吹之，因谓："子是艺，如北方佳人，绝世独立，余粉黛皆土耳。昔人品庾（yǔ）信[④]月明孤吹，然非洞虚箫，宁称子山文乎？"衮大喜，遂别作一枝遗予，彤以一丘一壑，一觞（shāng）一咏，而题其上云："青筠欲托王褒赋，明月吹成庾信文。"且曰："箫之寿计年计十，人之寿计十计百，先生作传，洞虚之寿不可计。敢请！"予笑诺之，因访其利病最要处。衮乃曰："箫孔下出贯纶者两，宜差后而斜睨，勿作中而径往。"予爱其聪巧绝伦，戏为《箫洞虚传》传之。嗟夫！恐亦如流马木牛，尺寸具诸葛书中，人不能用也。

【注释】①李龙眠：即李公麟，字伯时，号龙眠居士，北宋著名画家。②苏子瞻：即苏轼，字子瞻，又字和仲，号"东坡居士"，是北宋著名文学家、书画家、散文家、美食家和诗人。③秦太虚：即秦观，字少游，一字太虚，别号邗沟居士，扬州高邮（今属江苏）人，北宋文学家。④庾信：字子山，小字兰成，南阳新野（今河南新野）人，南北朝时期著名文学家。

【译文】我曾经得到过洞虚子制作的两支洞箫，其中一支绘着潇湘合流，八景分峙的景色，画中间隙有题诗，笔画清晰可见；另一支绘着十八尊者图，李公麟的笔法，苏东坡的赞文，秦观的记文都一应俱全。我曾备酒依琴，吹奏洞虚子箫，对他说："你的技艺就好像诗歌中描写的北方佳人，清新脱俗，其他女子不过是庸脂俗粉而已。古人品评庾信月下吹萧，但是没用到你洞虚子的箫，如何能配得上庾信的文采呢？"车衮听后非常高兴，就另外为我制作了一支箫，上面画有一丘一壑，一觞一咏，并在上面题诗："青筠欲托王褒赋，明月吹成庾信文。"并说："箫的寿命以年或几十年计，人的寿命以几十年或百年计，您能为我作传，洞虚子的寿命便不可计数了。我斗胆在此向您请求！"我笑着答应了，并向他请教制箫的秘诀。车衮说："箫孔下面系丝绳的两个孔洞应该尽量靠后，并且两孔要斜着打，不能直接相对开孔。"我欣赏他聪明绝顶，就戏作了一篇《箫洞虚传》流传于世。洞虚子的制箫方法恐怕也会像流马木牛那样，具体尺寸虽然都记载在诸葛亮的书中，可是别人就是不会制作啊。

张山来曰：此日之箫，其贯纶处，皆近后而斜睨，无居中者。其殆皆本于车君耶？

又曰：黄九烟先生为予言：韩翁能吹铁箫，冠服诡异，时而衣大袖红衫，如豪富公子，时而破衲褴褛，如贫乞儿。予闻而异之，因访焉。面城而居，败屋一楹，几上置大小竹管若干具，皆有窍，长四五六寸不等。裂片楮（chǔ）三四寸许者，书《箫谱》，约三四十字，堆满几案。翁衣貉裘，冠狐帽，如营伍中人，语操北音。予请聆其技，乃出铁箫者三。其二制与常箫等，左右手各握一具，以鼻吹，音无参差也。其一约长二尺余，口吹。余因询其所裁竹管，答云："竹不论长短皆可吹，但须因材剜窍耳。予《箫谱》止四五句，熟之则诸曲皆可合也。尚有铁琴一，今在真州，未携来，不能为君奏矣。学予技，颇能医病。抚军某患目疾，予授以吹箫而愈。制府某患齿病，予授以吹箫而愈。所治者非一人矣！"复为余言："今医家每以王道治病，王道性燥烈，恐反增疾。予则纯以霸道治之，是药皆取其魂而去其质，仅轻清之气耳。”予因知翁未尝读书，误谓“霸”为“王”，谓“王”为“霸”也。因读《箫洞虚传》，附记于此。

【译文】张山来说：现在的箫，上面穿丝绳的孔，都是在箫管靠后的位置开孔并且两孔不对称，没有开在正中的。这种方法难道是车衮传下来的吗？

又说：黄九烟先生对我说：有一位韩翁能吹铁箫，衣着怪异，有时候穿着大袖红衫的衣服，好像富贵家的子弟，有时候又衣衫褴褛，像乞丐叫花子一样。我听说后也觉得怪异，因此去拜访韩翁。他的房子面对城墙，是一间简陋的屋子，桌上放着大小长短不一的几支竹管，都开了孔洞，长度四五六寸不等。有纸片长三四寸，上面写有《箫谱》，大约三四十字，诸多物品堆满了桌子。韩翁身穿貉皮大衣，带着狐皮帽子，好像行伍中人，说话是北方口音。我请求听他的演奏，他于是拿出三支铁箫。其中两支看上去和普通的箫一样，他左右手各握一只，用鼻孔来吹，两支萧听起来，音色竟然没有差别。另一支有二尺多长，用嘴吹。我借机问他选取竹管的要领，他回答说：“竹子不论长短都可以吹奏，但必须要依据竹材的特性来开孔。我写的《箫谱》只有四五行文字，照谱练习熟练后，各种曲子都可以演奏好。我还有一张铁琴，现在放在真州，没有带来，不能为您演奏。学习我的技艺，还能达到治病的效果。某抚君患上眼疾，我教他吹箫从而治愈了他的眼病。某制府牙痛，我教他吹箫后，治好了他的牙疼。治愈的不止一人啊！”又对我说：“现在的医生都用王道方法来治病，王道方法过于猛烈，恐怕会加重病情，我则完全用霸道方法治病，所用的药都取其精华而去其杂质，只是些轻清之气而已。”我因此知道韩翁未曾读书，误将“霸”当做“王”，把“王”当做“霸”，附带记述在此。

鬼孝子传

宋曹射陵

【题解】本篇是《虞初新志卷六》的第六篇。此篇介绍了一位鬼孝子，早年父亲去世，凭自己一人之力赡养母亲，虽然他不幸早死，其魂魄却伴随母亲，想尽办法赡养母亲，以尽孝道，使母亲不必改嫁，保全了贞节，直到母亲终老。

海宁陆冰修述闽中高云客之言曰：其乡有鬼孝子者，生七八岁，父亡于外。家无宿粮，孝子即能以力养其母，俾母安其室而无他志。将束冠，聘某氏女，未及娶，孝子忽以疾死。自是母无所依。有邻人某者，将娶之，谓媒者曰："若之夫久相失矣，若之子又卒亡矣，若之家无三尺之童，且无衣无食矣！若其何以自终乎？予欲与若偕老，若其许之乎？"媒者悉以告其母，母将许之。孝子是夜忽声作于室，呜呜然环榻而告母曰："儿虽死，儿心未死也。儿与母形相隔，魂相依也。邻人欲夺吾母，母遂将从之乎？"母惊哭曰："失身岂吾素志？始汝父死，赖有汝；汝死，吾复何赖？汝为我谋，我何以生？"孝子曰："儿之生，曾以力养吾母，亦曾以余力聘某氏女。儿不幸早丧，母无所依，某当归吾聘资为母生计。”母曰：“如不应何？”孝子曰：“儿当语之。”是夜果见异[1]于某家。某倍偿前资，以归其母。母以是自给。

【注释】①见异：显示异象。

【译文】海宁的陆冰修，转述闽中人高云客的话说：“他的家乡有一位鬼孝子，七八岁的时候，父亲在外地去世了。家中没有余粮，孝子能凭借自己的力量来赡养母亲，使母亲在家安居而没有改嫁的想法。孝子将要成年的时候，准备迎娶某人的女儿，还没来得及娶亲，孝子忽然得病死了。从此以后他的母亲失去依靠。他家邻居，想要娶其母，对媒人说：“她的丈夫已经去世很久了，她的孩子也去世了。她的家里现在连一个小孩子也没有，而且衣食也没有着落，她如何养老送终呢？我想和她白头偕老，她能同意吗？”媒人把这些话转告给他的母亲，他的母亲准备要答应了。晚上孝子忽然在屋子里发出声音，呜咽着环绕在床榻周围，对母亲说：“儿子虽然已经死了，但是儿子的心没有死。儿子和母亲虽然阴阳相隔，但是魂魄依然伴随在母亲身旁，邻居想要占有母亲，母亲准备要答应他吗？”母亲惊慌地哭泣说：“改嫁失节怎么能是我的心愿呢？刚开始你的父亲死了，我还可以依靠你；你现在也死了，我能依靠谁呢？你为我谋划，我该如何谋生呢？”孝子说：“儿子在世的时候，曾经尽力赡养母亲，也曾经与某家的女儿订下婚约。儿子不幸早亡，母亲没有依靠，某家应该归还我的聘礼，作为母亲的生活费用啊。”母亲说：“如果他们不答应该怎么办呢？”孝子说：“让儿子去说。”这天晚上，果然在某家出现异象。某家加倍归还以前的聘礼，都给了他的母亲，于是他的母亲能够维持生活。

三年许，资尽，母复呼孝子之魂而告之。孝子曰：“儿生能以力养吾母，死亦能以力养吾母。”母曰：“吾儿鬼矣，乌能复以力养？”孝子曰：“母当市中，语担者曰：尔倍平日所担，吾儿当佐[1]汝。”母果入市语担者。担者曰：“若儿死矣，乌能佐吾担？”其母曰：“请试之。”担者果增以倍，孝子阴佐之，担者疾走如平日。因以所获钱谷，归半于其母。孝子日佐之无间，母以是自给至老。

【注释】①佐：帮助。

【译文】三年多以后，返还的资财耗尽。母亲再次招呼孝子的魂魄出来告诉他这些情况。孝子说：“儿子在世的时候可以凭借自己的力量来养活母亲，即使死了也能凭借自己的力量来赡养母亲。”母亲说：“我儿已经是鬼了，怎么能用自己的力量来养活我呢？”孝子说：“母亲到集市上，告诉担货的人说：你能担比平日多一倍的货物，我的儿子会帮助你。”母亲于是就去到集市上，对担货的人说了同样的话。担货的人说：“如果你儿子已经死了，又怎么能帮我担货呢？”他的母亲说：“请试一下就知道了。”担货的人果然可以担起比平日多一倍的货物，原来是孝子在暗中帮他，担货的人仍然可以像平时一样疾走如飞。所以就把挣到的钱和粮食的一半，分给他的母亲。孝子每天都帮担货人，从不间断，他的母亲因此可以自给自足到终老。

呜呼！孝子当父死后，能尽孺（rǔ）慕之孝以养其母，俾母安其室而无他志。迨[1]身死后，复能精魂周旋[2]其母，俾母获全生平之节；而且以死力佐担养母，以至于老，岂非孝子之为德，非死之所能间乎？爰记其事而传之。

【注释】①迨：等到。②周旋：在母亲身边围绕。

【译文】唉！孝子在父亲去世以后，能奉行孝行来赡养自己的母亲，使母亲安居家里没有改嫁的想法。等到自己死了以后，又能以魂魄伴随在母亲身边，使母亲得以保全贞节；而且尽力帮助担货人来挣费用，养活母亲，直到终老，这难道不是由于孝子的大善孝心，就连生死也不能隔断吗？我于是记下这件事广为流传。

张山来曰：予尝谓鬼胜于人，以人不能为鬼之事，而鬼能为人之事也。然世之赍志以殁者，不能凭依于人以为厉，岂真如子产[①]所云"用物精多，则魂魄强，否且反是"耶？今鬼孝子竟能自行其志，可以为鬼道中开一法门矣。

【注释】①子产：春秋时期著名的政治家、思想家。

【译文】张山来说：我曾经认为做鬼比做人好。因为人做不了鬼的事，而鬼能做人的事。然而世上心愿未了而去世的人，不能转生为人，就会变为厉鬼，鬼孝子难道就是子产所说的"用物精多，则魂魄强"的情况吗？现在鬼孝子竟然可以完成自己未了的心愿，也算在鬼道里独辟蹊径了。

黄履庄小传

戴榕文昭

【题解】本篇是《虞初新志卷六》的第七篇。黄履庄是清初制器名家，此篇是其表兄戴榕为他写的传记。黄履庄从小就聪明过人，喜欢动手制作各种新奇器物，他制作的器物种类众多，五花八门，都是构思巧妙，令人叹为观止。

黄子履庄，予姑表行也，少聪颖，读书不数[①]过，即能背诵。尤喜出新意，作诸技巧。七八岁时，尝背塾师，暗窃匠氏刀锥，凿木人长寸许，置案上能自行走，手足皆自动，观者异以为神。十岁外，先姑父弃世，来广陵，与予同居。因闻泰西[②]几何比例、轮捩（liè）机轴之学，而其巧因以益进。尝作小物自怡，见者多竞出重价求购。体素病，不耐人事，恶剧嬲（niǎo）[③]，因竟不作，于是所制始不可多得。

【注释】①数：几次。②泰西：犹极西。旧泛指西方国家。③嬲：纠缠，搅扰。

【译文】黄履庄，是我的姑表亲戚。他年少的时候就聪明过人，文章读几遍就能背诵。他尤其喜欢奇妙构思，制作新奇物件。七八岁的时候，他曾经背着私塾的老师，偷拿走雕刻用的刀锥，雕刻了一个寸许高的木人，把木人放到桌上能自己行走，木头人的手脚都可以活动，看到的人都觉得很神奇。黄履庄十岁时，我的姑父去世，黄履庄来到扬州，和我住在一起。因为见识到了西方各国的几何比例、齿轮机轴等技术，使他的制做技巧更加完善。他曾经制作了一些小东西自己玩赏，见到的人都争相出高价来求购。他体弱多病，不愿交际应酬，厌恶别人不停地纠缠打扰，竟然从此不再制做新东西，于是他制做的东西很难再见到了。

所制亦多，予不能悉记。犹记其作双轮小车一辆，长三尺许，约可坐一人，不烦推挽能自行。行住，以手挽轴旁曲拐，则复行如初。随住随挽，日足行八十里。作木狗，置门侧，卷卧如常，唯人入户，触机则立吠不止。吠之声与真无二①，虽黠者不能辨其为真与伪也。作木鸟，置竹笼中，能自跳舞飞鸣，鸣如画眉，凄越可听。作水器，以水置器中，水从下上射如线，高五六尺，移时②不断。所作之奇俱如此，不能悉载。

【注释】①无二：没有区别。②移时：经历一段时间。

【译文】他制做的东西很多，我不能全部记住。还记得他曾制做了一辆双轮小车，长三尺多，大概能够乘坐一个人，车子不需要推动，就可以自己前行。车子要是不能行走了，用手转动车轴旁的曲柄，就又可以继续前进了。就这样一边行进，一边转动曲柄，一天足可以走八十里路。他还制做了木狗，放在门边，可以像真狗那样卷卧，只要有人入户，触动机关，木狗马上就会不停叫唤，叫声与真狗没有区别，即使是聪明人也很难分辨叫声的真假。他制作的木鸟，放在竹笼里，可以飞舞鸣叫，叫声像画眉鸟那样，清脆动听。他制作的喷水器，水从下向上喷射出来，高达五六尺，能维持很长的时间。他制作的东西都是这样奇特，我不能全部都记载下来。

有怪其奇者，疑必有异书，或有异传。而予与处者最久且狎，绝不见其书。叩其从来，亦竟无师傅，但曰：“予何足奇？天地人物，皆奇器也。动者如天，静者如地，灵明者如人，赜（zé）[①]者如万物，何莫非奇？然皆不能自奇，必有一至奇而不自奇者以为源，而且为之主宰，如画之有师，土木之有匠氏也，夫是之为至奇。”予惊其言之大，而因是亦具知黄子之奇，固自有其独悟，非一物一事求而学之者所可及也。昔人云：“天非自动，必有所以动者；地非自静，必有所以静者。”黄子之奇，必得其奇之所以然乎？

【注释】①赜：深奥。

【译文】有人对他的技艺感到惊奇，怀疑他一定有奇书秘籍。或者有高人指点。但是我和他相处很久，彼此也很亲密，却没有见到他有什么秘籍。询问他技艺的来源，他竟然说没有师傅。他只是说：“我哪里奇异了？天地人物，才是奇异。像天那样运行不止，像地那样静止不动，像人那样灵秀，像万物那样深奥，哪一样不奇异呢？但是奇异的东西，不会自己觉得自己奇异，而是另有一个高明而不觉得自己奇异的东西作为来源，并且作为其它东西的主宰。就好比作画有画师，土木工程有工匠一样。这才是最奇异的。”我对他的话感到非常惊讶，也因此知道了黄履庄的奇异之处，是因为他独到的见解，这不是从一事一物来追寻道理的人所能了解的。古人说过：天不是自己在运动，一定有某种使它运动的力量存在，地也不是自己能够静止，一定有使它静止的东西。黄履庄的奇异之处，难道是因为他知道了其中的奥秘吗？

黄子性简默，喜思。与予处[①]，予尝纷然谈说，而黄子则独坐静思。观其初思求入，亦戛戛（jiā）[②]似难，既而思得，则笑舞从之。如一思碍而不得，必拥衾[③]达旦，务得而后已焉。黄子之奇，固亦由思而得之者也，而其喜思则性出也。

【注释】①处：相处。②戛戛：形容困难，费力。③衾：被子。

【译文】黄履庄生性沉默寡言，喜欢思考。和我相处时，我会滔滔不绝而谈，而黄履庄却静坐思考。我观察他每当思考制作新东西时，开始时也好像非常困难，不一会儿，想到了解决办法就会手舞足蹈。要是思路不通而想不到解决方法，一定会裹着被子整夜思考，务必要想出来才会罢休。黄履庄的奇异之处，原本也是因为深入思考才获得的，而喜欢思考也是他的本性啊！

黄子生丙申，于今二十八岁，其年月日时，与予生期[①]毫发无异，亦奇也，因附书之。

【注释】①生期：生日。

【译文】黄履庄丙申年出生，现在二十八岁，他出生的年月日时和我丝毫不差，这也是一件奇异的事情，于是我记录下来。

附：奇器目略

一、验器：冷热燥湿，皆以肤验，而不可以目验者，今则以目验之。

验冷热器：此器能诊试虚实，分别气候，证诸药之性情。其用甚广，另有专书。

验燥湿器：内有一针，能左右旋，燥则左旋，湿则右旋，毫发不爽，并可预证阴晴。

一、诸镜：德之崇卑，唯友见之；面之媸妍，唯镜见之。镜之用，止于见己，而亦可以见物，故作诸镜以广之。

千里镜：大小不等。

取火镜：向太阳取火。

临画镜。

取水镜：向太阴取水。

显微镜。

多物镜。

瑞光镜：制法大小不等，大者径五六尺，夜以灯照之，光射数里，其用甚巨。冬月人坐光中，遍体生温，如在太阳之下。

一、诸画：画以饰观，或平面而见为深远，或一面而见为多面，皆画之变也。

远视画。

旁视画。

镜中画。

管窥镜画：全不似画，以管窥之，则生动如真。

上下画：一画上下观之，则成二画。

三面画：一画三面观之，则成三画。

一、玩器：器虽玩而理则诚，夫玩以理出，君子亦无废乎玩矣。

自动戏：内音乐俱备，不烦人力，而节奏自然。

真画：人物鸟兽，皆能自动，与真无二。

灯衢：作小屋一间，内悬灯数盏。人入其中，如至通衢大市，人烟稠杂，灯火连绵，一望数里。

自行驱暑扇：不烦人力，而一室皆风。

木人掌扇。

一、水法：农必借水而成，水之用大矣，而亦可为诸玩，作水器。

龙尾车：一人能转多车，灌田最便。

一线泉：制法不等。

柳枝泉：水上射复下，如柳枝然。

山鸟鸣：声如山鸟。

鸾凤吟：声如鸾凤。

报时水。

瀑布水。

一、造器之器："工欲善其事，必先利其器。"况目中所列诸器，有非寻常斤斧所能造者，作造器之器。

方圆规矩。

就小画大规矩。

就大画小规矩。

画八角六角规矩。

造诸镜规矩。

造法条器。

【译文】附：奇器目略

一、验器：冷热燥湿，都由肌肤体验，而不能用眼睛观察到，现在通过验器，就可以用眼睛观察到了。

验冷热器：这个器物能检验冷热，分辨气候，辨别各种药物的药性。它的用途非常广泛，另外写书专门论述。

验燥湿器：里面有一指针，能左右旋转，干燥时就向左旋转，潮湿时就向右旋转，预测燥湿没有一点偏差，并能预报天气阴晴。

一、各种镜子：德行的高低，只有朋友可以看到；面容的美丑，只有镜子可以照出。镜子的用处，不光能看见自己，也可以看见事物，因此制作各种镜子来推广各种用途。

千里镜：大小不一。

取火镜：从太阳光取火。

临画镜。

取水镜：以月亮光取水。

显微镜。

多物镜。

瑞光镜：制成的镜子大小不一，大的直径五六尺，晚上用灯照它，光线可以照射几里远，它的用处非常大。冬天人坐在光中，全身上下感到温暖，就像在太阳下一样。

一、各种绘画：画用来装饰，有的画面平坦，但看上去却感觉深远，有的画是一幅看起来却像多幅，这些都是各种画的变化。

远视画。

旁视画。

镜中画。

管窥镜画：完全不像是画，但从管子里看，就像真的一样生动。

上下画：一幅画或向上、或向下观看，则成二幅画。

三面画：一幅画从三面观看，则成三幅画。

一、玩器：器物虽然是为了玩赏而其中却包含了实实在在的道理。玩赏中如果能学到道理，君子也就不用禁止玩赏了。

自动戏：里面自带音乐，不用耗费人力，而演奏井然有序。

真画：人物鸟兽，都能活动，与真的没有什么区别。

灯衢：建造一间小屋，里面悬挂几盏灯。人进到屋里，就像到了四通八达的集市，人烟密集，灯火辉映，一眼望去连绵好几里。

自行驱暑扇：不用人力，而满屋都有风。

木人掌扇。

一、水法：农业耕作必须有水才行，水的用途很大，也可以用来制作玩器，例如制作水器。

龙尾车：一个人能操作多辆，灌溉田地最便利。

一线泉：制作方法不一。

柳枝泉：水先向上喷出，再落下，水流像柳枝形状。

山鸟鸣：声音像山鸟鸣叫。

鸾凤吟：声音像如鸾凤鸣叫。

报时水。

瀑布水。

一、造器之器："工欲善其事，必先利其器。"何况目录中所列的各种器物，不是寻常工具所能够制作的。所以制作造器的各种工具。

画方圆的规矩。

把小图画放大的规矩。

把大图画缩小的规矩。

画八边形和六边形的规矩。

制作各种镜子的规矩。

制作发条的工具。

张山来曰：泰西人巧思，百倍中华，岂天地灵秀之气，独钟厚彼方耶？予友梅子定九[①]、吴子师邵，皆能通乎其术。今又有黄子履庄。可见华人之巧，未尝或让于彼；只因不欲以技艺成名，且复竭其心思于富贵利达，不能旁及诸技，是以巧思逊泰西一筹耳。

原本奇器目略颇详，兹偶录数条，以见一斑云。

【注释】①梅子定九：即梅文鼎，字定九，号勿庵，宣州（今安徽省宣城市宣州区）人。清初天文学家、数学家，为清“历算第一名家”和“开山之祖”，被世界科技史界誉为与英国牛顿和日本关孝和齐名的“三大世界科学巨擘”。

【译文】张山来说：西方人的心思巧妙，超过中国人百倍，难道是天地间的灵秀之气，只赋予了他们吗？我的朋友梅定九、吴师邵，都能通晓西方人的这些技术。现在又出了一个黄履庄。可见华人的心灵手巧，并不输给西方人；只是因为他们不想靠技艺成名，也不想依靠自己的技艺来获得功名富贵，更不会去研究其他技艺，所以心思巧妙方面比西方人差一些。

原本奇特器物的目录很详细，这里我只是选取几条，来管中窥豹。

卷七

书戚三郎事

周亮工减斋

【题解】本篇为《虞初新志卷七》的第一篇。讲述明末江阴城陷落时，有个叫戚三郎的人，他的妻子被虏，自己又屡受刀伤，差点失去性命。因为虔诚信奉关帝，在性命攸关之际，幸得关帝显灵保佑，不仅保全生命还找回妻子，最终一家人团聚的故事。

江阴城陷，微[①]戮抗命者。邑有戚三郎，与妇王笃伉俪。夫妇皆好推施[②]。一子甫五龄。家所向唯关帝君祠，戚夫妇虔事之。月朔望[③]，未辨明，即肃香[④]祠下，二十年如一日。城陷，被兵执，举戚足带纠其臂，数被创，拥至通衢[⑤]。见妻为他兵拽去，戚呼号救之，复被创。前后凡十三创，首亦被刃。推拥过帝祠，不胜步矣，倒地上。兵见其气息仅属，舍之去。

【注释】①微：伺察，侦察。②推施：施恩惠于人。③朔望：朔日和望日。农历每月初一叫朔，十五叫望。④肃香：供香。⑤通衢：四通八达的道路。

【译文】江阴城沦陷后，清兵搜寻并杀戮敢于抵抗的人。城中有个人叫戚三郎，他和夫人王氏恩爱和睦。夫妇两人都乐善好施。有一个孩子刚刚五岁。他们家对面有一座关帝祠，戚氏夫妇很虔诚地拜祭关帝。每月的初一和十五，天还没亮他们就去关帝祠中上香，二十年来从不间断。江阴城沦陷时，戚三郎被清兵抓到，清兵解下他脚上的带子将他双臂绑住，他身上多处受伤，被押到大街上。戚三郎看到妻子被其他士兵拖走，就大声呼喊，想要去救妻子，结果又被砍伤。前后一共受伤十三处，头也被刀砍伤。清兵推着他路过关帝庙，戚三郎此时已步履维艰，一头栽倒在地上。清兵看他已经气息微弱，快要死了，就仍下他离开了。

戚心独朗朗[①]，念虔事帝，得死楹下足矣。然度难死，帝显赫，或有以援我。日且暮，觉祠中有异，纠臂带忽裂，裂声如弓弦，作霹雳鸣。戚臂左受创，纠缚既断，因得以右扶首。首将堕，喉固未绝，因宛转正之。心朗朗，念帝显赫，真援我也。

【注释】①朗朗：明亮的样子。

【译文】戚三郎虽然身受重伤，但神志仍很清醒，想到平时自己虔诚敬拜关帝，现在能死在关帝庙前，也死而无憾了。然而想到自己蒙难将死，关帝神通广大，或许会显灵救我吧！天色将暮，戚三郎觉得祠中有些异常，绑住自己手臂的带子突然断裂，断裂的声音如同弓弦响动，发出霹雳般的响声。戚三郎的左臂受伤，捆绑手臂的带子断了，就可以用右手来扶住自己受伤的头，他的头已经快要掉下来了，只是喉咙还未断开，戚三郎缓缓地左右活动，将头扶正。这时，戚三郎神志越发清醒，他心中感激关帝显灵，真的来救助自己了。

黎明，兵数过戚，见血痕模糊，谓死矣，不复顾。久之，有老翁、妪（yù）趋视戚，怜之曰："三郎垂毙矣，盍掖之归？"戚虽愦然，心识其为比邻[1]钱翁、沈妪也。顷之，两人续以姜糜至。越二日，入曰："兵封刃，行且去，郎活矣！"乃不复至。戚首为血糨，乃因之固，渐能起。举视室中，无一存者，五龄儿固坐足旁泣，而屋中乃僵二尸，辨之，邻钱翁、沈妪也。戚恐甚，久之，悟两人殆肃关帝命以援予者。

【注释】①比邻：近邻，街坊。

【译文】天亮的时候，清兵几次从戚三郎身旁经过，看到他血肉模糊，僵卧在地，以为他已经死了，就不再理会他。过了很久，有老翁、老妇走近查看戚三郎，怜悯地说："三郎快要不行了，我们何不把他扶回去呢？"戚三郎虽然神志没有完全恢复，但心里知道他们是自己的邻居钱老翁和沈老太。片刻之后，两人找来一些姜粥喂给他。又过了两天，两人回来说："清兵大概要停止屠杀了，军队就要离开了，三郎得救了！"此后就再也没有过来。戚三郎的头被血糊住，也因此而得以固定，渐渐地竟然能抬起来。戚三郎环视室内，没有幸存的人，只有五岁的儿子坐在旁边哭泣，屋里有两具僵硬的尸体，仔细辨认发现是邻居钱老翁和沈老太。戚三郎非常害怕，过了一会儿，才恍然大悟，想到这两个人大概是受了关帝的指令来帮助自己的。

因强起，跛躄（bì）过帝祠，欲投地，身不能屈，立作叩首状，首又若将离者，乃依槛祝曰："身赖帝活，唯帝终有以庇予！"因念翁妪死而生我，不可久暴露，吾室有木，可为槥（huì）[1]，第安所得匠？忆众为帝治寝宫，城围，宫未竟，匠或有存者。往迹之，见三匠踦（qī）户[2]语。戚告以故，咸随戚归。戚指示木所在，匠遽为操作。戚匍匐乞米以为食，久之不得，仅从空室得冬炒半囊归。入室，失三匠而存五槥。戚念约为二而五之，去又不俟予归耶？趋帝宫，窅（yǎo）[3]无人，三尸仆户内外，固三匠也。戚惊惧。是时兵远去，人渐归，乃倩所识，以槥厝（cuò）[4]翁妪及匠，而瘗（yì）[5]之隙地[6]。

【注释】①槥：小棺材。②踦户：倚门。③窅：深远。④厝：放置。⑤瘗：埋葬；掩埋。⑥隙地：空着的地方。

【译文】戚三郎勉强支撑起身体，一瘸一拐地来到关帝祠，想要跪下，身体却无法弯曲，想站着叩头，头又好像要断开，他只得倚着门槛，向关帝祷告说："承蒙关帝保佑，我才得以活命，唯有您自始至终能保护着我！"想到老翁、老妇拼死才使自己活了下来，他们的尸骸不能长久暴露在外，得想办法为他们收尸。戚三郎家里有木头，可以为他们做棺材，可是到哪里去找木匠呢？他想起众人为关帝祠修建寝宫，城被围后，寝宫还没有修成，那里可能还有工匠。戚三郎便去查寻，见到三名工匠，正倚着门说话。戚三郎告诉他们事情经过，三人就跟着戚三郎回来。戚三郎把存放木头的地方指给他们看，三个木匠就开始打造棺木。戚三郎匍匐着四处乞讨，想讨点米来吃，找了很久也没找到，只从空屋里找到半袋冬天的炒货。回到家里一看，三个木匠已经不见了，只有五具已经打好的棺材放在那里。戚三郎心想，说好的打两口棺材，现在却做了五口，为什么不等我回来再走呢？戚三郎赶到帝宫，也没看到一个人，只有三具尸体倒在室内外，竟然是那三个木匠。戚三郎惊惧不已。这时，清兵已远去，逃出去的人逐渐回来，戚三郎就央求几个相识的人，把钱老翁、沈老太和三个木匠的尸体用棺材收敛，在城外找块空地安葬了。

戚数得帝佑，神理亦渐旺，复至帝祠，能稽首投地矣。肃告帝，谓："帝恩我无极，第妻无由见，帝其以梦示！"归而梦帝驱之曰："疾去数里外，有舟待，越月之十四日，终不可见矣。"辨明[①]，力疾负子行至津亭[②]，见有舣（yǐ）舟[③]柳下，若有待者。其人为成三。戚曰："若何待？"成曰："吾之室被掳而南，吾将操舴艋往。独不可往，度邑中失侣者多，应有往者，故迟之。"戚曰："帝示我矣，予为此子觅母，得附舟行，幸矣！"具告以梦。成亦手额曰："帝佑君，合浦珠自当还[④]。吾即不德，借君庇以分神贶（kuàng）[⑤]，浮萍断梗[⑥]，或冀幸一遇乎？"言讫，相与泣数行下，忧患易感，意气殊相得也。

【注释】①辨明：天刚亮的时候。②津亭：古代建于渡口旁的亭子。③舣舟：停船靠岸，或者把船停好。④合浦珠自当还：此语来自成语合浦珠还。合浦：汉代郡名，在今广西合浦县东北。合浦珠还：比喻东西失而复得或人去而复回。⑤神贶：神灵的恩赐。⑥浮萍断梗：浮萍：浮在水上的萍草。断梗：折断的草木茎。比喻飘泊无定的浪子。

【译文】戚三郎多次得到关帝的庇佑，神志身体也逐渐恢复，他再次来到关帝祠，已经能跪拜叩头了。戚三郎恭敬地向关帝祷告："关帝赐予我的恩德无数，念及不能和我的妻子相见，祈望关帝能托梦来来给予启示！戚三郎回家后，梦到关帝催促他说："快去几里之外，有船在那儿等你，过了这个月的十四日，就再也不能见到你妻子了。"第二天天亮，戚三郎勉强支撑病体背着儿子，来到数里外渡口边的亭子，看见有一条小船停泊在柳树下，船上的人好像在等人。这个人叫成三，戚三郎问他："你在等人吗？"成三回答说："我的妻子被掳走，向南边去了，我想驾这条小舟去寻找，但一个人无法前往，想到县里失去妻子的人很多，应该还有人也想去，所以迟迟没有出发。"戚三郎说："关帝启示我前来找你，我为孩子寻找母亲，能够搭乘你的船，真是太幸运了!”于是把关帝托梦的事详细地告诉了成三,成三听后也用手拍着额头说:“关帝保佑你,你一定可以找到妻子的。我虽然没有德行,但托你的福,我也一定会受到关帝的保佑。我们与各自的妻子相互失散,虽然找到她们的希望很渺茫,也许侥幸可以实现吧!”说完,两人一同哭泣流泪,患难中的人,彼此同病相怜,感情也容易拉近。

抵升州,舟刺鬼面城下。乃入市,揭示四达之衢曰:“江阴戚三郎觅妻王。能为驿骑[①]者,予多金。”成亦揭示如戚。有某者,见戚所揭示,往见戚曰:“予我金,告尔妻所在。”戚虽揭示,谬语[②]耳,固无从得金。语某曰:“我实无金,期一见妇耳。”某叹曰:“世固有不持金而求得妇者?”疾起去。成挽[③]之,告以“戚为帝所指示,始昧昧[④]至此,实不持金。城陷家破,安得金?”某闻成语,凄然悯之,曰:“即告尔妻所在,不得尔金,易耳,顾无金,彼武人,赤手返尔妻耶?”具告以妻所在。戚与成彷徨久之,某忽曰:“子何能?”戚曰:“能书。”某曰:“机在是矣。某公者,矢愿[⑤]于报恩塔下,倩人书百部《首楞》施四方,方觅人。子诚善书,计可得数金,事或可图欤?曷疾去!”戚乃尾某行,而以子属成。见某公,以情告。试以书,书诚工。某公既善其书,又悯其遇,施十金。

【注释】①驿骑:表示提供、传递消息的意思。②谬语:假话。③挽:挽留。④昧昧:昏乱;模糊不清。⑤矢愿:立下心愿。

【译文】小船抵达升州,停在鬼面城下。两人进到城里,在一个四通八达的路口处贴出告示,上写:江阴戚三郎寻找妻子王氏,能提供消息的人,必定给予重金酬谢。成三也像戚三郎一样张贴寻妻告示。有个人看到戚三郎的告示，来找戚三郎，说："把酬金给我，我告诉你妻子的下落。"戚三郎虽然承诺给予赏金，但却是假话，实际上根本没有赏金。戚三郎只得如实相告，说："我实际上没钱，只是希望能见到妻子。"那个人叹息道："世上哪有不花钱就能找回妻子的事！"说完就要起身离去。成三拉住他，说："戚三郎是得到关帝的启示，才冒昧来到这里，实际上并没带钱。城邑陷落，家庭破碎，我们哪还能有钱呢？"那个人听了成三话，也心生怜悯，说："我可以告诉你妻子所在的地方，我不要你的酬金倒也容易，但虏走你妻子的军将，能让你空手就把妻子要回去吗？"那个人把戚妻所在的详细地点告诉了戚三郎。戚三郎与成三听后彷徨许久，也想不出办法。那个人忽然说："你有什么特长吗？"戚三郎说："会写字。"那个人说："这就有机会了。某公曾在报恩塔下发愿，请人抄写百部《首楞严经》来布施四方，正在寻找抄写人。你如果擅长写字，抄写经书可以得到几两银子，事情也许就有希望了，还不赶快去！"戚三郎就跟随那个人前去，暂时把儿子托付给成三照看。见到某公后，就告诉他实情。戚三郎试着写了一段经文，字迹确实很工整。某公既欣赏他的书法，又怜悯他的遭遇，就给了戚三郎十两银子。

某踉跄携戚至某标郝总旗所。郝他出，郝妇曰："谁耶？"戚告以故。妇曰："诚有江阴王氏者，予我金，我与尔妇。"戚喜妇无多索，跪献金。妇持金入，久之不出。又久之，出，四顾曰："何为者？"戚与某咸惊噪。妇愕然曰："何为者？乃诬我得金？室固无尔妇，安得尔金？"命阍（hūn）者①榜逐之。戚掩涕怨某，相与且去。成方与戚子望其与妻俱归，已得故，怒目曰："不得妇，又失金，不值一死耶？奈何遂返？明日与我俱。"

【注释】①阍者：即阍人，守门人。

【译文】那个人带着戚三郎，深一脚浅一脚地来到了清军某标营郝姓总旗的府邸。郝总旗有事外出，他的妻子说："你是谁？"戚三郎把事情的经过告诉了妇人。妇人说："确实有江阴王氏在这里，把钱给我，我把你妻子还给你。"戚三郎非常高兴妇人没有多要酬金，就跪下献上酬金。妇人拿了酬金进到内院，过了很久也不出来。又过了很久，妇人才出来，四下环顾，好像不认识他们一样，说："你们是什么人？"戚三郎和那个人都是一惊，就和她理论。妇人惊愕地说："你们是什么人？为什么要诬蔑我收了你们的钱呢？我们府里本来就没有你妻子，又怎么会吞没你的钱！"下令看门人把他们赶走。戚三郎掩面痛哭，埋怨那个人，他俩只能暂且一起回去。回去后，成三与戚三郎的儿子正盼望戚三郎能带妻子一块回来，了解事情的经过后，成三怒目圆睁地说："你妻子没找到，又损失银子，怎么不以死相争呢！怎么就空手回来了？明天我和你一起去。"

明日，戚携子偕成往，訇訇（pēng hōng）[①]于门。郝方立球场弄鹰，召入。成瞪目欲裂，躋（jī）[②]而前："吾成三，是为吾友戚三。戚妇在公所。昨携金赎妇，公夫人得金，乃不与妇。吾与戚邑陷家破，与妇失，去死丝粟[③]耳！无家死，失妇死，失金亦死！公不与戚妇，十步之内，以颈血相溅矣！"突出刃靴中，欲自杀。郝怒张，急止之曰："安有是？吾妇何从昧尔金？勿自杀，吾入询。诚有是，吾不以为妇矣！"乃急入。久之，闻譇詉（zhā náo）[④]声，已复闻郝挞妇。戚与成咸跪呼于外曰："勿挞夫人，但愿还妇足矣！"食顷，郝出，气结[⑤]，掷金于地曰："急持去！"成稽首曰："戚急得妇，不急金。且金归公室一日夜矣，又吐之，公大人，义不为也。”争之益力。郝曰：“义哉，子为友，乃以死争！计戚所持金，乌足赎妇？然吾高子行，何计金！当以妇归子友。”因呼妇出。戚方注目不瞬，谓妻且至，望不类，少近，则成与妇相抱痛哭，妇盖成妻也。先是，成妻之被掳而南也，过邸舍，书壁曰：“我江阴成三郎妻王氏，为某标郝掳。见者幸以语吾家。”久之，“成”字微落，独存“戊”。某第见戚所揭示，故遽报之戚云。

【注释】①訇訇：形容大声。②擿：揭发别人的阴私。③丝粟：比喻极小或极少。④譗詉：争吵怒骂。⑤气结：形容心情郁闷。

【译文】第二天，戚三郎带着儿子和成三一起去郝总旗的住宅，在府门前大声叫嚷。郝总旗正在球场上摆弄猎鹰，听到喧哗，就叫他们进来。成三眼睛瞪得像快要裂开一般，上前揭露郝妻的所作所为，说：“我是成三，这是我的朋友戚三。戚三郎的妻子现就在你的府中，昨天他带着银子来赎回妻子，你的夫人拿了钱，却不归还人家妻子。我和戚三郎城陷家破，又都和妻子失散，距离死也不远了。家破当死，失去妻子也当死，失掉银子更当一死。您若不把戚三郎的妻子归还给他，我就自刎，十步之内可以把血溅到你的身上！”成三从靴中拔出刀子，就要自杀。郝总旗听完，也是愤怒异常，急忙阻止成三，说：“真有这种事？我妻子为何会吞没你的银子？先不要自杀，我去问问清楚，果真如此，我就不再把她当做妻子了！”郝总旗快步进入内院，过了很久，听到怒骂声，又听到郝总旗鞭打老婆的声音。戚三郎和成三都跪下向内院呼喊：“请不要打夫人了，只要能够归还戚三郎妻子就可以了！”过了一顿饭的时间，郝总旗出来，心情很是不快，把银子掷到地上，说：“赶快拿走。”成三边叩头边说：“戚三郎急切盼望能要回自己的妻子，并不是想讨回这些银子。况且银子放在您家已经一天一夜了，现在才拿出来也迟了，您是有地位的人，这种做法不符合道义。”于是极力争辩。郝总旗说："有义气啊！你为了朋友，竟能以死相争！然而戚三郎现在这点儿钱，怎么够赎回他妻子呢？但我佩服你的仗义之举，又怎么会计较有没有银子呢！应当归还你朋友的妻子。"说完，命人把妇人叫出来。戚三郎眼也不眨地盯着，妻子出来后，戚三郎远看不太像，等妇人再走近一些，成三却与那妇人相抱痛哭起来，原来这妇人是成三的妻子。先前，成三的妻子被清兵掳走，一路向南，路过一间房舍，她在墙壁上留字："我是江阴成三郎的妻子王氏，被某标营郝某掳走，如果有人看到留言请转告我家夫君。"时间久了，"成"字笔画有些剥落，就成了"戊"字，先前那个人见到戚三郎所贴的告示，就误把这些话告诉了他。

郝见妇反属成，讶曰："异哉，子以死争友而顾乃自争！天下嗜义者，独为人哉！天合子，子疾去！"成曰："金出戚而妇归我，我何去？去则戚之金不返，我诚我争矣。"郝曰："奈何？"成曰："小人勇于力，妇善针黹（zhǐ）[①]。公诚能录小人夫妇，愿得二十金予戚，听其觅妇，小人即除马通，妇括爨下，甘心也。"郝曰："义哉！然吾无所需子。有张将军者，方觅役，曷为子言之？"郝即趋张所，戚亦随成往。张见成，许纳，出廿金，予成券[②]。券成，成以金予戚。戚曰："子激于义，售夫妇身，期全吾夫妇耳。顾吾妇何在？得金安往？"相与絮泣。张曰："尔姑携金去，得间，当具以语我，当为觅之。"戚见张位都赫，往来甚夥，意显者苟留意，忧不得妻耶？乃叩首曰："予向赍（jī）[③]十金耳，成售身，倍其金予我，我义不敢受。然成缘我金得妻，又不忍分我金。吾侪落魄，得金即随手逸，金尽，妇终不可得，且负两公义。曷以金留公所，公但为我觅妻。妻得，成之心尽，我即倍费成金，无愧于成矣。”张颔之，纳金，令“尔亦觅所在来语予，毋得恃予。”

【注释】①针黹：缝纫、刺绣等工作。②券：卖身契。③赍：把东西送给别人。

【译文】郝总旗看到这个妇人反而是成三的妻子，惊讶地说：“真奇异呀，你以死为朋友争取，实际上却成了为自己争取！天下那些喜欢行义的人，真的是为了别人着想吗？现在老天都在帮你，你赶紧回去吧。”成三回答说：“戚三郎出的银子，但是妇人却属于我，我怎能离去？我如果离开了，戚三郎必定不能拿到银子，那就真的变成我为自己争取了。”郝总旗问道：“那怎么办呢？”成三回答道：“小人我有一身的力气，我的妻子又做的一手好针线活，您如果能留我们夫妇在这儿干活，我们愿意以二十两银子的价钱卖身为奴，让戚三郎拿着这些钱，去寻找妻子。小人愿意为您刷马桶、我妻子愿意为您烧火做饭，我们心甘情愿这样做。”郝总旗说道：“够义气！但是我这里没有用到你们的地方，有一位张将军，正好想雇佣下人，何不找他问一问呢。”郝总旗就立即赶到张将军的住处，戚三郎和成三也一同跟去。张将军见了成三，同意雇佣他们夫妇，并预付二十两银子，让成三在契据上画押。契据写好，成三把银子给了戚三郎。戚三郎说：“出于仗义，你们夫妇签卖身契得到赎金，来成全我们夫妇。可是我妻子在哪儿呢？我拿了银子又去哪里找妻子呢？”又与成三相对而泣。张将军说：“你先拿了银子走吧，我有空的时候，你把详细情况告诉我，我也会帮你寻找的。”戚三郎看到张将军地位显赫，交际也广，心想只要他肯帮忙留意，何愁找不到妻子呢？就向张将军叩头恳求：“我原来只有十两银子，现在成三夫妇卖身，加倍地还给了我，我出于道义也不敢冒然接受。但是成三由于我的银子才找回妻子，又不忍心接受我的钱。我现在落魄潦倒，就算银子到手也很快随手花掉了，银子花没了，妻子就再也找不回来了，还会辜负你们俩位的大义，何不把钱留在您这儿，请您帮忙为我找寻妻子。如果能找到妻子，成三的心意也就尽到了，我虽然多用了成三一倍的银子，也无愧于成三的情义了。”张将军听了，点头赞许，收下了银子，对戚三郎说：“你自己也要尽力寻找，知道下落就来告诉我，不要只依靠我。”

阅二日，成方除马通，过坏墙，闭诸妇人，多操乡里音。成私度（duó）[①]曰：“戚妻脱[②]在是，谁复知者？”乃亦语乡里音过曰：“戚三郎属予寻妇，今安所得耶？”妇聆之，迫于监者，不敢答。晚如厕，遗片纸墙隙，复操乡里音曰：“此纸纳之隙，留以备明日。”成遥闻之，觉有异，俟人定，趋取纸，细书：“戚三郎妻王氏，即今在此，君急语我夫。”成得之，大惊喜，急闻之戚。戚乃携子，先恳之郝，郝与俱来。戚直前跪曰：“连觅妻所在，闻即在府中，愿悯之！”张即询：“所系妇，首王氏，即戚妇耶？”呼之出，真戚妇也！戚见妇，惊悸错愕，未敢往就，摇摇不知悲。其子见母出，突奔母怀，仰视大痛。妇亦俯捧儿，哭失声。戚至是始血泪迸落。戚、成跪张前，戚妇亦遥跪听命。张曰：“是诚尔妻，然是人少有色，故遴为首，约值五十金。半犹不足，望得妇耶？”戚挽郝言之曰：“邑陷家破，安得金？将军悯之！”且娓娓言帝所以佑之者，复告以梦，期以动张。张曰：“众无一赎，始赎，即减定值，何以示来者？”坚不许。戚曰：“成售夫妇身，仅得此金，而又苦不足。天乎！安所得金？”戚乃大哭，妇哭，而戚子又䟫踵（chǒng）往来，哭于父母旁。郝哭，张之厮养哭，张姬妾环屏内者亦哭，久之，张亦涔涔泪下矣。哭声鼎沸间，张突跃起曰：“止止！吾还汝妇，不须金也。城陷家破，尔诚无所得金。且尔数被创弗死，非帝祐，不至是。尔诚善者，吾还尔妇，不须金也！成以尔故售身于吾，尔夫妇还而成留，成即不怨尔，尔何以谢成？吾即还尔妇，兼还尔友夫妇。尔夫妇其与尔友夫妇俱还。此二十金，即为尔辈道里需，不须金也。吾还尔妇，然我有言，尔亦毋我逆：尔之子秀而慧，我怜之，盍以子我？我耄矣，无嗣。诚子我，我不奴视子，不隔膜视子也。”戚急遽未有以应，妇忽趋前，唾耳语戚。久之，复扬谓戚曰：“子尚需乳耶？”戚遂膝前曰：“将军生全两家夫妇，且欲子下愚子，何不可者？”将军喜，急前抱儿，儿亦暱（nì）③将军，不复甚恋父母。将军益喜，呼戚夫妇坐，待以亲串④礼。举儿入室，遍拜所亲，已复剑儿出，衣冠焕奕⑤。宾从以下皆罗拜，庆将军有子。戚与成两家谢将军去。计戚初见张将军日，实帝所示十四日内也。人咸以为戚虔于帝之报云。

【注释】①度：揣度，琢磨。②脱：或许。③暱：同“昵”，亲昵。④亲串：关系密切的人。⑤焕奕：光彩焕发。

【译文】又过了两天，成三正要去刷马桶，经过一堵坏墙时，看到里面关着许多妇人，大多操江阴口音。成三心中暗想：“戚三郎的妻子说不定也在其中，谁能知道呢？”于是操着江阴话说道：“戚三郎叮嘱我帮忙寻找他的妻子，现在到哪儿去找呢？”有个妇人听到成三的话，但忌惮旁边有监视的人在，不敢应答。等到晚上去厕所时，妇人在墙缝里藏了一张纸，又用江阴话说：“这张纸塞在墙缝里，留着明天用。”成三在远处地听到她的话，觉得有些奇怪。等晚上其他人睡着了，成三过去取出那张纸，上面写着：“戚三郎的妻子王氏，现在此处，请先生赶快告诉我丈夫。”成三见到，喜出望外，赶快告诉戚三郎。戚三郎就带上儿子，先去恳求郝总旗。郝总旗就同戚三郎一起来到张府。戚三郎径直走到张将军面前跪下，说：“这几天一直在寻找妻子的下落，现已打听到就在将军府中，恳请将军垂怜。”张将军就问："我这里抓获的妇人，为首的那个王氏，难道就是戚三郎的妻子吗？"叫出来一看，果真是戚三郎的妻子。戚三郎猛一见到妻子，瞬间愣住，不敢向前靠近，身体摇摇晃晃，不知该喜还是该悲。儿子见到母亲出来，遽然扑向母亲怀里，仰望母亲放声大哭。王氏也俯身抱住儿子，痛哭失声。戚三郎直到这时才反应过来，血泪俱落。戚三郎、成三二人跪在张将军面前，戚三郎的妻子也远远地跪下来听从张将军的决定。张将军说："这妇人确实是你妻子，但是这个妇人颇有些姿色，所以把她定为群妇之首，大约值五十两银子，你这点钱连一半赎金也不够，还想得到你的妻子吗？"戚三郎拉着郝总旗，对张将军说："城陷家破，哪还能留有钱呢？还望将军可怜！"接着就把关帝庇护、又托梦启示的事情详细说了一遍，期望能感动张将军。张将军说道："现在还没有人来赎回这些妇人，如果一开始就减少赎身的价格，我如何给后来的人定价呢？"因此，坚决不同意。戚三郎说："成三夫妇卖身，只得到这些银子，现在却又不能凑够赎金。天啊！上哪儿去找赎金啊？"戚三郎放声大哭，他的妻子也大哭，戚三郎的孩子也走过来，在父母身旁不停地大哭。郝总旗也跟着大哭，张家的仆人也跟着哭。屏风后面，张将军的妻妾也跟着哭，许久，张将军也落泪了。哭声鼎沸之时，张将军突然起身说道："停！停！我还给你妻子就是了，不要你的钱了！城陷家破，你确实也没有钱。况且你身上多处受伤，却没有死，如果不是关帝保佑，不会活到今天。你确实是善良之人，我把你妻子还给你，也不要你的钱了。成三为了你才卖身于我，你们夫妇归家，而成三夫妇留下，即使成三夫妇不埋怨你们，你又用什么来报答成三呢？我现在就放还你妻子，兼带放还你朋友夫妇。你们夫妇还有你朋友夫妇都可以回家。这二十两银子，就做为你们路上的盘缠，也不用再给我什么钱了。我归还你妻子，但是我有一句话，你们也不要违逆我：你们的儿子俊秀聪明，我很喜欢，何不把他过继给我？我老了，没有子嗣。如果你们真的把他过继给我，我一定不会把他当做下人，一定不会与他有隔阂！"戚三郎一时之间不知如何应对。妻子忽然上前和戚三郎耳语一番。过了一会儿，又抬起头对戚三郎说：“孩子已经大了，还需要喂奶吗？”戚三郎跪着向前几步，说：“将军您成全了我们两家夫妇，而且还收我的儿子做您的义子，这有什么不可以呢？”将军听了大喜，急忙上前抱住小儿，孩子对将军也很亲昵，不再对父母特别依恋。将军更加高兴，叫戚三郎夫妇坐下，用亲属之礼对待他们。将军抱着孩子进入内室，将所有亲眷都拜见一遍，拜见完毕，带着孩子出来，衣冠都焕然一新。将军府的宾客、仆从都一起向将军祝贺，祝贺将军有了儿子。戚、成两家夫妇拜谢将军后离去。戚三郎初次见到将军之日，正在关帝所启示的十四日之内。人们都认为这是戚氏夫妇虔诚侍奉关帝的福报。

戚归，既安其室，复过某公，为书经塔下者三阅月，因得往来视儿。将军亦多所赠。久之，将军病卒。将军拥高赀[①]，族子利之，咸以戚自有父母，非吾族类也，怂臾其归。戚子亦因之便去。诸母恶族子，竟以所有与戚。戚子所携甚厚，至今为江阴巨室。成亦依戚终其身。子归后，新帝祠，江上知名之士，咸为诗文以纪之，戚尽镌于祠石。

【注释】①高赀：亦作“高訾”，资财雄厚。

【译文】戚三郎回到江阴，安顿好家里后，又回到那位恩公处，在塔下抄写经文三个多月，因而可以经常到将军府上去看望儿子。将军也经常有所馈赠。过了很久，将军病故。将军家财丰厚，其族中子弟想趁机占为己有，就借口戚三郎的儿子有自己的父母，不是他们的族人为由，怂恿他回戚三郎家去。戚三郎的儿子因此就准备离开。将军的各位夫人厌恶将军家的族子，竟把家里的财产都给了戚三郎的儿子。戚三郎的儿子获得的资财非常丰厚，直到现在，戚家还是江阴一带的名门大户，成三也依靠戚家终老一生。戚三郎的儿子回来后，又重修了关帝祠，江阴的知名人士都作诗文来记录这件事，戚家把这些诗文都镌刻在祠堂的石碑上。

张山来曰：关帝能宛转默佑戚郎，则曷不于其妇被掳时显示神威耶？岂数当有难，有不可免者邪？又岂必待祈祷而后应耶？然终不可谓非帝佑也。

【译文】张山来说：关帝能多次暗中保佑戚三郎，那么为什么不在他妻子被抓时就显灵呢？难道是戚三郎夫妇命中注定该有劫难，而不能避免吗？难道非得等到戚三郎祈祷才有回应吗？然而终究不能说，不是依靠关帝的保佑，戚三郎才渡过难关啊。

象 记

林璐鹿庵

【题解】本篇是《虞初新志卷七》的第二篇。此篇主要记载了在明、清两代贵州进贡的大象，颇通人性，而且忠于旧主，即使与伴侣分离，也不愿归顺新朝。

国家大朝会[①]，陈设卤簿[②]，驯象所[③]引象列门外，各以品秩[④]分左右。百官入，钟鸣鞭响，群象鼻相交，无一人敢阑入[⑤]者。朝散，各以先后归，有罪则宣敕杖之，伏而受杖。此其所从来远矣。

【注释】①大朝会：指百官朝见天子的朝仪。②卤簿：古代帝王出外时扈从的仪仗队。③驯象所：机构名。銮仪卫所属六所之一，掌设朝象、仪象并饲养象只，以及保管行幸乐、前部乐之乐器。④品秩：官位的等级和俸秩。⑤阑入：擅自进入不应进去的地方。

【译文】当朝廷举行朝会的时候，陈列仪仗，驯象所牵引大象在殿门外排列，按照品级分列在左右。百官入朝，鸣钟响鞭，群象的鼻子就互相挽在一起，不再让人随意出入。散朝的时候，大象们各自按照顺序返回。大象们有过错也会被处以杖刑，受罚的大象就趴下而接受杖责。这套做法由来已久。

黔[1]中人昔为余言，守土者[2]以期贡象，必入山告语之曰："朝廷诏汝备禁卫，将授官于汝。"象俯贴足，如许诺状，即驯而行，无能捕捉也。

【注释】①黔：贵州省的别称。②守土者：地方官员。

【译文】以前有贵州人曾对我说，贵州地方土官定期向朝廷进贡大象，事先必定要进山与大象约定说："朝廷下诏让你们担任禁卫，将授予你们官职。"大象们则会俯首贴足，如同答应一样，就会温顺地被牵引而去，也不用派人专门去捕捉大象。

思陵[1]时，将贡象，先期语之，一象许诺；会明亡，不果进。皇朝定鼎[2]，征贡象，象数头诺而来前。一象呼之不至，迟数日，翩然来取其牝（pìn）[3]，盖山中偶也；候已竟去。守土者廉知其期又当来，乃先期语之曰："今天子神圣，薄海[4]内外知天命有归，带甲者率先以军降，守土者次第以城降。汝异类，敢抗天子不赴耶？"至期来，竟复去。守土者异之，设大炮于衢[5]，语之曰："汝爱妻，数（sù）[6]数来，汝再逸去，当死炮下！"象闻之，徐行伏炮台下，若待以举炮者。

【注释】①思陵：指明朝最后一个皇帝明思宗朱由检的陵。②定鼎：新王朝定都建国。③牝：雌性的鸟或兽。④薄海：泛指海内外广大地区。⑤衢：大路，四通八达的道路。⑥数数：通"速"，快。

【译文】明思宗时，有一次又要向朝廷进贡大象，地方土官先去和大象进行约定，有一头大象同意了。后来正好明朝灭亡，因此没有进贡大象。清朝建国后，也来征召大象，好几头大象同意前来。有一头大象却怎么叫也不来，过了几天，它却过来想带走另一头雌象，可能是它在山里的伴侣。这头大象问候完雌象，就离开了。地方土官知道这头大象到了约定进贡的日期，还会再来，就事先对它说："现在天子圣明，海内外都知道天命所归大清，明朝带兵的将领首先率领军队投降，明朝的地方官员也接着率领全城投降。你不过是头大象而已，难道敢违抗天子的命令吗？"那头大象果然在约定的日子前来，然而又要离去。地方土官感到非常惊奇，在路旁架设大炮，对那头大象说："你如果爱惜你的妻子，那就赶快回来，如果你再次逃走，就让你死在大炮下！"那头大象听到后，慢慢地走到炮口前，伏下身子，好像在等待大炮发射一样。

呜呼，异矣！夫人未有不爱其妻者，爱妻并爱吾身，谁能以其所爱，易其所至爱？而今见之于一象！呜呼，异矣！闻其言，退而为之记。

【译文】哎呀，真是令人惊奇啊！世人没有不爱惜自己妻子的，爱惜妻子也爱惜自己，谁能舍弃他最珍爱的东西，来维护他所珍重的道义呢？如今却在一头大象身上看到了！唉，真是令人惊奇呀！我听到这个故事后，回来把它记录下来。

张山来曰：闻象房群象，皆行清礼，三跪九叩首；独一老象不能，犹作汉人跪拜云。因录此文，附记于此。

【译文】张山来说：听说象房的群象，都按清朝的礼仪行礼，三跪九叩。唯独一头老象不那样做，还像汉人那样跪拜。因此在这里，附带收录了这则故事，。

世人画象，虽庞大而带妩媚。及现真象，殊属笨伯[①]，尤恨其皮色秽浊，不似有识者。“以貌取人，失之子羽[②]”，吾于观象亦云。

【注释】①笨伯：身体肥大、行动不灵巧的人，泛指愚笨者。②子羽：即澹台灭明，字子羽，鲁国武城（今属山东临沂市平邑县南武城）人。孔子弟子，教育家。比孔子小三十九岁，是孔门七十二贤之一。因相貌丑陋，一度不被孔子看重。

【译文】世人所画的大象，虽然体型庞大但是姿态可爱。等见到了真的大象，却感到它非常笨重，尤其厌恶它的皮肤污浊，不像印象中的大象那样。孔子说过“我以外貌来衡量一个人，差点误会了子羽啊，”对于看待大象这件事，我也是犯了以貌而论的错误啊。

纪周侍御事

陆次云云士

【题解】本篇是《虞初新志卷七》的第三篇。此篇是清朝诗人陆次云记载明朝周宗建御史的一件轶事，主要记述了明朝天启年间，御史周宗建因多次上书抨击魏宗贤，被阉党逮捕，迫害至死，死后其魂魄乘船，由一船夫载着，得以返回故乡的故事。

明天启时，御史周公宗建①，屡疏击魏阉，夺职被逮，箠楚②至不能出声。许显纯③向公厉声曰："此时复能詈魏上公不识一丁否？"卒毙于狱。六月沉狱，七月还尸，家中讣（fù）音④未至。

【注释】①周宗建：字季侯，号来玉，吴江（今属江苏苏州）人。明末天启年间东林党人之一，因抨击阉党，被下狱迫害致死，弘光帝在南京即位后追谥其为忠毅。②箠楚：本指棍杖之类，引申为拷打。③许显纯：河北定兴人，为明末阉党成员，曾杀害明朝"六君子"、"七君子"等东林党领袖人物。④讣音：指报丧的信息、文告。

【译文】明朝天启年间，御史周宗建，因多次上书弹劾魏忠贤，被撤职逮捕，严刑拷打到不能说话。许显纯对周公厉声喝问："你现在还能骂魏公目不识丁吗？"周公最终冤死狱中。周公六月被抓捕下狱，冤死后，监狱七月归还周公的尸体，周公家人没有事先收到讣告。

有清江浦[1]舟子，接一秀士[2]，许以一金雇舟。问其姓氏、自何所来。曰："我周季侯，自京师来。"又问吴中被逮诸公状，颦（pín）蹙（cù）[3]曰："俱死矣！"又问魏监，曰："伊罪恶贯盈，不久显戮[4]矣。"至吴江，入门不出。舟子呼之，家人出，询知其故，曰："季侯吾主人也，赴逮在京，安有此事？"喧闹间，夫人急出曰："良有是事。昨梦侍御还家，备言死状，且云：上帝鉴其忠直，俾为神吴郡。舟子许其一金，为我酬之，勿失信也。"出金与之，举家环哭。舟人亦哭曰："吾得载忠魂，生平奇事，肯受金耶？"夫人曰："侍御生平清介[5]。汝不受直，非其心也。"舟子拜领而去。

【注释】①清江浦：古地名。大致范围是今江苏省淮安市清江浦区文庙以西、里运河以南、古清江浦楼以东、环城西路以北的区域。②秀士：德行才艺出众的人。③颦蹙：皱着眉头，形容忧愁。④显戮：处死，加罪而死。⑤清介：清正耿直。

【译文】有一个清江浦的船夫，遇到一位与众不同的客人，许诺用一两银子的价钱雇他的船。船夫询问他的姓氏，从哪里来。他回答说："我是周季侯，从京师来。"船夫于是又问吴地被阉党抓捕的那些官员的情况，他皱着眉头说："他们都被迫害死了！"船夫又打听魏忠贤，他回答说："他恶贯满盈，不久就会被处死。"到了吴江之后，这个人就进了家门再不出来。船夫呼喊他，结果他的家人出来，询问船夫为什么在门口呼喊，并对船夫说："周季侯是我家主人，被阉党押解到京师了，怎么会坐你的船呢？"喧闹之间，周夫人急忙出来说："确实有此事，我昨天梦到周侍御回家，对我详细地诉说了被迫害致死的经过。并且说：‘上天看我忠诚正直，让我做了吴郡一带的神灵，我已经答应给船夫一两银子的报酬，你代我交给他，不要失信于人啊。’”于是家人拿出银子交给了船夫，周家全家聚在一起失声痛哭起来。船夫也哭着说：“我能够送忠魂回乡，是生平一大奇事，怎么能接受银子呢？”周夫人说：“周侍御一生清正耿直，你如果不接受报酬，就违背了他的心愿。”船夫拜谢后，拿着银子离开了。

姚江神灯记

朱一是近修

【题解】本篇是《虞初新志卷七》的第四篇。写了作者和友人在晚上观赏姚江神灯现象的情景。神灯变化莫测，超乎想象，令人目不暇接，眼花缭乱。文章语句精炼丰富，使人身临其境。作者探讨了神灯产生的原因，并认为神灯成因依然是谜。除了余姚玉皇山的“姚江神灯”之外，四川峨嵋山、青城山、江西庐山以及山西五台山等地也多有出现。

往余闻姚江有神灯，以为诞。询邑人，曰：“有之。四三月间始见，东郊岳庙为盛。”余候其时，携同辈往，数数不获遇。庙僧曰：“天骤热，将雨，遇矣。”余又候热往，日暝抵庙。登山颠玉皇殿，凭高俯眺。忽见二灯冉冉从庙出，若悬予足底。回首四望，俱有所见，如晨星落落布野。已渐稠密，百千万亿，熠耀[①]往来，不可纪极矣。有一灯独行者；有并携二灯者；有百什灯排列徐徐，若官人出行，卤簿前导者；有若二队相值，各分去者；有相值若揖若语而别者；有高擎者；有下移者；有置灯憩坐者；有穿林踏险而行者；有渡江者，始渡若揭衣踌躇，登岸则速者；其光或颓若有所幪（méng）[②]；或光动若庭燎；或灭或复明；或数灯合为一；或一分为数；或迎风疾行，焰反向而炽；或徐行则敛，或驻则渐微；或排列一线，若星桥灯市；或独燃幽处，若寒窗爇灯荧荧然；或高在山半若悬竿；或出江间丛苇中若渔火；或远，或近。在数十步内，熟视[3]灯下，若有二足影，喁（yú）喁[4]若闻语声，而实无语。余见灯聚处，使人疾趋视，则无有。其人回视余所在，反有之，余不觉也。至初更钟鸣，则尽灭。

【注释】①熠耀：飘扬。②幪：古代称帐幕之类覆盖的东西。在旁的叫帡，在上的叫幪。③熟视：注目细看。④喁喁：形容小声说话。

【译文】以前我听说姚江一带有神灯出现，以为是谬传。询问当地的人，回答说："有这回事，每年三四月间才会出现，尤其东郊岳庙一带最多见。"等到三四月的时候，我和同辈一起前去观看，但去了多次都没有遇到。庙中的僧人说："只有当天气突然变热，快要下雨的时候，那时往往会出现神灯。"我就又等到天热时前往，日落的时候抵达寺庙。我们登上山顶的玉皇殿，凭高俯看。忽然看见两盏灯火慢慢的从庙里飘出，好像悬挂在我的脚下。我回头四下观望，都能看到有灯火出现，像晨星一样散布在旷野里，灯火逐渐多了起来，就像有百千万亿，星星点点，不可胜数。神灯有的是一灯独行；有的是两灯并行；有的是百十盏灯火列队徐徐前行，如同官人出行时，队伍前面的向导仪仗；有些灯火看起来像两队人马相遇，却又各自分道扬镳；有些灯火彼此相遇，看起来好像是在互相作揖话别；有的灯火一直向上升起；有的灯火则一直向下移动；有的灯火看起来好像是行人在休息；有的灯火则穿林越险而前进；有的灯火飘过江面，刚开始时，好像行人拎着衣襟踌躇不前，上岸之后就迅速前进。有的灯光昏暗如同被帐幕遮挡，有的则像庭院里熊熊燃烧的火焰；神灯一会儿熄灭，一会儿又复燃；一会儿数盏灯合而为一，一会儿一盏灯又分为数盏灯；有时灯火迎风急速飞行，火焰被吹向后方；有时灯火是徐徐前行，火焰就会收敛；有时灯火停滞不前，光亮也渐渐衰微；有时又排成一列，如同银河星桥，夜市灯火；有时灯火在幽暗处静静燃烧，好像寒窗中的莹莹灯火；有时灯火高高地悬在半山腰；神灯有时出现在江边的芦苇丛中，好像星星渔火；灯火有时离得远，有时离得近。在数十步之内，仔细观看灯火下方，好像有两个脚影，恍惚间好像听到灯火互相窃窃私语的声音，而实际上又没有说话声。我看到灯火聚拢在一处，就让人赶快过去查看，结果那地方什么东西也没有。那人回头看我所在的地方，反而出现了灯火，我却觉察不到。到了初更钟声响起时，灯火就消失了。

呜呼，其神耶？非神耶？以余所见，洵（xún）①神也。然神之德盛，塞天地，贯古今，无乎不在，而必姚江，必东郊，必四三月，必热将雨始见，是岂神耶？夫儒者探赜（zé）索隐②，采传闻、览怪志，其疑惑聚讼③宜也。余目所经见，且久立凝睇④，而不知所由然，求为博物君子，不其难耶？抑诚有不可知者耶？不可知，则神矣。余故详述焉，以质世之多闻者。其年丙戌，其月癸巳，其日己卯。同游者，为年友湛侯子君进，及密、沈、叶三君，俞秀才咫颜，余门下士。

【注释】①洵：假借为"恂"。诚然，确实。②探赜索隐：探究深奥的道理，搜索隐秘的事情。探：寻求，探测。赜：幽深玄妙。索：搜求。隐：隐秘。③聚讼：指众人争辩，是非难定。④凝睇：凝视，注视。

【译文】啊！这是神迹吗？还是不是神迹呢？依我看来，确实很神奇。然而神明的能力，应该充斥天地之间，贯通古今往来，无处不在，难道非得在姚江，非得在东郊，非得在三四月，又非得是天气炎热，快要下雨的时候才能看见吗？那岂不是有诸多限制，不够神通广大了吗？文人研究深奥的道理，探索隐秘的事情，往往难以亲眼见到，只能依靠收集各种传闻，浏览查阅各种稀有文献，因此他们心存疑惑，彼此争论不休，这也是理所当然的。而我是亲眼见到，而且长久伫立观察，却任然不知道它们产生的原因。看来想成为一个博学多识的人，不也很困难吗？或者确实有超出世人智慧的事情存在？不能被人探知，那也只有神了。我因此详细的记录事情过程，来请教世上见多识广的人。这件事发生在丙戌年，癸巳月，己卯日。一起游玩的人，是多年好友湛侯的儿子君进，以及密、沈、叶三人，秀才俞咫颜，和我的门人。

张山来曰：吾乡有灵金山，每岁以六月十八日建醮①（jiào）施食，檄召诸鬼。鬼火群起，倏合倏分。其文乃韩国公李善长②读书山中时所撰。久之，其板漶（huàn）漫③至不可识。道士别镌一板，焚之而鬼不至，因仍以旧板刷文重读，燐火复炽。迄今每遇醮坛，则新旧二檄并焚云。可见鬼神一道，与人互相感通。姚江神灯，非妄言也。

【注释】①建醮：道士设法坛做法事。②李善长：字百室，濠州定远（今安徽定远县）人。明朝开国功臣。洪武二十三年（1390年），以胡惟庸党追问，被处死。南明弘光政权追谥襄愍。③漶漫：荒废。

【译文】张山来说：我的家乡有一座灵金山，每年六月十八日这天，道士会设坛做法，施舍食物，用檄文召集各路鬼魂前来享用。一时间鬼火蜂拥而起，忽聚忽散。檄文是明朝韩国公李善长在山中读书时所撰写的。时间久了，印板磨损，字迹模糊难以辨识。道士就另外刻了一块印板，焚烧檄文后，鬼神却不肯前来，因此只得用旧板印刷檄文重新宣读，鬼火就又重新出现。直到现在，每次设坛做法，就把新旧二篇檄文一起焚烧。由此可见鬼神与人相互感应。姚江的神灯现象，并不是信口胡说。

记 盗

杨衡选圣藻

【题解】本篇是《虞初新志卷七》的第五篇。记述了萧明彝先生在乡间别墅居住期间，遇到一伙盗贼晚上入室偷盗的事。这是一伙非同寻常的“名士盗贼”，谈吐不俗，举止有礼，与主人开怀畅饮，谈文论道，索要财物也懂得节制，并不贪婪，实在是“盗亦有道”。

有穿窬（yú）之盗[①]，有豪侠之盗，有斩关[②]辟门、贪婪无厌、冒死不顾之盗，从未有从容坐论、杯酒欢笑如名士之盗者。盖盗者，迫于饥寒，或为仇恶报怨，不得已而为之。盗而名士，盗亦奇矣。

【注释】①穿窬之盗：指钻洞和爬墙的盗贼。穿：指穿壁；　窬：通“逾”，从墙上爬过去。②斩关：砍断门闩。

【译文】强盗也有很多种，有挖洞翻墙的盗贼，有豪爽侠义的盗贼，有破门撬锁、贪得无厌、亡命好斗的盗贼，还从未有过从容自若，侃侃而谈，把酒言欢，言谈举止如同名士的盗贼。大概成为盗贼的人，有的是迫于饥寒，有的是为了报仇雪恨，才迫不得已做了盗贼。身为盗贼却有着名士的风度，这样的盗贼也够奇异的了。

南城萧明彝先生，家世为显官，厚其赀（zī），庾（yǔ）[1]于田。时当秋获，挈其爱妾，刈（yì）于乡之别墅。有少年三人，自屋而下，启其户，连进十数辈，曰："萧先生睡耶？"就榻促之起，为先生着衣裳，进冠履，若执僮仆役，甚谨，曰："先生有如君[2]，男女之际，不可使窥外事，请键[3]其室。"迎先生至外厅，设坐，面南向，爇烛其下，曰："某读先生今古文，可一一为先生诵之，最佳者无如某篇。某篇之中，有某转某句，非巧思不能道。尝于某显曹处私伺先生宴，连饮十五犀觥，诸公不及也。江南藩司碑记[4]，唯先生文为绝笔。"

【注释】①庾：露天的谷堆。②如君：旧称他人之妾。③键：闩门。④碑记：又称"碑志"，刻在墓碑上，用于叙述死者生前的事迹，评价、歌颂死者功德。

【译文】南城的萧明彝先生，家中世代都是显赫的达官，家财丰厚，仓廪充实。当时正值秋收，他带着爱妾，住到乡间别墅里督促佃户收割庄稼。有天晚上，三个少年从他家的屋顶下来，打开了院门，十几个人跟着进入院子里，这些人问道："萧先生睡了吗？"他们来到床边催促萧明彝起床，并为他穿好衣服，递上帽子和鞋，就像僮仆侍奉主人一样，非常恭敬。他们说："先生的家眷在此，男女有别，不可让她看到外面发生的事，请把门锁住。"他们将萧先生请到了外面的厅堂，给他放置好座位，让萧先生面朝南坐下，并点上蜡烛。盗贼头领说："我读过先生写的文章，可以把每一篇都背诵出来。先生写得最好的应该是那一篇。那篇文章里的某些语句的上下之间转接，不细心琢磨是体会不到其中的高妙的。我曾经在某位达官家里，暗中观察过先生赴宴的情形，先生一口气连干十五杯酒，其他的人都比不上您。江南布政使的碑记，只有先生写得最好。

左右有恐吓先生者，其盗魁力止之，曰："此萧先生，不可以常态惊也。"索酒肴相啖食。先生为之陈庖厨[①]。饮酣，曰："某等闻先生名久矣！不惜千金路费至此，可出其囊橐以偿吾愿。"先生曰："昨有四百金稻谷价，惜来迟耳，今早已送之城中。此所留者，仅羹酒之需，不过二十七金，人参八两，玉带一围而已，愿持赠诸豪士。"左右疑有埋藏者，盗魁曰："此先生真实语也，不须疑。"启其箧，如数。

【注释】①庖厨：指厨房，肴馔，也指厨师。

【译文】强盗中有人恐吓萧先生，盗贼头领极力阻止，说道："这位萧先生，不能用我们惯常的方式惊吓到他。"盗贼头领又向萧先生索要酒食。萧先生给他们摆设了酒席。酒喝得兴起时，盗贼对萧先生说："我们仰久萧先生的大名，不惜花费千金的路费来见您，请您拿出些银两资助我们一下。"萧先生说："昨天有卖稻谷得到的四百两银子，可惜你们来晚一步，今天早上已经派人送回城里了。这里留下的钱，只是吃饭喝酒的费用，只有二十七两银子，还有八两人参，一条玉带而已，我愿意送给各位豪杰。"强盗中有人怀疑萧先生有所隐瞒，盗贼头领说："这是萧先生的实话，无须怀疑！"打开箱子查看，果然和萧先生说的一样。

夜将半，先生倦，且恐。盗魁曰："先生倦乎？我为先生起舞。"解长服，甲铠绣鲜，金光灿耀夺人目。拔双剑，起舞厅中，往来近先生鼻端，迹其状，如项庄鸿门意在沛公时也。良久乃止。先生待益恭，盗益重先生。自启户论文，始终敬礼先生，卒不敢犯如此。

【译文】将近半夜时分，萧先生感到困乏，还有些害怕。盗贼头领说："先生困了吗？我愿意为先生舞剑。"说完，就脱下外衣，露出里面的鲜亮铠甲，铠甲金光闪耀，夺人二目。他拔出双剑，开始在大厅中舞剑，宝剑就在萧先生左右舞动，看起来，就像项庄在鸿门宴上舞剑，意在刘邦那样。舞了很长时间才停止。萧先生对他们更加恭敬，盗贼们也对萧先生更加尊重。自从打开院门到讨论文章，盗贼头领始终都对萧先生很有礼貌，始终也没有伤害萧先生。

先生房委曲①，四顾夜黑，持灯周书幌（huǎng）②曰："此窗棂宜向某处上下，此楼宜对某方，所惜鸠工时少经营耳③。"登楼，窥先生藏书，见《名臣奏议》《忠臣谱》二集，曰："吾愿得此。"笔筒中旧置网巾二副，纳之袖中。字画多时贤为者，曰："乌用此玷辱书斋？"择其不佳者毁裂之。有美人一幅，乃名笔，曰："此不可多觏（gòu）④者。"罗君某写有小楷扇一柄，藏笔床⑤侧。曰："吾与此公有旧好，宜珍之。"亦携之去。

【注释】①委曲：弯曲；曲折延伸。②书幌：指书斋中的帷幔窗帘，也指书房。③鸠工：聚集工匠。经营：筹划营造。④觏：遇见；看见。⑤笔床：中国传统书写文具，作为搁放毛笔的专用器物，起源较早。

【译文】萧先生别墅的房间曲折蜿蜒，而且四下漆黑，盗贼就举着灯火四处浏览书斋，说："这个窗户应该向某个方向开，这座楼应该对着某个方向，可惜工匠建造的时候，设计谋划得不好。"盗贼上了楼，查看萧先生的藏书。看到《名臣奏议》和《忠臣谱》两本书的时候，盗贼头领说：“我非常想要这两本书。”书斋的笔筒里原有两块裹头的纱巾，也被他拿走放在自己的袖子里。萧先生的字画大多是当时的名人所作，盗贼头领说：“怎么能用这些东西来玷污您的书斋呢？”他找出水平差的字画撕毁了。有一幅美人图，出自名家笔下，他说：“这是不可多得的作品啊。”有姓罗的人，用小楷为萧先生题写了一把扇子，萧先生放在笔床旁边，被盗贼头领发现了，说：“我和这位先生有旧交，应该收藏它。”把这把扇子也拿走了。

将出门，邀先生送。先生强留曰：“若辈皆少年豪侠，待至明日归取四百金相遗何如？”盗魁曰：“世从无其事，余何能待？”请姓名，不答，曰：“后会有期。惜先生老，若少壮，当与之同往。”先生出走里许，见木舟二，泊溪口，尽登，摇橹而去。语作吴下音。

【译文】盗贼们将要离开了，请萧先生为他们送行。萧先生极力挽留他们说：“你们都是少年豪侠，等明天我派人取回四百两银子送给大家如何？”盗贼头领说：“世上从来没有过这种事情，我们怎么能期待呢？”萧先生询问他们姓名，他们都不回答。说道：“后会有期。可惜萧先生年老，如果再年青一些，就可以和我们一起共事了。”萧先生送他们走出一里多路，看见了两只木船，停靠在小溪渡口，盗贼们都登上船，摇着橹离开了。听他们的谈话是吴地一带的口音。

嗟乎！盗而如是，可以常盗目之哉？吾恐盗虚声者，灭礼义，弃《诗》《书》，反不若是之深于文也！谓之曰“名士之盗”。

【译文】唉！像这样的强盗，怎么能把他们与寻常强盗等同看待呢？我认为那些欺世盗名的人，毁弃礼仪，丢弃《诗》《书》，反倒不如盗贼们有学问，所以我称他们为“名士盗贼”。

张山来曰：有盗如此，即开门揖之，似亦无不可者。虽然，天下岂少此辈哉？独恨蹈其实而讳其名，且所欲无餍（yàn）①，固不若此辈之直而且廉耳。

【注释】①餍：满足。

【译文】张山来说：如果是像这样的盗贼，即便是开门欢迎，似乎也没有什么不可！虽然，天下并不缺少这样的人。只是痛恨那些名不符实，并且贪得无厌的人，还不如这些名士盗贼，率直而且不贪婪。

化虎记

徐芳仲光

【题解】本篇是《虞初新志卷七》的第六篇。记述了黄翁的三个儿子受上天的派遣变为老虎伤人，以惩罚罪人，而他们父亲黄翁也在被惩罚之列，三子为报父恩，设计救父，最后变为老虎离去的故事。作者一方面感叹禽兽尚有孝心，而有些世人却没有，同时又觉得其中的原委太过诡异，难以深究。

年来予乡多虎，啮人甚众，及行脚历闽、楚、晋、豫皆然。或曰："是帝所役，以襄戈镝①所不及。"或曰："为在猛鬼厉魄激郁而化。"是二者，疑皆有之，而无如危子允臧所述黄翁事尤异。

【注释】①镝：箭头。也泛指箭。

【译文】近些年来，我的家乡一带多有老虎出没，咬伤了很多人，我到过闽、楚、晋、豫等地方，也都有这样的事情发生。有的人说："这是上天派来惩罚世人的，来追加战争所没有完成的惩罚。"有的人说："这是恶鬼厉魄的怨气积聚演化而来的。"对于这两种说法，我怀疑都有可能，但是都没有危允臧所叙述的黄翁事迹奇异。

黄翁者，密溪人，去樵城十余里。生三子，俱壮矣。乙未春，使耕田山中，晨出酉返，如是数日。一夕，邻子谓翁曰："田芜弗治，倘无意乎？"翁曰："儿曹日躬耒耜，奚芜也？"邻子曰："未也。"翁心怪。诘旦，三子出，翁密尾，侦其所往。则见入山林中，祛衣挂树，随变为虎，哮跃四出。翁大恐，奔归，窃告邻子，拒户匿处。迨夜，三子归，呼门良久，不应。邻子谕之曰："若翁不尔子矣！"问其故，以所见告。三子曰："有之，帝命所驱，不自由也。"因呜咽呼翁曰："罔极[①]之恩，宁不思报？无如[②]父名早在劫中，儿辈数日远出，正求其人可以代者。既尔逗露[③]，不可复止。然某所衣领中，有小册，幸为简付。不然，父固不利，儿皆坐是死矣。"翁因取烛觅衣领中，果得小册，皆是樵郡应伤虎者，而翁名在第二。翁曰："奈何？"三子曰："第开门，当自有策。"翁勉听，三子受册泣拜，因告翁曰："此俱帝命。父当蒙厚衣数重，勿结带，加黄纸其上，匍伏虔祷，儿自有救父法。"翁如言，三子次第从后跃过，各啣一衣，虎吼而出，遂不复返。翁至今犹在。

【注释】①罔极：无极，无穷尽，无边际。②无如：哪里想到。③逗露：透露，显露。

【译文】黄翁，密溪人，住在距离樵城十多里的地方，有三个儿子，都很健壮。乙未年春季，黄翁让他们去山中耕田，三个儿子每天早出晚归，这样过了几天。一天傍晚，邻居家的儿子对黄翁说："你家的田地荒芜，却不加整治，难道不在意吗？"黄翁说："我的儿子们整日去耕田，怎么会荒芜呢？"邻居家的儿子说道："恐怕未必这样。"黄翁心里感到奇怪。第二天清早，三个儿子出发，黄翁悄悄跟在后面，查看他们去哪儿。就看到他们进入深山老林中，脱下衣服挂在树上，随即变成老虎，咆哮着跳跃而出。黄翁非常害怕，一路跑回了家里，偷偷告诉邻居的儿子，把自家门户关严，自己也藏了起来。等到晚上，三个儿子回来，呼喊了很长时间，也没有人开门。邻居的儿子告诉他们说：“黄翁不敢认你们当儿子了。”他们询问原因，邻居的儿子就将黄翁看到的事情告诉了他们。三个儿子说道：“确有此事，是上天的命令我们这样做的，我们自己不能作主。”因而哽咽着呼喊黄翁说：“父母的养育之恩，我们怎么能不想着回报呢？但是父亲的名字早就列在应劫名单中，儿子们连续多日去到远处，为的是能找人来代替父亲。既然天机已经泄露，就不能中途停止，只能做到底了。我的衣领中有一本小册子，幸好还在。不然，不但对父亲本身不利，儿子们也都要受到株连啊。”黄翁取来蜡烛在儿子们的衣领里寻找，果然找到了一本小册子，上面记录的都是樵郡应该被老虎伤害的人，而黄翁的名字被列在第二位。黄翁说：“那该怎么办呢？”三个儿子回答说：“先开门，我们自有办法。”黄翁勉强听从，三个儿子拿着册子哭着跪拜，并告诉黄翁说：“这都是上天的命令。父亲应该穿上数层厚衣服，不要系上衣带，在上面贴上黄纸，俯身祈祷，儿子们自然有救父亲的办法。”黄翁按照他们说的做了，三个儿子依次从黄翁后面跳过去，各咬着黄翁的一件衣服，大吼一声，奔跑而出，以后就再也没有回来。黄翁至今健在。

自昔以人化虎，多有之矣，如封邵、李微辈，即皆易皮换面而去，未有溷（hùn）[①]处人中若三子者。且帝既以伤人役之，而又列其父册中，尤极难处之事。而三子求代不得，又曲尽以全之，可谓形易而心不易者矣。天下固有五官四体居然皆人，而君父当前，竟不相识者。岂既已虎矣，而犹有恩之不可负哉？虽然，三子既虎矣，奈何列翁名册中，岂司此者偶忘之乎？又岂年来气数之变，虽负恩之大，至于戕贼[②]其父，帝亦恣其所为而不甚问也？则非予之所敢知也。

【注释】①溷："混"的异体字。②戕贼：伤害；残害。戕：残杀，杀害。贼：残害。

【译文】从前人变为老虎的故事有很多，像封邵、李微这些人，都变成老虎的模样离去，但没有像黄翁的三个儿子可以混迹在人群中的例子。何况上天既然命令他们去伤人，又把他们的父亲列在其中，这是非常让人为难的事情。三子找不到人来代替父亲，就委曲求全来保护他们的父亲，可以说虽然他们的外形变成老虎了，但是内心却没有改变。天下本来就有一些人，虽然五官四肢都是人的模样，却不把君王、父亲放在心里，这些人岂能在变成禽兽后，仍然能不忘恩负义吗？即使这样，三子既然变成了老虎，为什么又将他们父亲的名字列在名册里，难道掌管此事的神灵偶然疏忽了吗？难道又是因为多年以来世间风气变坏，即使身受父母养育之恩，却仍要忘恩负义，以至于要杀死他们的父亲，上天也纵容这种行为而不去过问吗？这不是我所敢去揣测的了。

张山来曰：三子求可以代父者，其计甚拙。设代者当死于虎，则仅足蔽其本辜，未可以代其父罪。设彼不当死于虎，而三子枉法以杀之，则是父罪未免，而已先罹于法矣，将若之何？

【译文】张山来说：黄翁的三个儿子寻求可以替代父亲的人，这个计谋非常愚蠢，假设替代的人应当死于虎口，那么仅仅是抵偿他本身的罪过，并没有能抵偿他们父亲的罪过。假设那个人不应该死于虎口，三个儿子违背天理而杀了他，那么他们父亲的罪过不仅不会得到免除，而他们自己却先要伏法了，这又将如何处理呢？

义犬记

徐芳仲光

【题解】本篇是《虞初新志卷七》的第七篇。此篇写了一义犬为给主人伸冤报仇，表现得有勇有谋，最后成功抓住凶手，找回主人的钱财，并交还给主人的儿子的故事。

丙申秋，有太原客南贾还，策一卫①，橐金②可五六百。偶过中牟县境，憩道左。有少年人，以梃荷犬至，亦偕憩。犬向客咿哑，若望救者。客买放之。少年窥客装重，潜蹑③至僻处，以梃搏杀之，曳④至小桥水中，盖以沙苇，负橐去。

【注释】①卫：古代称驴。②橐金：口袋里的金子。③蹑：追踪。④曳：拖、拉。

【译文】丙申年秋天，有一个在南方做生意的太原商人回乡，他骑着一头驴子，口袋里装着五六百两银子。途中偶然路过中牟县，他坐在路边休息。这时，有一个年轻人，手里拿着木棒，棒头挑着一条狗路过这里，也停下来休息。狗对着商人发出咿呀的叫声，好像是希望商人能救它。商人于是将狗买下，然后放了它。这个年轻人看到商人的行囊沉重，就暗中跟着商人到了僻静之处，用木棒把商人打死了，把商人的尸体仍到小桥旁的水中，并用河滩边的芦苇盖住，然后带着商人的行囊离开了。

犬见客死，阴尾少年至其家，识之，却诣县中。适县令升座，衙班甚肃，犬直前据地叫号，若哭若诉，驱之不去。令曰："尔何冤？吾遣吏随尔。"犬导隶出，至客死所，向水而吠。隶掀苇得尸，还报，顾无从得贼。

【译文】狗看到商人被打死了，就偷偷地尾随少年到了他的家，记住了他家的位置，然后去到县衙。正好县令升堂办案，差役们都非常严肃，狗径直来到公堂上，趴在地上哀叫，就像在哭泣，又像在诉说，赶它也不走。县令说："你有什么冤曲？我派衙役跟你前去。"狗带着衙役出了县衙，来到商人被打死的地方，狗对着水里叫唤。衙役移开芦苇发现了尸体，就回来禀报给县令，只是没有办法找到凶手。

犬亦复至，号掷如故。令曰："若能知贼乎？我且遣隶随尔。"犬又出，令又遣数隶尾去。行二十余里，至一僻村人家，犬竟入，逢一少年，跳而啮其臂，衣碎血濡。隶因绁①（xiè）之到县，具供杀客状。问其金，尚在，就家取之。因于橐中得小籍，知其邑里姓字。令乃抵少年辟②，而籍其橐归库。

【注释】①绁：系，拴。②辟：罪，罪行。

【译文】狗又回到县衙，像先前那样哀叫。县令说："你难道知道凶手在哪吗？我派衙役跟你去。"狗又出了县衙，县令派几名衙役跟着。走了二十多里，来到一个偏僻的农户家，狗直接冲进去，碰到一个少年，狗跳起来咬住少年的胳膊，把他的衣服咬破，鲜血洇出。衙役把少年押到了县衙，少年供述了他杀害商人的经过。问他抢来的银子在哪里，回答说银子还在，衙役就到少年家里找出银子。因为行囊中有籍册，就知道了商人的姓名和家乡。县令于是判处少年死罪，登记商人行囊里的银子后，收藏在官库。

犬复至令前吠不已，令因思曰："客死，其家固在，此橐金安属？犬吠，将无是乎？"乃复遣隶直往太原，此犬亦随去。既至，其家方知客死，又知橐金无恙，大感恸。客有子，束装偕隶至，贼已瘐（yǔ）死[①]狱中。令乃取橐验而付之。其犬仍尾其子至，扶榇[②]（chèn）偕返，还往数千里，旅食肆宿，与人无异。

【注释】①瘐死：古代指犯人在监狱中因饥寒而死。后来也泛指在监狱中病死。②榇：棺材。

【译文】狗又跑到县令跟前不停叫唤，县令于是心想："虽然商人死了，但是他的家眷还在，行囊里的银子应该归谁呢？狗一直在叫，难道没有缘由吗？"于是派遣衙役去太原，这条狗也跟着去了。到了太原后，商人的家人才知道商人被害，又得知行囊里的银子没有丢失，悲痛异常。商人有个儿子，收拾行装跟着衙役来到县衙，少年已经瘐死在牢里。县令于是拿出行囊检验无误，交给商人的儿子。那条狗仍然跟着商人的儿子回来，又跟着商人的儿子载着棺材一起返回，往返几千里，一路吃饭住宿，就像人出门旅行一样。

论曰：夫人赴幾在智，观变在忍。祸起仓卒，张皇震慑而不知所出，智不足也；不忍忿忿之心，蹈义赴难，而规画疏略[①]，志虽诚而谋卒无济，忍不足也。故曰成事难。使犬当少年戕客之时，奋其齿.牙以与贼角，糜身巨梃而不之避，烈矣，然于客无补。衔哀茹[2]痛，疾走控吁，而于贼之窟宅未能晓识，纵令当事怜而听我，荒畦漫野，于何索之？冤难达，贼不可得也。唯明有报贼之心，而不骤起以骇之。知县之可诉，而姑忍以候，逡巡追蹑以识其处，贼已在吾目中，而后走诉之。已落吾彀（gòu）中[3]，而后奋怒于一啮，而仇可得，金可还，太原之问可通，而客之榇可以归矣。其经营细稳，不必痛之遽伸，而务其忠之克济，是荆轲[4]、聂政[5]之所不能全，子房[6]、豫让[7]诸人所不得遂，而竟遂之者也。岂独狺讼公庭，旅走数千里外之奇且壮哉？夫人孰不怀忠，而遇变则渝；孰不负才，而应猝则乱。智取其深，勇取其沉，以此临天下事，何弗办焉？予既悲客，又甚羡客之有是犬也而胜人也。

【注释】①疏略：粗疏简略。②茹：引申为忍受。③彀中：比喻圈套、陷阱。④荆轲：姜姓，庆氏。战国末期卫国朝歌（今河南鹤壁）人，战国时期著名的刺客，也称庆卿、荆卿、庆轲。⑤聂政：战国时侠客，韩国轵（今河南济源东南）人，以任侠著称，为春秋战国四大刺客之一。⑥子房：即张良，字子房，封为留侯，谥号文成，颍川城父人，是汉高祖刘邦的谋臣，汉朝的开国元勋之一，与萧何、韩信同为汉初三杰。⑦豫让：姬姓，毕氏。春秋战国时期晋国人，是晋国正卿智伯瑶的家臣，留下了“士为知己者死，女为悦己者容”的历史典故。

【译文】评论说：“人能把握时机在于有智慧，能应对突遇的变故在于能忍耐。祸患突然发生，惊慌失措而不知如何应对，这是因为智慧不够；不能克制气愤不平的心情，草率的牺牲自己，而谋划粗疏，虽然心坚意诚，但是对于事情不会有所帮助，这就是忍耐不够。所以说成事很难。假如义犬在少年杀害商人的时候，奋力和歹徒搏斗，即使被木棒殴打也不退缩，虽然刚烈，但是对商人来说却于事无补。就算事后义犬悲痛哀鸣，到处奔走呼号，但是不知道贼人的住所，即使能够让县令可怜它，并听从它，然而荒郊野外，又到哪儿去抓凶手呢？结果是冤屈难以昭雪，贼人也抓不到。义犬心怀报仇的想法，却不贸然和凶手搏斗。知道县令那里可以去申诉，但暂且忍耐等候时机，义犬谨慎地跟踪，找到凶手的住处，贼人已经记在自己的眼中了，然后再跑去申诉。等到抓捕贼人的时候，才奋力一拼，撕咬贼人。此时，大仇可以得报了，银钱可以归还了，也可以寻访到客商的家人了，商人的灵柩也可以返回故里了。整个过程，义犬谋划得细致稳妥，开始时不急于伸张正义，而务必想方设法获得完全胜利，即使像荆轲、聂政那样的人也不一定能做到，即使像子房、豫让那样的人都不一定能成功，但这只义犬却最终做到了。难道只是因为义犬能在公堂上哀鸣申诉，伴随衙役往返千里，才显示出事情的神奇和感动吗？人们谁不是心怀忠义，但是遇到了变故时，就不知该如何处理了；谁又没有才学，然而遇到突发事件时，就慌乱了。智慧的人应该眼光长远，勇敢的人应该沉着忍耐，用这种方法处理天下的事情，还有什么事办不成呢？我既对商人的悲惨遭遇感到难过，又非常羡慕商人有这样一条智慧过人的义犬。”

张山来曰：义犬事不一而足[①]，特录此篇者，以其事为尤奇也。

【注释】①不一而足：指同类的事物不止一个而是很多，无法列举齐全。

【译文】张山来说：义犬的事情不只这一件，这里无法一一列出，特地记录这篇，是因为这件事情尤为奇特。

又曰：犬固义矣，而此令亦有良心。设墨吏当之，此金尚能归客之子乎？

【译文】又说：这条狗固然很忠义，而这个县令也很有良知。假如是贪官污吏来审理此案，那么那些银子还能归还给商人的儿子吗？

奇女子传

徐芳仲光

【题解】本篇是《虞初新志卷七》的第八篇。此篇描写了一位奇女子因战乱，被某军校掳去为妾，该女子忍辱负重，等到时机成熟时，巧妙设计，逃出牢笼，回归故里，最终与丈夫团聚的故事。

奇女子者，丰城杨氏女，归李氏子为妇。谭兵围南昌，游骑四出，掠丁男实军。妇为小校王某所得。校山东人，故有妻；妇曲意①事②之，甚见昵，已生一子矣。

【注释】①曲意：委曲己意而奉承别人。②事：侍奉。

【译文】这位奇女子，是丰城杨氏的女儿，嫁给李家的儿子为妻。谭泰兵围南昌时，派出骑兵到处强征壮丁入伍。这位奇女子在混乱中被小校王某得到了。这个小校是山东人，已经娶了妻子。这位奇女子假意侍奉小校，彼此相处得很亲密，还给小校生了一个儿子。

亡何，校家渐落，从军去。妇诡语妻曰："生事萧条，恨不身生羽翼。"妻曰："何也？"妇曰："妾故夫本大家，先世遗资良厚，当播越①时，曾以金珠数斛，潜瘗密室。今夫死妾掳，栋宇皆烬，此中重宝，瓦石同没。使得徙而之此，妾与夫人，何患不富乎？”妻艳之曰：“果尔，盍遣人发之？”妇曰：“此妾手营，无人识也。”嗟惜而罢。他日妻又问，妇曰：“妾固筹之，欲得此金，非妾行不可。妾妇人，安能远出？必易服，往还且数月，而此呱呱，何堪久掷？”妻大喜曰：“第行耳，若子吾自抚之。”妇故绻恋[②]不肯，妻恿愈力，乃择日释笄（jī）[③]薙（tì）[④]辫，靴袴腰弓刀，从两健儿，跃马而南。

【注释】①播越：逃亡；流离失所。②绻恋：爱恋不舍。③笄：古代的一种簪子，用来插住挽起的头发，或插住帽子。④薙：同“剃”。

【译文】没过多久，小校家境衰落，小校跟随军队开拔到别的地方去了。这位奇女子对小校的妻子撒谎说：“家里生活困难，我恨不得身上能有翅膀。”小校的妻子问：“这是为何？”奇女子说：“我以前的丈夫是名门望族，祖上留下了非常丰厚的财产，遭难的时候，我曾把几斛金珠偷偷埋藏在密室里。现在我以前的丈夫死了，我也被掳到这里，原来的房屋都变成废墟，藏在那儿的金银财宝同石头瓦砾埋在一起。要是能运回这里，我和夫人还能不富有吗？”小校的妻子惊讶地说：“要是果真如此，怎么不派人挖出来呢？”奇女子说：“宝物是我亲手埋的，没有人知道？”叹息一会儿就不再说起了。过了几天，小校的妻子又问起此事，奇女子说：“我也在谋划这件事，要想找到这些宝物，一定要我亲自去才行。我是一个妇道人家，怎么能出远门呢？一定得女扮男装，来回还要好几个月，可我这刚出生的孩子，怎么能忍心丢下这么长时间呢？”小校的妻子非常高兴地说：“你只管去，孩子我亲自来照管。”奇女子假装眷恋难舍的样子，小校的妻子更加起劲地怂恿她出发。于是选好日子，奇女子取下发簪剪了头发，穿上靴子和军装，腰挎弓箭长刀，带着两个随从，骑马直奔南方。

渡章江，去家数十里，止逆旅[1]。以醇酒饮两健儿，皆醉，夜潜起骈[2]馘之。驰骑至里，以马策挞家门大叫。夫从牖（yǒu）[3]罅瞯视，见是少年将军，不敢出。里老数辈，稍前谒问。妇曰："别有勾当[4]，不关公等。"门启，妇歇马中堂，踞坐[5]索故夫，呼叱甚厉。里中疑有他故，恐相累，共促夫出。夫伛偻[6]前谒，伏地不敢起。妇曰："颇识吾否？"夫对曰："万死不能识将军。"妇曰："试认之。"夫谢不敢，侧目微睇，惘然失措。妇叹曰："真不识矣！"于是推几前抱夫起，痛哭曰："妾非他，妾，君被掠杨氏妇也。"具述其易装巧脱状，一时喧动里中。亲识更阗[7]（tián）门，贺李氏子再得妇。

【注释】①逆旅：客舍；旅店。②骈：两物并列，成双的，对偶的。③牖：窗户。④勾当：事情。⑤踞坐：坐的一种姿势，两脚底和臀部着地或其他面上，两膝上耸，即蹲。⑥伛偻：弯腰曲背，也表示恭敬的样子。⑦阗：充满。

【译文】渡过章江，离家还有几十里路，他们在旅馆住下。奇女子用酒灌醉了两位随从，晚上奇女子潜入房中把他们都杀了。奇女子骑马直奔故里，用马鞭敲打家门大声叫喊。她的丈夫从窗户缝里看到是一位少年将军在叫门，吓得不敢开门。乡里的几位老人稍微上前询问。奇女子说："我自有原因，不关你们的事。"大门打开，奇女子把马栓在庭院里，像男子一样坐着，呼喊她的前夫出来，声音非常严厉。族人们担心有什么变故，害怕受到连累，就催促她丈夫出去。她丈夫躬着腰前来拜见，趴在地上不敢起来。奇女子说："认识我吗？"她丈夫回答说："万死也不敢乱认将军啊！"奇女子说："你试着辨认一下。"她丈夫推辞不敢遵从，但是偷偷侧目看了她好几眼，也是表情茫然，不知所措。奇女子叹息着说:“看来是真认不出我了!”就推开桌子,上前把丈夫扶了起来,痛哭着说:“我不是别人啊,是我啊,被虏走的杨氏啊!”然后讲述了她改扮行装,设计逃脱的整个过程,后来事情流传出去,一时间轰动乡里。亲朋好友更是上门道贺,祝贺李氏的儿子重新找回妻子。

事闻邑令,为给牒[①]奖许。绅士之贤者,多妇义略,相率为诗歌美之,皆曰奇女子、奇女子云。此甲午年事。

【注释】①牒:文书,证件。

【译文】县令听说这件事后,给奇女子发了褒奖的文书。乡里的贤人绅士,都称赞奇女子重情义有谋略,相继作诗文来称赞她,都说她是奇女子!这是甲午年间的事情。

论曰:《易》有之:“妇人之义,从一而终。”邮亭之妇,以引腕小嫌[①],举刀自断其臂;其肯隐忍驱掠,为厮养生子乎?女行如此,节不足称矣。然人之情,于近则昵之,所远则益疏而掷之。妇巾帼婉弱,异地飘堕,以数千里雨绝星分,势无回合,乃能谲谋[②]幻出,弭耳[③]豢(huàn)槛之中,飏(yáng)翮(hé)绦笼之外,弄愚妇如转丸,剪凶雏若折朽,其深智沉勇,有壮男子不办者矣!彼台柳之假手虞候,乐昌[④]之乞怜半镜,奄奄气色,视此孰多乎?女子如此,不谓之奇不可也。往盱(xū)郡之变,里中有长年[⑤],为卒絷驾一舟,舟所载掠得妇十数人,膏首袨(xuàn)服[⑥],笑语吃吃,无有几微惨悴见颜面者。长年退而叹息。而某村少妇归一弁[⑦],夫闻,百计营入,以重金求赎。妇见夫,瞠目曰:“此非吾夫!”夫骇走，几于不免。盖情迁腹变，其甚者又如此矣！且天下之得新捐故，仇其夫不肯一顾者岂少乎？抑如柳先生[8]所传河间妇者，自昔已如是耶？

【注释】①小嫌：小仇隙；小嫌疑。②谲谋：诈谋。③弭耳：指耳朵下垂，驯服的样子。④乐昌：即乐昌公主，陈宣帝之女，南朝后主陈叔宝之妹。虽生长在皇家，却没有一般金枝玉叶的那种骄横脾气，在宫中以性情温婉贤淑而为众人称道。她外貌端庄秀美，举止高雅大方，且有很深的文学造诣。⑤长年：船工。⑥袨服：盛服；艳服。⑦弁：低级武官的旧称。⑧柳先生：即柳宗元，字子厚，河东（今山西芮城、运城一带）人，唐宋八大家之一，曾写过《河间传》。

【译文】评论：《易经》上说："妇人的道义，在于从一夫而终。"以前驿站有位节妇，因为被人拉了一下手腕，为保贞节，就挥刀砍断了自己的手臂；这样的节妇能够忍受被掳掠的耻辱，而为掳掠她的人生养孩子吗？女人有这样的行为，已经不符合贞节了。然而人之常情，在于互相经常亲近就容易感情融洽，彼此疏远就容易产生隔阂，甚至互相抛弃。这位奇女子，一介女流之辈，柔弱无力，又流落他乡，与家乡远隔千里之遥，按常理来说，一般人很难再与家人团聚了。然而她却能智谋百出，被囚禁的时候假装温顺，然后再觅得良机一举逃出牢笼，愚弄小校的妻子于股掌之间，杀掉恶人如同摧枯拉朽一般，她智勇超人，即使是大丈夫也不一定能做到！章台柳故事中，韩翃哀求节度使侯希逸的帮忙，才可以与柳氏重聚。乐昌公主夫妇哀婉祈求杨素的垂怜，才得以破镜重圆，他们柔弱不堪的情形，哪能与这位奇女子相比呢？一个柔弱女子能做到这种程度，不能不称她为奇女子了。以前盱郡遭兵难的时候，乡里有一位船夫，被士兵抓住，为他们划船，船上载着掳掠来的十多个妇人，都妆容艳丽，衣着华美，都在那儿嬉笑言谈，脸上没有丝毫悲伤憔悴的表情。船夫离去后叹息不已。当时某村一位少妇被一武人抢走，她的丈夫打听清楚下落后，想方设法进到军营，以重金来赎回她。这位妇人见到丈夫时，瞪大眼睛说："这不是我丈夫！"听到妇人的回答，她的丈夫大惊失色，赶紧离开，差点被当做冒认亲属而受到处罚。难道夫妻间移情别恋，形同陌路能到这种程度吗？况且世间有些妇人得到新欢后，就把原来的丈夫抛到一边，甚至不愿再多看一眼，这样的女子难道还少吗？难道像柳宗元先生曾写过的河间妇那样不守妇道的例子，在过去不是已经有了吗？

或曰："女子不忘夫，是矣。而舍其子，无乃忍乎？"东海生曰："此所以奇也。非是子无以信其妻，而故夫不可见矣。厮养[①]之子，奚子也。世之不能为女子者，皆其不能舍者也。女子之以金珠艳其妻，想奇；巾帼而介胄，胆奇；夜醉馘两健儿，手奇；抵家不遽识夫，踞而骇之，而后哭之，始终结撰，亦无不奇。然尤更奇于舍其子。夫唯其能舍，斯所以能取也欤？"

【注释】①厮养：厮役。

【译文】有人说："女子不忘记丈夫，这是能够做到事。而舍弃自己的孩子，能忍心吗？"东海生说："这正是奇女子奇特的地方。不舍弃儿子就不会取得小校妻子的信任，也就不可能再见到前夫。为奴仆生养的孩子，就是奴仆的孩子。世上女子不能成为奇女子的原因，就是因为她们有舍弃不了的东西。这位奇女子用金珠财宝诱惑小校的妻子，这是想法奇特；一个妇人能够戎装改扮，是胆量奇特；夜里趁着酒醉，杀死两名监视她的随从了，是手段奇特；回到家里不忙着与丈夫相认，而是坐在那吓唬他，然后再哭着相认，从始至终的构思谋略，也都让人称奇。然而最奇特的地方，在于她可以割舍亲生儿子。也正是因为她能割舍，所以才会得到自己想要的结果吧？"

张山来曰：拙庵[1]之论备矣。尤妙在小校从军去后，始露其谋。设非然者，则小校必偕之而行矣。

【注释】①拙庵：指作者徐芳，字仲光，号拙庵，别号愚山子，明末清初优秀的散文家、诗人。

【译文】张山来说："拙庵先生的议论非常全面。最巧妙的地方在于，奇女子在小校随军离开后，才开始实施她的计划。如果不是这样，那小校必定会跟着她一起前去了。

曲全节义疏

阿毕阮

【题解】本篇是《虞初新志卷七》的第九篇。此篇是三位巡视南城的监察御史联名写的奏疏，陈述了贞妇王氏历经艰险，不远千里寻夫的故事，王氏一路受到义士范一魁的保护，并且王氏夫君的主人巴牙拉厄尔库，也深明大义愿意放还王氏夫君李殿机，并且不索要赎身价，但由于清朝法律规定旗人的奴仆不能再获得平民身份，因此三位御史大臣上疏皇上，希望可以法外施恩。

巡视南城监察御史阿□□、毕□□、阮尔询等，题为曲全节义，以敦风化事。

【译文】巡视南城监察御史阿□□，毕□□，阮尔询等人，把奏疏的题目定为曲全节义，以此来表示，本奏章事关风俗教化的事宜。

该臣等看得王知礼，即正法牵连叛犯李范同之子李殿机也。其母张氏，给配象房[①]校尉王伏。殿机年甫三岁，随母抚养，因入后父王姓。后充校尉，以私回原籍，曾经銮仪卫[②]革退。于廿三年，将身卖与镶红旗佛尔海佐领下厄尔库家。

【注释】①象房：养象之所。②銮仪卫：负责掌管皇帝皇后车驾仪仗的机关，设置于皇宫的中央机构。

【译文】臣等已经勘察清楚，王知礼就是先前被牵连而正法的叛犯李范同的儿子李殿机。他的母亲张氏，后来嫁给了象房校尉王伏。那时李殿机刚刚三岁，跟随母亲抚养，因此随了继父的姓氏。后来他充任校尉，因为私自返回原籍，曾被銮仪卫革职。康熙二十三年，李殿机自己卖身给镶红旗佛尔海佐领的下属厄尔库家。

据幼聘王氏供称：年三十四岁，伊叔伊兄逼嫁，决志不从，探得伊夫尚存，不忍即死，守妇人从一之义，匍匐千余里外，以图[①]完聚[②]。是女子真有丈夫行也。

【注释】①图：谋取，希望得到。②完聚：家人由离散后重新团聚。

【译文】根据李殿机自幼订婚的妻子王氏的供述：王氏立志守节，年龄到了三十四岁的时候，她的叔叔、兄弟逼她改嫁，她誓死不从，打听到她的丈夫仍在人世，不忍心立即就死，谨守妇人从一而终的大义，艰难跋涉了千余里，只为求得和丈夫团聚。这个女子真有大丈夫的行径。

据厄尔库之供：我虽一穷巴牙拉[①]，无人供役，价买李殿机。因只身不便使唤，复买婢萧氏，配为夫妇。今重王氏节义，不取伊仆身价，情愿断出，不忍拆李殿机已配之妇，并许与萧氏同归。前后二婚，悉候发落。轻财好义，此巴牙拉真有义士风也。

【注释】①巴牙喇：亦作拜雅喇，满语音译。汉语称为护军。

【译文】根据厄尔库的供词：我是一穷苦的巴牙拉，无人可以供我使唤，所以用买李殿机为仆。因为他孤身一人不便使唤，又买了婢女萧氏，让他们二人结为夫妇。现在看重王氏的贞节大义，因此不索要买仆人的费用，情愿放李殿机归还，也不忍心拆散李殿机已婚配的妻子萧氏，于是答应让萧氏和他们一起回去。前后两桩婚姻，都在等待判决发落。轻财重义，这位巴牙拉真有侠义风范啊。

据范一魁虽供，年六十二岁，但以异姓人，携一女子远行，迹涉嫌疑，事干非分，因唤稳婆更番验过，已得真实。据女子之供，是范一魁怜王氏立志寻夫，不顾是非成败，护持完节，似亦人情所难得者。

【译文】根据范一魁供述，范一魁六十二岁，但因为他与王氏是异姓人，带着一个女子远行，行迹可疑，事情不合礼法，因此叫来稳婆再三检验王氏，已经了解到范一魁与王氏之间，并无逾越礼法的事情发生。根据王氏的供述，范一魁可怜王氏立志要寻找夫君，因此不顾是非成败，一路护送，并保全她的贞节，这也是人情世故中难得的人物啊。

此皆我皇上至德深仁，恩濡化洽，人心风俗，直接唐虞。是以女人怀贞，匹夫向义，共成一段奇缘，播之海内，传之千万世，见贞节之风，超出于寻常事外者。臣等查在官人与旗人原有定例，何敢于例外妄奏？但王氏贞心守节，冒死寻夫，若竟不准其完聚，王氏无从着落，情似可悯。虽据厄尔库之供，情愿断出听其完聚，然又非现行之例。臣等再四踌躇，因事关风化，仰体[①]我皇上尧、舜，不忍一夫一妇不得其所至意，故备述其情事本末，合词[②]上闻。格外之仁，均候圣断，非臣等所敢置喙[③]也。伏乞[④]敕部议覆[⑤]施行。

【注释】①仰体：体察上情。②合词：联名上书。③置喙：插嘴，参与议论。④伏乞：向尊者恳求。⑤议覆：论议并答覆。

【译文】这些人的义行，都是因为皇上德行高尚，仁慈宽厚，恩德润泽，教化百姓的结果。当代的人心风俗，可与唐虞时期相比。所以王氏才会坚守贞节，其余诸人才会心怀忠义，一同成就了一段奇缘，传播于五湖四海之内，流传于千秋万世之后，可见贞节风气的影响力，超越一般事情之上。臣等查到官人与旗人的奴仆买卖，原本就有惯例，臣等怎么敢超越惯例而胡乱上奏呢？但王氏坚贞不移地谨守贞节，冒死寻夫，要是不准许他们团聚，王氏又没有归宿可去，情况让人怜悯。虽然根据厄尔库的供词，愿意让他们团聚，然而现行的法令不许旗人的奴仆恢复为民。臣等再三思量，因为此事关系到风化，想到皇上有尧、舜一般的德行，不忍心一夫一妇不能达成他们至诚的心愿，所以详细叙述事情的始末，联名上书告知圣上。能否法外开恩，全凭圣上的决断，不是臣等敢妄加非议的。恳请圣上命令相关部门讨论并答复，以便执行。

张山来曰：此事已经部覆[①]，如其所请矣。王氏守志寻夫，固为难得，而巴牙拉厄君听其与萧氏同归，不索身价，尤属义举。予故亟[②]表而出之。

【注释】①部覆：中央各部的覆文。②亟：急切。

【译文】张山来说：这件事已经经过相关部门的商讨，同意他們的请求。王氏坚守贞节寻找丈夫，本来就很难得，而巴牙拉厄尔库肯放还李殿机与萧氏一同回去，而不索要赎身费用，更是属于道义之举。因而，我急切地想要将此事记载下来并流传下去。

按唐诗中，有闺秀[①]三人联句，前列名处，合称“光威裒”。今此疏三君联名，因仿其例称“阿毕阮”云。

【注释】①闺秀：称贤淑有才德的女子。

【译文】在唐诗中，曾有闺中三人做联句，在列出姓名的地方，合称为“光威裒”。如今这个奏疏是三位大臣联名上奏的，因而效仿之前的例子称为“阿毕阮”。